郁达夫经典

郁达夫 著

当代世界出版社

图书在版编目（CIP）数据

郁达夫经典/郁达夫著．—北京：当代世界出版社，2016.2

（民国文化名家经典书馆/滕浩主编）

ISBN 978-7-5090-1077-8

Ⅰ.①郁… Ⅱ.①郁… Ⅲ.①中国文学－现代文学－作品综合集 Ⅳ.①I216.2

中国版本图书馆 CIP 数据核字（2015）第 306871 号

书　　名：	郁达夫经典
出版发行：	当代世界出版社
地　　址：	北京市复兴路4号（100860）
网　　址：	http：//www.worldpress.com.cn
编务电话：	（010）83907332
发行电话：	（010）83908409
	（010）83908455
	（010）83908377
	（010）83908423（邮购）
	（010）83908410（传真）
经　　销：	全国新华书店
印　　刷：	北京欣睿虹彩印刷有限公司
开　　本：	710毫米×1000毫米　1/16
印　　张：	20
字　　数：	318千字
版　　次：	2016年2月第1版
印　　次：	2016年2月第1次
书　　号：	ISBN 978-7-5090-1077-8
定　　价：	28.80元

如发现印装质量问题，请与承印厂联系调换。
版权所有，翻印必究；未经许可，不得转载！

目　录

散　文

玉皇山 …………………………………………………… 3
浙东景物纪略 …………………………………………… 6
临平登山记 ……………………………………………… 16
出昱岭关记 ……………………………………………… 20
屯溪夜泊记 ……………………………………………… 24
皋亭山 …………………………………………………… 28
灯蛾埋葬之夜 …………………………………………… 31
归航 ……………………………………………………… 35
立秋之夜 ………………………………………………… 41
小春天气 ………………………………………………… 42
杂谈七月 ………………………………………………… 48
杭州的八月 ……………………………………………… 49
故都的秋 ………………………………………………… 51
寂寞的春朝 ……………………………………………… 54
春愁 ……………………………………………………… 56
惜掌之歌 ………………………………………………… 58
住所的话 ………………………………………………… 61
江南的冬景 ……………………………………………… 64
浙江的今古 ……………………………………………… 67
记风雨茅庐 ……………………………………………… 69

北平的四季	71
饮食男女在福州	76
日本的文化生活	82
欧洲人的生命力	86
"文人"	88
苏州烟雨记	90
福州的西湖	98
感伤的行旅	102
钓台的春昼	116
半日的游程	122
杭江小历纪程	125
杭州	139
桐君山的再到	143
南游日记	146
雁荡山的秋月	154
青岛、济南、北平、北戴河的巡游	161
超山的梅花	165
花坞	169
城里的吴山	172
扬州旧梦寄语堂	174
过富春江	179
西溪的晴雨	181
槟城三宿记	183
覆车小记	186
马六甲游记	189
零余者	194
北国的微音	199

目　录

小　说

沉沦 …………………………………………… 205
茫茫夜 ………………………………………… 232
采石矶 ………………………………………… 253
莺萝行 ………………………………………… 268
春风沉醉的晚上 ……………………………… 280
迟桂花 ………………………………………… 291

散文

玉 皇 山

杭州西湖的周围，第一多若是蚊子的话，那第二多当然可以说是寺院里的和尚尼姑等世外之人了。若五台、普陀各佛地灵场，本来为出家人所独占的共和国，情形自然又当别论；可是你若上湖滨去散一回步，注意着试数它一数，大约平均隔五分钟总可以见到一位缁衣秃顶的佛门子弟，漫然阔步在许多摩登士女的中间；这，说是湖山的点缀，当然也可以。

杭州的和尚尼姑，虽则多到了如此，但道士可并不见得比别处更加令人触目，换句话说，就是数目并不比别处特别的多。建炎南渡，推崇道教，甚至官位之中，也有宫观提举的一目；而上皇，太后，宫妃，藩主等退隐之所，大抵都是道观，一脉相沿，按理而讲，杭州是应该成为道教的中心区域的，但事实上却又不然。《西湖游览志》里所说的那些城内外的胜迹道院，现在大都只变了一个地名，院且不存，更哪里来的道士？

西湖边上，住道士的大寺观，为一般人所知道而且有时也去去的，北山只有一个黄龙洞，南山当然要推玉皇山了。

玉皇山屹立在西湖与钱塘江之间，地势和南北高峰堪称鼎足；登高一望，西北看得尽西湖的烟波云影，与夫围绕在湖上的一带山峰；西南是之江，叶叶风帆，有招之即来，挥之便去之势；向东展望海门，一点巽峰，两派潮路，气象更加雄伟；至于隔岸的越山，江边的巨塔，因为是居高临下的关系，俯视下去，倒觉得卑卑不足道了。像这样的一座玉皇山，而又近在城南尺五之间，阖城的人，全湖的眼，天天在看它，照常识来判断，当然应该成为湖上第一个名区的，可是香火却终于没有灵隐三竺那么的兴旺，我在私下，实在有点儿为它抱不平。

细想想，玉皇山的所以不能和灵隐三竺一样的兴盛，理由自然是有的，就是因为它的高，它的孤峰独立，不和其他的低峦浅阜联结在一道。特立独行之士，孤高傲物之辈，大抵不为世谅，终不免饮恨而终的事例，就可以以这玉皇山的冷落来做证明。

唯其太高，唯其太孤独了，所以玉皇山上自古迄今，终于只有一个冷落的道观；既没有名人雅士的题咏名篇，也没有豪绅富室的捐输施舍，致弄得千余年来，这一座襟长江而带西湖的玉柱高峰，志书也没有一部。光绪年间，听说曾经有一位监院的道士——不知是否月中子？——托人编撰过一册薄薄的《玉皇山志》的，但它的目的，只在搜集公文案牍而已，记兴革，述山川的文字是没有的，与其称它作志，倒还不如说它是契据的好。

我闲时上山去，于登眺之余，每想让出几个月的工夫来，为这一座山，为这一座山上的寺观，抄集些像志书材料的东西；可是蓄志多年，看书也看得不少，但所得的结果，也仅仅二三则而已。这山唐时为玉柱峰，建有玉龙道院；宋时为玉龙山，或单称龙山，以与东面的凤凰山相对，使符郭璞"龙飞凤舞到钱塘"之句；入明无为宗师，创建福星观，供奉玉皇上帝，始有玉皇山的这一个名字。清康熙年间，两浙总督李敏达公，信堪舆之说，以为离龙回首，所以城中火患频仍，就在山头开了日月两池，山腰造了七只铁缸，以像北斗七星之像，合之紫阳山上的坎卦石和北城的水星阁，作了一个大大的镇火灾的迷阵，于是玉皇山上的七星缸也就著名了。洪杨时毁后，又由杨昌濬总督重修了一次，现在的道观，却是最近的监院紫东李道士的中兴工业，听说已经花去了十余万金钱，还没有完工哩。这是玉皇山寺观兴废的大略，系道士向我述说的历史；而田汝成的《游览志》里之所记，却又有点不同，他说："龙山一名卧龙山，又名龙华山，与上下石龙相接。山北有鸿雁池，其东为白塔岭。上有天真禅寺，梁龙德中钱王建寺，今唯一庵存焉。山腰为登云台，又名拜郊台，盖钱王僭郊天地之所也。宋籍田在山麓天龙寺下，中阜规圆，环以沟塍，作八卦状，俗称九宫八卦田，至今不紊。山旁有宋郊坛。"

关于玉皇山的历史，大约尽于此了，至于八封田外的九连塘（或作九莲塘），以及慈云（东面）丁婆（西面）两岭的建筑物古迹等，当然要另外去考；而俗传东面山头的百花公主点将台和海宁陈阁老的祖坟在八卦田下等神话，却又是无稽之谈了。

玉皇山的坏处，实在也就是它的好处。因为平常不大有人去，因为山高难以攀登，所以你若想去一游，不会遇到成千成万的下级游人，如吴山的五狼八豹之类。并且紫来洞新开，东面由长桥而去的一条登山大道新辟，你只教有兴致，有走三里山路的脚力，上去花它一整天的工夫，看看长江，看看湖面，便可以把一切的世俗烦恼，一例都消得干干净净。我平时爱上吴山，可以借登高的远望而消胸中的块垒，可是块垒大了，几杯薄酒和小小的吴山，还消它不得的时候，就只好上玉皇山去。去年秋天，记得曾和增嘏他们去过一次，大家都惊叹为杭州的新发现；今年也复去过两回，每次总能够发现一点新的好处，所以我说，玉皇山在杭州，倒像是我的一部秘藏之书，东坡食蚝，还有私意，我在这里倒真吐露了我的肺腑衷情。

浙东景物纪略

方岩纪静

方岩在永康县东北五十里。自金华至永康的百余里，有公共汽车可坐，从永康至方岩就非坐轿或步行不可；我们去的那天，因为天阴欲雨，所以在永康下公共汽车后就都坐了轿子，向东前进。十五里过金山村，又十五里到芝英，是一大镇，居民约有千户，多应姓者；停轿少息，雨愈下愈大了，就买了些油纸之类，作防雨具。再行十余里，两旁就有起山来了，峰岩奇特，老树纵横，在微雨里望去，形状不一，轿夫一一指示说："这是公婆岩，那是老虎岩，……老鼠梯"等等，说了一大串，又数里，就到了岩下街，已经是在方岩的脚下了。

凡到过金华的人，总该有这样的一个经验，在旅馆里住下后，每会有些着青布长衫，文质彬彬的乡下先生，来盘问你：

"是否去方岩烧香的？这是第几次来进香了？从前住过哪一家？"

你若回答他说是第一次去方岩，那他就会拿出一张名片来，请你上方岩去后，到这一家去住宿。这些都是岩下街的房头，像旅店而又略异的接客者。远在数百里外，就有这些派出代理人来兜揽生意，一则也可以想见一年到头方岩香市之盛，一则也可以推想岩下街四五百家人家，竞争的激烈。

岩下街的所谓房头，经营旅店业而专靠胡公庙吃饭者，总有三五千人，大半系程、应二姓，文风极盛，财产也各可观，房子都系三层楼。大抵的情形，下层系建筑在谷里，中层沿街，上层为楼，房间一家总有三五十间，香市盛的时候，听说每家都患人满。香客之自绍兴、处州、杭州及近县来者，为数固已不少，最远者，且有自福建来的。

从岩下街起，曲折再行三五里，就上山；山上的石级是数不清的，密而且峻，盘旋环绕，要走一个钟头，才走得到胡公庙的峰门。

胡公名则，字子正，永康人，宋兵部侍郎，尝奏免衢、婺二州民丁钱，所以百姓感德，立庙祀之。胡公少时，曾在方岩读过书，故而庙在方岩者为老牌真货。且时显灵异，最著的，有下列数则：

宋徽宗时,寇略永康,乡民避寇于方岩,岩有千人坑,大藤悬挂,寇至缘藤而上,忽见赤蛇啮藤断,寇都坠死。

　　盗起清溪,盘踞方岩,首魁夜梦神饮马于岩之池,平明池涸,其徒惊溃。

　　洪杨事起,近乡近村多遭劫,独方岩得无恙。

　　民国三年,嵊县乡民,慕胡公之灵异,造庙祀之,乘昏夜来方岩盗胡公头去,欲以之造像,公梦示知事及近乡农民,属捉盗神像头者,盗尽就逮。是年冬间嵊县一乡大火,凡预闻盗公头者皆烧失。翌年八月该乡民又有二人来进香,各毙于路上。

　　类似这样的奇迹灵异,还数不胜数,所以一年四季,方岩香火不绝,而尤以春秋为盛,朝山进香者,络绎于四方数百里的途上。金华人之远旅他乡者,各就其地建胡公庙以祀公,虽然说是迷信,但感化威力的广大,实在也出乎我们的意料之外,这是就方岩的盛名所以能远播各地的一近因而说的话;至于我们的不远千里,必欲至方岩一看的原因,却在它的山水的幽静灵秀,完全与别种山峰不同的地方。

　　方岩附近的山,都是绝壁陡起,高二三百丈,面积周围三五里至六七里不等。而峰顶与峰脚,面积无大差异,形状或方或圆,绝似硕大的撑天圆柱。峰岩顶上,又都是平地,林木丛丛,簇生如发。峰的腰际,只是一层一层的沙石岩壁,可望而不可登。间有瀑布奔流,奇树突现,自朝至暮,因日光风雨之移易,形状景象,也千变万化,捉摸不定。山之伟观到此大约是可以说得已臻极顶了吧?

　　从前看中国画里的奇岩绝壁,皴法皱叠,苍劲雄伟到不可思议的地步,现在到了方岩,向各山略一举目,才知道南宗北派的画山点石,都还有未到之处。在学校里初学英文的时候,读到那一位美国清教作家何桑的《大石面》一篇短篇,颇生异想,身到方岩,方知年幼时的少见多怪,像那篇小说里所写的大石面,在这附近真不知有多多少少。我不曾到过埃及,不知沙漠中的 sphinx 比起这些岩面来,又该是谁兄谁弟。尤其是天造地设,清幽岑寂到令人毛发悚然的一区境界,是方岩北面相去约二三里地的寿山下五峰书院所在的地方。

北面数峰，远近环拱，至西面而南偏，绝壁千丈，成了一条上突下缩的倒覆危墙。危墙腰下，离地约二三丈的地方，墙脚忽而不见，形成大洞，似巨怪之张口，口腔上下，都是石壁，五峰书院，丽泽祠，学易斋，就建筑在这巨口的上下腭之间，不施椽瓦，而风雨莫及，冬暖夏凉，而红尘不到。更奇峭者，就是这绝壁的忽而向东南的一折，递进而突起了固厚、瀑布、桃花、覆釜、鸡鸣的五个奇峰，峰峰都高大似方岩，而形状颜色，各不相同。立在五峰书院的楼上，只听得见四围飞瀑的清音，仰视天小，鸟飞不渡，对视五峰，青紫无言，向东展望，略见白云远树，浮漾在楔形阔处的空中。一种幽静、清新、伟大的感觉，自然而然地袭向人来；朱晦翁、吕东莱、陈龙川诸道学先生的必择此地来讲学，以及一般宋儒的每喜利用山洞或风景幽丽的地方作讲堂，推其本意，大约总也在想借了自然的威力来压制人欲的缘故，不看金华的山水，这种宋儒的苦心是猜不出来的。

初到方岩的一天，就在微雨里游尽了这五峰书院的周围，与胡公庙的全部。庙在岩顶，规模颇大，前前后后，也有两条街，许多房头，在蒙胡公的福荫；一人成佛，鸡犬都仙，原是中国的旧例。胡公神像，是一位赤面长须的柔和长者，前殿后殿，各有一尊，相貌装饰，两都一样，大约一尊是预备着于出会时用的。我们去的那日，大约刚逢着了废历的十月初一，庙中前殿戏台上在演社戏敬神。台前簇拥着许多老幼男女，各流着些被感动了的随喜之泪，而戏中的情节说辞，我们竟一点儿也不懂；问问立在我们身旁的一位像本地出身，能说普通话的中老绅士，方知戏班是本地班，所演的为《杀狗劝妻》一类的孝义杂剧。

从胡公庙下山，回到了宿处的程××店中，则客堂上早已经点起了两枝大红烛，摆上了许多大肉大鸡的酒菜，在候我们吃晚饭了；菜蔬丰盛到了极点，但无鱼少海味，所以味也不甚适口。

第二天破晓起来，仍坐原轿绕灵岩的福善寺回永康，路上的风景，也很清异。

第一，灵岩也系同方岩一样的一枝突起的奇峰，峰的半空，有一穿心大洞，长约二三十丈，广可五六丈左右，所谓福善寺者，就系建筑在这大山洞里的。我们由东首上山进洞的后面，通过一条从洞里隔出来的长弄，出南面洞口而至寺内，居然也有天王殿、韦驮殿、观音堂等设置，山洞的大，也可想见了。南面四山环抱，红叶青枝，照耀得可爱之至；因为天晴了，所以空气澄鲜，一道下山去的曲折石级，自上面了望下去，更觉得幽深到不能见底。

下灵岩后，向西北的绕道回去，一路上尽是些低昂的山岭与旋绕的清溪。经过园内有两株数百年古柏的周氏祠庙，将至俗名耳朵岭的五木岭口的中间，一段溪光山影，景色真像是在画里；西南处州各地的远山，呼之欲来，回头四望，清入肺腑。

过五木岭，就是一大平原，北山隐隐，已经看得见横空的一线，十五里到永康，坐公共汽车回金华，还是午后三四点钟的光景。

烂柯纪梦

晋王质，伐木至石室中，见童子四人弹琴而歌，质因倚柯听之。童子以一物如枣核与质，质含之便不复饥。俄顷，童子曰："其归！"承声而去，斧柯摧然烂尽。既归，质去家已数十年，亲情凋落，无复向时比矣。

这传说，小时候就听到了，大约总是喜欢念佛的老祖母讲给我们孩子听的神仙故事。和这故事联合在一起的，还有一张习字的时候用的方格红字，叫作"王子去求仙，丹成入九天，山中方七日，世上已千年。"我的所以要把这些儿时的记忆，重新唤起的原因，不过想说一句这故事的普遍流传而已。是以樵子入山，看神仙对弈，斧柯烂尽的事情，各处深山里都可以插得进去，也真怪不得中国各地，有烂柯的遗迹至十余处之多了。但衢州的烂柯山，却是《道书》上所说的"青霞第八洞天"，亦名"景华洞天"的所在，是大家所公认的这烂柯故事的发源本土，也是从金华来衢州游历的人非到不可的地方，故而到衢州的翌日，我们就出发去游柯山（衢州人叫烂柯山都只称柯山）。

十月阳和，本来就是小春的天气，可是我们到烂柯山的那天，觉得比平时的十月，还更加和暖了几分。所以从衢州的小南门出来，打桑树柏树很多的田野里经过，一路上看山看水，走了十六七里路后，在仙寿亭前渡沙步溪，一直到了石桥寺即宝岩寺的脚下，向寺后山上一个通天的大洞看了一眼的时候，方才同从梦里醒转来的人一样，整了一整精神。烂柯山的这一根石梁，实在是伟大，实在是奇怪。

出衢州的南门的时候，眼面前只看得出一排隐隐的青山而已；南门外的桑麻野道，野道旁的池沼清溪，以及牛羊村集，草舍蔗田，风景虽则清丽，但也并不觉得特别的好。可是在仙寿亭前过渡的瞬间,一看那一条澄清澈底的同大江般的溪水,心里已经有点发痒似的想叫起来了,殊不知入山三里,在青葱环绕着的极深奥的区中,更来了这巨人撑足直立似的一个大洞;立在山下,远远望去,就可以从这巨人的胯下,看出后面的一湾碧绿碧绿的青天,云烟缥缈,山意悠闲,清通灵秀,只觉得是身到了别一个天地;一个在城市里住久的俗人,忽入此境,那能够叫他不目瞪口呆,暗暗里要想到成仙成佛的事情上去呢?

　　石桥寺,即宝岩寺,在烂柯山的南麓,虽说是梁时创建的古刹,但建筑却已经摧毁得不得了了。寺后上山,踏石级走里把路,就可以到那条石梁或石桥的洞下;洞高二十多丈,宽三十余丈,南北的深约三五丈,真像是悬空从山间凿出来的一条石桥,不过平常的桥梁,决没有这样高大的桥洞而已。石桥的上面,仍旧是层层的岩石,洞上一层,也有中空的一条石缝,爬上去俯身一看,是可以看得出天来的,所谓一线天者,就系指这一条小缝而言。再上去,是石桥的顶上,平坦可以建屋,从前有一个塔,造在这最高峰上,现在却只能看出一堆高高突起的瓦砾,塔是早已倾圮尽了。

　　石桥下南洞口,有一块圆形岩石蹲伏在那里,石的右旁的一个八角亭,就是所谓迟日亭。这亭的高度,总也有三五丈的样子,但你若跑上北面离柯山略远的小山顶上去了望过来,只觉得是一堆小小的木堆,塞在洞的旁边。石桥洞底壁上,右手刻着明郡守杨子臣写的"烂柯仙洞"四个大字,左手刻着明郡守李遂写的"天生石梁"四个大字,此外还有许多小字的题名记载的石刻,都因为沙石岩容易风化的缘故,已经剥落得看不清楚了。石桥洞下,有十余块断碑残碣,纵横堆叠在那里。三块宋碑的断片,字迹飞舞雄伟,比黄山谷更加有劲。可惜中国人变乱太多,私心太重,这些旧迹名碑,都已经断残缺裂到了不可收拾的地步。《烂柯山志》编者,在金石部下有一段记事说:

　　　　名碑古物之毁于兵燹,宜也;但烂柯山之金石,不幸竟三次被毁于文人,岂非怪事?所谓文人的毁碑,有两次是因建寺而将这些石碑抬了去填过屋基,有一次系一不知姓名者来寺拓碑,拓后便私自将那些较古的碑石凿断敲裂,使后人不复有再见一次的机会。

烂柯山南麓，在上山去的石级旁边，还有许多翁仲石马，乱倒在荒榛漫草之中。翻《烂柯山志》一查，才知道明四川巡抚徐忠烈公，葬在此地，俗称徐天官墓者，就是此处。

在柯山寺的前前后后，赏玩了两三个钟头，更在寺里吃了一顿午饭，我们就又在暖日之下，和做梦似地回到了衢州，因为衢州城里还有几处地方，非去看一下不可。

一是在豆腐铺作场后面的那座天王塔。

二是城东北隅吴征房将军郑公舍宅而建的那个古刹祥符寺。

三是孔子家庙，及庙内所藏的子贡手刻的楷木孔子及夫人丌官氏像。

这三处当然是以孔庙和楷木孔子像最为一般人所知道，数千年来的国宝，实在是不容易见到的稀世奇珍。

陪我们去孔庙的，是三衢医院的院长孔熊瑞先生，系孔子第七十三代的裔孙。楷木像藏在孔庙西首的一间楼上；像各高尺余，孔子是朝服执圭的一个坐像，丌官夫人的也是一样的一个，但手中无圭。两像颜色苍黑，刻划遒劲，决不是近代人的刀势。据孔先生告诉我们的话，则这两像素来就说是出于端木子贡之手刻，宋南渡时由衍圣公孔端友抱负来衢，供在家庙的思鲁阁上；即以来衢州后的年限来说，也已经有八九百年的历史了。孔子像的面貌，同一般的画像并不相同，两眼及鼻子很大，颧骨不十分高，须分三挂，下垂及拱起的手际，耳朵也比常人大一点儿。孔子的一个圭，一挂须，及一只耳朵，已经损坏了，现在的系后人补刻嵌入的，刀法和刻纹，与原刻的一比，显见得后人的笔势来得软弱。

孔庙正中殿上，尚有孔子塑像一尊，东西两庑，各有迁衢始祖衍圣公孔端友等的塑像数尊，西首思鲁阁下，还有石刻吴道子画的孔子像碑一块；一座家庙，形式格局，完全是圣庙的大成至圣先师之殿。我虽则还不曾到过曲阜，但在这衢州的孔庙内巡视了一下，闭上眼睛，那座圣地的殿堂，仿佛也可以想象得出来了。

衢州西安门外，新河沿下的浮桥边，原也有江干的花市在的，但比到兰溪的江山船，要逊色得多，所以不纪。

仙霞纪险

从衢州南下，一路上迎送着的有不断的青山，更超过几条水色蓝碧的江身，经一大平原，过双塔地，到一区四山围抱的江城，就是江山县了。

江山是以三片石的江郎山出名的地方，南越仙霞关，直通闽粤，西去玉山，便是江西；所谓七省通衢，江山实在是第一个紧要的边境。世乱年荒，这江山县人民的提心吊胆，打草惊蛇的状况，也可以想见的了；我们南来，也不过想见识见识仙霞关的险峻，至于采风访俗，玩水游山，在这一个年头，却是不许轻易去尝试的雅事，所以到江山的第二日一早，我们就急急地雇了一辆汽车，驰往仙霞关去。

在南门外的汽车站上车，三里就到俗名东岳山，有一块老虎岩，并一座明嘉靖年间建置的塔在的景星山下；南行二十里，远远望得见冲天的三块巨岩江郎山，或合或离，在东面的群山中跳跃；再去是淤头，是峡口，是仙霞岭的区域了，去江山虽有八九十里路程，但汽车走走，也只走了两三个钟头的样子。

仙霞岭的面貌，实在是雄奇伟大得很！老远看来，就是那么高那么大的这排百里来长的仙霞山脉，近来一看，更觉得是不见天日了。东西南的三面，弯里有弯，山上有山；奇峰怪石，老树长藤，不计其数；而最曲折不尽，令人方向都分辨不出来的，是新从关外二十八都筑起，沿龙溪、化龙溪两支深山中的大水而行的那条通江山的汽车公路。

五步一转弯，三步一上岭，一面是流泉涡旋的深坑万丈，一面又是鸟飞不到的绝壁千寻。转一个弯，变一番景色，上一条岭，辟一个天地，上上下下，去去回回，我们在仙霞山中，龙溪岸上，自北去南，因为要绕过仙霞关去，汽车足足走了有一个多钟头的山路。山的高，水的深，与夫弯的多，路的险，不折不扣的说将出来，比杭州的九溪十八涧，起码总要超过三百多倍。要看山水的曲折，要试车路的崎岖，要将性命和运命去拼拼，想尝一尝生死关头，千钧一发的冒险异味的人，仙霞岭不可不到，尤其是从仙霞关北麓绕路出关，上关南二十八都去的这一条新辟的汽车公路，不可不去一走。车到关南，行经小竿岭的那个隘口，近瞰二十八都谷底里的人家，远望浦城枫岭诸峰的青影的时候，我真感到了一种一则以喜一则以惧的说不出的心理；喜的是关后许多险隘，已经被我走过了，惧的是直望山脚的目的地二十八都，虽然是只离开了一程抛石的空间，但山坡陡削，直冲下去，总也还有二三千尺的高度。这时候回头来看看仙霞关，一条石级铺得像蛇腹似的曩时的鸟道，却早已高高隐没在云雾与树木的中间了。

从小竿岭的隘口下来，盘旋回绕，再走了三四十分钟，到仙霞关外第一口的二十八都去一看，忽然间大家的身上又起了一层鸡皮的细粒。

　　太阳分明是高照在那里，天色当然是苍苍的，高大的人家的住屋，也一层一层的排列着在，但是人哩，活的生动着的人哩，人都到哪里去了呢？

　　许许多多的很整齐的人家，窗户都是掩着的，门却是半开半闭，或者竟全无地空空洞洞同死鲈鱼的口嘴似的张开在那里。踏进去一看，地下只散乱铺着有许多稻草。脚步声在空屋里反射出来的那一种响声，自己听了也要害怕。忽而索落落屋角的黑暗处稻草一动，偶尔也会立起一个人来，但只光着眼睛，向你上下一打量，他就悄悄的避开了。你若追上去问他一句话呢，他只很勉强地站立下来，对你又是光着眼睛的一番打量，摇摇头，露一脸阴风惨惨的苦笑，就又走了，回话是一句也不说的。

　　我们照这样的搜寻空屋，搜寻了好几处，才找到了一所基干队驻扎在那里的处所。守卫的兵士，对我们起初当然也是很含有疑惧的一番打量，听了我们的许多说明之后，他才开口说："昨晚上又有谣言。居民是自从去年九月以来，早就搬走了。在这里要吃一顿饭，是很不容易，因为豆腐青菜都没有人做，但今天早晨，队长是已经接到了江山胡站长的信，饭大约总在预备了吧？"说了，就请我们上大厅去歇息。我们看到了这一种情形，听到了那一番话，食欲早就被恐怖打倒了，所以道了一声队长万福，跳上车子，转身就走。

　　重回到小竿岭的那个隘口的时候，几刻钟前曾经盘问我们过，幸亏有了陈万里先生的那个徽章证明，才安然放我们过去的那位捧大刀的守卫兵，却笑着对我们说："你们就回去了么？"回来一过此口，已经入了安全地带，我们的胆子也大起来了，就在龙溪边上，一处叫作大坞的溪桥旁边下了车，打算爬上山去，亲眼去看一看那座也可以说是一夫当关，万夫莫开，宋史浩方把石路铺起来的仙霞关口。一面，叫空车子仍遵原路，绕到仙霞关北相去五里的保安村去等候我们，好让我们由关南上岭，关北下山，一路上看看风景。

　　据书上的记载，则仙霞岭高三百六十级，凡二十四曲，有五关，×十峰等等，我们因为是从半腰里上去的，所以所走的只是关门所在的那一段。

　　仙霞关，前前后后，有四个关门。第二关的边上，将近顶边的地方，是一座新筑的碉楼在那里，据陪我们去游的胡站长说，江山近旁，共有碉楼四十余处，是新近才筑起来的，但汽车路一开，这些碉楼，这座雄关，将来怕都要变成些虚有其名的古迹了。

仙霞关内岭顶，有一座霞岭亭，亭旁住着一家人家，从前大约是守关官吏的住所，现在却只剩了一位老人，在那里卖茶给过路的行人。

北面出关，下岭里许，是一个关帝庙。规模很大，有观音阁、浣霞池亭等建筑，大约从前的闽浙官吏来往，总是在这庙内寄宿的无疑。现在东面浣霞池的亭上，还有许多周亮工的过关诗，以及清初诸名宦的唱和诗碣，嵌在石壁的中间。

在关帝庙里喝了一碗茶，买了些有名的仙霞关的绿茶茶叶，晚霞已经围住了山腰，我们的手上脸上都感觉得有点潮润起来了，大家就不约而同的叫了出来说：

"啊！原来这些就是仙霞！不到此地，可真不晓得这关名之妙喂！"

下岭过溪，走到溪旁的保安村里，坐上车子，再探头出来看了一眼曾经我们走过的山岭，这座东南的雄镇，却早已羞羞怯怯，躲入到一片白茫茫的仙霞怀里去了。

冰川纪秀

冰川是玉山东南门外环城的一条大溪，我们上玉山到这溪边的时候，因为杭江铁路车尚未通，是由江山坐汽车绕广丰，直驱了二三百里的长路，好容易才走到的。到了冰溪的南岸来一看，在衢州见了颜色两样的城墙时所感到的那种异样的，紧张的空气，更是迫切了；走下汽车，对手执大刀，在浮桥边检查行人的兵士们偷抛了几眼斜视，我们就只好决定不进城去，但在冰川旁边走走，马上再坐原车回去江山。

玉山城外是由这一条天生的城河冰溪环抱在那里的，东南半角却有着好几处雁齿似的浮桥。浮桥的脚上，手捧着明晃晃的大刀，肩负着黄苍苍的马枪，在那里检查入城证、良民证的兵士，看起来相貌都觉得是很可怕。

从冰川第一楼下绕过，沿堤走向东南，一块大空地，一个大森林，就是郭家洲了。武安山障在南边，普宁寺、鹤岭寺接在东首。单就这一角的风景来说，有山有水，还有水车、磨房、渔梁、石埧、水闸、长堤，凡中国画或水彩画里所用得着的各种点景的品物，都已经齐备了；在这样小的一个背景里，能具备着这么些个秀丽的点缀品的地方，我觉得行尽了江浙的两地，也是很不多见的。而尤其是出乎我们的意料之外的,是郭家洲这一个三角洲上的那些树林的疏散的逸韵。

郭家洲,从前大约也是冰溪的流水所经过的地方,但时移势易,沧海现在竟变作了桑田了;那一排疏疏落落的杂树林,同外国古宫旧堡的画上所有的那样的那排大树,少算算,大约总也已经有了百数岁的年纪。

这一次在漫游浙东的途中,看见的山也真不少了,但每次总觉得有点美中不足的,是树木的稀少;不意一跨入了这江西的境界,就近在县城的旁边,居然竟能够看到了这一个自然形成的像公园似的大杂树林!

城里既然进不去,爬山又恐怕没有时间,并且离县城向西向北十来里地的境界,去走就有点儿危险,万不得已,自然只好横过郭家洲,上鹤岭寺山上的那一个北面的空亭,去遥想玉山的城市了。

玉山城里的人家,实在整洁得很。沿城河的一排住宅,窗明几净,倒影溪中,远看好像是威尼斯市里的通衢。太阳斜了,城里头起了炊烟,水上的微波,也渐渐地渐渐地带上了红影。西北的高山一带,有一个尖峰突起,活像是倒插的笔尖,大约是怀玉山了吧?

这一回沿杭江铁路西南直下,千里的游程,到玉山城外终止了。"冰为溪水玉为山!"坐上了向原路回来的汽车,我念着戴叔伦的这一句现成的诗句,觉得这一次旅行的煞尾,倒很有点儿像德国浪漫派诗人的小说。

临平登山记

曾坐沪杭甬的通车去过杭州的人，想来谁也看到过临平山的一道青嶂。车到了硖石，平地里就有起几堆小石山来了，然而近者太近，远者太小，不大会令人想起特异的关于山的概念。一到临平，向北窗看到了这眠牛般的一排山影，才仿佛是叫人预备着到杭州去看山看水似的，心里会突然的起一种变动；觉得杭州是不远了，四周的环境，确与沪宁路的南段，沪杭甬路的东段，一望平原，河流草舍很多的单调的景色不同了。这临平山的顶上，我一直到今年，才去攀涉，回想起来，倒也有一点浅淡的佳趣。

临平不过是杭州——大约是往日的仁和县管的吧？——的一个小镇，介在杭州海宁二县之间，自杭州东去，至多也不到六七十里地的路程。境内河流四绕，可以去湖州，可以去禾郡，也可以去松江上海，直到天边。因之沿河的两岸（是东西的）交河的官道（是南北的）之旁，就自然而然地成了一个部落。居民总有八九百家，柳叶菱塘，桑田鱼市，麻布袋，豆腐皮，酱鸭肥鸡，茧行藕店，算将起来，一年四季，农产商品，倒也不少。在一条丁字路的转弯角前，并且还有一家青帝摇漾的杏花村——是酒家的雅号，本名仿佛是聚贤楼。——乡民朴素，禁令森严，所以妓馆当然是没有的，旅馆也不曾看到，但暗娼有无，在这一个民不聊生民又不敢死的年头，我可不能够保。

我们去的那天，是从杭州坐了十点左右的一班慢车去的，一则因为左近的三位朋友，那一日正值着假期；二则因为有几位同乡，在那里处理乡村的行政，这几位同乡听说我近来佗傺无聊，篇文不写，所以请那三位住在我左近的朋友约我同去临平玩玩，或者可以散散心，或者也可以壮壮胆，不要以为中国的农村完全是破产了，中国人除几个活大家死之外别无出路了。等因奉此地到了临平，更在那家聚贤楼上，背晒着太阳喝了两斤老酒，兴致果然起来了，把袍子一脱，我们就很勇猛地说："去，去爬山去！"

缓步西行（出镇往西），靠左手走过一个桥洞，在一条长蛇似的大道之旁，远远就看得见一座银匠店头的招牌那么的塔，和许多名目也不大晓得的疏疏落落的树。地理大约总可以不再过细地报告了吧，北面就是那支临平山，南面岂不又是一条小河么？我们的所以不从临平山的东首上山，而必定要走出镇市——临平市是在山的东麓的——走到临平山的西麓去者，原因是为了安隐寺里的一棵梅树。

安隐寺，据说，在唐宣宗时，名永兴院，吴越时名安平院。至宋治平二年，始赐今名。因为明末清初的那位西泠十子中的临平人沈去矜谦，好闲多事，做了一部《临平记》，所以后来的临平人，也做出了不少的文章，其中最好的一篇，便是安隐寺里的那棵所谓"唐梅"的梅树。

安隐寺，在临平山的西麓，寺外面有一口四方的小井，井栏上刻着"安平泉"的三个不大不小的字。诸君若要一识这安平泉的传大过去，和沿临平山一带的许多寺院的兴废，以及鼎湖的何以得名，孙皓的怎么亡国（我所说的是天玺改元的那一回事情）等琐事的，请去翻一翻沈去矜的《临平记》，张大昌的《临平记补遗》，或田汝成的《西湖志余》等就得，我在这里，只能老实地说，那天我们所看到的安隐寺，实在是坍败得可以，寺里面的那一棵出名的"唐梅"，树身原也不小，但我却怎么也不想承认它是一千几百年前头的刁钻古怪鬼灵精。你且想想看，南宋亡国，伯颜丞相，岂不是由临平而入驻皋亭的么？那些羊膻气满身满面的元朝鞑子，哪里肯为中国人保留着这一株枯树？此后还有清朝，还有洪杨的打来打去，庙之不存，树将焉附，这唐梅若果是真，那它可真是不怕水火，不怕刀兵的活宝贝了，我们中国还要造什么飞机高射炮呢？同外国人打起仗来，岂不只教擎着这一棵梅树出去就对？

在冷气逼人的安隐寺客厅上吃了一碗茶，向四壁挂在那里的霉烂的字画致了一致敬，付了他们四角小洋的茶钱之后，我们就从不知何时被毁去的西面正殿基的门外，走上了山，沿山脚的一带，太阳光里，有许多工人，只穿了一件小衫，在那里劈柴砍树。我看得有点气起来了，所以就停住了脚，问他们："这些树木，是谁教你们来砍的？""除了这些山的主人之外还有谁呢？"这回话倒也真不错，我呆张着目，看看地上纵横睡着的拳头样粗的松杉树干，想想每年植树节日的各机关和要人等贴出来的红绿的标语传单，喉咙头好像冲起来了一块面包。呆立了一会，看看同来的几位同伴，已经上山去得远了，就只好屁也不放一个，旋转身子，狠狠地踏上了山腰，仿佛是山上的泥沙碎石，得罪了我的样子。

这一口看了工人砍树伐山而得的气闷,直到爬上山顶的时候,才兹吐出。临平山虽则不高,但走走究竟也有点吃力,喘气喘得多了,肚子里自然会感到一种清空,更何况在山顶上坐下的一瞬间,远远地又看得出钱塘江一线的空明缭绕,越山隔岸的无数青峰,以及脚下头临平一带的烟树人家来了呢!至于在沪杭甬路轨上跑的那几辆同小孩子玩具似的客车,与火车头上在乱吐的一圈一圈的白烟,那不过是将死风景点一点活的手笔,像麦克白夫妇当行凶的当儿,忽听到了醉汉的叩门声一样,有了原是更好,即使没有,也不会使人感到缺恨的。

从临平山顶上看下来的风景,的确还有点儿可取。从前我曾经到过兰溪,从兰溪市上,隔江西眺横山,每感到这座小小的兰阴山真太平淡,真是造物的浪费,但第二日身入了此山,到山顶去向南向东向西向北的一看,反觉得游兰溪者这横山决不可不到了。临平山的风景,就同这山有点相像;你远看过去,觉得临平山不过是一支光秃的小山而已,另外也没有什么奇特,但到山顶去俯瞰下来,则又觉得杭城的东面,幸亏有了它才可以说是完满。我说这话,并不是因受了临平人的贿赂,也不是想夺风水先生——所谓堪舆家也——们的生意,实在是杭州的东面太空旷了,有了临平山,有了皋亭,黄鹤一带的山,才补了一补缺。这是从风景上来说的话,与什么临平湖塞则天下治,湖开则天下乱等倒果为因的妄揣臆说,却不一样。

临平山顶,自西徂东,曲折高低的山脊线,若把它拉将直来,大约总也有里把路长的样子。在这里把路的半腰偏东,从山下望去,有一围黄色的墙头露出,像煞是巨象身上的一只木斗似的地方,就是临平人最爱夸说的龙洞的道观了。这龙洞,临平的乡下人,谁也晓得,说是小康王曾在洞里避过难。其实呢,这又是以讹传讹的一篇乡下文章而已。你猜怎么着?这临平山顶,半腰里原是有一个大洞的。洞的石壁上贴地之处,有"翼拱之凌晨游此,时康定元年四月八日"的两行字刻在那里。小康王也是一个康,康定元年也是一个康,两康一混,就混成了小康王的避难。大约因此也就成全了那个道观,龙洞道观的所以得至今庙貌重新,游人争集者,想来小康王的功劳,一定要居其大半。可是沈谦的《临平记》里,所说就不同了,现在我且抄一段在这里,聊以当作这一篇《临平登山记》的尾巴,因为自龙山出来,天也差不多快晚了,我们也就跑下了山,赶上了车站,当日重复坐四等车回到了杭州的缘故:

仁宗皇帝康定元年夏四月,翼拱之来游临平山细砺洞。

谦曰:吾乡有细砺洞,在临平山巅,深十余丈,阔二丈五尺,高一丈五尺,多出砺石,本草所称"砺石出临平"者,即其地也;至是者无不一游,自宋至今,题名者数人而已,然多漶漫不可读,而攀跻洗剔,得此一人,亦如空谷之足音,跫然而喜矣。

又曰:谦闻洞中题名旧矣,向未见。甲申四月八日,里人例有祈年之举,谦同友人往探,因得见其真迹。字在洞中东北壁,惟翼字最大,下两行分书之,微有丹漆,乃里人郭伯邑所润色,今则剥落殆尽,其笔势,遒劲如颜真卿格,真奇迹也。洞西面,又凿有"窦缄"二字,无年月可考,亦不解其义,意者,游人有窦姓者邪?至于满洞镂刻佛像,或是杨髡灵鹫之余波也。

出昱岭关记

一九三四年三月末日,夜宿在东天目昭明禅院的禅房里。四月一日侵晨,曾与同宿者金篯甫、吴宝基诸先生约定,于五时前起床,上钟楼峰上去看日出,并看云海。但午前四时,因口渴而起来喝茶,探首向窗外一望,微云里在落细雨,知道日出与云海都看不成了,索性就酣睡了下去,一觉竟睡到了八点。

早餐后,坐轿下山。一出寺门,哪知就掉向云海里去了;坐在轿上,看不出前面那轿夫的背脊,但闻人语声,鸟鸣声,轿夫换肩的喝唱声,瀑布的冲击声,从白茫茫一片的云雾里传来;云层很厚实,有时攒入轿来,扑在面上,有点儿凉阴阴的怪味,伸手出去拿了几次,却没有拿着。细雨化为云,蒸为雾,将东天目的上半山包住,今天的日出虽没有看成,可是在云海里飘泊的滋味却尝了一个饱。行至半山,更在东面山头的雾障里看出了一圈同月亮似的大白圈,晓得天又是晴的,逆料今天的西行出昱岭关去,路上一定有许多景色好看。

从原来的路上下山,过老虎尾巴,越新溪,向西向南的走去,云雾全收,那一个东西两天目之间的谷里的清景,又同画样的展开在目前。上一小岭后,更走二十余里,就到了于潜的藻溪,盖即三日前下车上西天目去的地点,距西天目三十余里,去东天目约有四十里内外;轿子到此,已经是午后一点的光景,肚子饿得很,因而对于那两座西浙名山的余恋,也有点淡薄下去了。

饭后上车,西行七十余里,入昌化境,地势渐高,过芦岭关后,就是昱岭山脉的盘据地界了;车路大抵是一面依山,一面临水的。山系巉屼古怪的沙石岩峰,水是清澄见底的山泉溪水。偶尔过一平谷,则人家三五,散点在杂花绿树间。老翁在门前曝背,小儿们指点汽车,张大了嘴,举起了手,似在大喊大叫。村犬之肥硕者,有时还要和汽车赛一段跑,送我们一程。

在未到昱岭关之先,公路两岸的青山绿水,已经是怪可爱的了。语堂并且还想起了避暑的事情,以为挈妻儿来这一区桃花源里,住它几日,不看报,不与外界相往来,饥则食小山之薇蕨,与村里的牛羊,渴则饮清溪的淡水。日当中午,大家脱得精光,入溪中去游泳。晚上倦了,就可以在月亮底下露宿,门也不必关,电灯也可以不要,只教有一枝雪茄,一张行军床,一条薄被,和几册爱读的书就好了。

"像这一种生活过惯之后,不知会不会更想到都市中去吸灰尘,看电影的?"

语堂感慨无量地在自言自语,这当然又是他的 Dichtung 在作怪。前此,语堂和增嘏、光旦他们,曾去富春江一带旅行;在路上,遇有不适意事,语堂就说:"这是 Wahrheit!"意思就是在说"现实和理想的不能相符",系借用了歌德的书名而付以新解释的;所以我们这一次西游,无论遇见什么可爱可恨之事,都只以 Wahrheit 与 Dichtung 两字了之;语汇虽极简单,涵义倒着实广阔,并且说一次,大家都哄笑一场,不厌重复,也不怕烦腻,正像是在唱古诗里的循环复句一般。

车到昱岭关口,关门正在新造,停车下来,仰视众山,大家都只嘿然互相默视了一下;盖因日暮途遥,突然间到了这一个险隘,印象太深,变成了 Shock,惊叹颂赞之声自然已经叫不出口,就连现成的 Dichtung 与 Wahrheit 两字,也都被骇退了。向关前关后去环视了一下,大家松了一松气,吴、徐两位,照了几张关门的照相之后,那种紧张的气氛,才兹驰缓了下来,于是乎就又有了说,有了笑;同行中间的一位,并且还上关门边上去撒了一抛溺,以留作过关的纪念碑。

出关后,已入安徽绩溪歙县界,第一个到眼来的盆样的村子,就是三阳坑。四面都是一层一层的山,中间是一条东流的水。人家三五百,集处在溪的旁边,山的腰际,与前面的弯曲的公路上下。溪上远处山间的白墙数点,和在山坡食草的羊群,又将这一幅中国的古画添上了些洋气,语堂说:"瑞士的山村,简直和这里一样,不过人家稍为整齐一点,山上的杂草树木要多一点而已。"我们在三阳坑车站的前头,那一条清溪的水车磨坊旁边,西看看夕阳,东望望山影,总立了约有半点钟之久,还徘徊而不忍去;倒惊动得三阳坑的老百姓,以为又是官军来测量地皮,破坏风水来了,在我们的周围,也张着嘴瞪着眼,绕成了一个大圈圈。

从三阳坑到岯梓里,二三十里地的中间,车尽在昱岭山脉的上下左右绕。过了一个弯,又是一个弯,盘旋上去,又盘旋下来,有时候向了西,有时候又向了东。到了顶上，回头来看看走过的路和路上的石栏，绝像是乡下人于正月元宵后，在盘的龙灯。弯也真长，真曲，真多不过。一时入一个弯去，上视危壁，下临绝涧，总以为前不见古人，后不见来者，这车非要穿入山去，学穿山甲，学神仙的土遁，才能到得徽州了，谁知斗头一转，再过一个山鼻，就又是一重天地，一番景色；我先在车里默数着，要绕几个弯，过几条岭，才到得徽州，但后来为周围的险景一吓，竟把数目忘了，手指头屈屈伸伸，似乎有了十七八次；大约就混说一句二三十个，想来总也没有错儿。

在这一条盘旋的公路对面，还有一个绝景，就是那一条在公路未开以前的皖浙间交通的官道。公路是开在溪谷北面的山腰，而这一条旧时的大道，是铺在溪谷南面的山麓的。从公路上的车窗里望过去，一条同银线似的长蛇小道，在对岸时而上山，时而落谷，时而过一条小桥，时而入一个亭子，隐而复见，断而再连；还有成群的驴马，肩驮着农产商品，在代替着沙漠里的骆驼，尽在这一条线路上走；路离得远了，铃声自然是听不见，就是捏着鞭子，在驴前驴后，跟着行走的商人，看过去也像是画上的行人，要令人想起小时候见过的钟馗送妹图或长江行旅图来。

过屺梓里后，路渐渐平坦，日也垂垂向晚，虽然依旧是水色山光，劈面的迎来，然而因为已在昱岭关外的一带，把注意力用尽了，致对车窗外的景色，不得已而失了敬意。其实哩，绩溪与歙县的山水，本来也是清秀无比，尽可以敌得过浙西的。

在苍茫的暮色里，浑浑然躺在车上，一边在打瞌睡，一边我也在想凑集起几个字来，好变成一件像诗样的东西，哼哼读读，车行了六七十里之后，我也居然把一首哼哼调做成了：

　　盘旋曲径几多弯，历尽千山与万山，
　　外此更无三宿恋，西来又过一重关，
　　地传洙泗溪争出，俗近江淮语略蛮
　　只恨征车留不得，让他桃李领春闲。

题目是《出昱岭关，过三阳坑后，风景绝佳》。

晚上六点前后，到了徽州城外的歙县站。入徽州城去吃了一顿夜饭，住的地方，却成问题了，于是乎又开车，走了六七十里的夜路，赶到了归休宁县管的大镇屯溪。屯溪虽有小上海的别名，虽也有公娼私娼戏园茶馆等的设备，但旅馆究竟不多；我们一群七八个人，搬来搬去，到了深夜的十二点钟，才由语堂、光旦的提议，屯溪公安局的介绍，租到了一只大船，去打馆宿歇。这一晚，别无可记，只发现了叶公秋原每爱以文言作常谈，于是乎大家建议："做文须用白话，说话须用文言"，这条原则通过以后，大家就满口的之乎也者了起来，倒把语堂的 Dichtung und Wahrheit 打倒了；叶公的谈吐，尤以用公文成语时，如"该大便业已撒出在案"之类，最为滑稽得体云。

屯溪夜泊记

屯溪是安徽休宁县属的一个市镇。虽然居民不多,——人口大约最多也不过一二万——工厂也没有,物产也并不丰富,但因为地处在婺源、祁门、黟县、休宁等县的众水汇聚之乡,下流成新安江,从前陆路交通不便的时候,徽州府西北几县的物产,全要从这屯溪出去,所以这个小镇居然也成了一个皖南的大码头,所以它也就有了小上海的别名。"生意兴隆通四海,财源茂盛达三江",这一副最普通的联语,若拿来赠给屯溪,倒也很可以指示出它的所以得繁盛的原委。

我们的飘泊到屯溪去,是因为东南五省交通周览会的邀请,打算去白岳、黄山看一看风景;而又蒙从前的徽州府现在的歙县县长的不弃,替我们介绍了一家徽州府里有名的实在是龌龊得不堪的宿夜店,觉得在徽州是怎么也不能够过夜了,所以才夜半开车,闯入了这小上海的屯溪市里。

虽则是小上海,可究竟和大上海有点不同,第一,这小上海所有的旅馆,就只有大上海的五万分之一。我们在半夜的混沌里,冲到了此地,投各家旅馆,自然是都已经客满了,没有办法,就只好去投奔公安局——这公安局却是直系于省会的一个独立机关,是屯溪市上,最大并且也是唯一的行政司法以及维持治安的公署,所以尽抵得过清朝的一个州县——请他们来救济,我们提出的办法,是要他们去为我们租借一只大船来权当宿舍。

这交涉办到了午前的一点,才兹办妥,行李等物,搬上船后,舱铺清洁,空气通畅,大家高兴了起来,就交口称赞语堂林氏的有发明的天才,因为大家搬上船上去宿的这一件事情,是语堂的提议,大约他总也是受了天随子陆龟蒙或八旗名士宗室宝竹坡的影响无疑。

浮家泛宅,大家联床接脚,在篾篷底下,洋油灯前,谈着笑着,悠悠入睡的那一种风情,倒的确是时代倒错的中世纪的诗人的行径。那一晚,因为上船得迟了,所以说废话说不上几刻钟,一船里就呼呼地充满了睡声。

第二天,天下了雨;在船上听雨,在水边看雨的风味,又是一种别样的情趣。因为天雨,旅行当然是不行,并且林、潘、全、叶的四位,目的是只在看看徽州，与自杭州至徽州的一段公路的，白岳黄山，自然是不想去的了，只教天一放晴，他们就打算回去，于是乎我们便有了一天悠闲自在的屯溪船上的休息。

屯溪的街市，是沿水的两条里外的直街，至西面而尽于屯浦，屯浦之上是一条大桥，过桥又是一条街，系上西乡去的大路。是在这屯浦桥附近的几条街上，由他们屯溪人看来，觉得是完全毛色不同的这一群丧家之犬，尽在那里走来走去的走。其实呢，我们的泊船之处，就在离桥不远的东南一箭之地，而寄住在船上，却有两件大事，非要上岸去办不可，就是，一，吃饭，二，大便。

况且，人又是好奇的动物，除了睡眠，吃饭，排泄以外，少不得也要使用使用那两条腿，于必要的事情之上，去做些不必要的事情；于是乎在江边的那家饭馆延旭楼即紫云馆，和那座公坑所，当然是可以不必说，就是一处贩卖破铜烂铁的旧货铺，以及就开在饭馆边上的一家假古董店，也突然地增加了许多顾客。我在旧货铺里，买了一部歙县吴殿麟的《紫石泉山房集》，语堂在那家假古董店里，买了些桃核船，翡翠，琥珀，以及许多碎了的白磁。大家回到船上研究将起来，当以两毛钱买的那些点点的磁片，最有价值，因为一只纤纤的玉手，捏着的是一条粗而且长，头如松菌的东西，另外的一条三角形的尖粽而带着微有曲线的白柄者，一定是国货的小脚；这些碎磁，若不是康熙，总也是乾隆，说不定，恐怕还是前朝内府坤宁宫里的珍藏。仔细研究到后来，你一言，我一语，想入非非，笑成一片，致使这一个水上小共和国里的百姓们，大家都堕落成了群居终日，专为不善的小人团。

早午饭吃后，光旦、秋原等又坐了车上徽州去了，语堂、增嘏，歪身倒在床上看书打瞌睡，只有被鬼附着似的神经质的我，在船里觉得是坐立都不能安，于是乎只好着了雨鞋，张着雨伞，再上岸去，去游屯溪的街市。

雨里的屯溪，市面也着实萧条。从东面有一块枪毙红丸犯处的木牌立着的地方起，一直到西尽头的屯浦桥附近为止，来回走了两遍，路上遇着的行人，数目并不很多，比到大上海的中心街市，先施、永安下那块地方的人海人山，这小上海简直是乡村角落里了。无聊之极，我就爬上了市后面的那一排小山之上，打算对屯溪全市，作一个包罗万象的高空鸟瞰。

市后的小山，断断续续，一连倒也有四五个山峰。自东而西，俯瞰了屯溪市上的几千家人家，以及人家外围，贯流在那里的三四条溪水之后，我的两足，忽而走到了一处西面离桥不远的化山的平顶。顶上的石柱石磉石梁，依然还在，然而一堆瓦砾，寸草不生，几只飞鸟，只在乱石堆头慢声长叹。我一个人看看前面天主堂界内的杂树人家，和隔岸的那条同金字塔样的狮子（俗称扁担）石山，觉得阴森森毛发都有点直竖起来了，不得已就只好一口气的跳下了这座在屯溪市是地点风景最好也没有的化山。后来上桥头的酒店里去坐下，向酒保仔细一探听，才晓得民国十八年的春天，宋老五带领了人马，曾将这屯溪市的店铺民房，施行了一次火洗，那座化山顶上的化山大寺，也就是于这个时候被焚化了的。那时候未被烧去而仅存者，只延旭楼的一间三层的高阁和天主堂内的几间平房而已。

在酒店里，和他们谈谈说说，我只吃了一碟炒四件，一斤杂有泥沙的绍兴酒，算起账来，竟被敲去了两块大洋，问"何以会这么的贵？"回答说"本地人都喝的歙酒，绍兴酒本来是很贵的。"这小上海的商家，别的上海样子倒还没有学好，只有这一个欺生敲诈的门径，却学得来青胜于蓝了，也无怪有人告诉我说，屯溪市上，无论哪一家大商店，都有讨价还价，就连一盒火柴，一封香烟。也有生人熟面的市价的不同。

傍晚四五点的时候，去徽州的大队人马回来了，一同上延旭楼去吃过晚饭，我和秋原、增嘏、成章四人，在江岸的东头走走，恰巧遇见了一位自上海来此的像白相人那么的汽车小商人。他于陪我们上游艺场去逛了一遍之余，又领我们到了一家他的旧识的乐户人家。姑娘的名号现在记不起来了，仿佛是翠华的两字，穿着一件黑绒的夹袄，镶着一个金牙齿，相貌倒也不算顶坏，听了几出徽州戏，喝了一杯祁门茶后，出到了街上，不意斗头又遇见了三位装饰时髦到了极顶，身材也窈窕可观的摩登美妇人。那一位引导者，和她们也似乎是素熟的客人，大家招呼了一下走散之后，他就告诉了我们以她们的身世。她们的前身，本来是上海来游艺场献技的坤角，后来各有了主顾，唱戏就不唱了。不到一年，各主顾忽又有了新恋，她们便这样的一变，变作了街头的神女。这一段短短的历史，简单虽也简单得很，但可惜我们中间的那位江州司马没有同来，否则倒又有一篇《琵琶行》好做了。在微雨黄昏的街上走着，他还告诉了我们这里有几家头等公娼，几家二等花茶馆，几家三等无名窟，和诨名"屯溪之王"的一家半开门。

回到了残灯无焰的船舱之内，向几位没有同去的诗人告了一番消息，余事只好躺下去睡觉了，但青衫憔悴的才子，既遇着了红粉飘零的美女，虽然没有后花园赠金，妓堂前碰壁的两幕情景，一首诗却是少不得的；斜依着枕头，合着船篷上的雨韵，哼哼唧唧，我就在朦胧的梦里念成了一首："新安江水碧悠悠，两岸人家散若舟，几夜屯溪桥下梦，断肠春色似扬州。"的七言绝句。这么一来，既有了佳人，又有了才子，煞尾并且还有着这一个有诗为证的大团圆，一出屯溪夜泊的传奇新剧本，岂不就完全成立了么？

皋亭山

皋亭山俗称半山，以"半山娘娘庙"出名。地在杭城东北角，与城市相去大约有十五六里路之遥。上半山进香或试春游的人，可以从万安桥头下船，一直的遵水路向东北摇去。或从湖墅、拱宸桥以及城里其他各埠下船去都行。若从陆路去，最好是坐火车到笕桥下车，向北走去，到半山只有七里，倘由拱宸桥走去，怕要走十多里路了，而路又曲折容易走错。汽车路，不知通到了什么地方，因为航空学校在皋亭山下笕桥之南三五里，大约汽车路总一定是有的。

先说明了这一条路径，其次要说我去游皋亭的经验了，这中间，还可以插叙些历史上的传说进去。

自前年搬到了杭州来住后，去年今年总算已经过了两个春天。我所最爱的季节，在江南是秋是冬，以及春初的一二个月。以后天气一热。从春晚到夏末，我简直是一个病夫；晚上睡不着觉，日里头昏脑胀，不吃酒也像是个醉狂的人。去年春天，为防止这一种疰夏——其实也可以说是疰春——病的袭来，老早我就在防卫，想把身体炼得好些，可以敌得过浓春的压迫，盛夏的熏蒸。故而到了春初，我就日日的游山玩水，跑路爬高，书也不读，文章也不写。有一天正在打算找出一处不曾去过的地方来，去游它一天，消磨那一日长闲的春昼，恰巧有一位多年不见的诗人何君来了，他是住在临平附近的人，对于那一边的地理，是很熟悉的。我问说："临平山，超山，唐栖镇，都已经去过了，东面还有更可以玩的地方没有？"他垂头想了一想，就说："半山你到过没有？"我说："没有！"于是就决定了一道去游半山。

半山本名皋亭山，在清朝各诗人的集子里，记游皋亭看桃花的诗词杂文很多很多；我们去的那一天，桃花虽还没有开，但那一年春天来得较迟，梅花也许是还有的。皋亭虽不是出梅子的地方，可是野人篱落，一树半枝的古梅，倒也许比梅林更为有趣；何君从故乡来，说迟梅还正在盛开，而这一天的天气，也正正适合于探梅野步。

我们去时，本打算上笕桥去下车，以后就走到皋亭山上庙里去吃午餐的；但一到车站，听说四等车已经开了，于是不得已只能坐火车到了拱宸桥。

在拱宸桥下车，遥望着皋亭的山色，向北向东，穿桑林，过小桥，一路的走去，那一种萧疏的野景，实在也满含着牧歌式的情趣。到了离皋亭山不远，入沿堤一处村子里的时候，梅花已经看了不少，说话也说尽了两三个钟头，而肚里也有点像贪狼似的饿了。

我们在堤上的一家茶馆里，烘着太阳，脱下衣服，先喝了两大碗土烧酒，吃了十几个茶叶蛋，和一大包花生米豆腐干。村里的人，看见我们食量的宏大，行动的奇特，在这早春的农闲期间里，居然也聚集拢了许多农工织女，来和我们攀谈。中间有一位抱小孩子的二十二三的少妇，衣服穿得异常的整齐，相貌也生得非常之完满，默默微笑着坐在我们一丛人的边上，在听我们谈海天，说笑话，而时时还要加以一句两句的羞缩的问语。何诗人得意之至，酒喝完后，诗兴发了，即席就吟成了一首七言长句，后来就题上了"半山娘娘庙"的墙壁；他要我和，我只做成了一半，后一半却是在回来的路上做的，当然是出韵了，原诗已经记不出来，我现在先把我的和诗抄在下面：

　　春愁如水刀难断，村酿偏醇醉易狂，
　　笑指朱颜称白也，乱抛青眼到红妆，
　　上方钟定夫人庙，东阁诗成水部郎，
　　看遍野梅三百树，皋亭山色暮苍苍。

因为我们在茶馆里所谈的，就是这一首诗里的故实。

他们说："半山娘娘最有灵感，看蚕的人家，每年来这里烧香的，从二月到四月，总有几千几万。"

他们又说："半山娘娘，是小康王封的。金人追小康王到了这山的半腰，小康王无处躲了，幸亏这娘娘一把沙泥，撒瞎了追来的金人的眼睛。"

又有一个老农夫订正这一个传说："小康王逃入了半山的山洞，金人赶到了，幸亏娘娘把一篓细丝倒向了洞口，因而结成了蛛网。金人看见蛛网满洞，晓得小康王决不躲在洞里，所以又远追了开去。"

凡此种种，以及香灰疗病，娘娘托梦等最近的奇迹，他们都说得活灵活现，我们仿佛是身到了西方的佛国。故而何诗人做了诗，而不是诗人的我也放出了那么的一"臭"，其实呢，半山庙所祀的为倪夫人；据说，金人来侵，村民避难入山；向晚大家回村去宿，独倪夫人怕被奸污，留居山上，夜间为毒蛇咬死。人悯其贞，故立庙祀之。所谓撒沙，所谓倒丝筐，都是由这传说里滋生出来的枝节，而祠为宋敕，神为女神，却是实事。

我们饱吃了一顿，大笑了一场，就由这水边的村店里走出，沿堤又走了二三里路，就走上了皋亭脚下的一个有山门在的村子。这里人家更多，小店里的货色也比较得完备。但村民的新年习惯，到了阴历的二月还未除去，山门前的亭子里，茶店里，有许多人围着在赌牌九。何诗人与我，也挤了进去。押了几次，等四毛小洋输完后，只好转身入山门，上山去瞻仰半山娘娘的像了。

庙的确是在半山，庙里的匾额、签文，以及香烛之类，果然堆叠得很多。但正殿三间，已经倾颓灰黑了，若再不修理，怕将维持不下去。西面的厢房一排数间，是厨房，也是管庙管山的人的宿舍，后面更有一个观音堂，却是新近修理粉刷过的。

因为半山庙的前后左右，也没有什么好看，桃树也并没有看见，梅花更加少了，我们就由倪夫人庙西面的一条山路走上了山顶。登高而望远，风景是总不会坏的，我们在皋亭山顶，自然也看见了杭州城里的烟树人家与钱塘江南岸的青山。

从山顶下来，时间已经不早了，何诗人将诗题上了西厢的粉壁后，两人就跑也似的走到了笕桥。

一年的岁月，过去得很快；今年新春刚过，又是饲蚕的时节了，前几天在万安桥头闲步，并且还看见了桅杆上张着黄旗的万安集、半山、超山进香的香船，因而便想起了去年的游迹，因而又发出了一"臭"：

　　半堤桃柳半堤烟，急景清明谷雨前，
　　相约皋亭山下去，沿河好看进香船。

散　文

灯蛾埋葬之夜

　　神经衰弱症，大约是因无聊的闲日子过了太多而起的。

　　对于"生"的厌倦，确是促生这时髦病的一个病根；或者反过来说，如同发烧过后的人在嘴里所感味到的一种空淡，对人生的这一种空淡之感，就是神经衰弱的征候，也是一样。

　　总之，入夏以来，我症状似乎一天在比一天加重；迁居之后，这病症当然也和我一道地搬了家。

　　虽然是说不上什么转地疗养，但新搬的这一间小屋，真也有一点田园的野趣。节季是交秋了，往后的这小屋的附近，这文明和蛮荒接界的区间，该是最有声色的时候了。声是秋声，色当然也是秋色。

　　先让我来说所以要搬到这里来的原委。

　　不晓在什么时候，被印上了"该隐的印号"之后，平时进出的社会里绝迹不敢去了。当然社会是有许多层的，但那"印号"的解释，似乎也有许多样。

　　最重要的解释，第一自然是叛逆，在做官是"一切"的国里，这"印号"的政治解释，本尽可以包括了其他种种。但是也不尽然，最喜欢含糊的人类，有必要的时候，也最喜欢分清。

　　于是第二个解释来了，似乎是关于"时代"的，曰"落伍"。天南北的两极，只教用得着，也不妨同时并用，这便是现代人的智慧。

　　来往于两极之间，新旧人同样的可以举用的，是第三个解释，就是所谓"悖德"。

　　但是向额上摩摸一下，这"该隐的印号"，原也摩摸不出，更不必说这种种的解释。或者行窃的人自己在心虚，自以为是犯了大罪，因而起这一种叫作被迫的Complex，也说不定。天下太平，本来是无事的，神经衰弱病者可总免不了自扰。所以断绝交游，抛撒亲串，和地狱底里的精灵一样，不敢现身露迹，只在一阵阴风里独来独往的这种行径，依小德谟克利多斯Robert Burton的分析，或者也许是忧郁病的最正确的症候。

因为背上负着的是这么一个十字架,所以一年之内,只学着行云,只学着流水,搬来搬去的尽在搬动。暮春三月底,偶尔在火车窗里,看见了些浅水平桥,垂杨古树,和几群飞不尽的乌鸦,忽然想起的,是这一个也不是城市,也不是乡村的界线地方。租定这间小屋,将几本丛残的旧籍迁移过来的,怕是在五月的初头。而现在却早又是初秋了。时间的飞逝,实在是快得很,真快得很。

小屋的前后左右,除一条斜穿东西的大道之外,全是些斑驳的空地。一垄一垄的褐色土垄上,种着些秋茄豇豆之类,现在是一棵一棵的棉花也在半吐白蕊的时节了。而最好看的,要推向上包紧,颜色是白里带青,外面有一层毛茸似的白雾,菜茎柄上,也时时呈着紫色的一种外国人叫作 Lettuce 的大叶卷心菜;大约是因为地近上海的缘故罢,纯粹的中国田园,也被外国人的嗜好所侵入了。这一种菜,我来的时候,原是很多的,现在却逐渐逐渐的少了下去。在这些空地中间,如突然想起似的,卑卑立着,散点在那里的,是一间两间的农夫的小屋,形状奇古的几株老柳榆槐,和看了令人不快的许多不落葬的棺材。此外同沟渠似的小河也有,以棺材旧板作成的桥梁也有;忽然一块小方地的中间,种着些颜色鲜艳的草花之类的卖花者的园地也有;简说一句,这里附近的地面,大约可以以江浙平地区中的田园百科大辞典来命名;而在这百科大辞典中,异乎寻常,以一张厚纸,来用淡墨铜版画印成的,要算在我们屋后矗立着的那块本来是由外国人经营的庞大的墓地。

这墓地的历史,我也不大明白,但以从门口起一直排着,直到中心的礼拜堂屋后为止的那两排齐云的洋梧桐树看来,少算算大约也总已有了六十几岁的年纪。

听土著的农人说来,这仿佛是上海开港以来,外国人最先经营的墓地,现在是已经无人来过问了,而在三四十年前头,却也是洋冬至外国清明及礼拜日的沪上洋人的散步之所哩。因为此地离上海,火车不过三四十分钟,来往是极便的。

小屋的租金,每月八元。以这地段说起来,似乎略嫌贵些,但因这样的闲房出租的并不多,而屋前屋后,隙地也有几弓,可以由租户去莳花种菜,所以比较起来,也觉得是在理的价格。尤其是包围在屋的四周的寂静,同在坟墓里似的寂静,是在洋场近处,无论出多少金钱也难买到的。

初搬过来的时候,只同久病初愈的患者一样,日日但伸展了四肢,躺在藤椅子上，书也懒得读，报也不愿看，除腹中饥饿的时候，稍微吸取一点简单的食物而外，破这平平的一日间的单调的，是向晚去田塍野路上行试的一回漫步。在这将落未落的残阳夕照之中，在那些青枝落叶的野菜畦边，一个人背手走着，枯寂的脑里，有时却会汹涌起许多前后不接的断想来。头上的天色老是青青的，身边的暮色也老是沉沉的。

但在这些前后没有脉络的断想的中间，有时候也忽然大小脑会完全停止工作。呆呆的立在野田里，同一根枯树似的呆呆直立在那里之后，会什么思想，什么感觉都忘掉，身子也不能动了，血液也仿佛是凝住不流似的，全身就如成了"所多马"城里的盐柱；不消说脑子是完全变作了无波纹无血管的一张扁平的白纸。

漫步回来，有时候也进一点晚餐，有时候简直茶也不喝一口，就爬进床去躺着。室内的设备简陋到了万分，电灯电扇等等文明的器具是没有的。月明之夜，睡到夜半醒来的时候，床前的小泥窗口，若晒进了月亮的青练的光儿，那这一夜的睡眠，就不能继续下去了。

不单是有月亮的晚上，就是平常的睡眠，也极容易惊醒。眼睛微微的开着，鼾声是没有的，虽则睡在那里，但感觉却又不完全失去，暗室里的一声一响，虫鼠等的脚步声，以及屋外树上的夜鸟鸣声，都一一会闯进到耳朵里来。若在日里陷入于这一种假睡的时候，则一边睡着，一边周围的行动事物，都会很明细的触进入意识的中间。若周围保住了绝对的安静，什么声响，什么行动都没有的时候，那在这假寐的一刻中，十几年间的事情，就会很明细的，很快的，在一瞬间展开来。至于乱梦，那更是多了，多得连叙也叙述不清。

我自己也知道是染了神经衰弱症了。这原是七八年来到了夏季必发的老病。

于是就更想静养，更想懒散过去。

今年的夏季，实在并没有什么大热的天气，尤其是在我这一个离群的野寓里。

有一天晚上，天气特别的闷，晚餐后上床去躺了一忽，终觉得睡不着，就又起来，打开了窗户，和她两人坐在天井里候凉。

两人本来是没有什么话好谈，所以只是昂着头在看天上的飞云，和云堆里时时露现出来的一颗两颗的星宿。

一边慢摇着蒲扇,一边这样的默坐在那里,不晓得坐了多久了,室内桌上的一枝洋烛,忽而灭了它的芯光。

两人既不愿意动弹,也不愿意看见什么,所以灯光的有无,也毫没有关系,仍旧是默默的坐在黑暗里摇动扇子。

又坐了好久好久,天末似起了凉风,窗帘也动了,天上的云层,飞舞得特别的快。

打算去睡了,就问了一声:

"现在不晓得是什么时候了?"

她立了起来,慢慢走进了室内,走入里边房里去拿火柴去了。

停了一会,我在黑暗里看见了一丝火光和映在这火光周围的一团黑影,及黑影底下的半面她的苍白的脸。

第一枝火柴灭了,第二枝也灭了,直到了第三枝才点旺了洋烛。

洋烛点旺之后,她急急的走了出来,手里却拿着那个大表,轻轻地说:

"不晓是什么时候了,表上还只有六点多钟呢?"

接过表来,拿近耳边去一听,什么声响也没有。我连这表是在几日前头开过的记忆也想不起来了。

"表停了!"

轻轻地回答了一声,我也消失了睡意,想再在凉风里坐它一刻。但她却又继续着说:

"灯盘上有一只很美的灯蛾死在那里。"

跑进去一看,果然有一只身子淡红,翅翼绿色,比蝴蝶小一点,但全身却肥硕得很的灯蛾横躺在那里。右翅上有一处焦影,触须是烧断了。默看了一分钟,用手指轻轻拨了它几拨,我双目仍旧盯视住这扑灯蛾的美丽的尸身,嘴里却不能自禁地说:

"可怜得很!我们把它去向天井里埋葬了吧!"

点了灯笼,用银针向黑泥松处掘了一个圆穴,把这美丽的尸身埋葬完时,天风加紧了起来,似乎要下大雨的样子。

拴上门户,上床躺下之后,一阵风来,接着如乱石似的雨点,便打上了屋檐。

一面听着雨声,一面我自语似的对她说:

"霞!明天是该凉快了,我想到上海去看病去。"

散　文

归　航

　　微寒刺骨的初冬晚上，若在清冷同中世似的故乡小市镇中，吃了晚饭，于未敲二更之先，便与家中的老幼上了楼，将你的身体躺入温暖的被里，呆呆的隔着帐子，注视着你的低小的木桌上的灯光，你必要因听了窗外冷清的街上过路人的歌音和足声而泪落。你因了这灰暗的街上的行人，必要追想到你孩提时候的景象上去。这微寒静寂的晚间的空气，这幽闲落寞的夜行者的哀歌，与你儿童时代所经历的一样，但是睡在楼上薄棉被里，听这哀歌的人的变化却如何了？一想到这里谁能不生起伤感的情来呢？——但是我的此言，是为像我一样的无能力的将近中年的人而说的——

　　我在日本的郊外夕阳晼晚的山野田间散步的时候，也忽而起了一种同这情怀相像的怀乡的悲感；看看几个日夕谈心的朋友，一个一个的减少下去的时候，我也想把我的迷游生活结束了。

　　十年久住的这海东的岛国，把我那同玫瑰露似的青春消磨了的这异乡的天地，我虽受了她的凌辱不少，我虽不愿第二次再使她来吻我的脚底，但是因为这厌恶的情太深了，到了将离的时候，倒反而生出了一种不忍与她诀别的心来。啊啊，这柔情一脉，便是千古的伤心种子，人生的悲剧，大约是发芽在此地的吧？

　　我于未去日本之先，我的高等学校时代的生活背景，也想再去探看一回。我于永久离开这强暴的小国之先，我的迭次失败了的浪漫史的血迹，也想再去揩拭一回。

　　"轻薄淫荡的异性者呀，你们用了种种柔术想把来弄杀了的他，现在已经化作了仙人，想回到他的须弥故国去了。请你们尽在这里试用你们的手段吧，他将要骑了白鹤，回到他的母亲怀里去了。他回去之后，定将拥挟了霓裳仙子，舞几夜通宵的歌舞，他是再也不来向你们乞怜的了。"

　　我也想用了微笑，代替了这一段言语，向那些愚弄过我的妇人，告个长别，用以泄泄我的一段幽恨。为了这种种琐碎的原因，我的回国日期竟一天一天的延长了许多的时日。

从家里寄来的款也到了，几个留在东京过夏的朋友为我饯行的席也设了，想去的地方，也差不多去过了，几册爱读的书也买好了，但是要上船的第一天（七月的十五）我又忽而跑上日本邮船公司去，把我的船票改迟了一班，我虽知道在黄海的这面有几个——我只说几个——与我意气相合的朋友在那里等我，但是我这莫名其妙的离情，我这像将死时一样的哀感，究竟教我如何处置呢？我到七月十九的晚上，喝醉了酒，才上了东京的火车，上神户去趁翌日出发的归舟。

二十的早晨从车上走下来的时候，赤色的太阳光线已经将神户市的一大半房屋烧热了。神户市的附近，须磨是风光明媚的海滨村，是三伏中地上避暑的快乐园，当前年须磨寺大祭的晚上，是我与一个不相识的妇人共宿过的地方。依我目下的情怀说来，是不得不再去留一宵宿，叹几声别的，但是回故国的轮船将于午前十点钟开行，我只能在海上与她遥别了。

"妇人呀妇人，但愿你健在，但愿你荣华，我今天是不能来看你了。再会——不……不……永别了……"

须磨的西边是明石，紫式部的同画卷似的文章，蓝苍的海浪，洁白的沙滨，参差雅淡的别庄，别庄内的美人，美人的幽梦，……

"明石呀明石！我只能在游仙枕上，远梦到你的青松影里，再来和你的儿女谈多情的韵事了。"

八点半钟上了船，照管行李，整理舱位，足足忙了两个钟头；船的前后铁索响的时候，铜锣报知将开船的时候，我的十年中积下来的对日本的愤恨与悲哀，不由得化作了数行冰冷的清泪，把海湾一带的风景，染成了模糊像梦里的江山。

"啊啊，日本呀！世界一等强国的日本呀！国民比我们矮小，野心比我们强烈的日本呀！我去之后，你的海岸大约依旧是风光明媚，你的儿女大约依旧是荒淫无忌地过去的。天色的苍茫，海洋的浩荡，大约总不至因我之去而稍生变更的。我的同胞的青年，大约仍旧要上你这里来，继续了我的运命，受你的欺辱的。但是我的青春，我的在你这无情的地上费了的青春！啊啊，枯死的青春呀，你大约总再也不能回复到我的身上来了吧！"

二十一日的早晨，我还在三等舱里做梦的时候，同舱的鲁君就跳到我的枕边上来说："到了到了！到门司了！你起来同我们上门司去吧！"

我乘的这只船，是经过门司不经过长崎的，所以门司，便是中途停泊的最后的海港；我的从昨日酝酿成的那种伤感的情怀，听了门司两字，又在我的胸中复活了起来。一只手擦着眼睛，一只手捏了牙刷，我就跟了鲁君走出舱来。淡蓝的天色，已经被赤热的太阳光线笼罩了东方半角。平静无波的海上，贯流着一种夏天早晨特有的清新的空气。船的左右岸有几堆同青螺似的小岛，受了朝阳的照耀，映出了一种浓润的绿色。前面去左船舷不远的地方有一条翠绿的横山，山上有两株无线电报的电杆，突出在碧落的背景里；这电杆下就是门司港市了。船又行进了三五十分钟，回到那横山正面的时候，我只见无数的人家，无数的工厂烟囱，无数的船舶和桅杆，纵横错落的浮映在天水中间的太阳光线里，船已经到了门司了。

门司是此次我的脚所践踏的最后的日本土地，上海虽然有日本的居民，天津汉口杭州虽然有日本的租界，但是日本的本土，怕今后与我便无缘分了。因为日本是我所最厌恶的土地，所以今后大约我总不至于再来的。因为我是无产阶级的一介分子，所以将来大约我总不至坐在赴美国的船上，再向神户横滨来泊船的。所以我可以说门司便是此次我的脚所践踏的最后的日本土地了。

我因为想深深的尝一尝这最后的伤感的离情，所以衣服也不换，面也不洗，等船一停下，便一个人跳上了一只来迎德国人的小汽船，跑上岸上去了。小汽船的速力，在海上振动了周围清新的空气，我立在船头上觉得一种微风同妇人的气息似的吹上了我的面来。蓝碧的海面上，被那小汽船冲起了一层波浪，汽船过处，现出了一片银白的浪花，在那里返射着朝日。

在门司海关码头上岸之后，我觉得射在灰白干燥的陆地路上的阳光，几乎要使我头晕；在海上不感得的一种闷人的热气，一步一步的逼上我的面来，我觉得我的鼻上有几颗珍珠似的汗珠滚出来了；我穿过了门司车站的前庭，便走进狭小的锦町街上去。我想永久将去日本之先，不得不买一点什么东西，作作纪念，所以在街上走了一回，我就踏进了一家书店。新刊的杂志有许多陈列在那里，我因为不想买日本诸作家的作品，来培养我的创作能力，所以便走近里面的洋书架去。小泉八云 Lafcadio Hearn[①] 的著作，Modern Library[②] 的丛书占了书架的一大部分，我细细的看了一遍，觉得与我这

[①] 小泉八云的原名拉夫卡迪奥·海恩，日本小说家，文艺评论家。生于希腊，父为爱尔兰军医，母为希腊人。一八九〇年赴日，后与日本人小泉节子结婚，入日本籍。
[②] 英文：现代文库。

时候的心境最适合的书还是去年新出版的 John Paris 的那本 Kimono①（日本衣服之名）。

我将要去日本了，我在沦亡的故国山中，万一同老人追怀及少年时代的情人一般，有追思到日本的风物的时候，那时候我就可拿出几本描写日本的风俗人情的书来赏玩。这书若是日本人所著，他的描写，必至过于真确，那时候我的追寻远地的梦幻心境，倒反要被那真实粗暴的形相所打破。我在那时候若要在沙上建筑蜃楼，若要从梦里追寻生活，非要读读朦胧奇特、富有异国情调的，那些描写月下的江山，追怀远地的情事的书类不可；从此看来，这 Kimono 便是与这境状最适合的书了，我心里想了一遍，就把 Kimono 买了。从书店出来又在狭小的街上的暑热的太阳光里走了一段，我就忍了热从锦町三丁目走上幸町的通里山的街上去。幸町是三弦酒肉的巢窟，是红粉胭脂的堆栈，今天正好像是大扫除的日子，那些调和性欲，忠诚于她们的天职的妓女，都裸了雪样的洁白，风样的柔嫩的身体，在那里打扫，啊啊，这日本的最美的春景，我今天看后，怕也不能多看了。

我在一家姓安东的妓家门前站了一忽，同饥狼似的饱看了一回烂熟的肉体，便又走下幸町的街路，折回到了港口。路上的灰尘和太阳的光线，逼迫我的身体，致我不得不向咖啡店去休息一场；我在去码头不远的一家下等的酒店坐下的时候，身体也真疲劳极了。

喝了一大瓶啤酒，吃了几碗日本固有的菜，我觉得我的消沉的心里，也生了一点兴致出来，便想尽我所有的金钱，上妓家去瞎闹一场；但拿出表来一看，已经过十二点了，船是午后二点钟就要拔锚的。

我出了酒店，手里拿了一本 Kimono，在街上走了两步，就把游荡的邪心改过，到浴场去洗了一个澡，因以涤尽了十几年来，堆叠在我这微躯上的日本的灰尘与恶土。

上船的时候，已经是午后一点半了。三十分后开船的时候，我和许多去日本的中国人和日本人立在三等舱外甲板上的太阳影里看最后的日本的陆地。门司的人家远去了，工场的烟囱也看不清楚了，近海岸的无人绿岛也一个一个的少下去了，我正在出神的时候，忽听一等舱的船楼上有清脆的妇人声在那里说话；我抬起头来一看，见有一个年约十八九的中西杂种的少女，

---

① 英文：约翰·巴利斯的《和服》。

立在船楼的栏杆边上,在那里和一个红脸肥胖的下劣西洋人说话。那少女皮肤带着浅黑色,眼睛凹在鼻染的两边,鼻尖高得很,瞳人带些微黄,但仍是黑色;头发用烙铁烫过,有一圈珍珠,带在蓬蓬的发下。她穿的是黄白薄绸的一件西洋的夏天女服,双袖短得很,她若把手与肩胛平张起来,你从袖口能看得出她腋下的黑影,和胸前的乳头来。她的颈项下的前后又裸着两块可爱的黄黑色的肥肉。下面穿的是一条短短的围裙,她的瘦长的两条脚露出在鱼白的湖绉裙下。从玄色的丝袜里蒸发出来的她的下体的香味,我好像也闻得出来的样子。看看她那微笑的短短的面貌,和一排洁白的牙齿,我恨不得拿出一把手枪来,把那同禽兽似的西洋人击杀了。

"年轻的少女呀,我的半同胞呀!你母亲已经为他们异类的禽兽玷污了,你切不可再与他们接近才好呢!我并不想你,我并不在这里贪你的姿色;但是,但是像你这样的美人,万一被他们同野兽一样的西洋人蹂躏了去,教我如何能堪呢!你那柔软黄黑的肉体被那肥胖如雄猪似的洋人压着的光景,我便在想象的时候,也觉得眼睛里要喷出火来。少女呀少女!我并不要你爱我,我并不要你和我同梦。我只求你别把你的身体送给异类的外人去享乐就对了。我们中国也有美男子,我们中国也有同黑人一样强壮的伟男子,我们中国也有几千万几万万家财的富翁,你何必要接近外国人呢!啊啊,中国可亡,但是中国的女子是不可被他们外国人强奸去的。少女呀少女!你听了我的这哀愿吧!"

我的眼睛呆呆的在那里看守她那颧骨微突嘴巴狭小的面貌,我的心里同跪在圣女马利亚像前面的旧教徒一样,尽在那里念这些祈祷。感伤的情怀,一时征服了我的全体,我觉得眼睛里酸热起来,她的面貌,就好像有一层veil[①]罩着的样子,也渐渐的朦胧起来了。

海上的景物也变了。近处的小岛完全失去了影子,空旷的海面上,映着了夕照,远远里浮出了几处同眉黛似的青山;我在甲板上立得不耐烦起来,就一声也不响,低了头,回到了舱里。

太阳在西方海面上沉没了下去,灰黑的夜阴从大海的四角里聚集了拢来,我吃完了晚饭,仍复回到甲板上来,立在那少女立过的楼底直下。我仰起头来看看她立过的地方,心里就觉得悲哀起来,前次的纯洁的心情,早已

[①] 英文:面纱。

不复在了,我心里只暗暗地想:

"我的头上那一块板,就是她曾经立过的地方。啊啊,要是她能爱我,就教我用无论什么方法去使她快乐,我也愿意的。啊啊,所罗门当日的荣华,比到纯洁的少女的爱情,只值得什么?事也不难,她立在我头上板上的时候,我只须用一点奇术,把我的头一寸一寸的伸长起来,钻过船板去就对了。"

想到了这里,我倒感着了一种滑稽的快感;但看看船外灰黑的夜阴,我觉得我的心境也同白日的光明一样,一点一点被黑暗腐蚀了。

我今后的黑暗的前程,也想起来了。我的先辈回国之后,受了故国社会的虐待,投海自尽的一段哀史,也想起来了。

"我在那无情的岛国上,受了十几年的苦,若回到故国之后,仍不得不受社会的虐待,教我如何是好呢!日本的少女轻侮我,欺骗我时,我还可以说'我是为人在客',若故国的少女,也同日本妇人一样的欺辱我的时候,我更有什么话说呢!你看那 euroasian① 不是已在那里轻侮我了么?她不是已经不承认我的存在了么?唉,唉,唉,唉,我错了,我错了。我是不该回国来的。一样的被人虐待,与其受故国同胞的欺辱,倒还不如受他国人的欺辱更好自家宽慰些。"

我走近船舷,向后面我所别来的国土一看,只见得一条黑线,隐隐的浮在东方的苍茫夜色里。我心里只叫着说:

"日本呀日本,我去了。我死了也不再回到你这里来了。但是,但是我受了故国社会的压迫,不得不自杀的时候,最后浮上我的脑子里来的,怕就是你这岛国哩!Ave Japon!我的前途正黑暗得很呀!"

---

① 英文:欧亚混血儿。

立秋之夜

黝黑的天空里，明星如棋子似的散布在那里。比较狂猛的大风，在高处呜呜的响。马路上行人不多，但也不断。汽车过处，或天风落下来，阿斯法儿脱的路上，时时转起一阵黄沙。是穿着单衣觉得不热的时候。马路两旁永夜不息的电灯，比前半夜减了光辉，各家店门已关上了。

两人尽默默的在马路上走。后面的一个穿着一套半旧的夏布洋服，前面的穿着不流行的白纺绸长衫。他们两个原是朋友，穿洋服的是在访一个同乡的归途，穿长衫的是从一个将赴美国的同志那里回来，二人系在马路上偶然遇着的。二人都是失业者。

"你上哪里去？"

走了一段，穿洋服的问穿长衫的说。

穿长衫的没有回话，默默的走了一段，头也不朝转来，反问穿洋服的说：

"你上哪里去？"

穿洋服的也不回答，默默的尽沿了电车线路在那里走。二人正走到一处电车停留处，后面一乘回车库去的末次电车来了。穿长衫的立下来停了一停，等后面的穿洋服的。穿洋服的慢慢走到穿长衫的身边的时候，停下的电车又开出去了。

"你为什么不乘了这电车回去？"

穿长衫的问穿洋服的说。穿洋服的不答，却脚也不停慢慢的向前走了，穿长衫的就在后面跟着。

二人走到一处三叉路口了。穿洋服的立下来停了一停。穿长衫的走近穿洋服的身边，脚也不停下来，仍复慢慢的前进。穿洋服的一边跟着，一边问说：

"你为什么不进这叉路回去？"

二人默默的前去，他们的影子渐渐儿离三叉路口远了下去，小了下去。过了一忽，他们的影子就完全被夜气吞没了。三叉路口，落了天风，转起了一阵黄沙。比较狂猛的风，呜呜的在高处响着。一乘汽车来了，三叉路口又转起了一阵黄沙。这是立秋的晚上。

小春天气

一

与笔砚疏远以后，好像是经过了不少时日的样子。我近来对于时间的观念，一点儿也没有了。总之案头堆着的从南边来的两三封问我何以老不写信的家信，可以作我久疏笔砚的明证。所以从头计算起来，大约自我发表最后的一篇整个儿的文字到现在，总已有一年以上，而自我的右手五指，抛离纸笔以来，至少也得有两三个月的光景。以天地之悠悠，而来较量这一年或三个月的时间，大约总不过似骆驼身上的半截毫毛；但是由先天不足，后天亏损——这是我们中国医生常说的话，我这样的用在这里，请大家不要笑我——对我说来，渺焉一身，寄住在这北风凉冷的皇城人海中间受尽了种种欺凌侮辱。竟能安然无事的经过这么长的一段时间，却是一种摩西以后的最大奇迹。

回想起来这一年的岁月，实在是悠长得很呀！绵绵钟鼓初长的秋夜，我当众人睡尽的中宵，一个人在六尺方的卧房里踏来踏去，想想我的女人，想想我的朋友，想想我的暗淡的前途，曾经熏烧了多少枝的短长烟卷？睡不着的时候，我一个人拿了蜡烛幽脚幽手的跑上厨房去烧些风鸡糟鸭来下酒的事情，也不止三次五次。而由现在回顾当时，那时候初到北京后的这种不安焦躁的神情，却只似儿时的一场噩梦，相去好像已经有十几年的样子，你说这一年的岁月对我是长也不长？

这分外的觉得岁月悠长的事情，不仅是意识上的问题，实际上这一年来我的肉体精神两方面，都印上了这人家以为很短而在我却是很长的时间的烙印。去年十月在黄浦江头送我上船的几位可怜的朋友，若在今年此刻，和我相遇于途中，大约他们看见了我，总只是轻轻的送我一瞥，必定会仍复不改常态地向前走去的。（虽则我的心里在私心默祷，使我遇见了他们，不要也不认识他们！）

这一年的中间，我的衰老的气象，实在是太急速的侵袭到了，急速的，真真是很急速的。"白发三千丈"一流的夸张的比喻，我们暂且不去用它，就减之又减的打一个折扣来说吧，我在这一年中间，至少也的的确确的长了十岁年纪。牙齿也掉了，记忆力也消退了，对镜子剃削胡髭的早晨，每天都要很惊异地往后看一看，以为镜子里反映出来的，是别一个站在我后面的没有到四十岁的半老人。腰间的皮带，尽是一个窟窿一个窟窿的往里缩，后来现成的孔儿不够，却不得不重用钻子来新开，现在已经开到第二个了。最使我伤心的，是当人家欺凌我侮辱我的时节，往日很容易起来的那一种愤激之情，现在怎么也鼓励不起来。非但如此，当我觉得受了最大的侮辱的时候，不晓从何处来的一种滑稽的感想，老要使我作会心的微笑。不消说年青时候的种种妄想，早已消磨得干干净净，现在我连自家的女人小孩的生存，和家中老母的健否等问题都想不起来；有时候上街去雇得着车，坐在车上，只想车夫走往向阳的地方去——因为我现在忽而怕起冷来了——慢一点儿走，好使我饱看些街上来往的行人，和组成现代的大同世界的形形色色。看倦了，走倦了，跑回家来，只想弄一点美味的东西吃吃，并且一边吃，一边还要想出如何能够使这些美味的东西吃下去不会饱胀的方法来，因为我的牙齿不好，消化不良，美味的东西，老怕不能一天到晚不间断的吃过去。

二

现在我们在这里所享有的，是一年中间最好不过的十月。江北江南，正是小春的时候。况且世界又是大同，东洋车、牛车，马车上，一闪一闪的在微风里飘荡的，都是些除五色旗外的世界各国的旗子。天色苍苍，又高又远，不但我们大家酣歌笑舞的声音，达不到天听，就是我们的哀号狂泣，也和耶和华的耳朵，隔着蓬山几千万叠。生逢这样的太平盛世，依理我也应该向长安的落日，遥进一杯祝颂南山的寿酒，但不晓怎么的，我自昨天以来，明镜似的心里，又忽而起了一层翳障。

仰起头来看看青天，空气澄清得怖人；各处散射在那里的阳光，又好像要对我说一句什么可怕的话，但是因为爱我怜我的缘故，不敢马上说出来的样子。脚底下铺着扫不尽的落叶，忽而索落索落的响了一声，待我低下头来，向发出声音来的地方望去，又看不出什么动静来了，这大约是我们座后的那一颗槐树，又摆脱了一叶负担了吧。正是午前十点钟的光景，家里的人，都出去了，我因为孤零丁一个人在屋里坐不住，所以才踱到院子里来的，然而在院子里站了一忽，也觉得没有什么意思，昨晚来的那一点小小的忧郁,仍复笼罩在我的心上。

当半年前,每天只是忧郁的连续的时候,倒反而有一种余裕来享乐这一种忧郁,现在连快乐也享受不了的我的脆弱的身心,忽而沾染了这一层虽则是很淡很淡,但也好像是很深的隐忧,只觉得坐立都是不安。没有方法,我就把香烟连续的吸了好几枝。

是神明的摄理呢?还是我的星命的佳会?正在这无可奈何的时候,门铃儿响了。小朋友G君,背了水彩画具架进来说:

"达夫,我想去郊外写生,你也同我去郊外走走吧!"

G君年纪不满二十,是一位很活泼的青年画家,因为我也很喜欢看画,所以他老上我这里来和我讲些关于作画的事情。据他说:"今天天气太好,坐在家里,太对大自然不起,还是出去走走的好。"我换了衣服,一边和他走出门来,一边告诉门房"中饭不来吃,叫大家不要等我"的时候,心里所感得的喜悦,怎么也形容不出来。

三

本来是没有一定目的地的我们,到了路上,自然而然的走向西去,出了平则门。阳光不问城内城外,一例的很丰富的洒在那里。城门附近的小摊儿上,在那里摊开花生来的小贩,大约是因为他穿着的那件宽大的夹袄的原因吧,觉得也反映着一味秋气。茶馆里的茶客,和路上来往的行人,在这样和煦的太阳光里,面上总脱不了一副贫陋的颜色;我看看这些人的样子,心里又有点不舒服起来,所以就叫G君避开城外的大街沿城折往北去。夏天常来的这城下长堤上,今天来往的大车特别的少。道旁的杨柳,颜色也变了,影子也疏了。城河里的浅水,依旧映着晴空,返射着日光,实际上和夏天并没有什么区别,但我觉得总有一种寂寥的感觉,浮在水面。抬头看看对岸,远近一排半凋的林木,纵横交错的列在空中。大地的颜色,也不似夏日的茏葱,地上的浅草都枯尽,带起浅黄色来了。法国教堂的屋顶,也好像失了势力似的,在半凋的树林中孤立在那里。与夏天一样的,只有一排西山连亘的峰峦。大约是今天空气格外澄鲜的缘故吧,这排明褐色的屏障,觉得是近得多了,的确比平时近得多了。此外弥漫在空际的,只有明蓝澄洁的空气,悠久广大的天空和饱满的阳光,和暖的阳光。隔岸堤上,忽而走出两个着灰色制服的兵来。他们拖了两个斜短的影子,默默的在向南的行走。我见了他们，想起了前几天平则门外的抢劫的事情，所以就对G君说：

"我看这里太辽阔，取不下景来，我们还是进城去吧！上小馆子去吃了午饭再说。"

G君踏来踏去的看了一会，对我笑着说：

"近来不晓怎么的，有一种莫名其妙的神秘的灵感，常常闪现在我的脑里。今天是不成了，没有带颜料和油画的家伙来。"

他说着用手向远处教堂一指，同时又接着说：

"几时我想画画教堂里的宗教画看。"

"那好得很啊！"

猫猫虎虎的这样回答了一句，我就转换方向，慢慢的走回到城里来了。落后了几步，他也背着画具，慢慢的跟我走来。

四

喝了两斤黄酒，吃得满满的一腹。我和G君坐在洋车上，被拉往陶然亭去的时候，太阳已经打斜了。本来是有点醉意，又被午后的阳光一烘，我坐在车上，眼睛觉得渐渐的朦胧了起来。洋车走尽了粉房琉璃街，过了几处高低不平的新开地，交入南下洼旷野的时候，我向右边一望，只见几列鳞鳞的屋瓦，半隐半现的在西边一带的疏林里跳跃。天色依旧是苍苍无底，旷野里的杂粮，也已割尽，四面望去，只是洪水似的午后的阳光，和远远躺在阳光里的矮小的坛殿城池。我张了一张睡眼，向周围望了一圈，忽笑向G君说：

"'秋气满天地，胡为君远行'，这两句唐诗真有意思，要是今天是你去法国的日子，我在这里饯你的行，那么再比这两句诗适当的句子怕是没有了，哈哈……"

只喝了半小杯酒，脸上已涨得潮红的G君也笑着对我说：

"唐诗不是这样的两句，你记错了吧！"

两人在车上笑说着，洋车已经走入了陶然亭近边的芦花丛里，一片灰白的毫芒，无风也自己在那里作浪。西边天际有几点青山隐隐，好像在那里笑着对我们点头。下车的时候，我觉得支持不住了，就对G君说：

"我想上陶然亭去睡一觉，你在这里画吧！现在总不过两点多钟，我睡醒了再来找你。"

五

　　陶然亭的听差来摇我醒来的时候,西窗上已经射满了红色的残阳。我洗了手脸,喝了二碗清茶,从东面的台阶上下来,看见陶然亭的黑影,已经越过了东边的道路,遮满了一大块道路东面的芦花水地。往北走去,只见前后左右,尽是茫茫一片的白色芦花。西北抱冰堂一角,扩张着阴影,西侧面的高处,满挂了夕阳最后的余光,在那里催促农民的息作。穿过了香冢鹦鹉冢的土堆的东面,在一条浅水和墓地的中间,我远远认出了G君的侧面朝着斜阳的影子。从芦花铺满的野路上将走近G君背后的时候,我忽而气也吐不出来,向西的瞪目呆住了。这样伟大的,这样迷人的落日的远景,我却从来没有看见过。太阳离山,大约不过盈尺的光景,点点的遥山,淡得比春初的嫩草,还要虚无缥缈。监狱里的一架高亭,突出在许多有谐调的树林的枝干高头。芦根的浅水,满浮着芦花的绒穗,也不像积绒,也不像银河。芦萍开处,忽映出一道细狭而金赤的阳光,高冲牛斗。同是在这返光里飞堕的几簇芦绒,半边是红,半边是白。我向西呆看了几分钟,又回头向东北三面环眺了几分钟,忽而把什么都忘掉了,连我自家的身体都忘掉了。

　　上前走了几步,在灰暗中我看见G君的两手,正在忙动。我叫了一声,G君头也不朝转来,很急促的对我说:

　　"你来,你来,来看我的杰作!"

　　我走近前去一看,他画架上,悬在那里,正在上色的,并不是夕阳,也不是芦花,画的中间,向右斜曲的,却是一条颜色很沉滞的大道。道旁是一处阴森的墓地,墓地的背后,有许多灰黑凋残的古木横叉在空间。枯木林中,半弯下弦的残月,刚升起来,冰冷的月光,模糊隐约的照出了一只停在墓地树枝上的猫头鹰的半身。颜色虽则还没有上全,然而一道逼人的冷气,却从这幅未完的画面直向观者的脸上喷来。我蹙紧了眉峰,对这画面静看了几分钟,抬起头来正想说话的时候,觉得太阳已经完全下山了,四面的薄暮的光景也比一刻前促迫了。尤其是使我惊恐的,是我抬起头来的时候,在我们的西北的墓地里,也有一个很淡很淡的黑影,动了一动。我默默的停了一会,惊心定后,再朝转头来看东边天上的时候,却见了一痕初五六的新月,悬挂在空中。又停了一会,把惊恐之心,按捺了下去,我才慢慢的对G君说:

"这一张小画，的确是你的杰作，未完的杰作。太晚了，快快起来，我们走吧！我觉得冷得很。"

我话没有讲完，又对他那张画看了一眼，打了一个冷痉，忽而觉得毛发都竦竖了起来；同时自昨天来在我胸中盘踞着的那种莫名其妙的忧郁，又笼罩上我的心来了。

G君含了满足的微笑，尽在那里闭了一只眼睛——这是他的脾气——细看他那未完的杰作。我催了他好几次，他才起来收拾画具。我们二人慢慢的走回家来的时候，他也好像倦了，不愿意讲话，我也为那种忧郁所侵袭，不想开口。两人默默的走到灯火荧荧的民房很多的地方，G君方开口问我说：

"这一张画的题目，我想叫'残秋的日暮'，你说好不好？"

"画上的表现，岂不是半夜的景象么？何以叫日暮呢？"

他听了我这句话，又含了神秘的微笑说：

"这就是今天早晨我和你谈的神秘的灵感哟！我画的画，老喜欢依画画时候的情感节季来命题，画面和画题合不合，我是不管的。"

"那么，'残秋的日暮'也觉得太衰飒了，况且现在已经入了十月，十月小阳春，哪里是什么残秋呢？"

"那么我这张画就叫作'小春'吧！"

这时候我们已经走进了一条热闹的横街，两人各雇着洋车，分手回来的时候，上弦的新月，也已起来得很高了。我一个人摇来摇去的被拉回家来，路上经过了许多无人来往的乌黑的僻巷。僻巷的空地道上，纵横倒在那里的，只是些房屋和电杆的黑影。从灯火辉煌的大街，忽而转入这样僻静的地方的时候，谁也会发生一种奇怪的感觉出来，我在这初月微明的天盖下面苍茫四顾，也忽而好像是遇见了什么似的，心里的那一种莫名其妙的忧郁，更深起来了。

杂谈七月

阴历的七月天，实在是一年中最好的时候，所谓"已凉天气未寒时"也，因而民间对于七月的传说，故事之类，也特别的多。诗人善感，对于秋风的惨澹，会发生感慨，原是当然。至于一般无敏锐感受性的平民，对于七月，也会得这样讴歌颂扬的原因，想来总不外乎农忙已过，天气清凉，自己可以安稳来享受自己的劳动结果的缘故；虽然在水旱成灾，丰收也成灾，农村破产的现代中国，农民对于秋的感觉如何，许还是一个问题。

七月里的民间传说最有诗味的，当然是七夕的牛郎织女的事情。小泉八云有一册银河故事，所记的，是日本乡间，于七夕晚上，悬五色诗笺于竹竿，掷付清溪，使水流去的雅人雅事，中间还译了好几首日本的古歌在那里。

其次是七月十五的盂兰盆会；这典故的出处，大约是起因于盂兰盆经的目连救母的故事的，不过后来愈弄愈巧，便有刻木割竹，饴蜡剪彩，模花叶之形状等妙技了。日本乡间，在七月十五的晚上，并且有男女野舞，直舞到天明的习俗，名曰盆踊。鄙人在日光，盐原等处，曾有几次躬逢其盛，觉得那一种农民的原始的跳舞，与月下的乡村男女酬歌戏谑的情调，实在是有些写不出来的愉快的地方。这些日本的七月里的遗俗，不知道是不是我们隋唐时代的国产，这一点，倒很想向考据家们请教一番。

因目连救母的故事而来的点缀，还有七月三十日的放河灯与插地藏香等闹事。从前寄寓在北平什刹海的北岸，每到秋天，走过积水潭的净业庵头，就要想起王次回的"秋夜河灯净业庵"那一首绝句。听说绍兴有大规模的目连戏班和目连戏本，不知道这目连戏在绍兴，是不是也是农民在七月里的业余余兴？

散　文

杭州的八月

杭州的废历八月，也是一个极热闹的月份。自七月半起，就有桂花栗子上市了，一入八月，栗子更多，而满觉陇南高峰翁家山一带的桂花，更开得来香气醉人。八月之名桂月，要身入到满觉陇去过一次后，才领会得到这名字的相称。

除了这八月里的桂花，和中国一般的八月半的中秋佳节之外，在杭州还有一个八月十八的钱塘江的潮汛。

钱塘的秋潮，老早就有名了，传说就以为是吴王夫差杀伍子胥沉之于江，子胥不平，鬼在作怪之故。《论衡》里有一段文章，驳斥这事，说得很有理由："儒书言，'吴王夫差杀伍子胥，煮之于镬，盛于囊，投之于江，子胥恚恨，临水为涛，溺杀人。'夫言吴王杀伍子胥，投之于江，实也，言其恨恚，临水为涛者，虚也。且卫菹子路，而汉烹彭越，子胥勇猛，不过子路彭越，然二子不能发怒于鼎镬之中，子胥亦然，自先入鼎镬，后乃入江，在镬之时其神岂怯而勇于江水哉？何其怒气前后不相副也？"可是《论衡》的理由虽则充足，但传说的力量，究竟十分伟大，至今不但是钱塘江头，就是庐州城内淝河岸边，以及江苏福建等滨海傍湖之处，仍旧还看得见塑着白马素车的伍大夫庙。

钱塘江的潮，在古代一定比现时还要来得大。这从高僧传唐灵隐寺释宝达，诵咒咒之，江潮方不至激射湖上诸山的一点，以及南宋高宗看潮，只在江干候潮门外搭高台的一点看来，就可以明白。现在则非要东去海宁，或五堡八堡，才看得见银海潮头一线来了。这事情从阮元的《揅经室集·浙江图考》里，也可以看得到一些理由，而江身沙涨，总之是潮不远上的一个最大原因。

还有梁开平四年，钱武肃王为筑捍海塘，而命强弩数百射涛头，也只在候潮通江门外。至今海宁江边一带的铁牛镇铸，显然是师武肃王的遗意，后人造作的东西。（我记得铁牛铸成的年份，是在清顺治年间，牛身上印在那里的文字，还隐约辨得出来。）

沧桑的变革，实在厉害得很，可是杭州的住民，直到现在，在靠这一次秋潮而发点小财，做些买卖的，为数却还不少哩！

故都的秋

秋天，无论在什么地方的秋天，总是好的；可是啊，北国的秋，却特别地来得清，来得静，来得悲凉。我的不远千里，要从杭州赶上青岛，更要从青岛赶上北平来的理由，也不过想饱尝一尝这"秋"，这故都的秋味。

江南，秋当然也是有的；但草木凋得慢，空气来得润，天的颜色显得淡，并且又时常多雨而少风；一个人夹在苏州上海杭州，或厦门香港广州的市民中间，浑浑沌沌地过去，只能感到一点点清凉，秋的味，秋的色，秋的意境与姿态，总看不饱，尝不透，赏玩不到十足。秋并不是名花，也并不是美酒，那一种半开，半醉的状态，在领略秋的过程上，是不合式的。

不逢北国之秋，已将近十余年了。在南方每年到了秋天，总要想起陶然亭的芦花，钓鱼台的柳影，西山的虫唱，玉泉的夜月，潭柘寺的钟声。在北平即使不出门去吧，就是在皇城人海之中，租人家一橡破屋来住着，早晨起来，泡一碗浓茶，向院子一坐，你也能看得到很高很高的碧绿的天色，听得到青天下驯鸽的飞声。从槐树叶底，朝东细数着一丝一丝漏下来的日光，或在破壁腰中，静对着像喇叭似的牵牛花（朝荣）的蓝朵，自然而然地也能够感觉到十分的秋意。说到了牵牛花，我以为以蓝色或白色者为佳，紫黑色次之，淡红者最下。最好，还要在牵牛花底，教长着几根疏疏落落的尖细且长的秋草，使作陪衬。

北国的槐树，也是一种能使人联想起秋来的点缀。像花而又不是花的那一种落蕊，早晨起来，会铺得满地。脚踏上去，声音也没有，气味也没有，只能感出一点点极微细极柔软的触觉。扫街的在树影下一阵扫后，灰土上留下来的一条条扫帚的丝纹，看起来既觉得细腻，又觉得清闲，潜意识下并且还觉得有点儿落寞，古人所说的梧桐一叶而天下知秋的遥想，大约也就在这些深沉的地方。

秋蝉的衰弱的残声，更是北国的特产；因为北平处处全长着树，屋子又低，所以无论在什么地方，都听得见它们的啼唱。在南方是非要上郊外或山上去才听得到的。这秋蝉的嘶叫，在北平可和蟋蟀耗子一样，简直像是家家户户都养在家里的家虫。

还有秋雨哩，北方的秋雨，也似乎比南方的下得奇，下得有味，下得更像样。

在灰沉沉的天底下，忽而来一阵凉风，便息列索落的下起雨来了。一层雨过，云渐渐地卷向了西去，天又青了，太阳又露出脸来了；着着很厚的青布单衣或夹袄的都市闲人，咬着烟管，在雨后的斜桥影里，上桥头树底去一立，遇见熟人，便会用了缓慢悠闲的声调，微叹着互答着的说：

"唉，天可真凉了——"（这了字念得很高，拖得很长。）

"可不是么？一层秋雨一层凉啦！"

北方人念阵字，总老像是层字，平平仄仄起来，这念错的歧韵，倒来得正好。

北方的果树，到秋来，也是一种奇景。第一是枣子树；屋角，墙头，茅房边上，灶房门口，它都会一株株的长大起来。像橄榄又像鸽蛋似的这枣子颗儿，在小椭圆形的细叶中间，显出淡绿微黄的颜色的时候，正是秋的全盛时期；等枣树叶落，枣子红完，西北风就要起来了，北方便是尘沙灰土的世界，只有这枣子，柿子，葡萄，成熟到八九分的七八月之交，是北国的清秋的佳日，是一年之中最好也没有的 Golden Days。

有些批评家说，中国的文人学士，尤其是诗人，都带着很浓厚的颓废色彩，所以中国的诗文里，颂赞秋的文字特别的多。但外国的诗人，又何尝不然？我虽则外国诗文念得不多，也不想开出账来，做一篇秋的诗歌散文钞，但你若去一翻英德法意等诗人的集子，或各国的诗文的 Anthology 来，总能够看到许多关于秋的歌颂与悲啼。各著名的大诗人的长篇田园诗或四季诗里，也总以关于秋的部分，写得最出色而最有味。足见有感觉的动物，有情趣的人类，对于秋，总是一样的能特别引起深沉、幽远、严厉、萧索的感触来的。不单是诗人，就是被关闭在牢狱里的囚犯，到了秋来，我想也一定会感到一种不能自已的深情；秋之于人，何尝有国别，更何尝有人种阶级的区别呢？不过在中国，文学里有一个"秋士"的成语，读本里又有着很普遍的欧阳子的《秋声》与苏东坡的《赤壁赋》等，就觉得中国的文人，与秋的关系特别深了。可是这秋的深味，尤其是中国的秋的深味，非要在北方，才感受得到的。

南国之秋，当然是也有它的特异的地方的，譬如廿四桥的明月，钱塘江的秋潮,普陀山的凉雾,荔枝湾的残荷等等,可是色彩不浓,回味不永。比起北国的秋来,正像是黄酒之与白干,稀饭之与馍馍,鲈鱼之与大蟹,黄犬之与骆驼。

　　秋天,这北国的秋天,若留得住的话,我愿意把寿命的三分之二折去,换得一个三分之一的零头。

寂寞的春朝

大约是年龄大了一点的缘故吧？近来简直不想行动，只爱在南窗下坐着晒晒太阳，看看旧籍，吃点容易消化的点心。

今年春暖，不到废历的正月，梅花早已开谢，盆里的水仙花，也已经香到了十分之八了。因为自家想避静，连元旦应该去拜年的几家亲戚人家都懒得去。饭后瞌睡一醒，自然只好翻翻书架，检出几本正当一点的书来阅读。顺手一抽，却抽着了一部退补斋刻的陈龙川的文集。一册一册的翻阅下去，觉得中国的现状，同南宋当时，实在还是一样。外患的迭来，朝廷的蒙昧，百姓的无智，志士的悲哽，在这中华民国的二十四年，和孝宗的乾道淳熙，的确也没有什么绝大的差别，从前有人吊岳飞说："怜他绝代英雄将，争不迟生付孝宗！"但是陈同甫的《中兴五论》，上孝宗皇帝的《三书》，毕竟又有点什么影响？

读读古书，比比现代，在我原是消磨春昼的最上法门。但是且读且想，想到了后来，自家对自家，也觉得起了反感。在这样好的春日，又当这样有为的壮年，我难道也只能同陈龙川一样，做点悲歌慷慨的空文，就算了结了么？但是一上书不报，再上，三上书也不报的时候，究竟一条独木，也支不起大厦来的。为免去精神的浪费，为避掉亲友的来扰，我还是拖着双脚，走上城隍山去看热闹去。

自从迁到杭州来后，这城隍山真对我发生了绝大的威力。心中不快的时候，闲散无聊的时候，大家热闹的时候，风雨晦冥的时候，我的唯一的逃避之所就是这一堆看去也并不高大的石山。去年旧历的元旦，我是上此地来过的；今年虽则年岁很荒，国事更坏，但山上的香烟热闹，绿女红男，还是同去年一样。对花溅泪，怕要惹得旁人说煞风景，不得已我只好于背着手走下山来的途中，哼它两句旧诗：

> 大地春风十万家，偏安原不损繁华。
> 输降表已传关外，册帝文应出海涯。

北阙三书终失策,暮年一第亦微瑕。
千秋论定陈同甫,气壮词雄节较差。

走到了寓所,连题目都想好了,是《乙亥元日,读陈龙川集,有感时事》。

春　愁

说秋月不如春月的,毕竟是"只解欢娱不解愁"的女孩子们的感觉,像我们男子,尤其是到了中年的我们这些男子,恐怕到得春来,总不免有许多懊恼与愁思。

第一,生理上就有许多不舒服的变化;腰骨会感到酸痛,全体筋络,会觉得疏懒。做起事情来,容易厌倦,容易颠倒。由生理的反射,心理上自然也不得不大受影响,譬如无缘无故会感到不安,恐怖,以及其他的种种心状,若焦躁,烦闷之类。

而感觉得最切最普遍的一种春愁,却是"生也有涯"的我们这些人类和周围大自然界的对比。

年去年来,花月风云的现象,是一度一番,会重新过去,从前是常常如此,将来也决不会改变的。可是人呢?号为万物之灵的人呢?却一年比一年的老了。由浑噩无知的童年,一进就进入了满贮着性的苦闷,智的苦闷的青春。再不几年,就得渐渐的衰,渐渐的老下去。

从前住在上海,春天看不见花草,听不到鸟声,每以为无四季交换的洋场十里,是劳动者们的永久地狱。对于春,非但感到了恐怖,并且也感到了敌意,这当然是春愁。现在住上了杭州,到处可以看湖山,到处可以听黄鸟,但春浓反显得人老,对于春又新起了一番妒意,春愁可更加厚了。

在我个人,并且还有一种每年来复的神经性失眠的症状,是从春暮开始,入夏剧烈,到秋方能痊治的老病。对这死症的恐怖,比病上了身,实际上所受的肉体的苦痛还要厉害。所以春对我,绝对不能融洽,不能忍受,年纪轻一点的时候,每思到一个终年没有春到的地方去做人;在当时单凭这一种幻想,也可以把我的春愁减杀一点,过几刻快活的时间。现在中年了,理智发达,头脑固定,幻想没有了。一遇到春,就只有愁虑,只有恐惧。

去年因为新搬上杭州来过春天,近郊的有许多地方,还不曾去跑过,所以二三四的几个月,就完全花去在闲行跋涉的筋肉劳动之上,觉得身体还勉强对付了过去。今年可不对了,曾经去过的地方,不想再去,而新的可以娱春的方法，又还没有发现。去旅行么？既无同伴，又缺少旅费。读书么？写文章么？未拿起书本，未捏着笔，心里就烦躁得要命。喝酒也岂能长醉，恋爱是尤其没有资格了。

　　想到了最后，我只好希望着一种不意的大事件的发生，譬如"一二·八"那么的飞机炸弹的来临，或大地震大革命的勃发之类，或者可以把我的春愁驱散，或者简直可以把我的躯体毁去；但结果，这当然也不过是一种无望之望，同少年时代一样的一种幻想而已。

惜掌之歌

北国的人，欢迎春天，南国的人，至少也不怕春天，只有生长在中部中国的我们，觉得春天实在是一段无可奈何的受难时节；苏东坡说："欲断魂"，陆机说："节运同可悲，莫若春气甚"，而"王孙游兮不归，春草生兮萋萋"，当不只是楚国人的悲哀，因为"吴地月明人倚棹，江村笛好晚登楼"的吟者，也正在啼春怨别，晚上睡不着觉。

今年的春天，尤其狞猛得可怕，这一种热法，这一种 Tempo 的快法，正像是大艳的毒妇，在张了血腥气的大口要吞人的样子。我已经有两三个星期，感到了精神的异状，心里只在暗暗地担忧，怕神经纤弱，受不了这浓春的压迫。果然前几天阮玲玉自杀了，西湖边上也发现了几次寻自尽的人；大抵疯症总是在春天发作的。

前几天遇见了友人沈尔乔氏，他告诉了我以济良所女择配的经过，告诉了我举行仪式的节目，送了我两张请帖，教我到了那天，一定去参观一下，或者还可以发表一点意见。这原是与节季无关，与我的神经也无大碍的事情。可是到了集团结婚式举行的昨日，天气又是那么的热，太阳又是那么的猛。早晨起来，就有点预感，觉得今天可有点不对，写东西是写不成了。出去也未见得一定可以得到一天的快乐，因为空气沉浊，晴光里似乎含有着雷电的威胁的样子。

十点半钟，到了戏院，人实在挤得太多；先坐在楼上，可真了不得，哪里来的这么些个人头，这么些个人的眼睛！你试想想，一层一层堆在那里的，尽是些身体看不见的人头，而人头上又各张着了两只眼睛。我到了这些地方又常要犯一种抽象幻视的毛病的，原因大约是为了年轻的时候教书教得太多的缘故。坐落不久，向四周上下看了几转，这毛病果然发作了；我的近旁，我的脚下，非但不见了人的身体，并且也不见了人头，而悬挂在空中，一张一合在那里堆垒着的，尽是些没有身体也没有头只上下长着毛毛黑黝黝的眼睛。我发起抖来了，身上满身出了冷汗。霞是晓得我有这一种病症的，手招着我，就陪我到了楼底下前排还空着的座上。闭上了眼睛，正想把精神调整一下的时候,耳边又来了几声同野兽远远在怒号似的鸣声。张开眼睛来一看,只看见了一堆肉,向我说话。再仔细一看,又看见这一堆肉上,似乎有猴儿玩把戏时穿的一块棕色的洋呢罩在那里,肉的堆上仿佛更有两块小玻璃在放光。在这里,我的幻视的神经,只捞取了一堆肉,一件大小不配的棕色的洋装,和一个能发音的小小的空洞。

"请你走出去吧!这里不是你坐的,请走出去吧!这里不是你坐的!"

我又发起抖来了,脸色似乎也变了青绿。可是耳神经接受了几句成言语的声音以后,病魔倒是被逐走了,到此我才看出了一个圆脸肥胖穿着西装胸前挂有一块粉红绸的人,他大约是救济院的职员,今天是受了院长之命,来司纠察的。我先告诉他以人挤得太多,楼上的座位于我不宜的理由,后来更告诉他我是被院长请来参加这盛会的;他听了我这哀告,神气更加飞扬了,本来还带有几分劝告语气的词句,立时变成了强迫命令的腔调。脱离了恐怖病和幻视病,回复到常态以后的我,原也是个普通的人,反拨的感情,当然是有的。手掌是举起来了,举到了和腰骨成直角的地位了,就可以伸出去了,眼睛稍稍偏了一偏,我却看见了坐在我边上的霞。

"一样的是人,他也是有父母老婆的人,我若批他一掌,于我原是没有益处,而于他且将成为奇耻大辱。万一他老婆也在这里,使她见了她男人的受此奇辱,岂不要使她失去对丈夫的信仰?"

心里这样想着,我的神经,非但脱出了病态,并且更进入了一种平时不大逢着的镇静谐和的极境。我站了起来,柔婉地将手拍上了他的肩头,并且宽慰他说:

"朋友,我原谅你。我就离开此地,但以后请你也保持着这一种严格守法的精神。"

到了戏院外面,觉得空气虽则稍稍稀薄了一点,但闷人的春霭,仍旧是熏蒸得厉害。

饭前三杯酒一喝,昏昏沉沉有点想睡了,忽而又来了一位新丧老父的朋友,接着又是海外初回的诗人等的来访,大家围坐着谈了半日闲天,天气向晚转凉,头脑既清,而兴致又回复到了二十年前年少无愁的境地。傍晚出去吃酒,在盐桥边更遇见了那位邀我去参加盛会的沈氏,立谈了一下,向他道了贺,我们就上了酒店。

在酒店里,事情又发生了,原因是为了酒的不足,和酒保的狡猾。同去的叶氏，大约是有点醉意了吧，拔出拳头，就演了一出打店。

黄昏起了西北风，在沙石乱飞，微雨洒襟的暗路上走着回来，我用了钱大王欢宴父老时所唱的吴歌拍子，唱出了这么的一曲小调：

> 我爱惜我侬的手掌，
> 我也顾全了他的面子！
> 打人出气者谁氏？
> 叶公可是疯子？

住所的话

自以为青山到处可埋骨的飘泊惯的流人，一到了中年，也颇以没有一个归宿为可虑；近来常常有求田问舍之心，在看书倦了之后，或夜半醒来，第二次再睡不着的枕上。

尤其是春雨萧条的暮春，或风吹枯木的秋晚，看看天空，每会作赏雨茅屋及江南黄叶村舍的梦想；游子思乡，飞鸿倦旅，把人一年年弄得意气消沉的这时间的威力，实在是可怕，实在是可恨。

从前很喜欢旅行，并且特别喜欢向没有火车飞机轮船等近代交通利器的偏僻地方去旅行。一步一步的缓步着，向四面绝对不曾见过的山川风物回视着，一刻有一刻的变化，一步有一步的境界。到了地旷人稀的地方，你更可以高歌低唱，袒裼裸裎，把社会上的虚伪的礼节，谨严的态度，一齐洗去。人与自然，合而为一，大地高天，形成屋宇。蠛蠓蚁虱，不觉其微，五岳昆仑，也不见其大。偶或遇见些茅篷泥壁的人家，遇见些性情纯朴的农牧，听他们谈些极不相干的私事，更可以和他们一道的悲，一道的喜。半岁的鸡娘。新生一蛋，其乐也融融，与国王年老，诞生独子时的欢喜，并无什么分别。黄牛吃草，嚼断了麦穗数茎，今年的收获，怕要减去一勺，其悲也戚戚，与国破家亡的流离惨苦，相差也不十分远。

至于有山有水的地方呢，看看云容岩影的变化，听听大浪啮矶的音乐，应临流垂钓，或松下息阴。行旅者的乐趣，更加可以多得如放翁的入蜀道，刘阮的上天台。

这一种好游旅，喜飘泊的情性，近年来渐渐地减了；连有必要的事情，非得上北平上海去一次不可的时候，都一天天地拖延下去，只想不改常态，在家吃点精致的菜，喝点芳醇的酒，睡睡午觉，看看闲书，不愿意将行动和平时有所移易；总之是懒得动。

而每次喝酒，每次独坐的时候，只在想着计划着的，却是一间洁净的小小的住宅，和这住宅周围的点缀与铺陈。

若要住家，第一的先决问题，自然是乡村与城市的选择。以清静来说，当然是乡村生活比较得和我更为适合。可是把文明利器——如电灯自来水等——的供给，家人买菜购物的便利，以及小孩的教育问题等合计起来，却又觉得住城市是必要的了。具城市之外形，而又富有乡村的景象之田园都市，在中国原也很多。北方如北平，就是一个理想的都城；南方则未建都前之南京，濒海的福州等处，也是住家的好地。可是乡土的观念，附着在一个人的脑里，同毛发的生于皮肤一样，丛长着原没有什么不对，全脱了却也是有点儿不可能。所以三年之前，也是在一个春雨霏微的节季，终于听了霞的劝告，搬上杭州来住下了。

杭州这一个地方，有山有湖，还有文明的利器，儿童的学校，去上海也只有四个钟头的火车路程，住家原没有什么不合适。可是杭州一般的建筑物，实在太差，简直可以说没有一间合乎理想的住宅，旧式的房子呢，往往没有院子，顶多顶多也不过有一堆不大有意义的假山，和一条其实是只能产生蚊子的鱼池。所谓新式的房子呢，更加恶劣了，完全是上海弄堂洋房的抄袭，冬天住住，还可以勉强，一到夏天，就热得比蒸笼还要难受。而大抵的杭州住宅，都没有浴室的设备，公共浴场呢，又觉得不卫生而价贵。

所以自从迁到杭州来住后，对于住所的问题，更觉得切身地感到了。地皮不必太大，只教有半亩之宫，一亩之隙，就可以满足。房子亦不必太讲究，只须有一处可以登高望远的高楼，三间平屋就对。但是图书室，浴室，猫狗小舍，儿童游嬉之处，灶房，却不得不备。房子的四周，一定要有阔一点的回廊；房子的内部，更需要亮一点的光线。此外是四周的树木和院子里的草地了，草地中间的走路，总要用白沙来铺才好。四面若有邻舍的高墙，当然要种些爬山虎以掩去墙头，若系旷地，只须植一道矮矮的木栅，用黑色一涂就可以将就。门窗当一例以厚玻璃来做，屋瓦应先钉上铅皮，然后再覆以茅草。

照这样的一个计划来建筑房子，大约总要有二千元钱来买地皮，四千元钱来充建筑费，才有点儿希望。去年年底，在微醉之后，将这私愿对一位朋友说了一遍，今年他果然送给了我一块地，所以起楼台的基础，倒是有了。现在只在想筹出四千元钱的现款来建造那一所理想的住宅。胡思乱想的结果，在前两三个月里，竟发了疯，将烟钱酒钱省下了一半，去买了许多奖券；可是一回一回的买了几次，连末尾也不曾得过，而吃了坏烟坏酒的结果，身体却显然受了损害了。闲来无事，把这一番经过，对朋友一说，大家笑了一场之后，就都为我设计，说从前的人，曾经用过的最上妙法，是发自己的讣闻，其次是做寿，再其次是兜会。

可是为了一己的舒服，而累及亲戚朋友，也着实有点说不过去，近来心机一转，去买了些《芥子园》、《三希堂》等画谱来，在开始学画了；原因是想靠了卖画，来造一所房子，万一画画，仍旧是不能吃饭，那么至少至少，我也可以画许多房子，挂在四壁，给我自己的想象以一顿醉饱，如饥者的画饼，旱天的画云霓。这一个计划，若不至于失败，我想在半年之后，总可以得到一点慰安。

江南的冬景

凡在北国过过冬天的人，总都知道围炉煮茗，或吃煊羊肉，剥花生米，饮白干的滋味。而有地炉、暖炕等设备的人家，不管它们外面是雪深几尺，或风大若雷，而躲在屋里过活的两三个月的生活，却是一年之中最有劲的一段蛰居异境；老年人不必说，就是顶喜欢活动的小孩子们，总也是个个在怀恋的，因为当这中间，有的是萝卜、雅儿梨等水果的闲食，还有大年夜、正月初一、元宵等热闹的节期。

但在江南，可又不同；冬至过后，大江以南的树叶，也不至于脱尽。寒风——西北风——间或吹来，至多也不过冷了一日两日。到得灰云扫尽，落叶满街，晨霜白得像黑女脸上的脂粉似的清早，太阳一上屋檐，鸟雀便又在吱叫，泥地里便又放出水蒸气来，老翁小孩就又可以上门前的隙地里去坐着曝背谈天，营屋外的生涯了；这一种江南的冬景，岂不也可爱得很么？

我生长江南，儿时所受的江南冬日的印象，铭刻特深；虽则渐入中年，又爱上了晚秋，以为秋天正是读读书，写写字的人的最惠节季，但对于江南的冬景，总觉得是可以抵得过北方夏夜的一种特殊情调，说得摩登些，便是一种明朗的情调。

我也曾到过闽粤，在那里过冬天，和暖原极和暖，有时候到了阴历的年边，说不定还不得不拿出纱衫来着；走过野人的篱落，更还看得见许多杂七杂八的秋花！一番阵雨雷鸣过后，凉冷一点，至多也只好换上一件夹衣，在闽粤之间，皮袍棉袄是绝对用不着的；这一种极南的气候异状，并不是我所说的江南的冬景，只能叫它作南国的长春，是春或秋的延长。

江南的地质丰腴而润泽，所以含得住热气，养得住植物；因而长江一带，芦花可以到冬至而不败，红叶亦有时候会保持得三个月以上的生命。像钱塘江两岸的乌桕树，则红叶落后，还有雪白的桕子着在枝头，一点一丛，用照相机照将出来，可以乱梅花之真。草色顶多成了赭色，根边总带点绿意，非但野火烧不尽，就是寒风也吹不倒的。若遇到风和日暖的午后，你一个人肯上冬郊去走走，则青天碧落之下，你不但感不到岁时的肃杀，并且还可以饱觉着一种莫名其妙的含蓄在那里的生气;"若是冬天来了,春天也总马上会来"的诗人的名句,只有在江南的山野里,最容易体会得出。

　　说起了寒郊的散步,实在是江南的冬日,所给与江南居住者的一种特异的恩惠;在北方的冰天雪地里生长的人,是终他的一生,也决不会有享受这一种清福的机会的。我不知道德国的冬天,比起我们江浙来如何,但从许多作家的喜欢以 Spaziergang 一字来做他们的创作题目的一点看来,大约是德国南部地方,四季的变迁,总也和我们的江南差仿不多。譬如说十九世纪的那位乡土诗人洛在格(Peter Rosegger 1843—1918)吧,他用这一个"散步"做题目的文章尤其写得多,而所写的情形,却又是大半可以拿到中国江浙的山区地方来适用的。

　　江南河港交流,且又地滨大海,湖沼特多,故空气里时含水分;到得冬天,不时也会下着微雨,而这微雨寒村里的冬霖景象,又是一种说不出的悠闲境界。你试想想,秋收过后,河流边三五家人家会聚在一道的一个小村子里,门对长桥,窗临远阜,这中间又多是树枝槎桠的杂木树林;在这一幅冬日农村的图上,再洒上一层细得同粉也似的白雨,加上一层淡得几不成墨的背景,你说还够不够悠闲?若再要点些景致进去,则门前可以泊一只乌篷小船,茅屋里可以添几个喧哗的酒客,天垂暮了,还可以加一味红黄,在茅屋窗中画上一圈暗示着灯光的月晕。人到了这一个境界,自然会得胸襟洒脱起来,终至于得失俱亡,死生不问了;我们总该还记得唐朝那位诗人做的"暮雨潇潇江上村"的一首绝句吧?诗人到此,连对绿林豪客都客气起来了,这不是江南冬景的迷人又是什么?

　　一提到雨,也就必然的要想到雪;"晚来天欲雪,能饮一杯无?"自然是江南日暮的雪景。"寒沙梅影路,微雪酒香村",则雪月梅的冬宵三友,会合在一道,在调戏酒姑娘了。"柴门闻犬吠,风雪夜归人"是江南雪夜,更深人静后的景况。"前村深雪里,昨夜一枝开"又到了第二天的早晨,和狗一样喜欢弄雪的村童来报告村景了。诗人的诗句,也许不尽是在江南所写,而做这几句诗的诗人,也许不尽是江南人,但假了这几句诗来描写江南的雪景,岂不直截了当,比我这一枝愚劣的笔所写的散文更美丽得多?

　　有几年,在江南也许会没有雨没有雪的过一个冬,到了春间阴历的正月底或二月初再冷一冷下一点春雪的;去年(一九三四)的冬天是如此,今年的冬天恐怕也不得不然,以节气推算起来,大约大冷的日子,将在一九三六年的二月尽头,最多也总不过是七八天的样子。像这样的冬天,乡下人叫作旱冬,对于麦的收成或者好些,但是人口却要受到损伤;旱得久了,白喉、流行性感冒等疾病自然容易上身,可是想恣意享受江南的冬景的人,在这一种冬天,倒只会得感到快活一点,因为晴和的日子多了,上郊外去闲步逍遥的机会自然也多;日本人叫作 Hikeng,德国人叫作 Spaziergang 狂者,所最欢迎的也就是这样的冬天。

窗外的天气晴朗得像晚秋一样;晴空的高爽,日光的洋溢,引诱得使你在房间里坐不住,空言不如实践,这一种无聊的杂文,我也不再想写下去了,还是拿起手杖,搁下纸笔,上湖上去散散步吧!

浙江的今古

　　黄梨洲《今水经》述浙江的水源经过说：浙江——其源有二；一出徽州婺源县北七十里浙源山，名浙溪，一名渐溪。东流，经休宁县南，率水入之（率水出休宁县东南四十里率山）。至徽州，名徽溪，扬之水入焉（扬之水出绩溪县东六十里大鄣山，西流至临溪，经歙县界，抵府城西，入徽溪），为滩三百六十，至淳安县南，为新安江；又东，轩驻溪从北来注之（轩驻溪在淳安县东五十里），又东，寿昌溪从南来注之（寿昌溪在寿昌县六十里）。经建德县界，至严州府城南，合衢水。一出衢州，金溪北注，文溪南来（金溪源出开化县马金岭，西北流，绕县治，名金溪。又转而东南流，经常山县，东流，文溪入之。文溪出江山县之石鼓山，东北流，永丰水注之；至江山县南，名文溪；下流合于金溪），会于衢州府城西二里，名信安溪。环城西北，东流入龙游县界，号盈川溪。又东经兰溪县，东阳水入之（东阳江其源出东阳县大盆山，一出处州缙云县，双溪合流，至府城南为谷溪，西流为兰溪，至严州府城东南二里，入于浙）。又东至严州府城南，与歙江合浙水。又东至富春山，为富春江；又东至桐庐，桐江北来注之（桐江源出天目山，经桐庐县北，三里入于富春江）。又东，浦阳江南来注之（浦阳江源出金华府浦江县西六十里深袅山，经浦江县界，北流抵富阳，入于浙江）。又东至杭州府城东三里，为钱塘江；又东，钱清曹娥二江入之（钱清江在绍兴府城西五十五里，曹娥江在绍兴府城东南七十里，钱清曹娥二水入于浙江，三水所会在绍兴府城北三十里，谓之三江海口）。浙水又东，而入于海。

　　这是黄梨洲时代的浙水，去今三百多年，其间小溪涨塞，或新水冲注，变迁当然是有一点，可是大致总还是不错。我也曾到过徽州婺源休宁等处，看见浙水水源，现在仍在东流。又去闽浙赣边境时，亦曾留意看江山玉山各县的溪流，虽则水名因地不同而屡易，但黄梨洲所说的浙水源一出衢州之说，当然可信。所以现在的浙水经过，以及来源去路，还不难实地查考，而最不易捉摸的，却是古代的浙水水源和经过；因为《禹贡》记水，周而不备，郦道元注《水经》又曲折而多臆说，并且重在饰词，不务实际，是以很难置信。现在但依阮文达公《揅经室集》中的《浙江图考》三卷，略记一记浙水在四千年中的变革经过。

《禹贡》"淮海唯扬州，彭蠡既猪，阳鸟攸居，三江既入，震泽底定"。照阮文达公的考证，则当时的三江，实即岷江之北江中江南江，分歧于彭蠡之东，成三孔而入海者；南江一支，穿震泽（今太湖）西南行至杭州，经会稽山阴，至余姚而入海，就是《禹贡》时的古浙江；后人不察，每以浙江谷水为古浙江，实误。这错误的由来，第一在于古人注三江的不确，如以松江娄江东江为三江，或以松江浙江浦阳江为三江之类。博学多闻如苏东坡，解说三江，尚多歧异，余人可以不必说了。《山海经》谓浙江出三天子都，郭氏注谓"《地理志》浙江出新安黟县南蛮中，东入海，今钱塘浙江是也"，系误渐江为浙江之一大原因。出安徽黟县者，为渐江，是合入浙江之一水，非古浙江之本身，阮文达公引经据典，考证最详。至郦道元注《水经》时，自震泽西南曲流之浙江故道，已经淤塞不通，故郦氏所注之浙江，曲折回环，形成与现代之浙江完全不附之江水，且说来说去，完全以渐江为浙江了。郦氏注中，关于谷水亦交代不清，以谷水与浙江至钱塘县而始合并，实不可通。班氏《地理志》，述浙江之交流分聚，较郦氏为更明晰；大约以辞害意，未经实地查考的两件弊病，是《水经注》的最大短处，也难怪钟伯敬要割裂《水经注》拿来当作美文读本用了。

总之，经阮文达公的考证之后，我们可以知道现代的浙江实即渐水谷水两水的合流，亦即黄梨洲《今水经》所说之浙江的二源。而古代的浙江，乃系岷江之南江，过震泽，经吴江石门，由杭州东面经过，出仁和县临平半山之西南，即今塘栖地，复与渐水谷水会，折而东而北，由余姚北面而入海的。

桑田沧海，变幻极多，古今来大水小溪的改道换流，也计不胜计。阮文达公为一水名之故，不惜费数年的精力，与数万字的文章，来证明前人之误，以及古代水道的分流通塞，足见往时考据家的用心苦处。而前人田地后人收，我们读到了阮公的《浙江图考》，对于吴越的分疆，历代战局的进退开展，与夫数千年前的地理形势，便了如指掌了；虽则只辨清了水名一字之歧异，然而既生为浙人，则知道知道这一点掌故，也当然是足以自慰的一件快事。

散　文

记风雨茅庐

　　自家想有一所房子的心愿，已经起了好几年了；明明知道创造欲是好，所有欲是坏的事情，但一轮到了自己的头上，总觉得衣食住行四件大事之中的最低限度的享有，是不可以不保住的。我衣并不要锦绣，食也自甘于藜藿，可是住的房子，代步的车子，或者至少也必须一双袜子与鞋子的限度，总得有了才能说话。况且从前曾有一位朋友劝过我说，一个人既生下了地，一块地却不可以没有，活着可以住住立立，或者睡睡坐坐，死了便可以挖一个洞，将己身来埋葬；当然这还是没有火葬，没有公墓以前的时代的话。

　　自搬到杭州来住后，于不意之中，承友人之情，居然弄到了一块地，从此葬的问题总算解决了；但是住呢，占据的还是别人家的房子。去年春季，写了一篇短短的应景而不希望有什么结果的文章，说自己只想有一所小小的住宅；可是发表了不久，就来了一个回响。一位做建筑事业的朋友先来说："你若要造房子，我们可以完全效劳"；一位有一点钱的朋友也说："若通融得少一点，或者还可以想法"。四面一凑，于是起造一个风雨茅庐的计划即便成熟到了百分之八十，不知我者谓我有了钱，深知我者谓我冒了险，但是有钱也罢，冒险也罢，入秋以后，总之把这笑话勉强弄成了事实，在现在的寓所之旁，也竟丁丁笃笃地动起了工，造起了房子。这也许是我的 Folly，这也许是朋友们对于我的过信，不过从今以后，那些破旧的书籍，以及行军床，旧马子之类，却总可以不再去周游列国，学夫子的栖栖一代了，在这些地方，所有欲原也有它的好处。

　　本来是空手做的大事，希望当然不能过高；起初我只打算以茅草来代瓦，以涂泥来作壁，起它五间不大不小的平房，聊以过过自己有一所住宅的瘾的；但偶尔在亲戚家一谈，却谈出来了事情。他说："你要造房屋，也得拣一个日，看一看方向；古代的《周易》，现代的天文地理，却实在是有至理存在那里的呢！"言下他还接连举出了好几个很有征验的实例出来给我听，而在座的其他三四位朋友，并且还同时做了填具脚踏手印的见证人。更奇怪的，是他们所说的这一位具有通天入地眼的奇迹创造者，也是同我们一样，读过哀皮西提，演过代数几何，受过现代高等教育的学校毕业生。经这位亲戚的一介绍，经我的一相信，当初的计划，就变了卦，茅庐变作了瓦屋，五开间的一排营房似的平居，拆作了三开间两开间的两座小蜗庐。中间又起了一座墙，墙上更挖了一个洞；住屋的两旁，也添了许多间的无名的小房间。这么的一来，房屋原多了不少，可同时债台也已经筑得比我的风火围墙还高了几尺。这一座高台基石的奠基者郭相经先生，并且还在劝我说："东南角的龙手太空，要好，还得造一间南向的门楼，楼上面再做上一层水泥的平台才行。"他的这一句话，又恰巧打中了我的下意识里的一个痛处；在这只空角上，我实在也在打算盖起一座塔样的楼来，楼名是十五六年前就想好的，叫作"夕阳楼"。现在这一座塔楼，虽则还没有盖起，可是只打算避避风雨的茅庐一所，却也涂上了朱漆，嵌上了水泥，有点像是外国乡镇里的五六等贫民住宅的样子了；自己虽则不懂阳宅的地理，但在光线不甚明亮的清早或薄暮看起来，倒也觉得郭先生的设计，并没有弄什么玄虚，和科学的方法，仍旧还是对的。所以一定要在光线不甚明亮的时候看的原因，就因为我的胆子毕竟还小，不敢空口说大话要包工用了最好的材料来造我这一座贫民住宅的缘故。这倒还不在话下，有点儿觉得麻烦的，却是预先想好的那个风雨茅庐的风雅名字与实际的不符。皱眉想了几天，又觉得中国的山人并不入山，儿子的小犬也不是狗的玩意儿，原早已有人在干了，我这样小小的再说一个并不害人的谎，总也不至于有死罪。况且西湖上的那间巍巍乎有点像先施、永安的堆栈似的高大洋楼之以××草舍作名称，也不曾听见说有人去干涉过。多一事不如少一事，九九归原，还是照最初的样子，把我的这间贫民住宅，仍旧叫作了避风雨的茅庐。横额一块，却是因马君武先生这次来杭之便，硬要他伸了病痛的右手，替我写上的。

北平的四季

对于一个已经化为异物的故人，追怀起来，总要先想到他或她的好处；随后再慢慢的想想，则觉得当时所感到的一切坏处，也会变作很可寻味的一些纪念，在回忆里开花。关于一个曾经住过的旧地，觉得此生再也不会第二次去长住了，身处入了远离的一角，向这方向的云天遥望一下，回想起来的，自然也同样地只是它的好处。

中国的大都会，我前半生住过的地方，原也不在少数；可是当一个人静下来回想起从前，上海的闹热，南京的辽阔，广州的乌烟瘴气，汉口武昌的杂乱无章，甚至于青岛的清幽，福州的秀丽，以及杭州的沉着，总归都还比不上北京——我住在那里的时候，当然还是北京的典丽堂皇，幽闲清妙。

先说人的分子吧，在当时的北京——民国十一二年前后——上自军财阀政客名优起，中经学者名人，文士美女教育家，下而至于负贩拉车铺小摊的人，都可以谈谈，都有一艺之长，而无憎人之貌；就是由荐头店荐来的老妈子，除上炕者是当然以外，也总是衣冠楚楚，看起来不觉得会令人讨嫌。

其次说到北京物质的供给哩，又是山珍海错，洋广杂货，以及萝卜白菜等本地产品，无一不备，无一不好的地方。所以在北京住上两三年的人，每一遇到要走的时候，总只感到北京的空气太沉闷，灰沙太暗淡，生活太无变化；一鞭走出，出前门便觉胸舒，过芦沟方知天晓，仿佛一出都门，就上了新生活开始的坦道似的；但是一年半载，在北京以外的各地——除了在自己幼年的故乡以外——去一住，谁也会得重想起北京，再希望回去，隐隐地对北京害起剧烈的怀乡病来。这一种经验，原是住过北京的人，个个都有，而在我自己，却感觉得格外的浓，格外的切。最大的原因或许是为了我那长子之骨，现在也还埋在郊外广谊园的坟山，而几位极要好的知己，又是在那里同时毙命的受难者的一群。

北平的人事品物，原是无一不可爱的，就是大家觉得最要不得的北平的天候，和地理联合上一起，在我也觉得是中国各大都会中所寻不出几处来的好地。为叙述的便利起见，想分成四季来约略地说说。

北平自入旧历的十月之后,就是灰沙满地,寒风刺骨的节季了,所以北平的冬天,是一般人所最怕过的日子。但是要想认识一个地方的特异之处,我以为顶好是当这特异处表现得最圆满的时候去领略;故而夏天去热带,寒天去北极,是我一向所持的哲理。北平的冬天,冷虽则比南方要冷得多,但是北方的生活的伟大幽闲,也只有在冬季,使人感受得最澈底。

先说房屋的防寒装置吧,北方的住屋,并不同南方的摩登都市一样,用的是钢骨水泥,冷热气管;一般的北方人家,总只是矮矮的一所四合房,四面是很厚的泥墙;上面花厅内都有一张暖炕,一所回廊;廊子上是一带明窗,窗眼里糊着薄纸,薄纸内又装上风门,另外就没有什么了。在这样简陋的房屋之内,你只教把炉子一生,电灯一点,棉门帘一挂上,在屋里住着,却一辈子总是暖炖炖像是春三四月里的样子。尤其令得使你感觉到屋内的温软堪恋的,是屋外窗外面呜呜在叫啸的西北风。天色老是灰沉沉的,路上面也老是灰的围障,而从风尘灰土中下车,一踏进屋里,就觉得一团春气,包围在你的左右四周,使你马上就忘记了屋外的一切寒冬的苦楚。若是喜欢吃吃酒,烧烧羊肉锅的人,那冬天的北方生活,就更加不能够割舍;酒已经是御寒的妙药了,再加上以大蒜与羊肉酱油合煮的香味,简直可以使一室之内,涨满了白蒙蒙的水蒸温气。玻璃窗内,前半夜,会流下一条条的清汗,后半夜就变成了花色奇异的冰纹。

到了下雪的时候哩,景象当然又要一变。早晨从厚棉被里张开眼来,一室的清光,会使你的眼睛眩晕。在阳光照耀之下,雪也一粒一粒的放起光来了,蛰伏得很久的小鸟,在这时候会飞出来觅食振翎,谈天说地,吱吱的叫个不休。数日来的灰暗天空,愁云一扫,忽然变得澄清见底,翳障全无;于是年轻的北方住民,就可以营屋外的生活了,溜冰,做雪人,赶冰车雪车,就在这一种日子里最有劲儿。

我曾于这一种大雪时晴的傍晚,和几位朋友,跨上跛驴,出西直门上骆驼庄去过过一夜。北平郊外的一片大雪地,无数枯树林,以及西山隐隐现现的不少白峰头,和时时吹来的几阵雪样的西北风,所给与人的印象,实在是深刻,伟大,神秘到了不可以言语来形容。直到了十余年后的现在,我一想起当时的情景,还会得打一个寒颤而吐一口清气,如同在钓鱼台溪旁立着的一瞬间一样。

北国的冬宵,更是一个特别适合于看书,写信,追思过去,与作闲谈说废话的绝妙时间。记得当时我们弟兄三人，都住在北京，每到了冬天的晚上，总不远千里地走拢来聚在一道，会谈少年时候在故乡所遇所见的事事物物。小孩们上床去了，佣人们也都去睡觉了，我们弟兄三个，还会得再加一次煤再加一次煤地长谈下去。有几宵因为屋外面风紧天寒之故，到了后半夜的一二点钟的时候，便不约而同地会说出索性坐坐到天亮的话来。像这一种可宝贵的记忆，像这一种最深沉的情调，本来也就是一生中不能够多享受几次的昙花佳境，可是若不是在北平的冬天的夜里，那趣味也一定不会得像如此的悠长。

总而言之，北平的冬季，是想赏识赏识北方异味者之唯一的机会；这一季里的好处，这一季里的琐事杂忆，若要详细地写起来，总也有一部《帝京景物略》那么大的书好做；我只记下了一点点自身的经历，就觉得过长了，下面只能再来略写一点春和夏以及秋季的感怀梦境，聊作我的对这日就沦亡的故国的哀歌。

春与秋，本来是在什么地方都属可爱的时节，但在北平，却与别地方也有点儿两样。北国的春，来得较迟，所以时间也比较得短。西北风停后，积雪渐渐地消了，赶牲口的车夫身上，看不见那件光板老羊皮的大袄的时候，你就得预备着游春的服饰与金钱；因为春来也无信，春去也无踪，眼睛一眨，在北平市内，春光就会得同飞马似的溜过。屋内的炉子，刚拆去不久，说不定你就马上得去叫盖凉棚的才行。

而北方春天的最值得记忆的痕迹，是城厢内外的那一层新绿，同洪水似的新绿。北京城，本来就是一个只见树木不见屋顶的绿色的都会，一踏出九城的门户，四面的黄土坡上，更是杂树丛生的森林地了；在日光里颤抖着的嫩绿的波浪，油光光，亮晶晶，若是神经系统不十分健全的人，骤然间身入到这一个淡绿色的海洋涛浪里去一看，包管你要张不开眼，立不住脚，而昏厥过去。

北平市内外的新绿，琼岛春阴，西山挹翠诸景里的新绿，真是一幅何等奇伟的外光派的妙画！但是这画的框子，或者简直说这画的画布，现在却已经完全掌握在一只满长着黑毛的巨魔的手里了！北望中原，究竟要到哪一日才能够重见得到天日呢？

从地势纬度上讲来，北方的夏天，当然要比南方的夏天来得凉爽。在北平城里过夏，实在是并没有上北戴河或西山去避暑的必要。一天到晚，最热的时候,只有中午到午后三四点钟的几个钟头,晚上太阳一下山,总没有一处不是凉阴阴要穿单衫才能过去的;半夜以后,更是非盖薄棉被不可了。而北平的天然冰的便宜耐久,又是夏天住过北平的人所忘不了的一件恩惠。

我在北平,曾经过过三个夏天;像什刹海,菱角沟,二闸等暑天游耍的地方,当然是都到过的;但是在三伏的当中,不问是白天或是晚上,你只教有一张藤榻,搬到院子里的葡萄架下或藤花阴处去躺着,吃吃冰茶雪藕,听听盲人的鼓词与树上的蝉鸣,也可以一点儿也感不到炎热与熏蒸。而夏天最热的时候,在北平顶多总不过九十四五度,这一种大热的天气,全夏顶多顶多又不过十日的样子。

在北平,春夏秋的三季,是连成一片;一年之中,仿佛只有一段寒冷的时期,和一段比较得温暖的时期相对立。由春到夏,是短短的一瞬间,自夏到秋,也只觉得是过了一次午睡,就有点儿凉冷起来了。因此,北方的秋季也特别的觉得长,而秋天的回味,也更觉得比别处来得浓厚。前两年,因去北戴河回来,我曾在北平过过一个秋,在那时候,已经写过一篇《故都的秋》,对这北平的秋季颂赞过一遍了,所以在这里不想再来重复;可是北平近郊的秋色,实在也正像是一册百读不厌的奇书,使你愈翻愈会感到兴趣。

秋高气爽,风日晴和的早晨,你且骑着一匹驴子,上西山八大处或玉泉山碧云寺去走走看;山上的红柿,远处的烟树人家,郊野里的芦苇黍稷,以及在驴背上驮着生果进城来卖的农户佃家,包管你看一个月也不会看厌。春秋两季,本来是到处好的,但是北方的秋空,看起来似乎更高一点,北方的空气,吸起来似乎更干燥健全一点。而那一种草木摇落,金风肃杀之感,在北方似乎也更觉得要严肃,凄凉,沉静得多。你若不信,你且去西山脚下,农民的家里或古寺的殿前,自阴历八月至十月下旬,去住它三个月看看。古人的"悲哉秋之为气"以及"胡笳互动,牧马悲鸣"的那一种哀感,在南方是不大感觉得到的,但在北平,尤其是在郊外,你真会得感至极而涕零,思千里兮命驾。所以我说,北平的秋,才是真正的秋;南方的秋天,不过是英国话里所说的 Indian Summer 或叫作小春天气而已。

统观北平的四季,每季每节,都有它的特别的好处;冬天是室内饮食奄息的时期,秋天是郊外走马放鹰的日子,春天好看新绿,夏天饱受清凉。至于各节各季,正当移换中的一段时间哩,又是别一种情趣,是一种两不相连,而又两都相合的中间风味,如雍和宫的打鬼,净业庵的放灯,丰台的看芍药，万牲园的寻梅花之类。

　　五六百年来文化所聚萃的北平，一年四季无一月不好的北平，我在遥忆，我也在深祝，祝她的平安进展，永久地为我们黄帝子孙所保有的旧都城！

饮食男女在福州

福州的食品，向来就很为外省人所赏识；前十余年在北平，说起私家的厨子，我们总同声一致的赞成刘崧生先生和林宗孟先生家里的蔬菜的可口。当时宣武门外的忠信堂正在流行，而这忠信堂的主人，就系旧日刘家的厨子，曾经做过清室的御厨房的。上海的小有天以及现在早已歇业了的消闲别墅，在粤菜还没有征服上海之先，也曾盛行过一时。面食里的伊府面，听说还是汀州伊墨卿太守的创作；太守住扬州日久，与袁子才也时相往来，可惜他没有像随园老人那么的好事，留下一本食谱来，教给我们以烹调之法；否则，这一个福建萨伐郎（Savarin）的荣誉，也早就可以驰名海外了。

福建菜的所以会这样著名，而实际上却也实在是丰盛不过的原因，第一、当然是由于天然物产的富足。福建全省，东南并海，西北多山，所以山珍海味，一例的都贱如泥沙。听说沿海的居民，不必忧虑饥饿，大海潮回，只消上海滨去走走，就可以拾一篮海货来充作食品。又加以地气温暖，土质腴厚，森林蔬菜，随处都可以培植，随时都可以采撷。一年四季，笋类菜类，常是不断；野菜的味道，吃起来又比别处的来得鲜甜。福建既有了这样丰富的天产，再加上以在外省各地游宦营商者的数目的众多，作料采从本地，烹制学自外方，五味调和，百珍并列，于是乎闽菜之名，就喧传在饕餮家的口上了。清初周亮工著的《闽小纪》两卷，记述食品处独多，按理原也是应该的。

福州海味，在春三二月间，最流行而最肥美的，要算来自长乐的蚌肉，与海滨一带多有的蛎房。《闽小纪》里所说的西施舌，不知是否指蚌肉而言；色白而腴，味脆且鲜，以鸡汤煮得适宜，长圆的蚌肉，实在是色香味俱佳的神品。听说从前有一位海军当局者，老母病剧，颇思乡味；远在千里外，欲得一蚌肉，以解死前一刻的渴慕，部长纯孝，就以飞机运蚌肉至都。从这一件轶事看来，也可想见这蚌肉的风味了；我这一回赶上福州，正及蚌肉上市的时候，所以红烧白煮，吃尽了几百个蚌，总算也是此生的豪举，特笔记此，聊志口福。

蛎房并不是福州独有的特产，但福建的蛎房，却比江浙沿海一带所产的，特别的肥嫩清洁。正二三月间，沿路的摊头店里，到处都堆满着这淡蓝色的水包肉；价钱的廉，味道的鲜，比到东坡在岭南所贪食的蚝，当然只会得超过。可惜苏公不曾到闽海去谪居，否则，阳羡之田，可以不买，苏氏子孙，或将永寓在三山二塔之下，也说不定。福州人叫蛎房作"地衣"，略带"挨"字的尾声，写起字来，我想只有"蚶"字，可以当得。

　　在清初的时候，江瑶柱似乎还没有现在那么的通行，所以周亮工再三的称道，誉为逸品。在目下的福州，江瑶柱却并没有人提起了，鱼翅席上，缺少不得的，倒是一种类似宁波横脚蟹的蟳蟹，福州人叫作"新恩"，《闽小纪》里所说的虎蟳，大约就是此物。据福州人说，蟳肉最滋补，也最容易消化，所以产妇病人以及体弱的人，往往爱吃。但由对蟹类素无好感的我看来，却仍赞成周亮工之言，终觉得质粗味劣，远不及蚌与蛎房或香螺的来得干脆。

　　福州海味的种类，除上述的三种以外，原也很多很多；但是别地方也有，我们平常在上海也常常吃得到的东西，记下来也没有什么价值，所以不说。至于与海错相对的山珍哩，却更是可以干制，可以输出的东西，益发的没有记述的必要了，所以在这里只想说一说叫作肉燕的那一种奇异的包皮。

　　初到福州，打从大街小巷里走过，看见好些店家，都有一个大砧头摆在店中；一两位壮强的男子，拿了木锥，只在对着砧上的一大块猪肉，一下一下的死劲地敲。把猪肉这样的乱敲乱打，究竟算什么回事？我每次看见，总觉得奇怪；后来向福州的朋友一打听，才知道这就是制肉燕的原料了。所谓肉燕者，就是将猪肉打得粉烂，和入面粉，然后再制成皮子，如包馄饨的外皮一样，用以来包制菜蔬的东西。听说这物事在福建，也只是福州独有的特产。

　　福州食品的味道，大抵重糖；有几家真正福州馆子里烧出来的鸡鸭四件，简直是同蜜饯的罐头一样，不杂入一粒盐花。因此福州人的牙齿，十人九坏。有一次去看三赛乐的闽剧，看见台上演戏的人，个个都是满口金黄；回头更向左右的观众一看，妇女子的嘴里也大半镶着全副的金色牙齿。于是天黄黄，地黄黄，弄得我这一向就痛恨金牙齿的偏执狂者，几乎想放声大哭，以为福州人故意在和我捣乱。

　　将这些脱嫌糖重的食味除起，若论到酒，则福州的那一种土黄酒，也还勉强可以喝得。周亮工所记的玉带春、梨花白、蓝家酒、碧霞酒、莲须白、河清、双夹、西施红、状元红等，我都不曾喝过，所以不敢品评。只有会城各处在卖的鸡老（酪）酒，颜色却和绍酒一样的红似琥珀，味道略苦，喝多了觉得头痛。听说这是以一生鸡，悬之酒中，等鸡肉鸡骨都化了后，然后开坛饮用的酒，自然也是越陈越好。福州酒店外面，都写酒库两字，发卖叫发扛，也是新奇得很的名称。以红糟酿的甜酒，味道有点像上海的甜白酒，不过颜色桃红，当是西施红等名目出处的由来。莆田的荔枝酒，颜色深红带黑，味甘甜如西班牙的宝德红葡萄，虽则名贵，但我却终不喜欢。福州一般宴客，喝的总还是绍兴花雕，价钱极贵，斤量又不足，而酒味也淡似沪杭各地，我觉得建庄终究不及京庄。

福州的水果花木，终年不断；橙柑、福橘、佛手、荔枝、龙眼、甘蔗、香蕉，以及茉莉、兰花、橄榄等等，都是全国闻名的品物；好事者且各有谱谍之著，我在这里，自然可以不说。

闽茶半出武夷，就是不是武夷之产，也往往借这名山为号召。铁罗汉，铁观音的两种，为茶中柳下惠，非红非绿，略带赭色；酒醉之后，喝它三杯两盏，头脑倒真能清醒一下。其他若龙团玉乳，大约名目总也不少，我不恋茶娇，终是俗客，深恐品评失当，贻笑大方，在这里只好轻轻放过。

从《闽小纪》中的记载看来，番薯似乎还是福建人开始从南洋运来的代食品；其后因种植的便利，食味的甘美，就流传到内地去了；这植物传播到中国来的时代，只在三百年前，是明末清初的时候，因亮工所记如此，不晓得究竟是否确实。不过福建的米麦，向来就说不足，现在也须仰给于外省或台湾，但田稻倒又可以一年两植。而福州正式的酒席，大抵总不吃饭散场，因为菜太丰盛了，吃到后来，总已个个饱满，用不着再以饭颗来充腹之故。

饮食处的有名处所，城内为树春园、南轩、河上酒家、可然亭等。味和小吃，亦佳且廉；仓前的鸭面，南门兜的素菜与牛肉馆，鼓楼西的水饺子铺，都是各有长处的小吃处；久吃了自然不对，偶尔去一试，倒也别有风味。城外在南台的西菜馆，有嘉宾、西宴台、法大、西来，以及前临闽江，内设戏台的广聚楼等。洪山桥畔的义心楼，以吃形同比目鱼的贴沙鱼著名；仓前山的快乐林，以吃小盘西洋菜见称，这些当然又是菜馆中的别调。至如我所寄寓的青年会食堂，地方精洁宽广，中西菜也可以吃吃，只是不同耶稣的飨宴十二门徒一样，不许顾客醉饮葡萄酒浆，所以正式请客，大感不便。

此外则福建特有的温泉浴场,如汤门外的百合、福龙泉,飞机场的乐天泉等,也备有饮馔供客;浴客往往在这些浴场里可以鬼混一天,不必出外去买酒买食,却也便利。从前听说更可以在个人池内男女同浴,则饮食男女,就不必分求,一举竟可以两得了。

要说福州的女子,先得说一说福建的人种。大约福建土著的最初老百姓,为南洋近边的海岛人种;所以面貌习俗,与日本的九州一带,有点相像。其后汉族南下,与这些土人杂婚,就成了无诸种族,系在春秋战国,吴越争霸之后。到得唐朝,大兵入境;相传当时曾杀尽了福建的男子,只留下女人,以配光身的兵士;故而直至现在,福州人还呼丈夫为"唐晡人",晡者系日暮袭来的意思,同时女人的"诸娘仔"之名,也出来了。还有现在东门外北门外的许多工女农妇,头上仍带着三把银刀似的簪为发饰,俗称他们作三把刀,据说犹是当时的遗制。因为她们的父亲丈夫儿子,都被外来的征服者杀了;她们誓死不肯从敌,故而时时带着三把刀在身边,预备复仇。只今台湾的福建籍妓女,听说也是一样;亡国到了现在,也已经有好多年了,而她们却仍不肯与日本的嫖客同宿。若有人破此旧习,而与日本嫖客同宿一宵者,同人中就视作禽兽,耻不与伍,这又是多么悲壮的一幕惨剧!谁说犹唱后庭花处,商女都不知家国的兴亡哩!试看汉奸到处卖国,而妓女乃不肯辱身,其间相去,又岂只泾渭的不同?这一种古代的人种,与唐人杂婚之后,一部分不完全唐化,仍保留着他们固有的生活习惯,宗教仪式的,就是现在仍旧退居在北门外万山深处的畲民。此外的一族,以水上为家,明清以后,一向被视为贱民,不时受汉人的蹂躏的,相传其祖先系蒙古人。自元亡后,遂贬为蛋户,俗呼科蹄。科蹄实为曲蹄之别音,因他们常常曲膝盘坐在船舱之内,两脚弯曲,故有此称。串通倭寇,骚扰沿海一带的居民,古时在泉州叫作泉郎的,就是这一种人种的旁支。

因为福州人种的血统,有这种种的沿革,所以福建人的面貌,和一般中原的汉族,有点两样。大致广颡深眼,鼻子与颧骨高突,两颊深陷成窝,下额部也稍稍尖凸向前。这一种面相,生在男人的身上,倒也并不觉得特别;但一生在女人的身上,高突部为嫩白的皮肉所调和,看起来却个个都是线条刻划分明,像是希腊古代的雕塑人形了。福州女子的另一特点,是在她们的皮色的细白。生长在深闺中的宦家小姐,不见天日,白腻原也应该;最奇怪的,却是那些住在城外的工农佣妇,也一例地有着那种嫩白微红,像刚施过脂粉似的皮肤。大约日夕灌溉的温泉浴是一种关系,吃的闽江江水,总也是一种关系。

我们从前没有居住过福建,心目中总只以为福建人种,是一种蛮族。后来到了那里,和他们的文化一接触,才晓得他们虽则开化得较迟,但进步得却很快;又因为东南是海港的关系,中西文化的交流,也比中原僻地为频繁,所以闽南的有些都市,简直繁华摩登得可以同上海来争甲乙。及至观察稍深,一移目到了福州的女性,更觉得她们的美的水准,比苏杭的女子要高好几倍;而装饰的入时,身体的康健,比到苏州的小型女子,又得高强数倍都不止。

"天生丽质难自弃",表露欲,装饰欲,原是女性的特嗜;而福州女子所有的这一种显示本能,似乎比什么地方的人还要强一点。因而天晴气爽,或岁时伏腊,有迎神赛会的关头,南大街,仓前山一带,完全是美妇人披露的画廊。眼睛个个是灵敏深黑的,鼻梁个个是细长高突的,皮肤个个是柔嫩雪白的;此外还要加上以最摩登的衣饰,与来自巴黎纽约的化妆品的香雾与红霞,你说这幅福州晴天午后的全景,美丽不美丽?迷人不迷人?

亦唯因此之故,所以也影响到了社会,影响到了风俗。国民经济破产,是全国到处都一样的事实;而这些妇女子们,又大半是不生产的中流以下的阶级。衣食不足,礼义廉耻之凋伤,原是自然的结果,故而在福州住不上几月,就时时有暗娼流行的风说,传到耳边上来。都市集中人口以后,这实在也是一种不可避免而急待解决的社会大问题。

说及了娼妓,自然不得不说一说福州的官娼。从前邵武诗人张亨甫,曾著过一部《南浦秋波录》,是专记南台一带的烟花韵事的;现在世业凋零,景气全落,这些乐户人家,完全没有旧日的豪奢影子了。福州最上流的官娼,叫作白面处,是同上海的长三一样的款式。听几位久住福州的朋友说,白面处近来门可罗雀,早已掉在没落的深渊里了;其次还勉强在维持市面的,是以卖嘴不卖身为标榜的清唱堂,无论何人,只须化三元法币,就能进去听三出戏。就是这一时号称极盛的清唱堂,现在也一家一家的废了业,只剩了田墩的三五家人家。自此以下,则完全是惨无人道的下等娼妓,与野鸡款式的无名密贩了,数目之多,求售之切,到了骇人听闻的地步。至于城内的暗娼,包月妇,零售处之类,只听见公安维持者等谈起过几次,报纸上见到过许多回,内容虽则无从调查,但演绎起来,旁证以社会的萧条,产业的不振,国步的艰难,与夫人口的过剩,总也不难举一反三,晓得她们的大概。

　　总之,福州的饮食男女,虽比别处稍觉得奢侈,而福州的社会状态,比别处也并不见得十分的堕落。说到两性的纵弛,人欲的横流,则与风土气候有关,次热带的境内,自然要比温带寒带为剧烈。而食品的丰富,女子一般姣美与健康,却是我们不曾到过福建的人所意想不到的发现。

日本的文化生活

无论那一个中国人,初到日本的几个月中间,最感觉到苦痛的,当是饮食起居的不便。

房子是那么矮小的,睡觉是在铺地的席子上睡的,摆在四脚高盘里的菜蔬,不是一块烧鱼,就是几块同木片似的牛蒡。这是二三十年前,我们初去日本念书时的大概情形;大地震以后,都市西洋化了,建筑物当然改了旧观,饮食起居,和从前自然也是两样,可是在饮食浪费过度的中国人的眼里,总觉得日本的一般国民生活,远没有中国那么的舒适。

但是住得再久长一点,把初步的那些困难克服了以后,感觉就马上会大变起来;在中国社会里无论到什么地方去也得不到的那一种安稳之感,会使你把现实的物质上的痛苦忘掉,精神抖擞,心气和平,拼命的只想去搜求些足使智识开展的食粮。

若再在日本久住下去,滞留年限,到了三五年以上,则这岛国的粗茶淡饭,变得件件都足怀恋;生活的刻苦,山水的秀丽,精神的饱满,秩序的整然,回想起来,真觉得在那儿过的,是一段蓬莱岛上的仙境里的生涯,中国的社会,简直是一种乱杂无章,盲目的土拨鼠式的社会。

记得有一年在上海生病,忽而想起了学生时代在日本吃过的早餐酱汤的风味;教医院厨子去做来吃,做了几次,总做不像,后来终于上一位日本友人的家里去要了些来,从此胃口就日渐开了;这虽是我个人的生活的一端,但也可以看出日本的那一种简易生活的耐人寻味的地方。

而且正因为日本一般的国民生活是这么刻苦的结果,所以上下民众,都只向振作的一方面去精进。明治维新,到现在不过七八十年,而整个国家的进步,却尽可以和有千余年文化在后的英法德意比比;生于忧患,死于逸乐,这话确是中日两国一盛一衰的病源脉案。

刻苦精进,原是日本一般国民生活的倾向,但是另一面哩,大和民族,却也并不是不晓得享乐的野蛮原人。不过他们的享乐,他们的文化生活,不喜铺张,无伤大体;能在清淡中出奇趣,简易里寓深意,春花秋月,近水遥山，得天地自然之气独多，这，一半虽则也是奇山异水很多的日本地势使然，但一大半却也可以说是他们那些岛国民族的天性。

先以他们的文学来说吧，最精粹最特殊的古代文学，当然是三十一字母的和歌。写男女的恋情，写思妇怨男的哀慕，或写家国的兴亡，人生的流转，以及世事的无常，风花雪月的迷人等等，只有清清淡淡，疏疏落落的几句，就把乾坤今古的一切情感都包括得纤屑不遗了。至于后来兴起的俳句哩，又专以情韵取长，字句更长——只十七字母——而余韵余情，却似空中的柳浪，池上的微波，不知所自始，也不知其所终，飘飘忽忽，袅袅婷婷；短短的一句，你若细嚼反刍起来，会经年累月的使你如吃橄榄，越吃越有回味。最近有一位俳谐师高滨虚子，曾去欧洲试了一次俳句的行脚，从他的记行文字看来，到处只以和服草履作横行的这一位俳人，在异国的大都会，如伦敦、柏林等处，却也遭见了不少的热心作俳句的欧洲男女。他回国之后，且更闻有西欧数处在计划着出俳句的杂志。

其次，且看看他们的舞乐看！乐器的简单，会使你回想到中国从前唱"南风之熏矣"的上古时代去。一桿七弦或三弦琴，拨起来声音也并不响亮；再配上一个小鼓——是专配三弦琴的，如能乐，歌舞伎，净琉璃等演出的时候——同凤阳花鼓似的一个小鼓，敲起来，也只是冬冬地一种单调的鸣声。但是当能乐演到半酣，或净琉璃唱到吃紧，歌舞伎舞至极顶的关头，你眼看着台上面那种舒徐缓慢的舞态——日本舞的动作并不复杂，并无急调——耳神经听到几声琤琤琤与冬冬笃拍的声音，却自然而然的会得精神振作，全身被乐剧场面的情节吸引过去。以单纯取长，以清淡制胜的原理，你只教到日本的上等能乐舞台或歌舞伎座去一看，就可以体会得到。将这些来和西班牙舞的铜琶铁板，或中国戏的响鼓十番一比，觉得同是精神的娱乐，又何苦嘈嘈杂杂，闹得人头脑昏沉才能得到醍醐灌顶的妙味呢？

还有秦楼楚馆的清歌，和着三味线太鼓的哀音，你若当灯影阑珊的残夜，一个人独卧在"水晶帘卷近秋河"的楼上，远风吹过，听到它一声两声，真像是猿啼雁叫，会动荡你的心腑，不由你不扑簌簌地落下几点泪来；这一种悲凉的情调，也只有在日本，也只有从日本的简单乐器和歌曲里，才感味得到。

此外，还有一种合着琵琶来唱的歌；其源当然出于中国，但悲壮激昂，一经日本人的粗喉来一喝，却觉得中国的黑头二面，决没有那么的威武，与

"春雨楼头尺八箫"的尺八，正足以代表两种不同的心境；因为尺八音脆且纤，如怨如慕，如泣如诉，迹近女性的缘故。

日本人一般的好作野外嬉游，也是为我们中国人所不及的地方。春过彼岸，樱花开作红云；京都的岚山丸山，东京的飞鸟上野，以及吉野等处，全国的津津曲曲，道路上差不多全是游春的男女。"家家扶得醉人归"的《春社》之诗，仿佛是为日本人而咏的样子。而祇园的夜樱与都踊，更可以使人魂销魄荡，把一春的尘土，刷落得点滴无余。秋天的枫叶红时，景状也是一样。此外则岁时伏腊，即景言游，凡潮汐干时，蕨薇生日，草菌簇起，以及萤火虫出现的晚上，大家出狩，可以谑浪笑傲，脱去形骸；至于元日的门松，端阳的张鲤祭雏，七夕的拜星，中元的盆踊，以及重九的栗糕等等，所奉行的虽系中国的年中行事，但一到日本，却也变成了很有意义的国民节会，盛大无伦。

日本人的庭园建筑，佛舍浮屠，又是一种精微简洁，能在单纯里装点出趣味来的妙艺。甚至家家户户的厕所旁边，都能装置出一方池水，几树楠天，洗涤得窗明宇洁，使你闻觉不到秽浊的熏蒸。

在日本习俗里最有趣味的一种幽闲雅事，是叫作茶道的那一番礼节；各人长跪在一堂，制茶者用了精致的茶具，规定而熟练的动作，将末茶冲入碗内，顺次递下，各喝取三口又半，直到最后，恰好喝完。进退有节，出入如仪，融融泄泄，真令人会想起唐宋以前，太平盛世的民风。

还有"生花"的插置，在日本也是一种有派别师承的妙技；一只瓦盆，或一个净瓶之内，插上几枝红绿不等的花枝松干，更加以些泥沙岩石的点缀，小小的一穿围里，可以使你看出无穷尽的多样一致的配合来。所费不多，而能使满室生春，这又是何等经济而又美观的家庭装饰！

日本人的和服，穿在男人的身上，倒也并不十分雅观；可是女性的长袖，以及腋下袖口露出来的七色的虹纹，与束腰带的颜色来一辉映，却又似万花缭乱中的蝴蝶的化身了。《蝴蝶夫人》这一出歌剧，能够耸动欧洲人的视听，一直到现在，也还不衰的原因，就在这里。

日本国民的注重清洁，也是值得我们钦佩的一件美德。无论上下中等的男女老幼，大抵总要每天洗一次澡；住在温泉区域以内的人，浴水火热，自地底涌出，不必烧煮，洗澡自然更觉简便；就是没有温泉水脉的通都大邑的居民，因为设备简洁，浴价便宜之故，大家都以洗澡为一天工作完了后的乐事。国民一般轻而易举的享受，第一要算这种价廉物美的公共浴场了，这些地方，中国人真要学学他们才行。

　　凡上面所说的各点，都是日本固有的文化生活的一小部分。自从欧洲文化输入以后，各都会都摩登化了，跳舞场，酒吧间，西乐会，电影院等等文化设备，几乎欧化到了不能再欧，现在连男女的服装，旧剧的布景说白，都带上了牛酪奶油的气味；银座大街的商店，门面改换了洋楼，名称也唤作了欧语，譬如水果饮食店的叫作 Fruits Parlour，旗亭的叫作 Cafe Vienna 或 Barcelona 之类，到处都是；这一种摩登文化生活，我想叫上海人说来，也约略可以说得，并不是日本独有的东西，所以此地从略。

　　末了，还有日本的学校生活，医院生活，图书馆生活，以及海滨的避暑，山间的避寒，公园古迹胜地等处的闲游漫步生活，或日本阿尔泊斯与富士山的攀登，两国大力士的相扑等等，要说着实还可以说说，但天热头昏，挥汗执笔，终于不能详尽，只能等到下次有机会的时候，再来写了。

欧洲人的生命力

最近,路透社曾有一通电,转述伦敦《每日邮报》记载的新闻一则,说:弗兰克·史威顿咸爵士,在伦敦卡斯顿汤与爱尔兰卫军军官未亡人尼尔古特里夫人结婚。史威顿咸爵士,本年八十余岁,作为新娘的那位军官未亡人,当然总也已有五十岁以上了无疑。以这一件喜事作标准,欧洲人的生命力的旺盛,实在足以令人羡慕。

我们东方人,尤其是居住在热带的东方人,像这种高年矍铄的人瑞,该是不见得多吧?当然,在欧洲,这也已经是并非寻常的事情了。

做一分事业,要一分精力。耆年硕德的老前辈,还有这一种精力,就是这种族,这国家的庆幸。

我们中国人的未老先衰,实在是一种很坏的现象。当此民族复兴,以抗战来奠建国始基的今日,这改良人种,增加种族生命力的问题,应该是大家来留心研究,锐意促进的。

至于令人想到这问题的重要的史威顿咸爵士本人,与马来亚当然更有一段密切的关系,因为他是四十余年前的马来亚护政司,后来也是海峡殖民地的总督。

他对于马来人及马来文的了解,实在是深沉得无以复加,这从他的种种著作中,就可以看得出来;他非但是一位政治家,并且也是一位文学家。

在一八九五年出版的他的《马来亚速写》,及一八九八年出版的《不书受信人名字》的书函集,实在也是很有价值的作品。

当时他所驻扎过的霹雳,是马来话最纯粹,马来气质最浓厚的地方;所以,他在《马来亚速写》的头上说:"对于马来人的内心生活,恐怕是他人再没有比我更了解的",这话当然并不是他的自夸自奖。

他的对马来人的尊敬,对马来人的了解,尤其在他的《不书受信人名字》的书函集的第三篇《东方和西方》一信里,写得更加彻底。

他于某一夜的席上,对坐在他边上的一位女太太说:"西方白种人,没有到过马来亚的,老怀有这一种偏见,以为马来人是黑人,并且又不是基督教徒,所以是野蛮人。可是照马来人看来,我们白种文明国的女人穿的这一种美国化的装束,才是野蛮呢!"

他绝对否认马来民族是野蛮的,因此他就提到一位马来苏丹写给他的最富于友谊和诗意的信;接着,他又介绍了四首马来的情歌。现在我且把这四首情歌译出来,做一个结尾,用以证明这一位史威顿咸爵士的老兴的淋漓。

豆苗沿上屋檐前,
木槿红花色味偏。(无香也)
人人只见火烧屋,
不见侬心焚有烟。

请郎且看扑灯蛾,
飞向头家屋后过。
自从天地分时起,
命定鸳鸯可奈何。

此是月中廿一夜,
妇为生儿先物化。
我侬是汝手中禽,
却似黄莺依膝下。

倘汝远经河上头,
村村寻我莫夷犹。
倘汝竟先侬物化,
天门且为我迟留。(等我同死之意)

"文　人"

三月二十日，立委王昆仑氏，在重庆宴苏联作家及中国作家的席上，有人提议，联合起来，写一封信来给我的消息，早在香港报上见过。本坡的《星中报》，亦将此消息转载。诗是四句：莫道流离苦（老舍），天涯一客孤（沫若），举杯祝远道（昆仑），万里四行书（施谊）。施谊当然是孙师毅的另一写法。此外到席者，是苏联的作家费德连克（他也用了中国笔，写了"都问你好"的四字）。及米克拉舍夫斯基（他写的是"知己知彼，百战百胜"的两句孙子兵法）。这两位苏联作家竟能用中国的毛笔，写出这样的字（虽然是像初学会写字的小孩般的笔法）来，倒也真真难得。当日的列席者，还有一时传说已被敌人谋害的陈波儿、方殷、戈宝权、葛一虹、阳翰笙诸君。沫若在诗下，还写有几行短信：

> 达夫：诗上虽说你孤，其实你并不孤。今天在座的，都在思念你，全中国的青年朋友，都在思念你。你知道张资平的消息么？他竟糊涂到底了，可叹！

从这一张同人合写成的信中看来，我们可以知道，张资平在上海被敌人收买的事情，确是事实了。本来，我们是最不愿意听到认识的旧日友人，有这一种丧尽天良的行为的；譬如周作人的附逆，我们在初期，也每以为是不确，是敌人故意放造的谣言；但日久见人心，终于到了现在，也被证实是事实了。文化界而出这一种人，实在是中国人千古洗不掉的羞耻事，以春秋的笔法来下评语，他们该比被收买的土匪和政客，都应罪加一等。时穷节乃见，古人所说的非至岁寒，不能见松柏之坚贞，自是确语。所以，耳未听见过炮声，足未踏入过战地的许多文化人，只站在后方的后方，高喊着前进，或用尽心机，想打倒几个在同一区域中作同后方，高喊着前进，或用尽心机，想打倒几个在同一区域中作同事的同人来献身手的，亦当以这些先例为前车之戒。能做一点实际工作，当远胜于专向同事作人身攻击等事，为益多多。

鲁迅也曾说过，既然是人，自然也要性交，若只拿住性交的一点，来攻击个人，则孔夫子有伯鱼。即使是圣到无以复加的圣人，恐怕日常生活，也是和我们这些庸人，相差无几的。

"文人无行"，是中国惯说的一句口头语；但我们应当晓得，无行的就不是文人，能说"失节事大，饿死事小"这话而实际做到的人，才是真正的文人。近则如洪承畴，远则如长乐老，他们何尝是文人，他们都不过是学过写字，读过书的政客罢了。至如远处在离敌人数千里外的异域，只以为月薪比自己多一点，生活比自己宽裕一点的同事，就是阻遏自己加薪前进的障碍，是敌寇，是汉奸，是一手压住世界命的魔鬼；像这样的文人，当然更不是文人了；因为这些人们，敌寇不来则已，敌寇若一到门，则首先去跪接称臣，高呼万岁的，也就是他们了；对这些而也称作文人，岂不是辱没了文人的正气，辱没了谢皋羽的西台。

因听到了故人而竟做了奸逆的丑事，所以一肚皮牢骚，无从发泄，即以我个人的境遇来说，老母在故乡殉国，胞兄在孤岛殉职，他们虽都不是文人，他们也都未曾在副刊上做过慷慨激昂的文章，或任意攻击过什么人，但我却很想以真正的文人来看他们，称他们是我的表率，是我的精神上的指导者。

我们的抗战，是还要继续下去的。这中间，自然更有许多花样出来，可以给我们叹赏，或给我们唾骂。我们只要抱住一点贞心，使用我们的双眼，静静地看，实在地干，到了最后胜利之日，便可以分辨出，究竟是谁强谁弱，谁真谁伪来了，现在所说的一切空话，究竟还都是无凭的呓语。

苏州烟雨记

一

悠悠的碧落，一天一天的高远起来。清凉的早晚，觉得天寒袖薄，要缝件夹衣，更换单衫。楼头思妇，见了鹅黄的柳色，牵情望远，在绸衾的梦里，每欲奔赴玉门关外去。当这时候，我们若走出户外天空下去，老觉得好像有一件什么重大的物事，被我们忘了似的。可不是么？三伏的暑热，被我们忘掉了哟！

在都市的沉浊的空气中栖息的裸虫！在利欲的争场上吸血的战士！年年岁岁，不知四季的变迁，同鼹鼠似的埋伏在软红尘里的男男女女！你们想发见你们的灵性不想？你们有没有向上更新的念头？你们若欲上空旷的地方，去呼一口自由的空气，一则可以醒醒你们醉生梦死的头脑，二则可以看看那些就快凋谢的青枝绿叶，豫藏一个来春再见之机，那么请你们跟了我来，Und ich, ich Schnuere Den Sack and wandere，我要去寻访伍子胥吹箫吃食之乡，展拜秦始皇求剑凿穿之墓，并想看看那有名的姑苏台苑哩！

"象以齿毙，膏用明煎"，为人切不可有所专好，因为一有了嗜癖，就不得不为所累。我闲居沪上，半年来既无职业，也无忙事，本来只须有几个买路钱，便是天南地北，也可以悠然独往的，然而实际上却是不然。因为自去年同几个同趣味的朋友，弄了几种我们所爱的文艺刊物出来之后，愚蠢的我们，就不得不天天服海儿克儿斯（Hercules）的苦役了，所以九月三日的早晨，决定和友人沈君，乘车上苏州去的时候，我还因有一篇文字没有交出之故，心里只在怦怦的跳动。

那一天（九月三日）也算是一天清秋的好天气。天上虽没有太阳，然而几块淡青的空处，和西洋女子的碧眼一般，在白云浮荡的中间，常在向我们地上的可怜虫密送秋波。不是雨天，不是晴日，若硬要把这一天的天气分出类来，我不管气象台的先生们笑我不笑我，姑且把它叫风云飞舞，阴晴交让的初秋的一日吧。

这一天的早晨，同乡的沈君，跑上我的寓所来说：

一个对称的效力而想出来的？

　　遂园是一个中国式的庭园，有假山有池水有亭阁，有小桥也有几枝树木。不过各处的坍败的形迹和水上开残的荷花荷叶，同暗澹的天气合作一起，使我感到了一种秋意，使我看出了中国的将来和我自家的凋零的结果。啊！遂园呀遂园，我爱你这一种颓唐的情调！

　　在荷花池上的一个亭子里，喝了一碗茶，走出来的时候，我们在正厅上却遇着了许多穿轻绸绣缎的绅士淑女，静静的坐在那里喝茶咬瓜子，等说书者的到来。我在前面说过的中国人的悠悠的态度，和中国的亡国的悲壮美，在此地也能看得出来。啊啊，可怜我为人在客，否则我也挨到那些皮肤嫩白的太太小姐们的边上去静坐了。

　　出了遂园，我们因为时间不早，就劝施君回寓。我与沈君在狭长的街上飘流了一会，就决定到虎丘去。

福州的西湖

天气热了之后，真是热得不可耐，而又不至于热死的时候，我们老会有那一种失神状态出现，就是嗒焉我丧吾的状态。茫茫然，浑浑然，知觉是有的，感觉却迟钝一点；看周围的事物风景，只融成一个很模糊的轮廓，对极熟悉的环境，也会发生奇异的生疏感，仿佛似置身在外国，又仿佛是回到了幼小的时期，总之，是一种半麻木的入梦的状态。

与此相反，于烈日行天的中午，你若突然走进一处阴凉的树林；或如烧似煮地热了一天，忽儿向晚起微风，吹尽了空中的热气，使你得在月明星淡的天盖下静躺着细看天河；当这些样的时候，我们也会起一种如梦似的失神状态，仿佛是从恶梦里刚苏醒转来的样子，既不愿意动弹，也不能够把注意力集中，陶然泰然，本不知道有我，更不知道有我以外的一切纠纷。

这两种情怀，前一种分明有不快的下意识潜伏在心头，而后一种当然是涅槃的境地。在福州，一交首夏，直到白露为止，差不多每日都可以使你体味到这两种至味。

因为福州地处东海之滨，所以夏天的太阳出来得特别的早；可是阳光一普照，空气，地壳，山川草木，就得蒸吐热气。故而自上午八九点钟起，到下午五时前后止，热度，大约总在八十六七至九十一二度的中间。依这一度数看来，福州原也并不比别处特别的热，但是一年到头——十二个月中间，差不多有四五个月，天天都是如此，因而新自外地来的人，总觉得福州这地方比别处却热得不同。在福州热的时间虽则长一点，白天在太阳底下走路的苦楚，虽则觉得难熬一点，但福州的夏夜，实在是富有着异趣，实在真够使人留恋。我假使要模仿《旧约》诸先知的笔调，写起牧歌式的福州夏夜记事来，那开始就得这么的说：

——太阳平西了，海上起了微风。天上的群星放了光，地上的亚当夏娃的子女，成群，结队，都走向西去，同伊色列人的出埃及一样……

为什么一到晚上，福州的住民大家要走向西去呢？就因为在福州的城西，也有一个西湖，是浮瓜沉李，夏夜乘凉的唯一的好地方。

繁华，我未曾见到，专就我于这荫门里一隅的状况看来，我觉得苏州城，竟还是一个浪漫的古都，街上的石块，和人家的建筑，处处的环桥河水和狭小的街衢，没有一件不在那里夸示过去的中国民族的悠悠的态度。这一种美，若硬要用近代语来表现的时候，我想没有比"颓废美"的三字更适当的了。况且那时候天上又飞满了灰黑的湿云，秋雨又在微微的落下。

施君幸而还没有出去，我们一到他住的地方，他就迎了出来，沈君为我们介绍的时候，施君就慢慢的说：

"原来就是郁君么？难得难得，你做的那篇……，我已经拜读了，失意人谁能不同声一哭！"

原来施君是我们的同乡，我被他说得有些羞愧了，想把话头转一个方向，所以就问他说：

"施君，你没有事么？我们一同去吃饭吧。"

实际上我那时候，肚里也觉得非常饥饿了。

严衙前附近，都是钟鸣鼎食之家，所以找不出一家菜馆来。没有方法，我们只好进一家名锦帆榭的茶馆，托茶博士去为我们弄些酒菜来吃。因为那时候微雨未止，我们的肚里却响得厉害，想想饿着肚在微雨里奔跑，也不值得，所以就进了那家茶馆——一则也因为这家茶馆的名字不俗——打算坐它一二个钟头，再作第二步计划。

古语说得好，"有志者事竟成！"我们在锦帆榭的清淡的中厅桌上，喝喝酒，说说闲话，一天微雨，竟被我们的意志力，催阻住了。

初到一个名胜的地方，谁也同小孩子一样，不愿意悠悠的坐着的，我一见雨止，就促施君沈君，一同出了茶馆，打算上各处去逛去。从清冷修整狭小的卧龙街一直跑将下去，拐了一个弯，又走了几步，觉得街上的人和两旁的店，渐渐儿的多起来，繁盛起来，苏州城里最多的卖古书、旧货的店铺，一家一家的少了下去，卖近代的商品的店家，逐渐惹起我的注意来了，施君说：

"玄妙观就要到了，这就是观前街。"

到了玄妙观内，把四面的情形一看，我觉得玄妙观今日的繁华，与我空想中的境状大异。讲热闹赶不上上海午前的小菜场，讲怪异远不及上海城内的城隍庙，走尽了玄妙观的前后，在我脑里深深印入的印象，只有二个，一个是三五个女青年在观前街的一家箫琴铺里买箫，我站到她们身边去对她们呆看了许久,她们也回了我几眼。一个玄妙观门口的一家书馆里,有一位很年轻的学生在那里买我和我朋友共编的杂志。除这两个深刻的印象外,我只觉得玄妙观里的许多茶馆,是苏州人的风雅的趣味的表现。

　　早晨一早起来,就跑上茶馆去。在那里有天天遇见的熟脸。对于这些熟脸,有妻子的人,觉得比妻子还亲而不狎,没有妻子的人,当然可把茶馆当作家庭,把这些同类当作兄弟了。大热的时候,坐在茶馆里,身上发出来的一阵阵的汗水,可以以口中咽下去的一口口的茶去填补。茶馆内虽则不通空气,但也没有火热的太阳,并且张三李四的家庭内幕和东洋中国的国际闲谈,都可以消去逼人的盛暑。天冷的时候,坐在茶馆里,第一个好处,就是现成的热茶。除茶喝多了,小便的时候要起冷痉之外,吞下几碗刚滚的热茶到肚里,一时却能消渴消寒。贫苦一点的人,更可以藉此熬饥。若茶馆主人开通一点,请几位奇形怪状的说书者来说书,风雅的茶客的兴趣,当然更要增加。有几家茶馆里有几个茶客,听说从十几岁的时候坐起,坐到五六十岁死时候止,坐的老是同一个座位,天天上茶馆来一分也不迟,一分也不早,老是在同一个时间。非但如此,有几个人,他自家死的时候,还要把这一个座位写在遗嘱里,要他的儿子天天去坐他那一个遗座。近来百货店的组织法应用到茶业上,茶馆的前头,除香气熏人的"火烧""锅贴""包子""烤山芋"之外,并且有酒有菜,足可使茶客一天不出外而不感得什么缺憾。像上海的青莲阁,非但饮食俱全,并且人肉也在贱卖,中国的这样文明的茶馆,我想该是二十世纪的世界之光了。所以盲目的外国人,你们若要来调查中国的事情,你们只须上茶馆去调查就是,你们要想来管理中国,也须先去征得各茶馆里的茶客的同意,因为中国的国会所代表的,是中国人的劣根性无耻与贪婪,这些茶客所代表的倒是真真的民意哩!

五

　　出了玄妙观,我们又走了许多路,去逛遂园,遂园在苏州,同我在上海一样,有许多人还不晓得它的存在。从很狭很小的一个坍败的门口,曲曲折折走尽了几条小弄,我们才到了遂园的中心。苏州的建筑,以我这半日的经验讲来,进门的地方,都是狭窄芜废,走过几条曲巷,才有轩敞华丽的屋宇。我不知这一种方式,还是法国大革命前的民家一样,为避税而想出来的呢?还是为唤醒观者的观听起见,用修辞学上的欲扬先抑的笔法,使能得着她们操的并不是柔媚的苏州音,大约是南京的学生吧?也许是上北京去的,但是我知道了她们不能同我一道下车,心里却起了一种微微的失望。

　　"女学生诸君,愿你们自重,愿你们能得着几位金龟佳婿,我要下车去了。"

　　心里这样的讲了几句,我等着车停之后,就顺着了下车的人流,也被他们推来推去的推下了车。

　　出了车站,马路上站了一忽,我只觉得许多穿长衫的人,路的两旁停着的黄包车,马车,车夫和驴马,都在灰色的空气里混战。跑来跑去的人的叫唤,一个钱两个钱的争执,萧条的道旁的杨柳,黄黄的马路,和在远处看得出来的一道长而且矮的土墙,便是我下车在苏州得着的最初的印象。

　　湿云低垂下来了。在上海动身时候看得见的几块青淡的天空也被灰色的层云埋没煞了。我仰起头来向天空一望,脸上早接受了两三点冰冷的雨点。

　　"危险危险,今天的一场冒险,怕要失败。"

　　我对在旁边站着的沈君这样讲了一句,就急忙招了几个马车夫来问他们的价钱。

　　我的脚踏苏州的土地,这原是第一次。沈君虽已来过一二回,但是那还是前清太平时节的故事,他的记忆也很模糊了。并且我这一回来,本来是随人热闹,偶尔发作的一种变态旅行,既无作用,又无目的,所以马夫问我"上哪里去?"的时候,我想了半天,只回答了一句"到苏州去!"究竟沈君是深于世故的人,看了我的不知所措的样子,就不慌不忙的问马车夫说:

　　"到府门去多少钱?"

　　好像是老熟的样子。马车夫倒也很公平,第一声只要了三块大洋。我们说太贵,他们就马上让了一块,我们又说太贵,他们又让了五角。我们又试了试说太贵,他们却不让了,所以就在一乘开口马车里坐了进去。

　　起初看不见的微雨,愈下愈大了,我和沈君坐在马车里,尽在野外的一条马路上横斜的前进。青色的草原,疏淡的树林,蜿蜒的城墙,浅浅的城河,变成这样,变成那样的在我们面前交换。醒人的凉风,休休的吹上我的微热的面上,和嗒嗒的马蹄声,在那里合奏交响乐。我一时忘记了秋雨,忘记了在上海剩下的未了的工作,并且忘记了半年来失业困穷的我,心里只想在马车上作独脚的跳舞,嘴里就不知不觉的念出了几句独脚跳舞的歌来:

秋在何处，秋在何处？
在蟋蟀的床边，在怨妇楼头的砧杵，
你若要寻秋，你只须去落寞的荒郊行旅，
刺骨的凉风，吹消残暑，
漫漫的田野，刚结成禾黍，
一番雨过，野路牛迹里贮着些儿浅渚，
悠悠的碧落，反映在这浅渚里容与，
月光下，树林里，萧萧落叶的声音，便是秋的私语。

我把这几句词不像词，新诗不像新诗的东西唱了一回，又向四边看了一回，只见左右都是荒郊，前面只是一条没有尽头的长路，所以心里就害怕起来，怕马夫要把我们两个人搬到杳无人迹的地方去杀害。探头出去，大声的喝了一声：

"喂！你把我们拖上什么地方去？"

那狡猾的马夫，突然吃了一惊，噗的从那坐凳上跌下来，他的马一时也惊跳了一阵，幸而他虽跌倒在地下，他的马缰绳，还牢捏着不放，所以马没有逃跑。他一边爬起来，一边对我们说：

"先生！老实说，府门是送不到的，我只能送你们上洋关过去的密度桥上。从密度桥到府门，只有几步路。"

他说的是没有丈夫气的苏州话，我被他这几句柔软的话声一说，心已早放下了，并且看看他那五十来岁的面貌，也不像杀人犯的样子，所以点了一点头，就由他去了。

马车到了密度桥，我们就在微雨里走了下来，上沈君的友人寄寓在那里的葑门内的严衙前去。

四

进了封建时代的古城，经过了几条狭小的街巷，更越过了许多环桥，才寻到了沈君的友人施君的寓所。进了葑门以后，在那些清冷的街上，所得着的印象，我怎么也形容不出来。上海的市场，若说是二十世纪的市场，那末这苏州的一隅，只可以说是十八世纪的古都了。上海的杂乱的情形，若说是一个 Busy Port，那么苏州只可以说是一个 Sleepy Town 了。总之阊门外的

"今天我要上苏州去。"

我从我的屋顶下的房里,看看窗外的天空,听听市上的杂噪,忽而也起了一种怀慕远处之情(Sehusucht nach der Ferne)。九点四十分的时候,我和沈君就摇来摇去的站在三等车中,被机关车搬向苏州去了。

"仙侣同舟!"古人每当行旅的时候,老在心中窃望着这一种艳福。我想人既是动物,无论男女,欲念总不能除,而我既是男人,女人当然是爱的。这一回我和沈君匆促上车,初不料的车上的人是那样拥挤的,后来从后面走上了前面,忽在人丛中听出了一种清脆的笑声来。"明眸皓齿的你们这几位女青年,你们可是上苏州去的么?"我见了她们的那一种活泼的样子,真想开口问她们一声,但是三千年的道德观,和见人就生恐惧的我的自卑狂,只使我红了脸,默默的站在她们身边,不过暗暗的闻吸闻吸从她们发上身上口中蒸发出来的香气罢了。我把她们偷看了几眼,心里又长叹了一声:

"啊啊!容颜要美,年纪要轻,更要有钱!"

二

我们同车的几个"仙侣",好像是什么女学校的学生。她们的活泼的样子——使恶魔讲起来就是轻佻——丰肥的肉体——使恶魔讲起来就是多淫——和烂熟的青春,都是神仙应有的条件,但是只有一件,只有一件事情,使我无论如何也不能把她们当作神仙的眷属看。非但如此,为这一件事情的原故,我简直不能把她们当作我的同胞看。这是什么呢,这便是她们故意想出风头而用的英文的谈话。假使我是不懂英文的人,那末从她们的绯红的嘴唇里滚出来的叽哩咕噜,正可以当作天女的灵言听了,倒能够对她们更加一层敬意。假使我是崇拜英文的人,那末听了她们的话,也可以感得几分亲热。但是我偏偏是一个程度与她们相仿的半通英文而又轻视英文的人,所以我的对她们的热意,被她们的谈话一吹几乎吹得冰冷了。世界上的人类,抱着功利主义,受利欲的催眠最深的,我想没有过于英美民族的了。但我们的这几位女同胞,不用《西厢》、《牡丹亭》上的说白来表现她们的思想,不把《红楼梦》上言文一致的文字来代替她们的说话,偏偏要选了商人用的这一种有金钱臭味的英语来卖弄风情,是多么杀风景的事情啊!你们即使要用外国文,也应选择那神韵悠扬的法国语,或者更适当一点的就该用半清半俗,薄爱民语(La Langue des Bohemiens),何以要用这卑俗的英语呢?啊啊,当现在崇拜黄金的世界,也无怪某某女学等卒业出来的学生,不愿为正当的中国人的糟糠之室,而愿意自荐枕席于那些犹太种的英美的下流商人的。我的朋友有一次说,"我们中国亡了,倒没有什么可惜,我们中国的女性亡了,却是很可惜的。现在在洋场上作寓公的有钱有势的中国的人物,尤其是外交商界政界的人物,他们的妻女,差不多没有一个不失身于外国的下流流氓的,你看这事伤心不伤心哩!"我是两性问题上的一个国粹保存主义者,最不忍见我国的娇美的女同胞,被那些外国流氓去足践。我的在外国留学时代的游荡,也是本于这主义的一种复仇的心思。我现在若有黄金千万,还想去买些白奴来,供我们中国的黄包车夫苦力小工享乐啦!

唉唉!风吹水绉,干侬底事,她们在那里贱卖血肉,于我何尤。我且探头出去看车窗外的茂茂的原田,青青的草地,和清溪茅舍,丛林旷地吧!

"啊啊,那一道隐隐的飞帆,这大约是苏州河吧!"

我看了那一条深碧的长河,长河彼岸的粘天的短树,和河内的帆船,就叫着问我的同行者沈君,他还没有回答我之先,立在我背后的一位老先生却回答说:

"是的,那是苏州河,你看隐约的中间,不是有一条长堤看得见么!没有这一条堤,风势很大,是不便行舟的。"

我注目一看,果真在河中看出了一条隐约的长堤来。这时候,在东面车窗下坐着的旅客,都纷纷站起来望向窗外去。我把头朝转来一望,也看见了一个汪洋的湖面,起了无数的清波,在那里汹涌。天上黑云遮满了,所以湖面也只似用淡墨涂成的样子。湖的东岸,也有一排矮树,同凸出的雕刻似的,以阴沉灰黑的天空作了背景,在那里作苦闷之状。我不晓是什么理由,硬想把这一排沿湖的列树,断定是白杨之林。

三

车过了阳澄湖,同车的旅客,大家不向车的左右看而注意到车的前面去,我知道苏州就不远了。等苏州城内的一枝尖塔看得出来的时候,几位女学生,也停住了她们的黄金色的英语,说了几句中国话。

"苏州到了!"

"可惜我们不能下去!"

"But we will come in the winter."

江南的风景，处处可爱，江南的人事，事事堪哀，你看，在这一个秋尽冬来的寒月里，四边的草木，岂不还是青葱红润的么？运河小港里，岂不依旧是白帆如织满在行驶的么？还有小小的水车亭子，疏疏的槐柳树林。平桥瓦屋，只在大空里吐和平之气，一堆一堆的干草堆儿，是老百姓在这过去的几个月中间力耕苦作之后的黄金成绩，而车磷磷，马萧萧，这十余年中间，军阀对他们的征收剥夺，虏掠奸淫，从头细算起来，哪里还算得明白？江南原说是鱼米之乡，但可怜的老百姓们，也一并的作了那些武装同志们的鱼米了。逝者如斯，将来者且更不堪设想，你们且看看政府中什么局长什么局长的任命，一般物价的同潮也似的怒升，和印花税地税杂税等名目的增设等，就也可以知其大概了。啊啊，圣明天子的朝廷大事，你这贱民哪有左右容喙的权利，你这无智的牛马，你还是守着古圣昔贤的大训，明哲以保其身，且细赏赏这车窗外面的迷人秋景吧！人家瓦上的浓霜去管它作甚？

　　车窗外的秋色，已经到了烂熟将残的时候了。而将这秋色秋风的颓废末级，最明显地表现出来的，要算浅水滩头的芦花丛薮，和沿流在摇映着的柳色的鹅黄。当然杞树、枫树、柏树的红叶，也一律的在透露残秋的消息，可是绿叶层中的红霞一抹，即在春天的二月，只教你向树林里去栽几株一丈红花，也就可以酿成此景的。至于西方莲的殷红，则不问是寒冬或是炎夏，只教你培养得宜，那就随时随地都可以将其他树叶的碧色去衬它的朱红，所以我说，表现这大江南岸的残秋的颜色，不是枫林的红艳和残叶的青葱，却是芦花的丰白与岸柳的髯黄。

　　秋的颜色，也管不得许多，我也不想来品评红白，裁答一重公案，总之对这些大自然的四时烟景，毫末也不曾留意的我们那火车机头，现在却早已冲过了长桥几架，抄过了阳澄湖岸的一角，一程一程的在逼近姑苏台下去了。

　　苏州本来是我依旧游之地，"一帆冷雨过娄门"的情趣，闲雅的古人，似乎都在称道。不过细雨骑驴，延着了七里山塘，缓缓的去奠拜真娘之墓的那种逸致，实在也尽值得我们的怀忆的。还有日斜的午后，或者上小吴轩去泡一碗清茶，凭栏细数数城里人家的烟灶，或者在冷红阁上，开开它朝西一带的明窗，静静儿的守着夕阳的晼晚西沉，也是尘俗都消的一种游法。我的此来，本来是无遮无碍的放浪的闲行，依理是应该在吴门下榻，离沪的第一晚是应该去听听寒山寺里的夜半清钟的，可是重阳过后，这近边又有了几次农工暴动的风声,军警们提心吊胆,日日在搜查旅客,骚扰居民,像这样的暴风雨将到未来的恐怖期间,我也不想再去多劳一次军警先生的驾了,所以车停的片刻时候,我只在车里跑上先跑落后的看了一回虎丘的山色,想看看这本来是不高不厚的地皮,究竟有没有被那些要人们刮尽。但是还好,那一堆小小的土山,依旧还在那里点缀苏州的景致。不过塔影萧条,似乎新来瘦了,它不会病酒,它不会悲秋,这影瘦的原因,大约总是因为日脚行到了天中的缘故吧。拿出表来一看,果然已经是十一点多钟,将近中午的时刻了。

火车离去苏州之后,路线的两边,耸出了几条绀碧的山峰来。在平淡的上海住惯的人,或者本来是从山水中间出来,但为生活所迫,就不得不在看不见山看不见水的上海久住的人们,大约到此总不免要生出异样的感觉来的吧。同车的有几位从上海来的旅客,一样的因看见了这西南一带的连山而在作点头的微笑。啊啊,人类本来就是大自然的一部分细胞,只教天性不灭,决没有一个会对了这自然的和平清景而不想赞美的,所以那些卑污贪暴的军阀委员要人们,大约总已经把人性灭尽了的缘故吧,他们只知道要打仗,他们只知道要杀人,他们只知道如何的去敛钱争势夺权利用,他们只知道如何的来破坏农工大众的这一个自然给与我们的伊甸园。啊呀,不对,本来是在说看山的,多嘴的小子,却又破口牵涉起大人先生们的狼心狗计来了,不说吧,还是不说吧。将近十二点了,我还是去炒盘芥莉鸡丁弄瓶"苦配"啤酒来浇浇魂磊的好。

三

正吞完最后的一杯苦酒的时候,火车过了一个小站,听说是无锡就在眼前了。

天下第二泉水的甘味,倒也没有什么可以使人留恋的地方。但震泽湖边的芦花秋草,当这一个肃杀的年时,在理想上当然是可以引人入胜的,因为七十二山峰的峰下,处处应该有低浅的水滩,三万六千顷的周匝,少算算也应该有千余顷的浅渚,以这一个统计来计算太湖湖上的芦花,那起码要比扬子江河身的沙渚上的芦田多些。我是曾在太平府以上九江以下的扬子江头看过伟大的芦花秋景的,所以这一回很想上太湖去试试运气看,看我这一次的臆测究竟有没有和事实相合的地方。这样的决定在无锡下车之后,倒觉得前面相去只几哩地的路程特别的长了起来,特别快车的速力也似乎特别慢起不得已就只好在灯下拿出一本德国人的游记来躺在床沿上胡乱地翻读……

　　一七七六，九月四日，来干思堡，侵晨。
　　早晨三点，我轻轻地偷逃出了卡儿斯罢特，因为否则他们怕将不让我走。那一群将很亲热地为我做八月廿八的生日的朋友们，原也有扣留住我的权利；可是此地却不可再事淹留下去了。……

这样地跟这一位美貌多才的主人公看山看水，一直的到了月下行车，将从勃伦纳到物络那（Vom Brenner bis Verona）的时候，我也就在悲凉的弦索声，杂噪的锣鼓声，和怕人的汽车声中昏沉睡着了。

不知是在什么地方，我自身却立在黑沉沉的天盖下俯看海水，立脚处仿佛是危岩巉兀的一座石山。我的左壁，就是一块身比人高的直立在那里的大石。忽而海潮一涨，只见黑黝黝的涡旋，在灰黄的海水里鼓荡，潮头渐长渐高，逼到脚下来了，我苦闷了一阵，却也终于无路可逃，带粘性的潮水，就毫无踌躇地浸上了我的两脚，浸上了我的腿部，腰部，终至于将及胸部而停止了。一霎时水又下退，我的左右又变了石山的陆地，而我身上的一件青袍，却为水浸湿了。在惊怖和懊恼的中间，梦神离去了我，手支着枕头，举起上半身来看看外边的样子，似乎那些毫无目的，毫无意识，只在大街上闲逛、瞎挤、乱骂、高叫的同胞们都已归笼去了，马路上只剩了几声清淡的汽车警笛之声，前后左右的娇艳的肉声和弦索声也减少了，幽幽寂寂，仿佛从极远处传来似的，只有间隔得很远的竹背牙牌互击的操塔的声音，大约夜也阑了，大家的游兴也倦了吧，这时候我的肚里却也咕噜噜感到了一点饥饿。

披上棉袍，向里间浴室的磁盆里放了一盆热水，漱了一漱口，擦了一把脸，再回到床前安乐椅上坐下，呆看住电灯擦起火柴来吸烟的时候，我不知怎么的斗然间却感到了一种异样的孤独。这也许是大都会中的深夜的悲哀，这也许是中年易动的人生的感觉，但无论如何，我觉得这样的再在旅舍里枯坐是耐不住的了，所以就立起身来，开门出去，想去找一家长夜开炉的菜馆，去试一回小吃。

开门出去，在静寂粉白和病院里的廊子一样的长巷中走了一段，将要从右角转入另一条长廊去的时候，在角上的那间房里，忽而走出了一位二十左右，面色洁白妖艳，一头黑发松长披在肩上，全身像裸着似的只罩着一件金黄长毛丝绒的 Negligee 的妇人来。这一回的出其不意地在这一个深夜的时间里忽儿和我这样的一个潦倒的中年男子的相遇，大约也使她感到了一种惊异，她起始只张大了两只黑晶晶的大眼，怀疑惊问似的对我看了一眼，继而脸上涨起了红霞，似羞缩地将头俯伏了下去，终于大着胆子向我的身边走过，走到另一间房间里去了。我一个人发了一脸微笑，走转了弯，轻轻地在走向升隆机去的中间，耳朵里还听见了一声她关闭房门的声音，眼睛里还保留着她那丰白的圆肩的曲线，和从宽散的她的寝衣中透露出来的胸前的那块倒三角形的雪嫩的白肌肤。

司升降机的工人和在廊子的一角呆坐着的几位茶役，都也睡态矇眬了，但我从高处的六层楼下来，一到了底下出大门去的那条路上，却不料竟会遇见这许多暗夜之子在谈笑取乐的。他们的中间，有的是跟妓女来的龟奴鸨母，有的是司汽车的机器工人，有的是身上还披着绒毯的住宅包车夫，有的大约是专等到了这一个时候，夹入到这些人的中间来骗取一枝两枝香烟，谈谈笑笑藉此过夜的闲人吧！这一个大门门道上的小社会里，这时候似乎还正在热闹的黄昏时候一样，而等我走出大门，向东边角上的一家茶馆里坐定，朝壁上的挂钟细细看了一眼时，却已经是午夜的三点钟前了。

吃取了一点酒菜回来，在路上向天空注看了许多回。西边天上，正挂着一钩同镰刀似的下弦残月，东北南三面，从高屋顶的电火中间窥探出去，似还见得到一颗两颗的黯淡的秋星，大约明朝不会下雨这一件事情总可以决定的了。我长啸了一声，心里却感到了一点满足，想这一次的出发也还算不坏，就再从升降机上来，回房脱去了袍袄，沉酣地睡着了四五个钟头。

二

几个钟头的酣睡，已把我长年不离身心的疲倦医好了一半了，况且赶到车站的时候，正还是上行特别快车将发未动的九点之前，买了车票，挤入了车座，浩浩荡荡，火车头在晨风朝日之中，将我的身体搬向北去的中间，老是自伤命薄，对人对世总觉得不满的我这时代落伍者，倒也感到了一心的快乐。"旅行果然是好的"，我斜倚着车窗，目视着两旁的躺息在太阳和风里的大地，心里却在这样的想："旅行果然是不错，以后就决定在船窗马背里过它半生生活吧！"

然也是一样。

　　对于福州的西湖，我初来时觉得她太渺小，现在习熟了，却又觉她的楚楚可怜。在《西湖志》的附录里，曾载有一位湖上的少女，被人买去作妾；后来随那位武弁到了北京，因不容于大妇，发配厮养卒以终。少女多才，赋诗若干绝以自哀，所谓"为问生身亲父母，卖儿还剩几多钱？"以及"嫁得伧父双脚健，报人夫婿早登科"等名句，就是这一位福州冯小青之所作。诗的全部，记得《随园诗话》和《两般秋雨庵随笔》里都抄登着在。她，这一位可怜的少女，我觉得就是福州西湖的化身；反过来说，或者把西湖当作她的象征，也未始不可。

感伤的行旅

一

犹太人的漂泊,听说是上帝制定的惩罚。中欧一带的"寄泊栖"的游行,仿佛是这一种印度支那尼族浪漫的天性。大约是这两种意味都完备在我身上的缘故吧,在一处沉滞得久了,只想把包裹雨伞背起,到绝无人迹的地方去吐一口郁气。更况且节季又是霜叶红时的秋晚,天色又是同碧海似的天天晴朗的青天,我为什么不走?我为什么不走呢?

可是说话容易,实践艰难,入秋以后,想走想走的心愿,却起了好久了,而天时人事,到了临行的时节,总有许多阻障出来。八个瓶儿七个盖。凑来凑去凑不周全的,尤其是几个买舟借宿的金钱。我不会吹箫,我当然不能乞食,况且此去,也许在吴头,也许向楚尾,也许在中途被捉,被投交有砂米饭吃有红衣服着的笼中,所以踏上火车之先,我总想多带一点财物在身边,免得为人家看出,看出我是一个无产无职的游民。

旅行之始,还是先到上海,向各处去交涉了半天。等到几个版税拿到在手里,向大街上买就了些旅行杂品的时候,我的灵魂已经飞到了空中,"Over the hills and far away!"坐在黄包车上的身体,好像在腾云驾雾,扶摇上九万里外去了。头一晚,就在上海的大旅馆里借了一宵宿。

是月暗星繁的秋夜,高楼上看出去,能够看见的,只是些黄苍颓荡的电灯光。当然空中还有许多同蜂衙里出了火似的同胞的杂噪声,和许多有钱的人在大街上驶过的汽车声溶合在一处,在合奏着大都会之夜的"新魔丰腻",但最触动我这感伤的行旅者的哀思的,却是在同一家旅舍之内,从前后左右的宏壮的房间里发出来的娇艳的肉声,及伴奏着的悲凉的弦索之音。屋顶上飞下来的一阵两阵的比西班牙舞乐里的皮鼓铜琶更野噪的锣鼓响乐,也未始不足以打断打断我这愁人秋夜的客中孤独,可是同败落头人家的喜事一样,这一种绝望的喧阗,这一种勉强的干兴,终觉得是肺病患者的脸上的红潮,静听起来,仿佛是有四万万的受难的人民,在这野声里啜泣似的,"如此烽烟如此(乐),老夫怀抱若为开"呢?

没有到福州之先，我并不知道福州也有一个西湖。虽则说"天下西湖三十六"，但我们所习知的，总只是与苏东坡有关的几个，河南颍上，广东惠州，与浙江杭州。到了福州之后，住上了年余，闲来无事，到各处去走走，觉得西湖在福州的重要，却也不减似杭州，尤其是在夏天。让我们先来查一查这福州西湖的历史（当然是抄的旧籍），乾隆徐景熹修的《福州府志》里说：西湖在候官县西三里。《三山志》：蓄水成湖，可荫民田。《闽都记》：周回二十里，引西北诸山溪水注于湖，与海通潮汐，所溉田不可胜计。《闽书》：西湖，晋太守严高所凿，蓄泄泽民田，周围十数里；王审知时大之，至四十余里。

自从晋后，这西湖屡塞屡浚，时大时小；最后到了民国，许世英氏在这里做省长的时候，还大大地疏浚了一次，并且还编了一部十二大册的《西湖志》。到得现在，时势变了，东北角城墙拆去，建设厅正在做植树，修堤，筑环湖马路的工作。千余年来西湖的历史，不过如此；但史上西湖的黄金时代，却有先后的两期。其一，是王审知王闽以后的时期。闽王宫殿，就筑在现在的布使埕威武军门以内；闽王鏻时，朝西筑甬道，可以直达西湖，在湖上并且更筑起了一座水晶的宫殿，居民道上，往往可以听见地下的弦索之音。

闽王后代，不知前王创业的艰难，骄奢淫佚，享尽了人间的艳福；宫婢陈金凤的父子聚麀，湖亭水嬉，高唱棹歌，当然是在这西湖的圈里，这当是西湖的第一个黄金时代。

其次，是宋朝天下太平，风流太守，像曹颖区，程师孟，蔡君谟等管领的时代。诗酒流连，群贤毕至，当时的西湖虽小，而流传的韵事却很多！现在市场上流行的那部民国初年修的《西湖志》里，所记的遗闻轶事，歌赋诗词，亦以这一代的为多，称它为西湖第二期的黄金时代，大约总也不至大错。

其后由元历明，以及清朝的一代，虽然也有许多诗人的传说在西湖；但穷儒的点缀，当然只是修几间茅亭，筑一些坟墓而已，像帝王家，太守府那般的豪举，当然是没有的。

这些都是西湖的家谱，只能供好寻故事的人物参考，现在却不得不说一说西湖的面貌，以尽我介绍这海滨西子之劳；万一这僻处在一方的静女，能多得到几位遥思渴慕的有情人，则我一枝秃笔的功德也可以说是不少。

杭州的西湖,若是一个理想中的粉本,那么可以说颐和园得了她的紧凑,而福州的西湖,独得了她的疏散。各有点相像,各有各的好处,而各在当地的环境里,却又很位置的得当。

总之,是一湖湖水,处在城西。水中间有一堆小山,山旁边有几条堤,几条桥,与许多楼阁与亭台。远一点,是附廓的乡村;再远一点,是四周的山,连续不断的山。并且福州的西湖之与闽江,也却有杭州的西湖与钱塘江那么的关系,所以要说像,正是再像也没有。

但是杭州湖上的山,高低远近,相差不多;由俗眼看来,虽很悦目,一经久视,终觉变化太少,奇趣毫无。而福州的西湖近侧,要说低岗浅阜,有城内的屏山(北)与乌石山(南),城外的大梦山祭酒山(西)。似断若连,似连实断。远处东望鼓山连峰,自莲花山一路东驰,直到海云生处。有时候夕阳西照,有时候明月东升,这一排东头的青嶂,真若在掌股之间;山上的树木危岩,以及树林里的禅房僧舍,都看得清清楚楚;与西湖的距离,并不迫近眉睫,可也不远在千里,正同古人之所说,如硬纸写黄庭,恰到好处的样子。

福州的西湖,因为面积小,所以十景八景的名目,没有杭州那么的有名。并且时过景迁,如大梦松涛的一景,简直已经寻不出一个小浪来了,其他的也就可想而知。但是开化寺前的茶店,开化寺后,从前大约是宛在堂的旧址的那一块小阜,却仍是看晚霞与旭日的好地方。西面一堤,过环桥,就可以走上澄澜堂去,绕一个圈子,可以直绕到北岸的窑角诸娘的家里,这些地方,总仍旧是千余年前的西湖的旧景。并且立在环桥上面,北望诸山腰里的人家,南瞻乌石山头的大石,俯听听桥洞下男男女女的行舟,清风不断,水波也时常散作鳞文,以地点来讲,这桥上当是西湖最好的立脚地。桥头东西,是许世英氏于"五四"那一年立"击楫"碑的地方,此时此景,恰也正配。

福州西湖的游船,有一种像大明湖的方舟,有一种像平常的舢板,设备倒也相当的富丽,但终因为湖面太小了一点,使人鼓不起击楫的勇气;又因为湖水不清,码头太少,四岸没有可以上去游玩的别墅与丛林,所以船家与坐船的人,并没有杭州那么的多。可是年年端午,西湖的里里外外,上上下下,总是人多如鲫,挤得来寸步难移;这时候这些船家,便也可以借吊屈原之名而扬眉吐气,一只船的租金,竟有上二三元一日的;八月半的晚上,当有，似薄还浓，一半透明，一半粘湿的湖雾湖烟，假如你把身子用力的朝南一跳，那这一层透明的白网，必能悠扬地牵举你起来，把你举送到王母娘娘的后宫深处去似的。这是我当初看了那湖天一角的景象的时候的感想，但当万籁无声的这一个月明的深夜，幽幽地慢慢地，被那远寺的钟声，当嗡，当嗡的接连着几回有韵律似的催告，我的知觉幻想，竟觉得渐渐地渐渐地麻木下去了，终至于什么也不想，什么也不干，两只脚柔软地跪坐了下去，眼睛也只同呆了似的盯视住了那悲哀的残月不能动了。宗教的神秘，人性的幽幻，大约是指这样的时候的这一种心理状态而说的吧，我像这样的和耶稣教会的以马内利的圣像似的，被那幽婉的钟声，不知魔伏了许多时，直到钟声停住，木鱼声发，和尚——也许是尼姑——的念经念咒的声音幽幽传到我耳边的时候，方才挺身立起，回到了那旅馆的居室里来，这时候大约去天明总也已经不远了吧？

　　回房不知又睡着了几个钟头，等第二次醒来的时候，前窗的帷幕缝中却漏入了几行太阳的光线来。大约时候总也已不早了，急忙起来预备了一下，吃了一点点心，我就出发到太湖湖上去。天上虽各处飞散着云层，但晴空的缺处，看起来仍可以看得到底的，所以我知道天气总还有几日好晴。不过太阳光太猛了一点，空气里似乎有多量的水蒸汽含着，若要登高处去望远景，那像这一种天气是不行的，因为晴而不爽，你不能从厚层的空气里辨出远处的寒鸦林树来，可是只要看看湖上的风光，那像这样的晴天，也已经是尽够的了。并且昨晚上的落日没有看成，我今天却打算牺牲它一天的时日，来试试太湖里的远征，去找出些前人所未见的岛中僻景来，这是当走出园门，打杨庄的后门经过，向南走入野田，在走上太湖边上去的时候的决意。

　　太阳升高了，整洁的野田里已有早起的农夫在辟土了。行经过一块桑园地的时候，我且看见了两位很修媚的姑娘，头上罩着了一块白布，在用了一根竹竿，打下树上的已经黄枯了的桑叶来。听她们说这也是蚕妇的每年秋季的一种工作，因为枯叶在树上悬久了，那老树的养分不免要为枯叶吸几分去，所以打它们下来是很要紧的，并且黄叶干了，还可以拿去生火当柴烧，也是一举两得的事情。

　　在野田里的那条通至湖滨的泥路，上面铺着的尽是些细碎的介虫壳儿，所以阳光照射下来，有几处虽只放着明亮的白光，但有几处简直是在发虹霓似的彩色。

　　像这样的有朝阳晒着的野道，像这样的有林树小山围绕着的空间，况且头上又是青色的天，脚底下并且是五彩的地，饱吸着健康的空气，摆行着不急的脚步，朝南的走向太湖边去，真是多么美满的一幅清秋行乐图呀！但是风云莫测，急变就起来了，因为我走到了管社山脚，正要沿了那条山脚下新辟的步道走向太湖旁的一小湾，俗名五里湖滨的时候，在山道上朝着东面的五里湖心却有两位着武装背皮带的同志和一位穿长袍马褂的先生立在那里看湖面的扁舟。太阳光直射在他们的身上，皮带上的镀镍的金属，在放异样的闪光。我毫不留意地走近前去，而听了我的脚步声将头掉转来的他们中间的武装者的一位，突然叫了我一声，吃了一惊，我张开了大眼向他一看，原来是一位当我在某地教书的时候的从前的学生。

　　他在学校里的时候本来就是很会出风头的，这几年来际会风云，已经步步高升成了党国的要人了，他的名字我也曾在报上看见过几多次的，现在突然的在这一个地方被他那么的一叫，我真骇得颜面都变成了土色了，因为两三年来，流落江湖，不敢出头露面的结果，我每遇见一个熟人的时候，心里总要怦怦的惊跳。尤其是在最近被几位满含恶意的新闻记者大书了一阵我的叛党叛国的记载以后，我更是不敢向朋友亲戚那里去走动了。而今天的这一位同志，却是党国的要人，现任的中委机关里的常务委员，若论起罪来，是要从他的手中发落的，冤家路窄，这一关叫我如何的偷逃过去呢？我先发了一阵抖，立住了脚呆木了一下，既而一想，横竖逃也逃不脱了，还是大着胆子迎上去吧，于是就立定主意保持着若无其事的态度，前进了几步，和他握了握手。

　　"啊！怎么你也会在这里！"我很惊喜似的装着笑脸问他。

　　"真想不到在这里会见到先生的，近来身体怎么样！脸色很不好哩！"他也是很欢喜地问我。看了他这样态度，我的胆子放大了，于是就造了一篇很圆满的历史出来报告给他听。

　　我说因为身体不好，到太湖边上来养病已经有二年多了，自从去年夏天起，并且因为闲空不过，就在这里聚拢了几个小学生来在教他们的书，今天是礼拜，所以才出来走走，但吃中饭的时候却非要回去不可的，书房是在城外××桥××巷的第××号，我并且要请他上书房去坐坐，好细谈谈别后的南，太阳落下了，西南全面，只是眩目的湖光，远处银蓝蒙洄，当是湖中间的峰面的暮霭，西面各小山的面影，也都变成了紫色了。因为看见了斜阳，看见了斜阳影里的太湖，我的已经闯入了死界的念头虽则立时打消，但是日暮途穷，只一个人远处在荒山顶上的一种实感，却油然的代之而起。我就伸长了脖子拼命的查看起四面的路来，这时候我实在只想找出一条近而且坦的便道，好遵此便道而且赶回家去。因为现在我所立着的，是龙山北脉在头茅篷下折向南去的一条支岭的高头，东西南三面只是岩石和泥沙，没有一条走路的。若两回至头茅篷前，重沿了来时的那条石级，再下至惠山，则无缘无故便白白的不得不多走许多的回头曲路，大丈夫是不走回头路的，我一边心里虽在这样的同小孩子似的想着，但实在我的脚力也有点虚竭了。"啊啊，要是这儿有一所庵庙的话，那我就可以不必这样的着急了。"我一边尽在看四面的地势，一边心里还在作这样的打算，"这地点多么好啊，东面可以看无锡全市，西面可以见太湖的夕阳，后面是头茅篷的高顶，前面是朝正南的开原乡一带的村落，这里比起那头茅篷来，形势不晓要好几十倍。无锡人真没有眼睛，怎么会将这一块龙山南面的平坦的山岭这样的弃置着，而不来造一所庵庙的呢？唉唉，或者他们是将这一个好地方留着，留待我来筑室幽居的吧？或者几十年后将有人来，因我今天的在此一哭而为我起一个痛哭之台，而与我那故乡的谢氏西台来对立的吧？哈哈，哈哈。不错，很不错。"末后想到了这一个夸大妄想狂者的想头之后，我的精神也抖擞起来了，于是拔起脚跟，不管它有路没有路，只是往前向那条朝南斜拖下去的山坡下乱走。结果在乱石上滑坐了几次，被荆棘钩破了一块小襟和一双线袜，我跳过几块岩石，不到三十分钟，我也居然走到了那支荒山脚下的坟堆里了。

到了平地的坟树林里来一看，西天低处太阳还没有完全落尽，走到了离坟不远的一个小村子的时候，我看了看表，已经是五点多了。村里的人家，也已经在预备晚餐，门前晒在那里的干草豆萁，都已收拾得好好，老农老妇，都在将暗未暗的天空下，在和他们的孙儿孙女游耍。我走近前去，向他们很恭敬的问了问到梅园的路径，难得他们竟有这样的热心，居然把我领到了通汽车的那条大道之上。等我雇好了一乘黄包车坐上，回头来向他们道谢的时候，我的眼角上却又扑簌簌地滚下了两粒感激的大泪来。

五

　　山居清寂，梅园的晚上，实在是太冷静不过。吃过了晚饭，向庭前去一走，只觉得四面都是茫茫的夜雾和每每的荒田，人家也看不出来，更何况乎灯烛辉煌的夜市。绕出园门，正想拖了两只倦脚走向南面野田里去的时候，在黄昏的灰暗里我却在门边看见了一张有几个大字写在那里的白纸。摸近前去一看，原来是中华艺大的旅行写生团的通告。在这中华艺大里，我本有一位认识的画家C君在那里当主任的，急忙走回饭店，教茶房去一请，C君果然来了。我们在灯下谈了一会，又出去在园中的高亭上站立了许多时候，这一位不趋时尚，只在自己精进自己的技艺的画家，平时总老是呐呐不愿多说话的，然而今天和我的这他乡的一遇，仿佛把他的习惯改过来了，我们谈了些以艺术作了招牌，拼命的在运动做官做委员的艺术家的行为。我们又谈到了些设了很好听的名目，而实际上只在骗取青年学子的学费的艺术教育家的心迹。我们谈到了艺术的真髓，谈到了中国的艺术的将来，谈到了革命的意义，谈到了社会上的险恶的人心，到了叹声连发，不忍再谈下去的时候，高亭外的天色也完全黑了。两人伸头出去，默默地只看了一回天上的几颗早见的明星。我们约定了下次到上海时，再去江湾访他的画室的日期，就各自在黑暗里分手走了。

　　大约是一天跑路跑得太多了的缘故吧，回旅馆来一睡，居然身也不翻一个，好好儿的睡着了。约莫到了残宵二三点钟的光景，槛外的不知从哪一个庙里来的钟磬，尽是当当当当的在那里慢击。我起初梦醒，以为是附近报火的钟声，但披衣起来，到室外廊前去一看，不但火光看不出来，就是火烧场中老有的那一种叫噪的人号狗吠之声也一些儿听它不出。庭外如云如雾，静浸着一庭残月的清光。满屋沉沉，只充满着一种遥夜酣眠的呼吸。我为这钟声所诱，不知不觉，竟扣上了衣裳，步出了庭前，将我的孤零的一身，浸入了仿佛是要粘上衣来的月光海里。夜雾从太湖里蒸发起来了，附近的空中，只是白茫茫的一片。叉桠的梅树林中，望过去仿佛是有人立在那里的样子。我又慢慢的从饭店的后门，步上了那个梅园最高处的招鹤坪上。南望太湖，也辨不出什么形状来，不过只觉得那面的一块空阔的地方，仿佛是由千千万万的银丝织就似的，有月光下照的清辉，有湖波返射的银箭，还有如无却

And point with taper spire to Heaven.

这样的在车窗口同诗里的蜜蜂似的哼着念着,我们的那乘公共汽车,已经驶过了张巷荣巷,驶过了一支小山的腰岭,到了梅园的门口了。

四

梅园是无锡的大实业家荣氏的私园,系筑在去太湖不远的一支小山上的别业,我的在公共汽车里想起的那个愿望,他早已大规模地为我实现造好在这里了;所不同者,我所想的是一间小小的茅篷,而他的却是红砖的高大的洋房,我是要缓步以当车,徒步在那些桑麻的野道上闲走的,而他却因为时间是黄金就非坐汽车来往不可的这些违异。然而人同此心,心同此理,看将起来,有钱的人的心理,原也同我们这些无钱无业的闲人的心理是一样的。我在此地要感谢荣氏的竟能把我的空想去实现而造成这一个梅园,我更要感谢他既造成之后而能把它开放,并且非但把它开放,而又能在梅园里割出一席地来租给人家,去开设一个接待来游者的公共膳宿之场。因为这一晚我是决定在梅园里的太湖饭店内借宿的。

大约到过无锡的人总该知道,这附近的别墅的位置,除了刚才汽车通过的那支横山上的一个别庄之外,总算这梅园的位置算顶好了。这一条小小的东山,当然也是龙山西下的波脉里的一条,南去太湖,约只有小三里不足的路程。而在这梅园的高处,如招鹤坪前,太湖饭店的二楼之上,或再高处那荣氏的别墅楼头,南窗开了,眼下就见得到太湖的一角,波光容与,时时与独山、管社山的山色相掩映。至于园里的瘦梅千树,小榭数间,和曲折的路径,高而不美的假山之类,不过尽了一点点缀的余功,并不足以语园林营造的匠心之所在的。所以梅园之胜,在它的位置,在它的与太湖的接而不离,离而又接的妙处;我的不远数十里的奔波,定要上此地来借它一宿的原因,也只想利用利用这一点特点而已。

在太湖饭店的二楼上把房间开好,喝了几杯既甜且苦的惠泉山酒之后,太阳已有点打斜了,但拿出表来一看,时间还只是午后的两点多钟。我的此来,原想看一看一位朋友所写过的太湖的落日,原想看看那落日与芦花相映的风情的;若现在就赶往湖滨,那未免去得太早,后来怕要生出久候无聊的感想来。所以走出梅园,我就先叫了一乘车子,再回到惠山寺去,打算从那里再由别道绕至湖滨,好去赶上看湖边的落日。但是锡山一停,惠山一转,遇见了些无聊的俗物在惠山泉水旁的大嚼豪游,及许多武装同志们的沿路的放肆高笑,我心里就感到了一心的不快,正同被强人按住在脚下,被他强塞了些灰土尘污到肚里边去的样子,我的脾气又发起来了,我只想登到无人来得的高山之上去尽情吐泻一番,好把肚皮里的抑郁灰尘都吐吐干净。穿过了惠山的后殿,一步一登,朝着只有斜阳和衰草在弄情调戏的濯濯的空山,不晓走了多少时候,我竟走到了龙山第一峰的头茅篷外了。

目的总算达到了,惠山锡山寺里的那些俗物,都已踏踢在我的脚下,四大皆空,头上身边,只剩了一片蓝苍的天色和清淡的山岚。在此地我可以高啸,我可以俯视无锡城里的几十万为金钱名誉而在苦斗的苍生,我可以任我放开大口来骂一阵无论哪一个凡为我所疾恶者,骂之不足,还可以吐他的面,吐面不足,还可以以小便来浇上他的身头。我可以痛哭,我可以狂歌,我等爬山的急喘回复了一点之后,在那块头茅篷前的山峰头上竟一个人演了半日的狂态,直到喉咙干哑,汗水横流,太阳也倾斜到了很低很低的时候为止。

气竭声嘶,狂歌高叫的声音停后,我的两只本来是为我自己的噪聒弄得昏昏的耳里,忽而沁的钻入了一层寂静,风也无声,日也无声,天地草木都仿佛在一击之下变得死寂了。沉默,沉默,沉默,空处都只是沉默。我被这一种深山里的静寂压得怕起来了,头脑里却起了一种很可笑的后悔。"不要这世界完全被我骂得陆沉了哩?"我想,"不要山鬼之类听了我的啸声来将我接受了去,接到了他们的死灭的国里去了哩?"我又想,"我在这里踏着的不要不是龙山山头,不要是阴间的滑油山之类哩?"我再想。于是我就注意看了看四边的景物,想证一证实我这身体究竟还是仍旧活在这卑污满地的阳世呢,还是已经闯入了那个鬼也在想革命而谋做阎王的阴间。

朝东望去,远散在锡山塔后的,依旧是千万的无锡城内的民家和几个工厂的高高的烟突,不过太阳斜低了,比起午前的光景来,似乎加添了一点倦意。俯视下去,在东南的角里,桑麻的林影,还是很浓很密的,并且在那条白线似的大道上,还有行动的车类的影子在那里前进呢,那么至少至少,四周都只是死灭的这一个观念总可以打破了。我宽了一宽心,更掉头朝向了西来了。

　　无锡究竟是出大政客的实业中心地，火车一停，下来的人竟占了全车的十分之三四。我因为行李无多，所以一时对那些争夺人体的黄包车夫们都失了敬，一个人踏出站来，在荒地上立了一会，看了一出猴子戴面具的把戏，想等大伙的行客散了，再去叫黄包车直上太湖边去。这一个战略，本是我在旅行的时候常用常效的方法，因为车刚到站，黄包车价总要比平时贵涨几倍，等大家散尽，车夫看看不得不等第二班车了，那他的价钱就会低让一点，可以让到比平时只贵两成三成的地步。况且从车站到湖滨，随便走哪一条路，总要走半个钟头才能走到，你若急切的去叫车，那客气一点的车夫，会索价一块大洋，不客气的或者竟会说两块三块都不定。所以夹在无锡的市民中间，上车站前头的那块荒地上去看一出猴犬两明星合演的拿手好戏，也是一件有意义的事情，因为我在看把戏的中间就在摆布对车夫的战略呀。殊不知这一次的作战，我却大大的失败了。

　　原来上行特别快车到站是正午十二点的光景，这一班车过后，则下行特快的到来要在下午的一点半过，车夫若送我到湖边去呢，那下半日的他的买卖就没有了，要不是有特别的好处，大家是不愿意去的。况且时刻又来得不好，正是大家要去吃饭缴车的时候，所以等我从人丛中挤攒出来，想再回到车站前头去叫车的当儿，空洞的卵石马路上，只剩了些太阳的影子，黄包车夫却一个也看不见了。

　　没有办法，只好唱着"背转身，只埋怨，自己做差"而慢慢的踱过桥去，在无锡饭店的门口，反出了一个更贵的价目，才叫着了一乘黄包车拖我到了迎龙桥下。从迎龙桥起，前面是宽广的汽车道了，两公司的驶往梅园的公共汽车，隔十分就有一乘开行，并且就是不坐汽车，从迎龙桥起再坐小照会的黄包车去，也是十分舒适的。到了此地，又是我的世界了，而实际上从此地起，不但有各种便利的车子可乘，就是叫一只湖船，叫她直摇出去，到太湖边上去摇它一晚，也是极容易办到的事情，所以在一家新的公共汽车行的候车的长凳上坐下的时候，我心里觉得是已经到了太湖边上的样子。

　　开原乡一带，实在是住家避世的最好的地方。九龙山脉，横亘在北边，锡山一塔，障得住东来的烟灰煤气，西南望去，不是龙山山脉的蜿蜒的余波，便是太湖湖面的镜光的返照。到处有桑麻的肥地，到处有起屋的良材，耕地的整齐，道路的修广，和一种和平气象的横溢，是在江浙各农区中所找不出第二个来的好地。可惜我没有去做官，可惜我不曾积下些钱来，否则我将不买阳羡之田，而来这开原乡里置它的三十顷地。营五亩之居，筑一亩之室。竹篱之内，树之以桑，树之以麻，养些鸡豚羊犬，好供岁时伏腊置酒高会之资；酒醉饭饱，在屋前的太阳光中一躺，更可以叫稚子开一开留声机器，听听克拉衣斯勒的提琴的慢调和卡儿骚的高亢的悲歌。若喜欢看点新书，那火车一搭，只教有半日工夫，就可以到上海的璧恒、别发，去买些最近出版的优美的书来。这一点卑卑的愿望，啊啊，这一点在大人先生的眼里看起来，简直是等于矮子的一个小脚指头般大的奢望，我究竟要在何年何月，才享受得到呢？罢罢，这样的在公共汽车里坐着，这样的看看两岸的疾驰过去的桑田，这样的注视注视龙山的秋景，这样的吸收吸收不用钱买的日色湖光，也就可以了，很可以了，我还是不要作那样的妄想，且念首清诗，聊作个过屠门的大嚼吧！

Mine be a cot beside the hill
A bee—hive's hum shall soothe my ear;
A willowy brook that turns a mill,
With many a fall shall linger near.

The swal'ow, oft, beneath my thatch
Shall twitter from her clay—built nest;
Oft shall the pilgrim lift the latch,
And share my meal, a welcome guest.

Around my ivied porch shall spring
Each fragrant flower that drinks the dew;
And Lucy, at her wheel, shall sing
In russet—gown and apron blue.

The village—church among the trees,
Where first our marriage—vows were given,
With merry peals shall swell the breeze

渴痒了,所以就又走回到了西院,静坐着喝了两碗清茶。在这四大无声,只听见我自己的啾啾喝水的舌音冲击到那座破院的败壁上去的寂静中间,同惊雷似的一响,院后的竹园里却忽而飞出了一声闲长而又有节奏似的鸡啼的声来。同时在门外面歇着的船家,也走进了院门,高声的对我说:

"先生,我们回去吧,已经是吃点心的时候了,你不听见那只公鸡在后山啼么?我们回去吧!"

半日的游程

去年有一天秋晴的午后,我因为天气实在好不过,所以就搁下了当时正在赶着写的一篇短篇的笔,从湖上坐汽车驰上了江干。在儿时习熟的海月桥、花牌楼等处闲走了一阵,看看青天,看看江岸,觉得一个人有点寂寞起来了,索性就朝西的直上,一口气便走到了二十几年前曾在那里度过半年学生生活的之江大学的山中。二十年的时间的印迹,居然处处都显示了面形:从前的一片荒山,几条泥路,与夫乱石幽溪,草房藩溷,现在都看不见了。尤其要使人感觉到我老何堪的,是在山道两旁的那一排青青的不凋冬树;当时只同豆苗似的几根小小的树秧,现在竟长成了可以遮蔽风雨,可以掩障烈日的长林。不消说,山腰的平处,这里那里,一所所的轻巧而经济的住宅,也添造了许多;像在画里似的附近山川的大致,虽仍依旧,但校址的周围,变化却竟簇生了不少。第一,从前在大礼堂前的那一丝空地,本来是下临绝谷的半边山道,现在却已将面前的深谷填平,变成了一大球场。大礼堂西北的略高之处,本来是有几枝被朔风摧折得弯腰屈背的老树孤立在那里的,现在却建筑起了三层的图书文库了。二十年的岁月!三千六百日的两倍的七千二百日的日子!以这一短短的时节,来比起天地的悠长来,原不过是像白驹的过隙,但是时间的威力,究竟是绝对的暴君,曾日月之几何,我这一个本在这些荒山野径里驰骋过的毛头小子,现在也竟垂垂老了。

一路上走着看着,又微微地叹着,自山的脚下,走上中腰,我竟费去了三十来分钟的时刻。半山里是一排教员的住宅,我的此来,原因为在湖上在江干孤独得怕了,想来找一位既是同乡,又是同学,而自美国回来之后就在这母校里服务的胡君,和他来谈谈过去,赏赏清秋,并且也可以由他这里来探到一点故乡的消息的。

两个人本来是上下年纪的小学校的同学,虽然在这二十几年中见面的机会不多,但或当暑假,或在异乡,偶尔遇着的时候,却也有一段不能自已的柔情,油然会生起在各个的胸中。我的这一回的突然的袭击,原也不过是想使他惊骇一下,用以加增加增亲热的效力的企图;升堂一见,他果然是被我起来梳洗更衣，叫茶房去雇船去。雇好了一只双桨的渔舟，买就了些酒菜鱼米，就在旅馆前面的码头上上了船。轻轻向江心摇出去的时候，东方的云幕中间，已现出了几丝红韵，有八点多钟了；舟师急得厉害，只在埋怨旅馆的茶房，为什么昨晚不预先告诉，好早一点出发。因为此去就是七里滩头，无风七里，有风七十里，上钓台去玩一趟回来，路程虽则有限，但这几日风雨无常，说不定要走夜路，才回来得了的。

过了桐庐，江心狭窄，浅滩果然多起来了。路上遇着的来往的行舟，数目也是很少，因为早晨吹的角，就是往建德去的快班船的信号，快班船一开，来往于两埠之间的船就不十分多了。两岸全是青青的山，中间是一条清浅的水，有时候过一个沙洲，洲上的桃花菜花，还有许多不晓得名字的白色的花，正在喧闹着春暮，吸引着蜂蝶。我在船头上一口一口的喝着严东关的药酒，指东话西地问着船家，这是什么山？那是什么港？惊叹了半天，称颂了半天，人也觉得倦了，不晓得什么时候，身子却走上了一家水边的酒楼，在和数年不见的几位已经做了党官的朋友高谈阔论。谈论之余，还背诵了一首两三年前曾在同一的情形之下做成的歪诗：

不是尊前爱惜身，伴狂难免假成真，
曾因酒醉鞭名马，生怕情多累美人。
劫数东南天作孽，鸡鸣风雨海扬尘，
悲歌痛哭终何补，义士纷纷说帝秦。

直到盛筵将散，我酒也不想再喝了，和几位朋友闹得心里各自难堪，连对旁边坐着的两位陪酒的名花都不愿意开口。正在这上下不得的苦闷关头，船家却大声的叫了起来说：

"先生，罗芷过了，钓台就在前面，你醒醒吧，好上山去烧饭吃去。"

擦擦眼睛，整了一整衣服，抬起头来一看，四面的水光山色又忽而变了样子了。清清的一条浅水，比前又窄了几分，四围的山包得格外的紧了，仿佛是前无去路的样子。并且山容峻削，看去觉得格外的瘦格外的高。向天上地下四围看看，只寂寂的看不见一个人类。双桨的摇响，到此似乎也不敢放肆了，钩的一声过后，要好半天才来一个幽幽的回响，静，静，静，身边水上，山下岩头，只沉浸着太古的静，死灭的静，山峡里连飞鸟的影子也看不见半只。前面的所谓钓台山上，只看得见两个大石垒，一间歪斜的亭子，许多纵横芜杂的草木。山腰里的那坐祠堂，也只露着些废垣残瓦，屋上面连炊烟都没有一丝半缕，像是好久好久没人住了的样子。并且天气又来得阴森，早晨曾经露一露脸过的太阳，这时候早已深藏在云堆里了，余下来的只是时有时无从侧面吹来的阴飕飕的半箭儿山风。船靠了山脚，跟着前面背着酒菜鱼米的船夫，走上严先生祠堂去的时候，我心里真有点害怕，怕在这荒山里要遇见一个干枯苍老得同丝瓜筋似的严先生的鬼魂。

在祠堂西院的客厅里坐定，和严先生的不知第几代的裔孙谈了几句关于年岁水旱的话后，我的心跳，也渐渐儿的镇静下去了，嘱托了他以煮饭烧菜的杂务，我和船家就从断碑乱石中间爬上了钓台。

东西两石垒，高各有二三百尺，离江面约两里来远，东西台相去，只有一二百步，但其间却夹着一条深谷，立在东台，可以看得出罗芷的人家，回头展望来路，风景似乎散漫一点，而一上谢氏的西台，向西望去，则幽谷里的清景，却绝对的不像是在人间了。我虽则没有到过瑞士，但到了西台，朝西一看，立时就想起了曾在照片上看见过的威廉退儿的祠堂。这四山的幽静，这江水的青蓝，简直同在画片上的珂罗版色彩，一色也没有两样；所不同的，就是在这儿的变化更多一点，周围的环境更芜杂不整齐一点而已，但这却是好处，这正是足以代表东方民族性的颓废荒凉的美。

从钓台下来，回到严先生的祠堂——记得这是洪杨以后严州知府戴槃重建的祠堂——西院里饱啖了一顿酒肉，我觉得有点酩酊微醉了。手拿着以火柴柄制成的牙签，走到东面供着严先生神像的龛前，向四面的破壁上一看，翠墨淋漓，题在那里的，竟多是些俗而不雅的过路高官的手笔。最后到了南面的一块白墙头上，在离屋檐不远的一角高处，却看到了我们的一位新近去世的同乡夏灵峰先生的四句似邵尧夫而又略带感慨的诗句。夏灵峰先生虽则只知崇古，不善处今，但是五十年来，像他那样的顽固自尊的亡清遗老，也的确是没有第二个人。比较起现在的那些官迷财迷的南满尚书和东洋宦婢来，他的经术言行，姑且不必去论它，就是以骨头来称称，我想也要比什么罗三郎郑太郎辈，重到好几百倍。慕贤的心一动，醺人的臭技自然是难熬了，堆起了几张桌椅，借得了一枝破笔，我也在高墙上在夏灵峰先生的脚后放上了一个陈屁，就是在船舱的梦里，也曾微吟过的那一首歪诗。

从墙头上跳将下来，又向龛前天井去走了一圈，觉得酒后的喉咙，有点界，大约去程明道的墓地程坟，总也不过一二十里地的间隔，我的去拜谒桐君，瞻仰道观，就在那一天到桐庐的晚上，是淡云微月，正在作雨的时候。

　　鱼梁渡头，因为夜渡无人，渡船停在东岸的桐君山下。我从旅馆踱了出来，先在离轮埠不远的渡口停立了几分钟，后来向一位来渡口洗夜饭米的年轻少妇，弓身请问了一回，才得到了渡江的秘诀。她说："你只须高喊两三声，船自会来的。"先谢了她教我的好意，然后以两手围成了播音的喇叭，"喂，喂，船渡请摇过来！"地纵声一喊，果然在半江的黑影当中，船身摇动了。渐摇渐近，五分钟后，我在渡口，却终于听出了咿呀柔橹的声音。时间似乎已经入了酉时的下刻，小市里的群动，这时候都已经静息；自从渡口的那位少妇，在微茫的夜色里，藏去了她那张白团团的面影之后，我独立在江边，不知不觉心里头却兀自感到了一种他乡日暮的悲哀。渡船到岸，船头上起了几声微微的水浪清音，又铜东的一响，我早已跳上了船，渡船也已经掉过头来了。坐在黑沉沉的舱里，我起先只在静听着柔橹划水的声音，然后却在黑影里看出了一星船家在吸着的长烟管头上的烟火，最后因为沉默压迫不过，我只好开口说话了："船家！你这样的渡我过去，该给你几个船钱？"我问。"随你先生把几个就是。"船家说话冗慢幽长，似乎已经带着些睡意了，我就向袋里摸出了两角钱来。"这两角钱，就算是我的渡船钱，请你候我一会，上去烧一次夜香，我是依旧要渡过江来的。"船家的回答，只是嗯嗯、呜呜，幽幽同牛叫似的一种鼻音，然而从继这鼻音而起的两三声轻快的喀声听来，他却已经在感到满足了，因为我也知道，乡间的义渡，船钱最多也不过是两三枚铜子而已。

　　到了桐君山下，在山影和树影交掩着的崎岖道上，我上岸走不上几步，就被一块乱石拌倒，滑跌了一次。船家似乎也动了恻隐之心了，一句话也不发，跑将上来，他却突然交给了我一盒火柴。我于感谢了一番他的盛意之后，重整步武，再摸上山去，先是必须点一枝火柴走三五步路的，但到得半山，路既就了规律，而微云堆里的半规月色，也朦胧地现出一痕银线来了，所以手里还存着的半盒火柴，就被我藏入了袋里。路是从山的西北，盘曲而上；渐走渐高，半山一到，天也开朗了一点，桐庐县市上的灯光，也星星可数了。更纵目向江心望去，富春江两岸的船上和桐溪合流口停泊着的船尾船头，也看得出一点一点的火来。走过半山，桐君观里的晚祷钟鼓，似乎还没有息尽，耳朵里仿佛听见了几丝木鱼钲钹的残声。走上山顶，先在半途遇着了一道道观外围的女墙，这女墙的栅门，却已经掩上了。在栅门外徘徊了一刻，觉得已经到了此门而不进去，终于是不能满足我这一次暗夜冒险的好奇怪癖的。所以细想了几次，还是决心进去，非进去不可，轻轻用手往里面一推，栅门却呀的一声，早已退向了后方开开了，这门原来是虚掩在那里的。进了栅门，踏着为淡月所映照的石砌平路，向东向南的前走了五六十岁，居然走到了道观的大门之外，这两扇朱红漆的大门，不消说是紧闭在那里的。到了此地，我却不想再破门进去了，因为这大门是朝南向着大江开的。门外头是一条一丈来宽的石砌步道，步道的一旁是道观的墙，一旁便是山坡，靠山坡的一面，并且还有一道二尺来高的石墙筑在那里，大约是代替栏杆，防人倾跌下山去的用意；石墙之上，铺的是二三尺宽的青石，在这似石栏又似石凳的墙上，尽可以坐卧游息，饱看桐江和对岸的风景，就是在这里坐它一晚，也很可以，我又何必去打开门来，惊起那些老道的噩梦呢？

空旷的天空里，流涨着的只是些灰白的云，云层缺处，原也看得出半角的天，和一点两点的星，但看起来最饶风趣的，却仍是欲藏还露，将见仍无的那半规月影。这时候江面上似乎起了风，云脚的迁移，更来得迅速了，而低头向江心一看，几多散乱着的船里的灯光，也忽明忽灭地变换了一变换位置。

这道观大门外的景色，真神奇极了。我当十几年前，在放浪的游程里，曾向瓜州京口一带，消磨过不少的时日，那时觉得果然名不虚传的，确是甘露寺外的江山，而现在到了桐庐，昏夜上这桐君山来一看，又觉得这江山的秀而且静，风景的整而不散，却非那天下第一江山的北固山所可与比拟的了。真也难怪得严子陵，难怪得戴徵士，倘使我若能在这样的地方结屋读书，以养天年，那还要什么的高官厚禄，还要什么的浮名虚誉哩？一个人在这桐君观前的石凳上，看看山，看看水，看看城中灯火和天上的星云，更做做浩无边际的无聊的幻梦，我竟忘记了时刻、忘记了自身，直等到隔江的击柝声传来，向西一看，忽而觉得城中的灯影微茫地减了，才跑也似的走下了山来，渡江奔回了客舍。

第二日侵晨，觉得昨天在桐君观前做过的残梦正还没有续完的时候，窗外面忽而传来了一阵吹角的声音。好梦虽被打破，但因这同吹笙篁似的商音哀咽，却很含着些荒凉的古意，并且晓风残月，杨柳岸边，也正好候船待发，上严陵去；所以心里纵怀着了些儿怨恨，但脸上却只现出了一痕微笑，闲天。我这大胆的谎语原也已经听见了他这一番来锡的任务之后才敢说的,因为他说他是来查勘一件重大党务的,在这太湖边上一转,午后还要上苏州去,等下次再有来无锡的机会的时候再来拜访,这是他的遁辞。

  他为我介绍了那另外的两位同志,我们就一同的上了万顷堂,上了管社山,我等不到一碗清茶泡淡的时候,就设辞和他们告别了。这样的我在惊恐和疑惧里,总算访过了太湖,游尽了无锡,因为中午十二点的时候我已同逃狱囚似的伏在上行车的一角里在喝压惊的"苦配"啤酒了。这一次游无锡的回味,实在也同这啤酒的味儿差仿不多。

钓台的春昼

因为近在咫尺,以为什么时候要去就可以去,我们对于本乡本土的名区胜景,反而往往没有机会去玩,或不容易下一个决心去玩的。正唯其是如此,我对于富春江上的严陵,二十年来,心里虽每在记着,但脚却从没有向这一方面走过。一九三一,岁在辛未,暮春三月,春服未成,而中央党帝,似乎又想玩一个秦始皇所玩过的把戏了,我接到了警告,就仓皇离去了寓居。先在江浙附近的穷乡里,游息了几天,偶尔看见了一家扫墓的行舟,乡愁一动,就定下了归计。绕了一个大弯,赶到故乡,却正好还在清明寒食的节前。和家人等去上了几处坟,与许久不曾见过面的亲戚朋友,来往热闹了几天,一种乡居的倦怠,忽而袭上心来了,于是乎我就决心上钓台去访一访严子陵的幽居。

钓台去桐庐县城二十余里,桐庐去富阳县治九十里不足,自富阳溯江而上,坐小火轮三小时可达桐庐,再上则须坐帆船了。

我去的那一天,记得是阴晴欲雨的养花天,并且系坐晚班轮去的,船到桐庐,已经是灯火微明的黄昏时候了,不得已就只得在码头近边的一家旅馆的高楼上借了一宵宿。

桐庐县城,大约有三里路长,三千多烟灶,一二万居民,地在富春江西北岸,从前是皖浙交通的要道,现在杭江铁路一开,似乎没有一二十年前的繁华热闹。尤其要使旅客感到萧条的,却是桐君山脚下的那一队花船的失去了踪影。说起桐君山,原是桐庐县的一个接近城市的灵山胜地,山虽不高,但因有仙,自然是灵了。以形势来论,这桐君山,也的确是可以产生出许多口音生硬、别具风韵的桐严嫂来的生龙活脉;地处在桐溪东岸,正当桐溪和富春江合流之所,依依一水,西岸便瞰视着桐庐县市的人家烟树。南面对江,便是十里长洲;唐诗人方干的故居,就在这十里桐洲九里花的花田深处。向西越过桐庐县城,更遥遥对着一排高低不定的青峦,这就是富春山的山子山孙了。东北面山下,是一片桑麻沃地,有一条长蛇似的官道,隐而复现,出没盘曲在桃花杨柳洋槐榆树的中间;绕过一支小岭,便是富阳县的境骇倒了。

"哦！真难得！你是几时上杭州来的？"他惊笑着问我。

"来了已经多日了，我因为想静静儿的写一点东西，所以朋友们都还没有去看过。今天实在天气太好了，在家里坐不住，因而一口气就跑到了这里。"

"好极！好极！我也正在打算出去走走，就同你一道上溪口去吃茶去吧，沿钱塘江到溪口去的一路的风景，实在是不错！"

沿溪入谷，在风和日暖，山近天高的田塍道上，二人慢慢地走着，谈着，走到九溪十八涧的口上的时候，太阳已经斜到了去山不过丈来高的地位了。在溪房的石条上坐落，等茶庄里的老翁去起茶煮水的中间，向青翠还像初春似的四山一看，我的心坎里不知怎么，竟充满了一股说不出的飒爽的清气。两人在路上，说话原已经说得很多了，所以一到茶庄，都不想再说下去，只瞪目坐着，在看四周的山和脚下的水，忽而嘘朔朔朔的一声，在半天里，晴空中一只飞鹰，像霹雳似的叫过了，两山的回音，更缭绕地震动了许多时。我们两人头也不仰起来，只竖起耳朵，在静听着这鹰声的响过。回响过后，两人不期而遇的将视线凑集了拢来，更同时破颜发了一脸微笑，也同时不谋而合的叫了出来说：

"真静啊！"

"真静啊！"

等老翁将一壶茶搬来，也在我们边上的石条上坐下，和我们攀谈了几句之后，我才开始问他说：

"久住在这样寂静的山中，山前山后，一个人也没有得看见，你们倒也不觉得怕的么？"

"怕啥东西？我们又没有龙连（钱），强盗绑匪，难道肯到孤老院里来讨饭吃的么？并且春三二月，外国清明，这里的游客，一天也有好几千。冷清的，就只不过这几个月。"

我们一面喝着清茶，一面只在贪味着这阴森得同太古似的山中的寂静，不知不觉，竟把摆在桌上的四碟糕点都吃完了；老翁看了我们的食欲的旺盛，就又推荐着他们自造的西湖藕粉和桂花糖说：

"我们的出品，非但在本省口碑载道，就是外省，也常有信来邮购的，两位先生冲一碗尝尝看如何？"

大约是山中的清气,和十几里路的步行的结果吧,那一碗看起来似鼻涕,吃起来似泥沙的藕粉,竟使我们嚼出了一种意外的鲜味。等那壶龙井芽茶,冲得已无茶味,而我身边带着的一封绞盘牌也只剩了两枝的时节,觉得今天是行得特别快的那轮秋日,早就在西面的峰旁躲去了。谷里虽掩下了一天阴影,而对面东首的山头,还映着金黄浅碧,似乎是山灵在预备去赴夜宴而铺陈着浓装的样子。我昂起了头,正在赏玩着这一幅以青天为背景的夕照的秋山,忽听见耳旁的老翁以富有抑扬的杭州土音计算着账说:

"一茶,四碟,二粉,五千文!"

我真觉得这一串话是有诗意极了,就回头来叫了一声说:

"老先生!你是在对课呢?还是在做诗?"

他倒惊了起来,张圆了两眼呆视着问我:

"先生你说啥话语?"

"我说,你不是在对课么?三竺六桥,九溪十八涧,你不是对上了'一茶四碟,二粉五千文'了么?"

说到了这里,他才摇动着胡子,哈哈的大笑了起来,我们也一道笑了。付账起身,向右走上了去理安寺的那条石砌小路,我们俩在山嘴将转弯的时候,三人的呵呵呵呵的大笑的余音,似乎还在那寂静的山腰,寂静的溪口,作不绝如缕的回响。

散　文

杭江小历纪程

一九三三年十一月九日，星期四，晴爽。

前数日，杭江铁路车务主任曾荫千氏，介友人来谈，意欲邀我去浙东遍游一次，将耳闻目见的景物，详告中外之来浙行旅者，并且通至玉山之路轨，已完全接就，将于十二月底通车，同时路局刊行旅行指掌之类的书时，亦可将游记收入，以资救济 Baedeker 式的旅行指南之干燥。我因来杭枯住日久，正想乘这秋高气爽的暇时，出去转换转换空气，有此良机，自然不肯轻易放过，所以就与约定于十一月九日渡江，坐夜车起行。

午后五时，赶到三廊庙江边，正夕阳暗暧，萧条垂暮的时候。在码头稍待，知约就之陈万里郎静山二先生，因事未来。登轮渡江，尚见落日余晖，荡漾在波头山顶，就随口念出了："落日半江红欲紫，几星灯火点西兴"的两句打油腔。渡至中流，向大江上下一展望，立时便感到了一种莫名其妙的愉快，大约是因近水遥山，视界开扩了的缘故；"心旷神怡"的四字在这里正可以适用，向晚的钱塘江上，风景也正够得人留恋。

到江边站晤曾主任，知陈、郎二先生，将于十七日来金华，与我们会合，因五泄、北山诸处，陈先生都已到过，这一回不想再去跋涉，所以夜饭后登车，车座内只有我和曾主任两人而已。

两人对坐着，所谈者无非是杭江路的历史和经营的苦心之类。

缘该路的创设，本意是在开发浙东；初拟的路线，是由杭州折向西南，遵钱塘江左岸，经富阳、桐庐、建德、兰溪、龙游、衢县、江山而达江西之玉山，以通信江，全线约长三百零五公里。后因大江难越，山洞难开，就改成了目下的路线，自钱塘江右岸西兴筑起，经萧山、诸暨、义乌、金华、汤溪、龙游、衢县、江山，仍至江西之玉山，计长三百三十三公里；又由金华筑支线以达兰溪，长二十二公里。建筑经费，因鉴于中央财政之拮据，就先由地方设法，暂作为省营的铁路。省款当然也不能应付，所以只能向管理中英庚款董事会及沪杭银行团等商借款项，以资挹注。正唯其资本筹借之不易，所以建筑、设备等事项，也不得不力谋省俭，勉求其成。计自民国十八年筹备开始以来,因省政府长官之更易而中断之年月也算在内,仅仅于两三年间,筑成此路。而每公里之平均费用,只三万余元,较之各国有铁路,费用相差及半,路局同人的苦心计划,也真可以佩服的了。

江边七点过开车,达诸暨是在夜半十点左右。车站在城北两三里的地方,头一夜宿在诸暨城内。

诸 暨(五泄)

十一月十日,星期五,晴快。

昨晚在夜色微茫里到诸暨,只看见了些空空的稻田,点点的灯火,与一大块黑黝黝的山影。今晨六时起床,出旅馆门,坐黄包车去五泄,虽只晨光晞暝,然已略能辨出诸暨县城的轮廓。城西里许有一大山障住,向西向南,余峰绵亘数十里,实为胡公台,亦即所谓长山者是。长山之所以称胡公台者,因长山中之一峰陶朱山头,有一个胡公庙在,是祀明初胡大将军大海的地方。五泄在县西六十里,属灵泉乡,所以我们的车子,非出北门,绕过胡公台的山脚,再朝西去不行。

出城将十里,到陶山乡的十里亭,照例黄包车要验票,这也是诸暨特有的一种组织。因为黄包车公司,是一大集股的民营机关,所有乡下的行车道路,全系由这公司所修筑;车夫只须觅保去拉,所得车资,与公司分拆,不拉休息者不必出车租;所以坐车者,要先向公司去照定价买票,以后过一程验一次,虽小有耽搁,但比之上海杭州各都市的讨价还价,却简便得多。过陶山乡,太阳升高了,照出了五色缤纷的一大平原,乌桕树刚经霜变赤,田里的二次迟稻——大半是糯谷——有的尚未割起,映成几片金黄,远近的小村落,晨炊正忙,上面是较天色略白的青烟,而下面却是受着阳光带一些些微红的白色高墙。长山的连峰,缭绕在西南,北望青山一发,牵延不断,按县志所述,应该是杭乌山的余脉,但据车夫所说,则又是最高峰鸡冠山拖下来的峰峦。

从十里亭起,八里过大唐庙,四里过福缘桥,桥头有合溪亭,一溪自五泄西来,一溪又自南至,至此合流。又三里到草塔,是一大镇,尽可以抵得过新登之类的小县城,市的中心,建有数排矮屋,为乡民集市之所,形状很像大都市内的新式菜场。草塔居民多赵姓,所以赵氏宗祠,造得很大,市上当然又有一验票处。过此是五泉庵,遥望杨家溇塔,数里到避水岭,已经是五泄的境界了。

避水岭上，有一个庙，庙外一亭，上书"第一峰"三字。岭下北面，就是五泄溪。登岭西望，低洼处，又成一谷，五泄的胜景，到此才稍稍露出了面目；因为过岭的一条去路，是在山边开出，向右手下望谷中，有红树青溪，像一个小小的公园。岭西山脚下，兀立着一块岩石，状似人形，车夫说：

"这就是石和尚，从前近村人家娶媳妇，这和尚总要先来享受初夜权，后来经村人把和尚头凿了，才不再作怪。"

大约县志上所说的留仙石，上镌有"谢元卿结茅处"六字的地方，总约略在这一块石壁的近旁。

自第一峰——避水岭——起，西行多小山，过一程，就是一环山，再过一程，又是一个阪；人家点点，山影重重，且时常和清流澈底的五泄溪或合或离，令人有重见故人之感。过西墙弄的桥边，至里坞下朱，眼界又一广；经徐家山下，到青口镇，黄包车就不能走了，自青口至五泄的十余里，因为溪水纵横，山路逼仄，车路不很容易修建，所以再往前进，就非步行或坐轿子不可。

自青口去，渡溪一转弯，就到夹岩。两壁高可百丈，兀立在溪的南北，一线清溪，就从这岩层很清的绝壁底下流过。仰起来看看岩头，只觉得天的小，俯下去看看水，又觉得溪的颜色有点清里带黑，大约是岩壁过高，壁影覆在水面上的缘故。我虽则没有到过莱茵、多瑙的河边，但立在夹岩中间，回头一望，却自然而然的想起了学习德文的时候，在海涅的名诗《洛来拉兮》篇下印在那里的那张美国课本上的插画。

夹岩北壁中，有一个大洞，洞中间造了一个庙，这庙的去路，是由夹岩寺后的绝壁中间开凿出来的。我们爬了半天，滑跌了几次，手里各捏了两把冷汗，几乎喘息到回不过气来，才到了洞口；到洞一望，方觉悟到这一次爬山的真不值得。因为从谷底望来，觉得这洞是很高，但到洞来一看，则头上还是很高的石壁，而对面的那块高岩，依旧同照壁似的障在目前，展望不灵，只看见了几丝在谷底里是很不容易见到的日光而已。

从夹岩西北进，两三里路中间，是五泄的本山了；一步一峰，一转一溪，山峰的尖削，奇特，深幽，灵巧，从我所经历过的山水比较起来，只有广东肇庆以西的诸峰岩，差能和它们比比，但秀丽怕还不及几分。

好事的文人，把五泄的奇岩怪石，一枝枝都加上了一个名目，什么石佛岩啦，檀香窟啦，朝阳峰，碧玉峰，滴翠峰，童子峰，老人峰，狮子峰，卓笔峰，天柱峰，棋盘峰，……峰啦，多到七十二峰，二十五岩，一洞，三谷，十石，等等，真像是小学生的加法算学课本，我辨也辨不清，抄也抄不尽了，只记一句从前徐文长有一块石碣，刻着"七十二峰深处"的六字，嵌在五泄永安禅寺的壁上——现在这石碣当然是没有了——其余的且由来游的人自己去寻觅拟对吧！

五泄寺，就是永安禅寺，照志书上说，是唐元和三年灵默禅师之所建。后来屡废屡兴，名字也改了几次，这些考据家的专门学问，我们只能不去管它；可是现在的寺的组织，却真有点奇怪。寺里的和尚并不多，吃肉营生——造纸种田——同俗人一点儿也没有分别，只少了几房妻妾，不生小孩，买小和尚来继承的一事，和俗人小有不同。当家和尚，叫做经理，我们问知客的那位和尚以经理僧在哪里呢？他又回答说：上市去料理事务去了。寺的规模虽大，但也都坍败得可以，大雄宝殿，山门之类，只略具雏形，唯独所谓官厅的那一间客厅，还整洁一点，上面挂着有一块刘墉写的"双龙湫室"的旧匾，四壁倒也还有许多字画挂在那里。

在客厅西旁的一间小室里吃过饭后，和尚就陪我们去看五泄；所谓五泄者，就是五个瀑布的意思，土人呼瀑布为泄，所以有这一个名称。最下的第五泄，就在寺后西北的坐山脚下，离寺约有三百多步样子，高一二十丈，宽只一二丈，因为天晴得久了，泄身不广，看去也只是一个平常的瀑布而已。奇怪的是在这第五泄上面的第一，二，三，四各泄，一道溪泉，从北面西面直流下来，经过几折山岩，就各成了样子、水量、方向各不相同的五个瀑布。我们爬山过岭，走了半天，才看见了一，二，三的三个瀑布，第四泄却怎么也看不到。凡不容易见到的东西，总是好的，所以游客，各以见到了第四泄为夸，而徐霞客、王思任等做的游记，也写得它特别的好而不易攀登。总之，五泄原是奇妙，可是五泄的前后上下，一路上的山色溪光，我觉得更是可爱。至如西龙潭——我们所去的地方，即五泄所在之处，名东龙潭——的更幽更险，第一泄上刘龙子庙前的自成一区，北上山巅，站在响铁岭岭头眺望富阳紫阆的疏散高朗，那又是锦上之花，弦外之音了，尤其是寺前去西龙潭的这一条到浦江的路上的风光，真是画也画不出来，写也写不尽言的。

上面曾说起了刘龙子的这一个名字，所谓刘龙坪者，是五泄山中的一区特异的世外桃源。坪上平坦，有十几廿亩内外的广阔，但四周围却都是高山，是山上之山，包围得紧紧贴贴；一道溪泉，从山后的紫阆流来，由此向西向南，复折回来，在坪下流过，成了第一泄的深潭；到了这里，古人的想象力就起了作用，创造出神话来了；万历《绍兴府志》说：

> 晋时刘姓一男子，钓于五泄溪，得骊珠吞之，化龙飞去，人号刘龙子。其母墓在撞江石山，每清明龙子来展墓，必风雨晦暝；墓上松两株，至今奇古可爱，相传为龙子手植云。

同这一样的传说，凡在海之滨，山之瀑，与夫湖水江水深大的地方，处处都有，所略异者，只名姓年代及成龙的原因等稍有变易而已。

我们因为当天要赶到县城，以后更有至闽边赣边去的预定，所以在五泄不能过夜，只走马看花，匆匆看了一个大概；大约穷奇探胜，总要三五日的工夫，在五泄寺打馆方行，这么一转，是不能够领略五泄的好处的。出寺从原路回来，从青口再坐黄包车跑回县治，已经是暗夜的七点钟了；这一晚又在原旅馆住了一宵。

诸 暨（苎萝村）

十一月十一日，星期六，晴朗如前。

昨夜因游倦了，并去诸暨城隍庙国货商场的游艺部看了一些戏，所以起来稍迟。去金华的客车，要近午方开，八点钟起床后，就出南门上苎萝山去偷闲一玩。出城行一二里，在五湖闸之下，有一小山，当浦阳江的西岸，就是白阳山的支峰苎萝山，山西北面是苎萝村，是今古闻名的美人西施的生地。有人说，西施生在江的东面金鸡山下郑姓家，系由萧山迁来的客民之女，外祖母在江的西面姓施，西施寄住在外祖母家，所以就生长在苎萝村里。幼时常在江边浣纱，至今苎萝山下，江边石上，还有晋王羲之写的"浣纱"两字，因此，这一段江就名作浣纱溪。古今来文人墨客，题诗的题诗，考证的考证，聚讼纷纭，到现在也还没有一个判决，妇人的有关国运，易惹是非，类都如此。

苎萝山，系浣纱江上的一枝小山，溪水南折西去，直达浦江，东面隔江望金鸡山，对江可以谈话。苎萝山上进口处有"古苎萝村"四字的一块小木牌坊，进去就是西施庙，朝东面江，南面新建一阁，名北阁，中供西施石刻像一尊。经营此庙者，为邑绅清孝廉陈蔚文先生，庙中悬挂着的匾额对联石刻之类，都是陈先生的手笔。最妙者，是几块刻版的拓本，内载乩盘开沙时，西施降坛的一段自白，辩西施如何的忠贞两美，与夫范蠡献西施，途中历三载生子及五湖载去等事的诬蔑不通。庙前有洋楼三栋，本为图书馆，现在却已经锁起不开了。

管西施庙的，是一位中老先生。这位先生，是陈氏的亲戚，很能经营。陪我们入座之后，献茶献酒，殷勤得不得了；最后还拿出几张纸来，要我们留一点墨迹。我于去前山看了未完成的烈士墓及江边镌有"浣纱"两字的浣纱石后，就替他写了一副对，一张立轴。对子上联是定公诗"百年心事归平淡"，下联是一句柳亚子先生题我的《薇蕨集》的诗，"十载狂名换苎萝"。亚子一生，唯慕龚定庵的诡奇豪逸，而我到此地，一时也想不出适当的对句，所以勉强拉拢了事，就集成了此联。立轴上写的，是一首急就的绝句：

　　　　五泄归来又看溪，浣纱遗迹我重题，
　　　　陈郎多事搜文献，施女何妨便姓西。

暗中盖也有一点故意在和陈先生捣乱的意思。

玩苎萝山回来，十一点左右上杭江路客车，下午三点前，过义乌。车路两旁的青山沃野，原美丽得不可以言喻，就是在义乌的一段，夕阳返照，红叶如花，农民驾使黄牛在耕种的一种风情，也很含有着牧歌式的画意；倚窗呆望，拥鼻微吟，我就哼出了这样的二十八字：

　　　　骆丞草檄气堂堂，杀敌宗爷更激昂，
　　　　别有风怀忘不得，夕阳红树照乌伤。

骆宾王，宗泽，都是义乌人。而义乌金华一带系古乌伤地，是由秦孝子颜乌的传说而来的地名。

下午三点过，到金华，在金华双溪旁旅馆内宿，访旧友数辈，明日约共去北山。

金 华（北山）

十一月十二日，星期日，晴。

金华的地势，实在好不过。从浙江来说，它差不多是坐落在中央的样子。山脉哩，东面是东阳义乌的大盆山的余波，为东山区域；南接处州，万山重叠，统名南山；西面因有衢港钱塘江的水流密布，所以地势略低；金华江蜿蜒西行，合于兰溪，为金华的唯一出口，从前铁道未设的时候，兰溪就是七省通商的中心大埠。北面一道屏障，自东阳大盆山而来，绵亘三百余里，雄镇北郊，遥接着全城的烟火，就是所谓金华山的北山山脉了。

北山的名字，早就在我的脑里萦绕得很熟，尤其是当读《宋学师承》及《学案》诸书的时候，遥想北山的幽影，料它一定是能合我们这些不通世故的蠹书虫口味的。所以一到金华，就去访北山整理委员会的诸公，约好于今日侵晨出发；绳索，汽油灯，火炬，电筒，食品之类，统托中国旅行社的姜先生代为办好，今早出迎恩门北去的时候，七点钟还没有敲过。

北山南面的支峰距城只二十里左右，推算起北山北面的山脚，大约总在七八十里以外了；我们一出北郊，腰际被晓烟缠绕着的北山诸顶，就劈面迎来，似在监视我们的行动。芙蓉峰尖若锥矢，插在我们与北山之间，据说是县治的主脉。十里至罗店，是介在金华与北山正中的一大村落。居民于耕植之外，更喜莳花养鹿，半当趣味，半充营业，实在是一种极有风趣的生涯。花多株兰，茉莉，建兰，亦栽佛手；据村中人说，这些植物，非种入罗店之泥不长，非灌以双龙之泉不发，佛手树移至别处，就变作一拳，指爪不分了。

自罗店至北山，还有十里，渐入山区，且时时与自双龙洞流出的溪水并行；路虽则崎岖不平，但风景却同嚼蔗近根时一样，渐渐地加上了甜味。到华溪桥，就已经入了山口，右手一峰，于竹叶枫林之内，时露着白墙黑瓦，山顶上还有人家。导游者北山整理委员黄君志雄，指示着说：

"这就是白望峰，东下是鹿田，相传宋玉女在这近边耕稼，畜鹿，能入城市贸易，村民邀而杀之，鹿遂不返，玉女登峰白望，因有此名，玉女之坟，现在还在。"

这真是多么美丽的传说啊！一个如花的少女，一只驯良的花鹿，衔命入城，登峰遥望，天色晚了，鹿不回来，一声声的愁叹，一点点的泪痕，最后就是一个抑郁含悲的死!

　　过白望峰后,路愈来愈窄,亦愈往上斜,一面就是万丈的深溪,有几处泡沫飞溅,像六月里的冰花;溪里面的石块,也奇形怪状,圆滑的圆滑,扁平的扁平,我想若把它们搬到了城里,则大的可以镶嵌作屏风装饰,小的也可以做做小孩的玩物。可是附近的居民,于见惯之后,倒也并不以为希奇了。沿溪入山,走了一二里的光景,就遇着了一块平地,正当溪的曲处;立在这一块地上,东西北三面的北山苍翠,自然是接在眉睫之间,向南远眺,且可以看见南山的一排青影,北山整理委员会的在此建佛寿亭,识见也真不错;只亭未落成,不能在亭上稍事休息,却是恨事。从这里再往前进,山路愈窄亦愈曲,不及二里,就到了洞口的小村,双龙洞离这村子,只有百余步路了,我们总算已经到了我们的目的地点。……

　　北山长三百余里,东西里外数十余峰,溪涧,池泉,瀑布,山洞,不计其数;但为一般人所称道,凡游客所必至,与夫北山整理委员会第一着着手整理之处,就是道书所说的"第三十六洞天"的朝真,冰壶,双龙的山洞。三洞之中,朝真最大,亦最高,洞系往上斜者,非用梯子,不能穷其底,中为冰壶,下为双龙。

　　我们到双龙洞,已将十一点钟。外洞高二十余丈,广深各十余丈,洞口极大,有东西两口,所以洞内光线明亮,同在屋外一样。整理委员会正在动工修理,并在洞旁建造金华观,洞中变成了作场的样子;看了些碑文、石刻之后,只觉得有点伟大而已,另外倒也说不出什么的奇特。洞中间,有一道清泉流出,岁旱不涸,就是所谓双龙泉水,溯泉而进,是内洞了。

　　原来这一条泉水,初看似乎是从地底涌出来似的,水量极大;再仔细一看,则泉上有一块绝大的平底岩石覆在那里,离水面只数寸而已。用了一只浴盆似的小木船,人直躺在船底,请工人用绳索从水中岩石底推挽过去,岩石几乎要擦伤鼻子,推进一二丈路,岩石尽,而大洞来了,洞内黑到了能见夜光表的文字,这就是里洞。

　　里洞高大和外洞差仿不多,四壁琳琅,都是钟乳岩石;点上汽油灯一照,洞顶有一条青色一条黄色的岩纹突起,绝像平常画上的龙,龙头龙爪龙身,和画丝毫不爽,青龙自东北飞舞过来,黄龙自西北蜿蜒而至。向西钻过由钟乳石结成的一道屏壁间的小门,内进曲折,有一里多深;两旁石壁,青白黄色的都有,形状也歪斜迭皱,有像象身的,有像狮子的,有像凤尾的,有像千缕万线的女人的百裥裙的,更有一块大石像乌龟的;导游的黄君,一一都告诉我了些名字,可惜现在记不清了。这里洞内一里多深的路,宽广处有三五丈,狭的地方,也有一二丈。沿外壁是一条溪泉,水声淙淙,似在奏乐;更至一处离地三尺多高的小岩穴旁,泉水直泻出来,形成了一个盆景里的小瀑布。洞的底里,有一处又高又圆方的石室,上视室顶,像一个钟乳石的华盖,华盖中央,下垂着一个球样的皱纹岩。

这里洞的两壁,唐宋人的题名石刻很多,我所见到的,以庆历四年的刻石为最古。石室内的岩上,且有明万历年间游人用墨写的"卧云"两字题在那里,墨色鲜艳,大家都疑它是伪填年月的,但因洞内空气不流通,不至于风化,或者是真的也很难说。清人题壁,则自乾隆以后,绝对没有了,盖因这里洞,自那时候起,为泥沙淤塞了的缘故。这一次旧洞新辟,我们得追徐霞客之踪,而来此游览者,完全要感谢北山整理委员会各委员的苦心经营,而黄委员志雄的不辞劳瘁,率先入洞,致有今日,功尤不小。

在洞里玩了一个多钟头,拓了二张庆历四年的题名石刻,就出来在外洞中吃午饭;饭后更上山,走了二三百步,就到了中洞的冰壶洞口。

冰壶洞,口极小,俯首下视。只在黑暗中看得出一条下斜的绝壁和乱石泥沙。弓身从洞口爬入,以长绳系住腰际,滑跌着前行,则愈下愈难走,洞也愈来很高大。

前行五六十步,就在黑暗中听得出水声了,再下去三四十步,脸上就感得到点点的飞沫。再下降前进三五十步,洞身忽然变得极高极大,飞瀑的声音,振动得耳膜都要发痒。瀑布约高十丈左右,悬空从洞顶直下,瀑身下广,瀑布下也无深潭,也无积水,所以人可以在瀑布的四周围行走。走到瀑布的背后,旋转身来,透过瀑布,向上向外一望,则洞口的外光,正射着瀑布,像一条水晶的帘子,这实在是天下的奇观,可惜下洞的路不便,来游者都不能到底,一看这水晶帘的绝景。

总之冰壶洞像一只平常吃淡芭菇的烟斗,口小而下大。在底下装烟的烟斗正中,又悬空来了一条不靠石壁流下的瀑布。人在大烟斗中走上瀑布背后,就可以看见烟嘴口的外光。瀑布冲下,水全被沙石吸去,从沙石中下降,这水就流出下面的双龙洞底,成为双龙泉水的水源。

因为在冰壶洞里跌得全身都是烂泥沙渍,并且脚力也不继了,所以最上面的朝真洞没有去成。据说三洞之中,以朝真洞为最大,但系一层一层往上进的,所以没有梯子,也难去得。我想山的奇伟处,经过了冰壶双龙的两洞,也总约略可以说说了,舍朝真而不去,也并没有什么大的遗憾。

在北山回来的路上,我们又折向了东,上芙蓉峰西的凤凰山智者寺去看了一回陆放翁写的《重修智者广福禅寺碑记》。碑面风化,字迹已经有一大半剥落,唯碑后所刻的陆务观致智者玘公禅师手牍,还有几块,尚辨认得清。寺的衰颓坍毁,和徐霞客在《游记》里所说的情形一样;三百年来,这寺可又经过了一度沧桑了。

北山的古迹名区,我们只看了十分之一,单就这十分之一来说,可已经是奇特得不得了了;但愿得天下泰平,身体康健,北山整理会诸公工作奋进,则每岁春秋佳日,当再约伴重来,可以一尽鹿田,盘泉,讲堂洞,罗汉洞,卧羊山,赤松山,洞箬山,白兰山诸地的胜概。

兰 溪（横山）

十一月十三日,星期一,晴快。

昨晚因游北山倦了,所以早睡,半夜梦醒,觉得是身睡在山洞的中间,就此一点,也可以证明山洞给我的印象的深刻。

晨起匆匆整装,上车站坐轨道汽车去兰溪。走了个把钟头,车只是在沿了北山前进,盖金华山的西头,要到兰溪才尽,而东头的金华山,则已于前日自诸暨来金华时火车绕过。此次南来,总算绕了金华山一匝,虽然事极平常,但由我这初次到浙东来游的野人看来,却也可以同小孩子似的向人夸说了。

在兰溪吃过午饭,就出西门江边,雇了一只小船,划上隔江西南面的横山兰阴寺去。

这横山并不高,也不长,状似棱形,从东面兰溪市上看来,一点儿也没有什么可取,但身到了此山,在东头灵源庙前上船,绕过南面一条沿江的山道,到兰阴寺前的小峰上去一望,就觉得风景的清幽潇洒,断不是富春江的只有点儿高远深静的山容水貌所能比得上的了。先让我来说明一下这横山的地势,然后再来说它的好处。

衢港远自南来,至兰溪而一折,这横山的石岩,就凭空突起,挡住了衢港的冲。东面呢,又是一条金华江水,迤逦西倾,到了兰溪南面,绕过县城,就和衢港接成了一个天然的直角。两水合并,流向北去,就是兰溪江,建德江，再合徽港，东北流去成了富春钱塘的大江。所以横山一朵，就矗立在三江合流的要冲，三面的远山，脚下的清溪，东南面隔江的红叶，与正东稍北兰溪市上的人家，无不一一收在眼底，像是挂在四面用玻璃造成的屋外的水彩画幅。更有水彩画所画不出来的妙处哩，你且看看那些青天碧水之中，时时在移动上下的一面一面的同白鹅似的帆影看，彩色电影里的外景影片，究竟有哪一张能够比得上这里？还有一层好处，是在这横山的去兰溪市的并不很远。以路来讲，大约只不过三五里路的间隔，以到此地来游的时间来说，则只须有两个钟头，就可以把兰溪的全市及附近的胜景，霎时游望尽了。

横山上有一个灵源庙，在东头山脚，前面已经说过了；朝南的山腰里，还有一个兰阴寺，说是正德皇帝到过的地方，现在寺前石壁里，还有正德御笔的"兰阴深处"四个大字刻在那里；寺上面一层，是一个观音阁，说是尼姑的庵；最上是山顶，一个钟楼，还没有建造成功哩。

大抵的游客，总由杭江路而至兰溪，在兰溪一宿，看看花船，第二天就匆匆就道，去建德桐庐，领略富春江的山水，对于这近在目前的横江，总只隔江一望，弃而不顾，实在是一件大可惋惜的事情。大约横山因外貌不佳，所以不能引人入胜，"蓬门未识绮罗香"，贫女之叹，在山水中间也是一样。

晚上有人请客，在三角洲边，江山船上吃晚饭。兰溪人应酬，大抵在船上，与在菜馆里请客比较起来，价并不贵，而菜味反好，所以江边花事，会历久不衰。从前在建德桐庐富阳闻家堰一带，直至杭州，各埠都有花舫，现在则只剩得兰溪衢州的几处了，九姓渔船，将来大约要断绝生路。

兰 溪（洞源）

十一月十四日，星期二，晴朗。

去兰溪东面的洞源山游。

出兰溪城，东绕大云山脚，沿路轨落北，十里过杨清桥，遵溪向北向东，五里至山口，三里至洞源山之栖真寺。寺是一个前朝的古刹，下有赵太史读书处，书堂后面有一方泉水，名天池；寺右侧，直立着一块岩石，名飞来峰，这些都还平常；洞源山的出名，也是和北山一样，系以洞著的。

这山当然是北山的余脉，山石也都是和北山一系的石灰水成岩，所以洞窟特别的多。寺前山下石灰窑边上，有涌雪洞，泉水溢出，激石成沫，状似涌雪，也是一个奇观，但我们因领路者不在，没有到。

寺后秃山丛里，有呵呵洞，因洞中有瀑布，呵呵作响，故名。再上山二里，有无底洞，是走不到底的。更西去里余，为白云洞。

我们因为在北山已经见识过山洞的奇伟了，所以各洞都没有进去，只进了一个在山的最高处的白云洞。白云洞洞口并不小，但因有一块大石横覆在口上，所以看去似乎小了，这石的面积，大约有三四丈长，一二丈宽，斜覆在洞口的正中，绝似一只还巢的飞燕。进洞行数十步，路就曲折了起来，非用火炬照着不能前进，略斜向下，到底也有里把路深。洞身并不广，最宽的地方，不过两三丈而已，但因洞身之窄，所以仰起头来看看洞顶，觉得特别的高，毛约约，大约可有二三十丈。洞顶洞壁，都是白色的钟乳层，中间每嵌有一块一块的化石；钟乳层纹，一套一套像云也像烟，所以有白云洞的名称。这洞虽比不上北山三洞的规模浩大，但形势却也不同，在兰溪多住了一天，看了这一个洞，算来也还值得。

栖真寺后殿，有藏经楼，中藏有明代《大藏经》半部，纸色装潢完好如新，还有半部，则在太平天国的时候毁去了。大殿的佛座下，嵌有明代诸贤的题诗石碣，叶向高的诗碣数方，我们自己用了半日的工夫，把它拓了下来。

饭后向寺廊下一走，殿外壁上看见了傅增湘先生的朱笔题字数行，更向壁间看了许多近人的题咏，自己的想附名胜以传不朽的卑劣心也起来了，因而就把昨夜在兰溪做的一个臭屁，也放上了墙头：

　　　　红叶清累水急流，兰江风物最宜秋，
　　　　月明洲畔琵琶响，绝似浔阳夜泊舟。

放的时候，本来是有两个，另一个为：

　　　　阿奴生小爱梳妆，屋住兰舟梦亦香，
　　　　望煞江郎三片石，九姑东去不还乡。

闻江山的江郎山，有三片千丈的大石，直立山巅，相传是江郎兄弟三人入山成仙后所化。花船统名江山船，而世上又只传有望夫石，绝未闻有望妻者，我把这两个故事拉在一处，编成小调，自家也还觉得可以成一个小玩意儿，但与栖真寺的墙壁太无关了，所以不写上去。

龙　游（小南海）

十一月十五日，星期三，仍晴。

晨起出旅馆，上兰溪东城的大云山揽胜亭去跑了一圈。山上山下有两个塔，上塔在仓圣庙前，下塔在江边同仁寺里。南面下山就是兰溪的义渡，过江上马公嘴去的；自兰溪去龙游的公共汽车站，就在江的南岸。

午前十点钟上汽车去龙游（按当日我系由兰溪绕道至龙游，所以坐的是公共汽车；如果由杭州前往，可乘火车直达，不必再换汽车），正午到，在旅馆中吃午饭后就上城北五里路远的小南海去瞻望竹林禅寺。寺在凤凰山上，俗呼童檀山，下有茶圩村，隔瀫水和东岸的观音前村相对。瀫水西溪和龙游江的上游诸水，盘旋会合在这凤凰山下，所以沿水岸再向北，一二里路，到一突出的岩头上——大约是瀫波亭的旧址——去向南远望，就可以看得出衢州的千岩万壑和近乡的烟树溪流，这又是一幅王摩诘的山水横额。溪中岩石很多，突出在水底，了了可见，所以水上时有瀫纹，两岸的白沙青树，倒影水中，和瀫纹交互一织，又像是吴绫蜀锦上的纵横绣迹。小南海的气概并不大，竹林禅院的历史也并不古——是光绪二十七年辛丑僧妙寿所建，新旧《龙游县志》都不载——但纤丽的地方，却有点像六朝人的小品文字。

明汤显祖过凤凰山，有一首诗，载在《县志》上：

> 系舟犹在凤凰山，千里西江此日还，
> 今夜销魂在何处，玉岑东下一重湾。

我也在这貂后续上了一截狗尾：

> 瀫水矶头半日游，乱山高下望衢州，

> 西江两岸沙如雪，词客曾经此系舟。

题目是《凤凰山怀汤显祖》。

夜在龙游宿，并且还上城隍庙去看了半夜为募捐而演的戏。龙游地方银行的吴、姜诸公，约于明日中午去吃龙游的土菜，所以三叠石，乌石山等远处，是不能去了。

杭 州

杭州的出名，一大半是为了西湖。而人工的建设，都会的形成，初则是由于唐末五代，武肃王钱镠（西历十世纪初期）的割据东南，——"隋朝特创立此郡城，仅三十六里九十步；后武肃钱王，发民丁与十三寨军卒，增筑罗城，周围七十里许。……"（吴自牧《梦粱录》卷七）——再则是由于南宋建炎三年（一一二九），高宗的临安驻跸，奠定国都。至若唐白乐天与宋苏东坡的筑堤导水，原也有功于杭郡人民，可是仅仅一位醉酒吟诗携妓的郡守的力量，无论如何，也是不能和帝王匹敌的。

据说，杭州的杭字，是因"禹末年，巡会稽至此，舍航登陆，乃名杭，始见于文字"（柴虎臣著《杭州沿革大事考》）。因之，我们可以猜想，禹以前，杭州总还是一个泽国。而这一个四千余年前的泽国，后来为越为吴，也为吴越的战场，为东汉的浙江，为三国吴的富春，为晋的吴郡，为隋唐的杭州，两为偏安国都，迭为省治，现在并且成了东南五省交通的孔道，歌舞喧天，别庄满地，简直又要恢复南宋当时的首都旧观了。

我的来住杭州，本不是想上西湖来寻梦，更不是想弯强弩来射潮；不过妻杭人也，雅擅杭音，父祖富春产也，歌哭于斯，叶落归根，人穷返里，故乡鱼米较廉，借债亦易，——今年可不敢说，——屋租尤其便宜，铩羽归来，正好在此地偷安苟活，坐以待亡。搬来住后，岁月匆匆，一眨眼间，也已经住了一年有半了。朋友中间晓得我的杭州住址者，于春秋佳日，旅游西湖之余，往往肯命高轩来枉顾。我也因独处穷乡，孤寂得可怜，我朋自远方来，自然喜欢和他们谈谈旧事，说说杭州。这么一来，不几何时，大家似乎已经把我看成了杭州的管钥，山水的东家；《中学生》杂志编者的特地写信来要我写点关于杭州的文章，大约原因总也在于此。

关于杭州一般的兴废沿革，有《浙江通志》、《杭州府志》、《仁钱县志》诸大部的书在；关于杭州的掌故，湖山的史迹等等，也早有了光绪年间钱塘丁申、丁丙两氏编刻的《武林掌故丛编》、《西湖集览》，与新旧《西湖志》、《湖山便览》以及诸大书局大文豪的西湖游记或西湖游览指南诸书，可作参考；所以在这里，对这些，我不想再来饶舌，以虚费纸面和读者的光阴。第一，我觉得还值得一写，而对于读者，或者也不至于全然没趣的，是杭州人的性格；所以，我打算先从"杭州人"讲起。

第一个杭州人，究竟是哪里来的？这杭州人种的起源问题，怕同先有鸡蛋呢还是先有鸡一样，就是叫达尔文从阴司里复活转来，也很不容易解决。好在这些并非是我们的主题，故而假定当杭州这一块陆土出水不久，就有些野蛮的，好渔猎的人来住了，这些蛮人，我们就姑且当他们是杭州人的祖宗。吴越国人，一向是好战、坚忍、刻苦、猜忌，而富于巧智的。自从用了美人计，征服了姑苏以来，兵事上虽则占了胜利，但民俗上却吃了大亏；喜斗、坚忍、刻苦之风，渐渐地消灭了。倒是猜忌，使计诸官能，逐步发达了起来。其后经楚威王、秦始皇、汉高帝等的挞伐，杭州人就永远处入了被征服者的地位，隶属在北方人的胯下。三国纷纷，孙家父子崛起，国号曰吴，杭州人总算又吐了一口气，这一口气，隐忍过隋唐两世，至钱武肃王而吐尽；不久南宋迁都，固有的杭州人的骨里，混入了汴京都的人士的文弱血球，于是现在的杭州人的性格，就此决定了。

意志的薄弱，议论的纷纭；外强中干，喜撑场面；小事机警，大事糊涂；以文雅自夸，以清高自命；只解欢娱，不知振作等等，就是现在的杭州人的特性；这些，虽然是中国一般人的通病，但是看来看去，我总觉得以杭州人为尤甚。所以由外乡人说来，每以为杭州人是最狡猾的人，狡猾得比上海滩上的滑人还要厉害。但其实呢，杭州人只晓得占一点眼前的小利小名，暗中在吃大亏，可是不顾到的。等到大亏吃了，杭州人还要自以为是，自命为直，无以名之，名之曰"杭铁头"以自慰自欺。生性本是勤而且俭的杭州人，反以为勤俭是倒霉的事情，是贫困的暴露，是与面子有关的，所以父母教子弟的第一个原则，就是教他们游惰过日，摆大少爷的架子。等空壳大少爷的架子学成，父母年老，财产荡尽的时候，这些大少爷们在白天，还要上西湖去逛逛，弄件把长衫来穿穿，饿着肚皮而高使着牙签；到了晚上上黑暗的地方去跪着讨饭，或者扒点东西，倒满不在乎，因为在黑暗里人家看不见，与面子还是无关，而大少爷的架子却不可不摆。至于做匪做强盗呢，却不会，决不会，杭州人并不是没有这个胆量，但杀头的时候要反绑着手去游街示众，与面子有关，最勇敢的杭州人，亦不过做做小窃而已。

唯其是如此，所以现在的杭州人，就永远是保有着被征服的资格的人；

风雅倒很风雅，浅薄的知识也未始没有，小名小利，一着也不肯放松，最厉害的尤其是一张嘴巴。外来的征服者，征服了杭州人后，过不上三代，就也成了杭州人了，于是剃头者人亦剃其头，几十年后，仍复要被新的征服者来征服。照例类推，一年一年的下去。现在残存在杭州的固有杭州老百姓，计算起来，怕已经不上十个指头了。

人家说这是因为杭州的山水太秀丽了的缘故。西湖就像是一位"二八佳人体似酥"的狐狸精，所以杭州决出不出好子弟来。这话哩，当然也含有着几分真理。可是日本的山水，秀丽处远在杭州之上；瑞士我不晓得，意大利的风景画片我们总也时常看见的吧，何以外国人都可以不受着地理的限制，独有杭州人会陷入这一个绝境去的呢？想来想去，我想总还是教育的不好。杭州的家庭教育，社会教育，学校教育，总非要彻底的改革一下不可。

其次是该讲杭州的风俗了。岁时习俗，显露在外表的年中行事，大致是与江南各省相通的；不过在杭州像婚丧喜庆等事，更加要铺张一点而已。关于这一方面，同治年间有一位钱塘的范月桥氏，曾做过一册《杭俗遗风》，写得比较详细，不过现在的杭州风俗，细看起来，还是同南宋吴自牧在《梦粱录》里所说的差仿不多，因为杭州人根本还是由那个时候传下来，在那个时候改组过的人。都会文化的影响，实在真大不过。

一年四季，杭州人所忙的，除了生死两件大事之外，差不多全是为了空的仪式；就是婚丧生死，一大半也重在仪式。丧事人家可以出钱去雇人来哭。喜事人家也有专门说好话的人雇在那里借讨采头。祭天地，祀祖宗，拜鬼神等等，无非是为了一个架子；甚至于四时的游逛，都列在仪式之内，到了时候，若不去一定的地方走一遭，仿佛是犯了什么大罪，生怕被人家看不起似的。所以明朝的高濂，做了一部《四时幽赏录》，把杭州人在四季中所应做的闲事，详细列叙了出来。现在我只教把这四时幽赏的简目，略抄一下，大家就可以晓得吴自牧所说的"临安风俗，四时奢侈，赏观殆无虚日"的话的不错了。

一、春时幽赏：孤山月下看梅花，八卦田看菜花，虎跑泉试新茶，西溪楼啖煨笋，保俶塔看晓山，苏堤看桃花，等等。

二、夏时幽赏：苏堤看新绿，三生石谈月，飞来洞避暑，湖心亭采莼，等等。

三、秋时幽赏：满家巷赏桂花，胜果寺望月，水乐洞雨后听泉，六和塔夜玩风潮，等等。

四、冬时幽赏：三茅山顶望江天雪霁，西溪道中玩雪，雪后镇海楼观晚炊，除夕登吴山看松盆，等等。

将杭州人的坏处，约略在上面说了之后，我却终觉不得不对杭州的山水，再来一两句简单的批评。西湖的山水，若当盆景来看，好处也未始没有，就是在它的比盆景稍大一点的地方。若要在西湖近处看山的话，那你非要上留下向西向南再走二三十里路不行。从余杭的小和山走到了午潮山顶，你向四面一看，就有点可以看出浙西山脉的大势来了。天晴的时候，西北你能够看得见天目，南面脚下的横流一线，东下海门，就是钱塘江的出口，龛赭二山，小得来像天文镜里的游星。若嫌时间太费，脚力不继的话，那至少你也该坐车下江干，过范村，上五云山头去看看隔岸的越山，与钱塘江上游的不断的峰峦。况且五云山足，西下是云栖，竹木清幽；地方实在还可以。从五云山向北若沿郎当岭而下天竺，在岭脊你就可以看到西岭下梅家坞的别有天地，与东岭下西湖全面的镜样的湖光。

若要再近一点，来玩西湖，我觉得南山终胜于北山，凤凰山胜果寺的荒凉远大，比起灵隐、葛岭来，终觉回味要浓厚一点。

还有北面秦亭山法华山下的西溪一带呢，如花坞秋雪庵，菱芦庵等处，散疏雅逸之致，原是有的，可是不懂得南画，不懂得王维、韦应物的诗意的人，即使去看了，也是毫无所得的。

离西湖十余里，在拱宸桥的东首，地当杭州的东北，也有一簇山脉汇聚在那里。俗称"半山"的皋亭山，不过因近城市而最出名，讲到景致，则断不及稍东的黄鹤峰，与偏北的超山。况且超山下的居民，以植果木为业，旧历二月初，正月底边的大明堂外（吴昌硕的坟旁）的梅花，真是一个奇观，俗称"香雪海"的这个名字，觉得一点儿也不错。

此外还有关于杭州的饮食起居的话，我不是做西湖旅行指南的人，在此地只好不说了。

散　文

桐君山的再到

　　杭州建德的公共汽车路开后，自富阳至桐庐的一段，我还没有坐过。每听人说，钓台在修理了，报上也登着说，某某等名公已经发出募捐启事，预备为严先生重建祠宇了；但问问自桐庐来的朋友，却大家都说，严先生祠宇的倾颓，钓台山路的芜窄，还是同从前一样。祠宇的修不修，倒也没有多大的问题，回头把严先生的神像供入了红墙铁骨的洋楼，使烧香者多添些摩登的红绿士女，倒也许不是严先生的本意。但那一条路，那一条停船上山去的路，我想总还得略为开辟一下才好；虽不必使着高跟鞋者，亦得拾级而登，不过至少至少总也该使谢皋羽的泪眼，也辨得出路径来。这是当我没有重到桐庐去之先的个人的愿望，大约在三年以前去过一次钓台的人，总都是这么在那里想的无疑。

　　大热的暑期过后，浙江内地的旱苗，虽则依旧不能够复活，但神经衰弱，长年像在患肺病似的我们这些小都会的寄生虫，一交秋节，居然也恢复了些元气，如得了再生的中暑病者。秋潮看了，满家巷的桂花盛时也过了，无风无雨，连晴直到了重阳。秋高蟹壮，气候虽略嫌不定，但出去旅行，倒也还合适，正在打算背起包裹雨伞，上哪里去走走，恰巧来了一位一年多不见的老友，于是乎就定下了半月间闲游过去的计划。

　　头两天，不消说是在湖上消磨了的。尤其是以从云栖穿竹径上五云山，过郎当岭而出灵隐的那一天，内容最为充实。若要在杭州附近，而看些重岚叠嶂，想象想象浙西的山水者，这一条路不可不走。现成的证据，我就可以举出这位老友来。他的交游满天下，欧美日本，历国四十余，身产在白山黑水间，中国本部，十八省经过十三四，五岳匡庐，或登或望，早收在胸臆之中；可是一上了这一条路，朝西看看夕照下的群山，朝南朝东看看明镜似的大江与西湖，也忘记了疲倦，忘记了世界，唱出了一句"谁说杭州没有山！"的打油腔。

　　好书不厌百回读，好山好水，自然是难得仔细看的。在五云山上，初尝了一点点富春江的散文味的这位老友，更定了再溯上去，去寻出黄子久的粉本来的雄图。

天气依然还是晴着，脚力亦尚可以对付，汽车也居然借到了，十月二十的早晨九点多钟，我们就从万松岭下驶过，经梵村，历转塘，从两岸的青山巷里，飞驰而到了富阳县的西门。富阳本来是我的故里，一县的山光水色，早在我的许多短篇里描写过了；我自然并不觉得怎么，可是我的那位老友，饭后上了我们的那间松筠别墅的厅房，开窗南望，竟对了定山，对了江帆，对了融化在阳光里的远山簇簇，发了十五六分钟的呆。

从杭州到富阳，四十二公里，以旧制的驿里来计算，约一九内外；汽车走走，一个钟头就可以到，一顿饭倒费去了我们百余分钟，我向老友，黄子久看到了这一块中段，也已经够了吧？他说："也还够，也还不够。"我的意思，是好花看到半开时，预备劝他回杭州去了，但我们的那位年轻气锐的汽车夫，却屈着指头算给我们听说："此去再行百里，两点半可到桐庐，在桐庐玩一个钟头，三点半开车，直驶杭州，六点准可以到。"本来是同野鹤一样的我们，多看点山水，当然也不会得患食丧之病，汽车只教能行，自然是去的，去的，去去也有何妨。

一出富阳，向西偏南，六十里地的旱程中间，山色又不同了。峰岭并不成重，而包围在汽车四周的一带，却呈露着千层万层的波浪。小小的新登县，本名新城，烟户不满千家，城墙像是土堡，而县城外的小山，小山上的小塔，却来得特别的多，一条松溪，本来也是很小的，但在这小人国似的山川城廓之中流过，看起来倒觉得很大了。像这样的一个小县里，居然也出了许远，出了杜建徽，出了罗隐那么的大人物，可见得山水人物，是不能以比例来算的。文弱的浙西，出个把罗隐，倒也算不得什么，但那堂堂的两位武将，自唐历宋以至吴越，仅隔百年，居然出了这两位武将，可真有点儿厉害。

车过新登，沿鼍江的一段，风景又变了一变；因路线折向了南，钱塘江隔岸的青山，万笏朝天，渐渐露起头角来了。鼍江就是江上常有二气，因杜建徽、罗隐生而不见的传说的产地；隔岸的高山，就是孙伯符的祖墓所在，地属富阳、浦江交界处的天子岗头。

从此经岘口，过窄溪，沿桐溪大江，曲折回旋，凡二三十里，直到桐君山的脚下。三面是山，一面是水，风景的清幽，林木的茂盛，石岩的奇妙，自然要比仙霞关、山阳坑更增数倍；不过曲折不如，雄大稍逊，这一点或者不好向由公路到过安徽到过福建的人夸一句大口。

　　桐君山上的清景，我已于三四年前来过之后速写过一篇《钓台的春昼》，由爱山爱水的人看来，或者对此真山真水会百看也不至生厌恶之情，但由我这枝破笔写来，怕重写不上两句，就要使人讨厌了，因为我决没有这样的本领，这样的富于变化而生动的笔力。不过有一件事，却得声明，前次是月夜来看，这次是夕阳下来看的；我想风雨的中宵，或晴明的早午，来登此处，总也有一番异景，与前次这次我所看见的，完全不同。

　　桐君山下，桐溪与富春江合流之处，是渡头了。汽车渡江，更向西南直上，可以抄过富春山的背后，从西面而登钓台。我这次虽则不曾渡江，但在桐君山的殿阁的窗里，向西望去，只看见有一线的黄蛇，曲折缭绕在夕阳山翠之中；有了这条公路，钓台前面的那个泊船之处以及上山的道路，自然是可以不必修了，因为从富春山后面攀登上去，居高临下，远望望钓台，远望望钓台上下的山峡清溪，这飞鹰的下瞰，可以使严陵来得更加幽美，更加卓越。这一天晚上，六点多钟，车回到杭州的时候，我还在痴想，想几时去弄一笔整款来，把我的全家，我的破书和酒壶等都搬上这桐庐县的东西乡，或是桐君山，或是钓台山的附近去。

南游日记

十月二十二日，旧历九月十五日，星期一，阴晴，天似欲变。午后陪文伯游湖一转，且坚约于明晨侵早渡江，作天台雁荡之游。返家刚过五时，急为上海生生美术公司预定出版之月刊草一随笔，名《桐君山的再到》，成二千字；所记的当然是前天和文伯去富阳去桐庐一带所见和所感的种种。但文伯不喜将名氏见于经传，故不书其名，而只写作我的老友来杭，陪去桐庐。在桐君山上写的那一首歪诗亦不抄入，因语意平淡，无留存的价值。

晚上，向图书馆借得张联元觉庵所辑《天台山全志》一部，打算带去作导游之用。因张志成于康熙丁酉年，比明释传灯所编之《天台山方外志》，年代略后，或者山容水貌，与今日的天台更有几分近似处。

翻阅志书，至十时，就上床睡，因明天要起一个大早，渡江过西兴去坐车出发。

二十三日（九月十六），星期二，晴，有雾。六时起床，刚洗沐中，文伯之车，已来门外。急会萃行李，带烟酒各两大包，衣服鞋袜一箱，罐头食品，书籍纸笔，絮被草枕各一捆，都是霞的周到文章，于前夜为我们两人备好的。

登车驶至江边，七点的轮渡未开。行人满载了三、四船之外，还有兵士，亦载得两船，候轮船来拖渡过江，因想起汪水云诗："三日钱塘潮不至，千军万马渡江来！"的两句。原诗不知是否如此，但古来战略，似乎都系由隔岸驻重兵，涉江来袭取杭州的。三国孙吴，五代钱武肃王的军事策略，都是如此。伯颜灭南宋，师次皋亭，江的两岸亦驻重兵，故德祐宫中有"三日钱塘潮不至"之叹。若钱江大桥一筑成，各地公路一开通，战略当然是又要大变。

西兴上岸，太阳方照到人家的瓦上，计时当未过八点。在岸旁车站内，遍寻公路局借给我们用的车，终寻不着。不得已，只能打电话向公路局去催，连打两次，都说五百零九号的雪佛勒车，已于今晨六时过江来了。心里生了懊恼，觉得首途之日，第一着就不顺意，不知此后的台荡之游，结果究将如何。于是就只能上萧绍长途汽车站旁的酒店里去喝酒,以浇抑郁,以等车来。

九点左右,车终于来了,问何以迟至,答系汽车过渡不便之故,匆匆上车,向东南驶去,对柯岩、兰亭、快阁、龙山、禹陵、禹穴、东湖、六陵,以及吼山等越中名胜,都遥致了一个敬意,约于他日来重游。到绍兴约十点过,山阴道上的石栏,鉴湖的一曲,及府山上的空亭,只同梦里的昙花,向车窗显了一显面目。

离绍兴后,车路两旁的道路树颇整齐,秋柳萧条,摇曳着送车远去,倒很像是王实甫曲本里的妙句杂文。由江边至绍兴的曹娥江头,路向是偏南朝东的,在曹娥一折,沿江上去,车就向了正南。过蒿坝、三界,嵊浦等处,右手是不断的越中诸山(嵊山画图山等),左手是清绝的曹娥江水,风景明朗,人家也多富庶。真是江南的大佳丽地。十二点过剡溪,遥望着嵊县东门外的嵊山溪亭,下去吃了一次午餐就走。

车入新昌界后,沿东港走了一段,至拔茅班竹而渐入高地,回旋曲折,到大桥头,岭才绕完。问之建筑工人,这叫什么岭,工头说是卫士(或围寺)岭,不知是哪两字,他日一翻《新昌县志》,当能查出。在这卫士岭上,已能够远远望见天姥山峰天台山脉了,过关岭,在天台山中穿岭绕过,始入天台界。文伯姓王,我姓郁,初入天台山境,只见清溪回绕,与世隔绝,自然也生了些邪念,但身入山中,前从远处看见的山峰反而不见了,所以就唱出了两句山歌:"山到天台难识面,我非刘阮也牵情。"知昨天在湖上,文伯曾向霞作过谐谑说:

"明儿我们俩要扮作刘晨阮肇,合唱一出上天台了,你怕也不怕。"

午后四时,渡清溪,望赤城山,至天台县城东北之国清寺宿。寺为隋时智者禅师所手创,因禅师不及见寺成,只留一隐语说:"寺若成,国即清",故名。规模宏大,僧众繁多,且设有佛学研究所一处,每日讲经做功课不辍,真不愧是一座天台正宗发源地的大丛林。来陪我们吃夜饭的法师华清,亦道貌秀异,有点像画里的东坡。

这一晚,只看了些寺里的建筑,和伽蓝殿外的一株隋梅,及丰干桥溪上的半溪明月,八点多钟,就上床睡了。

二十四日(九月十七),星期三,晴爽。晨七时上轿,去方广寺看"石梁飞瀑"。

初出寺门，向东向北，沿山溪渡岭过去，朝日方照在谷这一面的山头。溪水冲击声不断，想系石梁小弱弟日夜啼号处。两岸山色也苍翠如七八月时，间有红叶，只染成了一二分而已。溪尽山亦一转，又上一条小岭。小岭尽，前面又是高山，山上有路亭在脊背，仰望似在天上；一条越岭的石级路，笔直笔直的穿在这路亭下高山的当中，问之轿夫，说这是金地岭，是去华顶寺、方广寺必经之路；不得已只好下轿来攀援着走上岭去。幸而今晨出发的时候，和尚送给了两枝万年藤杖摆在轿子里，到了金地岭的半当中，才觉得这藤杖真有意想不到之效力了。

　　到了金地岭头，上面却是一大平阪。人家点点，村落田畴，都分布得非常匀称。田稻方熟，金黄尚未割起。回头一望来处，千丈的谷底，有溪流，有远树；远有国清寺门前的那枝高塔——传说是隋时的塔——也看得清清楚楚。再向西远望，是天台县城西北的乡间，始丰溪与清溪灌流的地域，亦就是我们昨天汽车所经过的地方了。岭上的路，成了三枝，一枝是我们的来路，一枝向东偏南，望佛陇下太平乡的台底是高明寺（立在岭上寺看得很明白），一枝朝北，再对高山峻岭走去，经寒风阙、陈田洋等处，可到龙王堂，是东去华顶寺，西北至方广万年寺的大道。

　　金地岭头，树丛里有一个真觉寺，寺门外立有元和四年的唐碑一块，寺内大殿里保存着一座智者大师真身的骨塔，相传大师于隋开皇十七年圆寂于新昌大佛寺后，他的徒众搬遗蜕来葬于此地的；传说中的定光禅师在梦中向智者大师招手之处，亦即在这岭头的一大岩石上，现称作"招手岩"者是。

　　在金地岭头西北的一大村落，俗称"塔头村"，因为真觉寺的俗名是塔头寺，所谓"塔头"者，系指智者大师的骨塔而言；乡人无智，谓国清寺前之塔，系一夜中由仙人移来，塔身已安置好了，只少一塔头，仙人移塔头到此，金鸡唱了，天已将亮，不得已就只能弃塔头于此地；现在上国清寺前那枝塔中去向天一望，顶上果有一个圆洞，看得出天光，像是无顶的样子；而金地岭，俗名也叫作"金鸡岭"；不过乡人思虑未周，对于塔头东面的那条银地岭，却无法编入到他们的神话里头去。

　　我们到了塔头村，看到了这高山上的大平原，以及东西南三面的平谷与远景，已经有点恋恋不忍舍去了；及到了更上一层的俗称"水磨坑"、"落水坑"上的高原地，更不觉绝叫了起来。山上复有山，上一层是一番新景象，一个和平的大村落，有流水，有人家，有稻田与菜圃；小孩们在看割稻，黄白犬在对我们投疑视的眼光，桃花源上更有桃源，行行渐上，迭上三四条岭，仍不觉得是在山巅，这一点我觉得是天台山中最奇特的地方。将来若要辟天台为避暑区域，则地点在水磨坑、落水坑（陈田洋、寒风阙的外台）一带随处都是很适宜的。

自金地岭北去，十五里到龙王堂，又十五里到方广寺。寺处万山之中，上岭下岭，不知要经过几条高低的峻路，才到得了。这地的发现者，是晋昙犹尊者，后传有五百应真居此，宋建中靖国元年（一一〇一年）始建寺，复毁于火，绍熙四年（一一九三年）重建。其后兴灭的历史，却不可考了。一谷之中，依山的倾斜位置，造了上方广、中方广、下方广的三个寺。中方广在石梁瀑布之旁，即旧昙花亭址。

这深谷里的石梁瀑布的方向，大约是朝西南的，因过龙王堂后，天下了微雨，我们没有带指南针，所以方向辨不清楚。一道金溪，一道不知名的溪，自北自东的直流下来；到了上方广寺前，中方广寺侧的大磐石上，两溪会合，汇成了一条纵横有数十丈宽广的大河；河向西南流，冲上了一块天然直立在那里有点像闸门似的大石。不知经过了几千万年，这一块大石壁的闸门，终被下流之水，冲成了一个弓形的大窟窿。这石窟窿有四五丈宽，丈把来高，水经此孔，一沿石直捣下去，就成了一条数十丈高的飞瀑；这就是方广寺的瀑布与石梁的简单的说明。

上方广寺，在瀑布之上；中方广寺，在瀑布与石梁之旁，登中方广寺的昙花亭，可以俯视石梁，俯视石梁下的数十丈的飞瀑；下方广寺，在瀑布下的溪流的南面，从中方广寺渡石梁，经下方广寺走下去里把来路，立在瀑布下流的溪旁，向上一看，果然是名不虚传的一个奇景，一幅有声有色的小李将军的浓绿山水画。第一，脚下就是一条清溪；溪上半里路远的地方悬着那一条看上去似乎有万把丈高的飞瀑；离瀑布五六尺高的空中，忽有一条很厚实很伟大的天然石梁，架在水上，两头是连接在石岩之上的；这瀑布与石梁的上面，远远还看得见几条溪流，一簇远山，与半角的天光；在瀑布石梁及溪流的两旁，尽是些青青的竹，红绿的树，以及黄的墙头。可惜在飞瀑上树林里撑出在那里的一只中方广寺昙花亭的飞角，还欠玲珑还欠缥缈一点；若再把这亭的挑角造一造过，另外加上一些合这景致的朱黄涂漆，那这一幅画，真可以说是天下无双了。

我们在中方广寺吃了午饭后，还绕了八九里路的道去看了叫作"铜壶滴漏"的一个围抱在大石圈中状似大瓮的瀑布；顺路下去，又看了水珠帘，龙游枧。从铜壶滴漏起，本可以一直向西向南，上万年寺，上桃源洞去的；但一则因天已垂垂欲暮了，二则我们的预算在天台所费的三日工夫，恐怕不够去桃源学刘阮的登仙，所以毅然决然，把万年寺、桃源洞等舍去，从一小道，涉溪攀岭，直上了天台山的最高峰，向华顶寺去借了一夜宿。

二十五日（九月十八），星期四，晴和。昨夜在寒风与雾雨里，从后山爬上了华顶。华顶寺虽说是在晋天福元年僧德韶所建，但智者禅师亦尝宴坐于此，故离寺三里路高的极顶那座拜经台，仍系智者大师的故迹。据说，天晴的时候，在拜经台上，东看得见海，西南看得见福建界的高山，西北看得见杭州与大盆山脉；总之此地是天台山的极顶，是"醉李白"所说的高四万八千丈的最高峰；在此地看日出，和在泰山的观日峰，劳山的劳顶，黄山的最高处看日出一样，是天下的奇观。我们人虽则小，心倒也很雄大，在前一晚就和寺僧们说："明天天倘使晴，请于三点钟来叫醒我们，好去拜经台看一看日出。"

到了午前的三点，寺里的一位小工人，果然来敲房门了。躺在厚棉被里尚觉得冷彻骨髓的这一个时候，真有点怕走出床来；但已有成约在先，自然也不好后悔，所以只能硬着头皮，打着寒噤从煤油灯影里，爬起了身。洗了手面，喝了一斤热酒，更饱吃了一碗面，身上还是不热。问那位小工人，日出果然是看得见的么？他也依违两可，说："现在还有点雾，若雾收得起，太阳自然是看得见的。"说着也早把华顶禅寺的灯笼点上了，我们没法，就只好懒懒地跟他走出门去。一阵阵的冷风，一块块浓雾，尽从黑暗里扑上我们的身来；灯笼上映出了一个雾圈，道旁的树影，黑黝黝地呈着些奇形怪状，像是地狱里的恶鬼，忽而一阵大风，将云层雾障吹开一线，下弦的残月，就在树梢上露出半张脸来，我们的周围也就灰白白地亮一亮。一霎时雾又来了，月亮又不见了，很厚很厚像有实体似的黑暗粘雾之中，又只听见了我们三人的脚步声和手杖着地的声音；寒冷、岑寂、恐怖，奇异的空气，紧紧包围在我们的四周，弄得我们说话都有点儿怕说。路的两旁满长着些矮矮的娑罗树，比人略高一点，寒风过处，树枝树叶尽在息列索落的作怪响；自华顶寺到拜经台的三里路，真走出了我们的冷汗，因为热汗是出不出的，一阵风来穿过胴体，衣服身体，都像是不存在的样子。

到拜经台的厚石墙下，打开了茅篷的门，我们只在蜡烛光和煤油灯光的底下坐着发抖，等太阳的出来。很消沉很幽静的做早功课的钟声梵唱声停后，天也有点灰白色的发亮了，雾障仍是不开，物体仍旧辨认不大清楚，而看看怀中的表看，时候早已在六点之后；两人商量了一下，对那小工人又盘问了一回，知道今天的看日出，事归失败，只能自认晦气，立起身来就走。但拜经台后的一座降魔塔，拜经台前的两块"台山第一峰"与"智者大师拜经处"的石碑，以及前后左右的许多像城堡似的茅篷，和太白读书堂，墨池，龟池等，倒也看的，不过总抵不了这一个早起与这一番冒险的劳苦。

重回到寺里，吃了一次早餐，上轿下山，就又经过了数不清的一条条峻岭。过龙王堂，仍走原路向塔头寺去的中间，太阳开朗了起来，因而前面谷里的远景也显得特别的清丽，早晨所受的一肚皮委曲，也自然而然的淡薄了下去。至塔头寺南边下山，轿子到高明寺的时候，连明华朗润的山谷景色都不想再看了，因为自华顶下来，我们已经走尽了四十多里山路，大家的肚里都感着饿了，江山的秀色，究竟是不可以餐的。

高明寺亦系智者大师十二刹之一，唐天祐年间始建寺，传说大师的发见此地，因他在佛陇讲《净名经》，忽风吹经去，坠落此处，大师就觉此处是一绝好的寺基；其后寺或称"净名"，堂称翻经者，原因在此，而现名高明寺者，因寺依高明山之故，或者高明山的得名，正为了此寺，也说不定。

寺里的宝物，有一件智者禅师的袈裟和一口铜钵。但都是伪造的东西了；只有几叶《贝叶经》和《陀罗尼经》四卷倒是真的，我们不过不知道这两种经是哪一朝的遗物而已。

在高明寺东北六七里地远的地方，有一处名胜，叫"螺溪钓艇"，是几块奇岩大石和溪水高山混合起来的景致，系天台八景之一；本来到了高明，这景是必须去看的，但我们因为早晨起来得太早；一顿饱饭吃后，疲倦又和阳光在一起，在催逼我们早些重回国清寺去休息，所以也就割弃了这幽深的"螺溪钓艇"，赶了回来。所谓天台八景者，是元曹文晦的创作，其他的七景是：赤城栖霞（赤城山），双涧回澜（国清寺前），华顶归云（华顶寺），断桥积雪（在"铜壶滴漏"近旁），琼台夜月（洞柏宫西北），桃源春晓（桃源岭下），寒岩夕照（天台县西，去大西乡平镇二十里）。还有前面曾经说起过的那位编《天台山方外志》的高僧传灯，也是高明寺里的和尚，倒不可不特别提起一声，因为寺后的一座无尽灯大师塔院和寺里的一处楞严坛，都是传灯的遗迹。

二十六日（九月十九），星期五，晴暖。游天台刚两日，已颇有饱满之感；今日打算去自辟天地，照了志书地图，前去搜索桐柏宫附近的胜景。不坐轿，不用人做引导，上午八点，自国清寺门前，七如来塔并立处坐汽车到何方店。一路上看赤城山，颜色浓紫，轮廓不再像城，因日光在东，我们在阴面看去，所以与午后看时，又觉两样。

自何方店向北偏东经何方村而入山，要过好几次溪。面前的一排山嶂，山中间的一条瀑布，是我们的目的地。山是桐柏岭，西接琼台与司马悔山；瀑布是"桐柏瀑"，瀑身之广，在天台山各瀑布当中，应称为王，"石梁瀑"远不及它的大。可惜显露得很，数十里外在官道上，行人就能望见瀑身，因此却少有人注意。从前在瀑布附近，有瀑布寺，有福兴观，现在都只剩了故址。《灵异考》载有"华亭王某，于三月三日江行，忽见舟中两道士招之，食以粟；旋命黄衣送上岸，乃在天台瀑布寺前，已九月九日矣"。足见从前的人，对此瀑布的幻想，亦同在桃源岭下差仿不多。

由何方店起，行十里，就到桐柏岭脚的瀑布旁边，再上山五里，由桐柏岭头落北向西就是桐柏宫了。这一条桐柏岭，远看并不高，走起来可真有点费力。但一上岭头，两目总得疑神疑鬼的骇异起来；因为桐柏宫附近的桐柏乡，纵横将十里，尽是平畴，也有农村田稻溪流桥梁树林等的点缀，西北偏东的三面，依旧有高低的山峰围住；在喘着气爬上桐柏岭来的时候，谁想得到在这么高的山上，还有这一大平原的田园世界呢？又有谁想得到在这高原村落之上，更有比此更高的山峰围绕在那里的呢？

桐柏宫是一道观，西南静躺在桐柏乡正中的田野里。据说，这道观的由来，系因唐司马子微承祯隐居于此，故建（唐景云二年）。宋大中祥符元年，改桐柏崇道观，当时因宋帝酷信道教，所以在志书上的桐柏崇道观的记载，实在辉煌得了不得；明初毁于火，现在的道观，却是清雍正十三年奉敕所建，当时大约也规模宏大，有绝大之石礤石基等存在，雕刻精绝。现在可真坍败不堪，只有一块御碑尚巍然屹立在殿前败屋中。还有菜地里的一块宋乾道二年四月"尚书省牒白云昌寿观文书"碑，字迹也还看得清。道院西边，有清圣祠，供伯夷叔齐石像二座，系宋黄道士由京师辇至者，像尚完整，而司马子微之塑像，已经不在了。两庑有台郡名贤配享牌位，壁上游人题咏很多，这道观西面的一隅，却清幽得很。

我们在桐柏宫吃过中饭，就走上西面三里多地的山头，去看"琼台双阙"。路过五百大神祠，庙小得很，而乡下人都说是很有灵验的庙。

　　琼台的风景，实在是奇不过。一条半里路宽的万丈深坑曲折环绕，有五六里路至十里内外的长。两岸尽是峭壁，壁上杂生花草矮树，一个一个的小孔很多，因而壁的形状愈觉得奇古。立在岩头，向对面一望，像一幅米襄阳黄庭坚的大草书屏，向脚下一转眼，可了不得了，直削下去的黑黝黝的石壁，那里何止万丈，就说它千万丈万万丈，也不足以形容立在岩上者的战栗的心境。而这深坑底下，又是什么呢？是一条绿得来成蓝色的水，有两个潭，据说是无底的；还有所谓双阙的两枝石山呢，是从谷底拔地而起，像扬子江中的焦山似的挺立在潭之上；坑的中间，两阙相连，中间低落像马鞍。石山上也有草花松树及几枝红叶的柏树枫树，颜色配合的佳妙及峻险的样子，若在画上看见，保管你不能够相信。古来说双阙者，聚讼纷纭，有的说有仙人座的地方，两峰对峙，就是双阙；有的说，这深坑的外口，从谷底上望，两峰壁立，就是双阙。但这些无聊的名义，去管它作什么。我们在仙人座这面的岩头坐坐，更上一处像半岛似的向西突出在谷里的平面岩峰上爬爬，又惊异，又快活，又觉得舍不得走开，竟消磨了一个下午。循原路回到何方店，上车返国清寺的时候，赤城山上的日光，只剩得塔头的一点了。

　　预备在天台过的三天日期已完。但更幽更远的西乡明岩、寒岩，以及近在目前的赤城山，都还没有去过。晚上躺在床上，翻阅着徐霞客的游记及《天台山全志》里的王思任（季重）、王士性（恒叔）、潘耒（稼堂）等的《游天台山记》，与天台忍辱居士齐巨山周华的《台岳天台山游记》等，我与文伯在讨论商量，明天究竟还是坐车到雁荡去呢，还是再留一二日去游明岩、寒岩？雁荡也只打算住它三日，若在此地多留一日，则雁荡就须割去一日；徐霞客岂不是也有两度上天台两度游雁荡的记事的么？我们何不也学学他，留一个再来的后约呢！这是文伯的意见。他住在北平，来一趟颇不容易，我住在浙江，要来马上可以再来，既然他在那么的说，我自然是乐于赞同的了。于是就收拾行李等件，草草入睡，预备明天早晨再起一个大早，驱车上雁荡去。

雁荡山的秋月

　　古人并称上天台、雁荡；而宋范成大序《桂海岩洞志》，亦以为天下同称的奇秀山峰，莫如池之九华，歙之黄山，括之仙都，温之雁荡，夔之巫峡。大约范成大，没有到过关中，故终南华山，不曾提及。我们南游三日，将天台东北部的高山飞瀑（西部寒岸、明岩未去），略一飞游——并非坐了飞机去游，是开特快车游山之意——之后，急欲去雁荡，一赏鬼工镂雕的怪石奇岩，与夫龙湫大瀑，十月二十七日在天台国清寺门前上车，早晨还只有七点。

　　自天台去雁荡山所在的乐清县北，要经过临海、黄岩、温岭等县。到临海（旧章安城）的东南角巾山山下，还要渡过灵江，汽车方能南驶，现在公路局筑桥未竣，过渡要候午潮；所以我们到了临海之后，倒得了两三个钟头的空，去东湖拜了忠逸樵夫之祠，上巾山的双塔下，看了华胥洞，黄华丹井——巾山之得名，盖因黄华升仙，落帻于此——等古迹，到十二点钟左右，才乘潮渡过江去。临海的山容水貌，也很秀丽，不过还不及富春江的高山大水，可以令人悠然忘去了人世。自临海到黄岩，要经过括苍山脉东头的一条大岭，岭头有一个仙人桥站；自后徐经仙人桥至大道地的三站中间，汽车尽在山上曲折旋绕，路线有点像昱岭关外与仙霞岭南的样子；据开车的司机说这一条岭共有八十四弯，形势的险峻，也可想而知。

　　黄岩县城北，也有一条永江要渡，桥也尚未筑成；不过此处水深，不必候潮，所以车子一到，就渡了过去。县城的东北，江水的那边，三江口上，更有一枝亭山在俯瞰县城；半山中有一簇树，一个白墙头的庙，在阳光里吐气，想来总又是黄岩县的名胜了，遥望而过。黄岩一县内，多桔子树园；树并不高，而金黄的桔实，都结得累累欲坠，在返射斜阳；车驰过处，风味倒也异样，很像我年青的时候，在日本纪州各处旅行时的光景。

　　自黄岩经温岭到乐清县的离大荆城南五里路的地方，村名叫作水积（或名积水，不知是哪二个字？），前临大海，海中有岛，后峙双旗冈峰，峰中也有叠嶂一排，在暗示着雁荡的奇峰怪石，游人到此，已经有点心痒难熬的样子了,因为隔一条溪,隔一重山,在夕阳下,早就看得出谢公岭外老僧送客之类的奇形怪状的石岩阴影;北来自大溪镇到此,约有三十余里的行程。

在雁荡第一重口外,再渡过那条自石门潭流下来的清溪,西驰七八里,过白溪,到响岭头,就是雁荡东外谷的口子,汽车路筑到此地为止,雁荡到了。

在口外下车,远望进去,只看见了几个巉屼的石峰尖。太阳已经快下山了,我们是由东向西而入谷的,所以初走进去的时候,一眼并不看见什么。但走了半里多上灵岩寺去的石砌路后,渡过石桥,忽而一变,千千万万的奇异石壁,都同天上刚掉下去似的,直立在我们的四周;一条很大很大的溪水,穿在这些绝壁的中间,在向东缓流出来。壁来得太高太陡,天只剩下了狭狭的一条缝,日已下山,光线不似日间的充足。石壁的颜色,又都灰黑,壁缝里的树木,也生得屈曲有一种怪相;我们从东外谷走入内谷的七八里地路上,举头向前后左右望望,几乎被胁得连口都不敢开了。山谷的奇突,大与寻常习见的样子不同,叫人不得不想起诗圣但丁的《神曲》,疑心我们已经跟了那位罗马诗人,入了别一个境界。

在龙王庙前折向了北去,头脑里对于一路上所见的峰嶂的名目,如猴披衣、蓼花嶂、响嵩门、霞嶂洞、听诗叟、双鲤峰之类,还没有整理得清楚,景色一变,眼前又呈出了一幅更清幽、更奇怪、更伟大的画本。原来这东内谷里的向北去灵岩寺谷里的一区,是雁荡的中心,也是雁荡山杰作里的顶点。初入是一条清溪,许多树木与竹林。再进,劈面就是一排很高很长,像罗马古迹似的展旗嶂,崛起在天边,直挂向地下,后方再高处又是一排屏霞嶂,这屏霞嶂前,左右环抱,尽是一枝一枝的千万丈高的大石柱,高可以不必说,面积之大周围也不知有多少里;而最奇的,是这些大柱的头和脚,大小是一样的,所以都是绝壁,都是圆柱。小龙湫瀑布,也就在灵岩寺西北的一大石峰上,从顶点直泻下来的奇景。灵岩寺,看过着很小很小,隐藏在这屏霞嶂脚,顶珠峰、展旗峰、石屏风(全在寺东)与天柱峰、双鸾峰、卷图峰、独秀峰、卓笔峰(全在寺西)等的中间;地位的好,峰岩的多而且奇,只有永康方岩的五峰书院,可以与它比比;但方岩只是伟大了一点,紧凑却还不及这里。

灵岩寺的开辟,在宋太平兴国四年,僧行亮神昭为其始祖,后屡废屡兴;现在的寺,却是数年前,由护法者蒋叔南、潘耀庭诸君所募建。蒋君今年夏季去世,潘君现任雁荡山风景区整理委员,住在寺中;当家僧名成圆,亦由蒋潘诸君自宁波去迎来者,人很能干,具有实际办事的手腕。

在灵岩寺的西楼住下之后,天已经黑了。先去请教也住在寺中、率领黄岩中学学生来雁荡旅行的两位先生,问我们在雁荡,将如何的游法?因为他们已经在灵岩寺住了三日,打算于明晨出发回黄岩去了。饭后又去请了潘委员来,打听了一番雁荡山大概的情形。

雁荡山的总括,可以约略的先在此地说一说:第一,山在乐清县东北九十里,系亘立东西的一排连山,东起石门潭,西迄白岩六十里;北自甸岭,南至斤竹涧口四十里;自东向西,历来分成东外谷、东内谷、西内谷、西外谷的四部,以马鞍岭为界而分东西。全山周围,合外境有四百二十里。雁山北部,更有南阁谷、北阁谷二区,以溪分界;南阁南至石柱北至北屏山二里,东至马屿,西至会仙峰十六里;北阁村南北二里,东西五里,西北极甸岭山,为雁荡北址。

雁山开山者相传为晋诺讵那尊者,凡百有二峰,六十一岩,四十六洞,十八刹,十六亭,十七潭,十三瀑。入游之路线,有四条。(一)东路从白溪经响岭头自东南入谷,就是我们所经之路线。(二)北路由大荆越谢公岭自东北入谷至岭峰。(三)南路由小芙蓉经四十九盘岭自南入谷至能仁寺,从乐清来者率由此。(四)西路从大芙蓉自西南经本觉寺至梅雨潭。

峰之最高者为百冈尖,高一万一千五百公尺,雁湖在西外谷连霄岭上,高九千公尺。

这雁荡山的梗概,是根据潘委员的口述,和《广雁荡山志》及《雁山全图》而摘录下来的;我们因为走马游山,前后只有三日工夫好费,还要包括出发和到着的日期在内,所以许多风景,都只能割爱;晚上就和潘委员在灯下拟定明日只看西石梁的大瀑布,大龙湫瀑,梅雨潭,回至能仁寺午餐。略游斤竹涧就回灵岩寺宿;出发之日(即第三日),午前一游净名寺,至灵峰略看看观音洞北斗洞等,就出向头岭由原路出发回去。北部的绝景,中央的百冈尖当然是不能够去,就如显胜门、龙溜等处,一则因无时间,二则因无大路无宿处,也只能等下次再来了。这样拟定了游程之后,预期着明天的一天劳顿,我们就老早的爬上了床去。

约莫是午前的三四点钟,正梦见了许多岩壁,在四面移走拢来,几乎要把我的渺渺五尺之躯，压成粉碎的时候，忽而耳边一阵喇叭声，一阵嘈杂声起来了。先以为是山寺里起了火，急起披衣，踏上了西楼后面的露台去一看：既不见火，又不见人，周围上下，只是同海水似的月光，月光下又只是同神话中的巨人似的石壁，天色苍苍，只余一线，四围岑寂，远远地也听得见些断续的人声。奇异，神秘，幽寂，诡怪，当时的那一种感觉，我真不知道要用些什么字来才形容得出！起初我以为还在连续着做梦，这些月光，这些山影，仍旧是梦里的畸形；但摸摸石栏，看看那枝谁也要被它威胁压倒的天柱石峰与峰头的一片残月，觉得又太明晰，太正确，绝不像似梦里的神情。呆立了一会，对这雁荡山中的秋月顶礼了十来分钟，又是一阵喇叭声，一阵整队出发报名数的号令声传过来了，到此我才明白，原来我并不是在做梦，是那一批黄岩中学的学生要出发赶上大溪去坐轮船去了！这一批学生的叫唤，这一批青年的大胆行为，既救了我梦里的危急，又指示给我了这一幅清极奇极的雁山夜月的好画图，我的心里，竟莫名其妙的感激起来了，跑下楼去，就对他们的两位临走的教师热烈地热烈地握了一回手；送他们出了寺门以后，我并且还在月光下立着，目送他们一个个小影子渐渐地被月光岩壁吞没了下去。

雁荡山中的秋月！天柱峰头的月亮！我想就是今天明天，一处也不游，便尔回去，也尽可以交代得过去，说一声"不虚此行"了，另外还更希望什么呢？所以等那些学生们走后，我竟像疯子一样一个人在后面楼外的露台上呆对着月光峰影，坐到了天明，坐到了日出，这一天正是旧历九月二十的晚上廿一的清晨。

等同去的文伯，及偶然在路上遇着成一伙的奥伦斯登、科伯尔厂经理毕士敦 Mr. H. H. Bernstein 与戴君起来，一齐上轿，到大龙湫的时候，太阳已经升得很高，似在巳午之间了。一路上经下灵岩村、三官殿、上灵岩村，过马鞍岭。在左右手看了些五指峰、纱帽峰、老鼠峰、猫峰、观音峰、莲台嶂、祥云峰、小剪刀峰之类，形状都很像，峰头都很奇；但因为太多了，到后来几乎想向在说明的轿夫讨饶，请他不要再说，怕看得太多，眼睛里脑里要起消化不良之症。

大龙湫的瀑布，在江南瀑布当中真可以称霸，因为石壁的高，瀑身的大，潭影的清而且深，实在是江浙皖几省的瀑布中所少有的。我们到雁荡之先，已经是旱得很久了。故而一条瀑布，直喷下来，在上面就成了点点的珠玉。一幅真珠帘，自上至地，有三四千丈高，百余尺阔；岩头系突出的，帘后可以通人，立在与日光斜射之处，无论何时，都看得出一条虹影。凉风的飒爽，潭水的清澄，和四围山岭的重叠，是当然的事情了，在大龙湫瀑布近旁，这些点景的余文，都似乎丧失了它们的价值，瀑布近旁的摩崖石刻，很多很多，然而无一语，能写得出这大龙湫的真景。《广雁荡山志》上，虽则也载了不少的诗词歌赋，来咏叹此景，但是身到了此间，哪里还看得起这些秀才的文章呢？至于画画，我想也一定不能把它的全神传写出来的，因为画纸决没有这么长，而溅珠也决没有这样的匀而且细。

出大龙湫，经瑞鹿峰、剪刀峰（侧看是一帆峰）下，沿大锦溪过华严岭罗汉寺前，能在石壁的半空中看得出一座石刻的罗汉像。斧凿的工巧有艺术味，就是由我这不懂雕刻的野人看来，也觉得佩服之至。从此经竹林，过一条很高很长的东岭，遥望着芙蓉峰、观音岩等（雁湖的一峰是在东岭岭上可以看见的）。绕骆驼洞下面至西石梁的大瀑布。

西石梁是一块因风化而中空下坠的大石梁，下有一个老尼在住的庵，西面就是大瀑布。这瀑布的高大，与大龙湫瀑布等，但不同之处，是在它的自成一景，在石壁中流。一块数千丈的石壁，经过了几千万年的冲击，中间成了一个圆形大柱式的空洞，两面围抱突出，中间是一数丈宽数千丈高的圆洞，瀑布就从上面沿壁在这空圆洞里直泻下来。下面的潭，四壁的石，和草树清溪，都同大龙湫差仿不多。但西面连山，雁荡山的西尽头，差不多就快到了，而这瀑布之上，山顶平处，却又是一大村落；山上复有山，世外是桃源的情景，正和天台山的桐柏乡，曲异而工同。

从西石梁瀑布顺原路回来，路上又去看了梅雨潭及潭前的一座含珠峰，仍过东岭，到了自芙蓉南来经四十九盘岭可到的能仁寺里。

这能仁寺在西内谷丹芳岭下，系宋咸平二年僧全了所建。本来是雁荡山中的最大的丛林，有一宋时的大铁锅在可以作证，现在却萧条之至，大殿禅房，还都在准备建筑中。寺前有燕尾瀑，顺溪南流，成斤竹涧，绕四十九盘岭，可至小芙蓉；这一路路上风景的清幽绝俗，当为雁山全景之冠，可惜我们没有时间，只领略了一个大概，就赶回了灵岩寺来宿。

这一天的傍晚，本拟上寺右的天窗洞，寺左的龙鼻水去拜观灵岩寺的二奇的，但因白天跑了一天，太辛苦了，大家不想再动。我并且还忘不了今晨似的山中的残月，提议明朝也于三时起床，踏月东下，先去看了灵峰近旁的洞石，然后去响岭头就行出发，所以老早就吃了夜饭，老早就上了床。

然而胜地不常，盛筵难再，第二日早晨，虽则大家也忍着寒，抛着睡，于午前三点起了身，可是淡云蔽月，光线不明；我们真如在梦里似的走了七八里路，月亮才兹露面。而玩月光玩得不久，走到灵峰谷外朝阳洞下的时候，太阳却早已出了海，将月光的世界散文化了。

不过在残月下，晨曦里的灵峰山景，也着实可观，着实不错；比起灵岩的紧凑来，只稍稍觉得疏散一点而已。

灵峰寺是在东谷口内向北两三里地的地方，东越谢公岭可达大荆。近旁有五老峰、斗鸡峰、幞头峰、灵芝峰、犀角峰、果盒岩、船岩、观音洞、北斗洞、苦竹洞、将军洞、长春洞、响板洞诸名胜，顺鸣玉溪北上，三里可达真际寺。寺为宋天圣元年僧文吉所建，本在灵峰峰下，不知几百年前，这峰因风化倒了，寺屋尽毁。现在在这到灵峰下的一块隙地上，方在构木新筑灵峰寺。我们先在果盒岩的溪亭上坐了一会，就攀援上去，到观音洞去吃早餐。

两岩侧向，中成一洞，洞高二三百丈；最上一层，人迹所不能到，但洞中生有大树一株，系数百年物，枝叶茂盛，从远处望来，了了可见。下一层是观音洞的选物场，洞中宽广，建有大殿，并五百应真的石刻。东面一水下滴成池，叫作洗心泉，旁有明刻宋刻的题名记事碑无数。自此处一层一层的下去，有四五层楼三四百石级的高度；洞的高广，在雁荡山当中，以此为最。最奇怪的，是在第三层右手壁上的一个石佛，人立右手洞底，向东南洞口远望出去，俨然是一座地藏菩萨的侧面形，但跑近前去一看，则什么也没有了，只一块突出的方石。上一层的右手壁上还有一个一指物，形状也极像，不过小得很。

看了灵岩灵峰近边的峰势，看了观音洞（亦名合掌洞）里的建筑及大龙湫等，我们以为雁荡的山峰岩洞溪瀑等，也已经大略可以想象得出了，所以旁的地方，也不想再去走，只到北斗洞去打了一个电话，叫汽车的司机早点预备，等我们一出谷口，就好出发。

总之，雁荡本是海底的奇岩，出海年月，比黄山要新，所以峰岩峻削，还有一点锐气，如山东劳山的诸峰。今年春间，欲去黄山而未果，但看到了黄山前卫的齐云、白岳，觉得神气也有点和灵峰一带的山岩相像。在迎着太阳走出谷来，上汽车去的路上，我和文伯，更在坚订后约，打算于明年以两个月的工夫，去歙县游遍黄山，北下太平，上青阳南面的九华。然后出长江，息匡庐，溯江而上，经巫峡，下峨嵋，再东下沿汉水而西入关中，登太华以笑韩愈，入终南而学长生，此行若果，那么我们的志愿也毕，可以永永老死在蓬窗陋巷之中了。

青岛、济南、北平、北戴河的巡游

　　带青带绿的颜色，对于视觉，大约是特别的健全；尤其是深蓝，海天的深蓝，看了使人会莫名其妙的感到一种愉快。可是单调的色彩，只是一色的色彩，广大无边地包在你的左右四周，若一点儿变化也没有，成日成夜地与你相对，日久了当然是也要生厌的；青岛的好处就在这里，第一，就在她的可以使你换一换口味，第二，到了她的怀里，去摸索起来，却也并不单调，所以在暑热的时候，去住一两个月，恰正合适。

　　无论你南边从上海去，或北边从天津去，若由海道而去青岛，总不过二三十个钟头，可以到了。你在船舱里，只和海和天相对，先当然是觉得愉快，觉得伟大，觉得是飘飘然遗世而独立，羽化而登仙的样子；但一昼夜过后，未免要感到落寞，感到厌倦；正当你内心在感到这些，而嘴里还没有叫出来的时候，而白的灯台，红的屋瓦，弯曲的海岸，点点的近岛遥山，就净现上你的视界里来了，这就是青岛。所以从海道去青岛的人对她所得的最初印象，比无论哪一个港市，都要清新些，美丽些。香港没有她的复杂，广州不及她的洁净，上海比她欠清静，烟台比她更渺小，刘公岛我虽则还没有到过，但推想起来，总也不能够和青岛的整齐华美相比并的，以女人来比青岛，她像是一个大家的闺秀；以人种来说青岛，她像是一个在情热之中隐藏着身分的南欧美妇人。

　　青岛的特色之一，是在她的市区的高低不平，与夫树木的青葱。都市的美观，若一味平直，只以颜色与摩天的高阁来调和，是不能够引人入胜的；而青岛的地面，却尽是一枝枝的小山，到处可以看得见海，到处都是很适宜的住宅区。就是那一条从前叫弗利特利希大街，现在叫中山路的商业通衢，两端走走，也不过两三里路，就到海边了；街的两面，一走上去，就是小山，就是眺望很好的高地。

　　从前路过青岛，只在船楼上看看她的绿树与红楼，虽觉她很美，但还没有和她亲过吻，抱过腰；今年带了儿女，去住了一个夏天，方才觉"东方第一良港"、"东方第一避暑区"的封号，果然不是徒有其表的虚称。

海水浴场的设备如何，暂且不去管它，第一是四周的那么些个浅滩，恐怕是在东亚，没有一处避暑区赶得上青岛的。日本的海岸，当然也有好的，像明石须磨的一带，都是风光明媚的地方，可是小湾没有青岛的多，而岸线又不及青岛的曲，至于日本的北面临日本海的海岸呢，气候虽则凉冷，但风浪太大，避暑洗海水澡总有点不大适宜。

　　青岛，缺点当然也是有的；第一，夏天的空气太潮湿，雾露太多，就有点儿使人不舒服。其次则外国的东方舰队，来青岛避暑停泊的数目实在多不过，因而白俄的娼妇，中国盐水妹的来赶夏场买卖的，也混杂热闹到了使人分不出谁是良家的女子。喜欢异国颓废的情调的人，或者反而对此会感兴趣，但想去看一点书，做一点事情的人，被这些酒肉气醉人的淫暖之风一吹，总不免要感到头昏脑涨，想呕吐出来。我今年的一个夏天就整整的被这些活春宫冲坏了的；日里上海滨去看看裸体，晚上在露台听听淫辞，结果我就一个字也没有写，一册书也没有读，到了新秋微冷的时候，就匆匆坐了胶济路车上北平去了。明年我就打算不再去青岛，而上一个更清静一点的海岸或山上去过夏天。

　　劳山的风景，原也不错；可是一般人所颂赞的大劳观靛缸湾一带的清溪石壁，也只平平，看过江南的清景的人，对此是不会感到特异的美感的；要讲伟大，要耐人寻味，自然是外劳沿海一带，从白云洞、华岩寺到太清宫的一路。我在青岛的时候，曾有一位小姐，向我说过石老人附近，景色的清幽，浮山午山庙周围，梨花的艳异；但因为去的时候不巧，对于这些绝景，都不曾领略，此生不知有没有再去的机会了，我到现在，还在怅念。

　　由青岛去济南的道上，最使我感到兴奋的，是过潍县之后，到青州之先，在朱刘店驿，从车窗里遥望首阳山的十几分钟。伯夷叔齐的古迹，在中国原有好几处，但山东的一角孤山，似乎比较得有趣一点，因为地近田横岛，联想起来，也着实富于诗意。洁身自好之士，处到了这一种乱世，谁能保得住不至饿死？我虽不敢仰慕夷齐之清高，也决没有他们的节操与大志，但是饿死的一点，却是日像一日，尽可以与这两位孤竹国的王子比比了，所以车过首阳之后，走得老远老远，我还探头窗外，在对荒山的一个野庙默表敬意，至于青州的云门山，于陵的长白山、白云山等，只稍稍掉头望了一望，明知道不能去登，也就不觉得是什么了不得的名山胜地了；可是云门的六朝石刻，听说确是货真价实的历史上的宝物。

到济南城后，找着了李守章氏，第二日照例的去游千佛山、大明湖、趵突泉、金钱泉、黑虎泉等名胜。自然是以家家流水、户户垂杨的黑虎泉（现在新设了游泳池了）一带，风景最为潇洒。大明湖的倒影千佛山，我倒也看见了，只教在历下亭的后面东北堤旁临水之处，向南一望，千佛山的影子便了了可见，可是湖景并不觉得什么美丽。只有蒲菜、莲蓬的味道，的确还鲜，也无怪乎居民的竞相侵占，要把大明湖改变作大明村了。就在这一天的晚上，我们离开了李清照、辛弃疾的生地而赶上了平浦的通车，原因是为了映霞还没有到过北平，想在没有被人侵夺去之前，去瞻仰瞻仰这有名的旧日的皇都。

　　北平的内容，虽则空虚，但外观总还是那么的一个样子。人口增加，新居添筑，东安、西单两市场，人海人山；汽车电车的声音，也日夜的不断。可是，戏院的买卖减了，八大胡同里的房子大半空了，大店家的好货也不大备了，小馆子的顾客大增，而大饭庄的灯火却萧条起来了；到平之后，并且还听见西山都出了劫案，杀死了人。在故宫里看了几日假古董，北海、中央公园内喝了几次茶，上三贝子花园、颐和园去跑了一跑之后，应水淇之招，我们就一直的到了山海关内的北戴河边。刚在青岛看海看厌了的我们，这一回对北戴河自然不能像从前似的用上级形容词来赞美了。不过有两件事情，我总觉得北戴河要比青岛好些。第一，是汽车声音的绝无，第二，是避暑客人的高尚。不过话也要说回来，在鹿囿上面的那一家菜馆里吃饭的时候，白俄女人的做买卖的也未始不曾看见，但数目少了，反而以为万绿丛中一点红，这一块肉，倒是少她不得的。

　　北戴河的骡子，实在是一种比黄包车汽车轿子更有诗意的乘物。我们到了车站，故意想难难没有骑过骡儿的映霞，大家就不坐车而骑骡；但等到了张家大楼，她的骑骡术已经谙熟了，以后直到离开北戴河为止，她就老爱在骡背上跨着，不肯下来。

　　北戴河的气候，当然要比青岛的好；但人工的设备，地面的狭小，却比青岛差得很远。东山区域，住宅太多，卫生状况也因而不好，我以为西面联峰山下，一直到海滨的一段，将来必定要兴盛起来。但自第五桥，沿海上南天门去的一路，风景也真好不过。

　　尤其是南天门金山嘴的一角，东望秦皇岛山海关，南临渤海，北去鸽子窝也不过两三里地的路程；北戴河的海山景色，当以此地为中心，而别庄不多，那娘娘庙的建筑，也坍败得不堪，我真觉得奇怪。还有那个三皇殿哩，再过两年，怕庙址都要没处去寻了，我不懂北戴河的公益所，何以不去修理修理，使成一避暑的游息之所。

　　这一次在北戴河住得不久，所以像汤泉山、背牛顶的胜水岩等处，都没有去成。但在回来的路上，到了滦口，看看阳山碣石山等不断的青峰，与夫滦河蜿蜒的姿势，就觉得山水的秀丽，不仅是江南的特产了，在关以内和关以外，何尝没有明媚的山川？但大好的山河，现在都拱手让人拿去筑路开矿，来打我们中国了，叫我们小百姓又有什么法子去拼命呢？古人有"马后桃花马前雪，出关争得不回头"的诗句，希望衮衮诸公，不要误信诗人，把这些好地方都看作了雪地冰天，丢在脑后才好！

超山的梅花

　　凡到杭州来游的人,因为交通的便利,和时间的经济的关系,总只在西湖一带,登山望水,漫游两三日,便买些土产,如竹篮纸伞之类,匆匆回去;以为雅兴已尽,尘土已经涤去,杭州的山水佳处,都曾享受过了。所以古往今来,一般人只知道三竺六桥,九溪十八涧,或西湖十景,苏小岳王;而离杭城三五十里稍东偏北的一带山水,现在简直是很少有人去玩,并且也不大有人提起的样子。

　　在古代可不同;至少至少,在清朝的乾嘉道光,去今百余年前,杭州人的好游的,总没有一个不留恋西溪,也没有一个不披蓑戴笠去看半山(即皋亭山)的桃花,超山的香雪的。原因是因为那时候杭州和外埠的交通,所取的路径都是水道;从嘉兴上海等处来往杭州,运河是必经之路。舟入塘栖,两岸就看得到山影;到这里,自杭州去他处的人,渐有离乡去国之感,自外埠到杭州来的人,方看得到山明水秀的一个外廓;因而塘栖镇,和超山、独山等处,便成了一般旅游之人对杭州的记忆的中心。

　　超山是在塘栖镇南,旧日仁和县(现在并入杭县了)东北六十里的永和乡的,据说高有五十余丈,周二十里(咸淳《临安志》作三十七丈),因其山超然出于皋亭、黄鹤之外,故名。

　　从前去游超山,是要从湖墅或拱宸桥下船,向东向北向西向南,曲折回环,冲破菱荇水藻而去的;现在汽车路已经开通,自清泰门向东直驶,至乔司站落北更向西,抄过临平镇,由临平山西北,再驰十余里,就可以到了;"小红唱曲我吹箫"的船行雅处,现在虽则要被汽车的机器油破坏得丝缕无余,但坐船和坐汽车的时间的比例,却有五与一的大差。

　　汽车走过的临平镇,是以释道潜的一首"风蒲猎猎弄轻柔,欲立蜻蜓不自由,五月临平山下路,藕花无数满汀洲"的绝句出名;而超山北面的塘栖镇,又以南宋的隐士,明末清初的田园别墅出名;介与塘栖与超山之间的丁山湖,更以水光山色,鱼虾果木出名;也无怪乎从前的文人骚客,都要向杭州的东面跑,而超山皋亭山的名字每散见于诸名士的歌咏里了。

超山脚下，塘栖附近的居民，因为住近水乡，阡陌不广之故，所靠以谋生的完全是果木的栽培。自春历夏，以及秋冬，梅子、樱桃、枇杷、杏子、甘蔗之类的出产，一年总有百万元内外。所以超山一带的梅林，成千成万；由我们过路的外乡人看来，只以为是乡民趣味的高尚，个个都在学林和靖的终身不娶，殊不知实际上他们却是正在靠此而养活妻孥的哩！

超山的梅花，向来是开在立春前后的；梅干极粗极大，枝叉离披四散，五步一丛，十步一坂，每个梅林，总有千株内外，一株的花朵，又有万颗左右；故而开的时候，香气远传到十里之外的临平山麓，登高而远望下来，自然自成一个雪海；近年来虽说梅株减少了一点，但我想比到罗浮的仙境，总也只有过之，不会不及。

从杭州到超山去的汽车路上，过临平山后，两旁已经有一处一处的梅林在迎送了，而汇聚得最多，游人所必到的看梅胜地，大抵总在汽车站西面，超山东北麓，报慈寺大明堂（亦称大明寺）前头，梅花丛里有一个周梦坡筑的宋梅亭在那里的周围五六里地的一圈地方。

报慈寺里的大殿（大约就是大明堂了吧？）前几年被寺的仇人毁坏了，当时还烧死了一位当家和尚在殿东一块石碑之下。但殿后的一块刻有吴道子画的大士像的石碑，还好好地镶在壁里，丝毫也没有动。去年我去的时候，寺僧刚在募化重修大殿；殿外面的东头，并且已经盖好了三间厢房在作客室。后面高一段的三间后殿，火烧时也不曾烧去，和尚手指着立在殿后壁里的那一块石刻大士像碑说："这都是这位大慈大悲救苦救难广大灵感观世音菩萨的福佑！"

在何春渚删成的《塘栖志略》里，说大明寺前有一口井，井水甘洌！旁树石碣，刻有"一人堂堂，二曜重光，泉深尺一，点去冰旁；二人相连，不欠一边，三梁四柱烈火然，添却双钩两日全"之碑铭，不识何意等语。但我去大明堂（寺）的时候，却既不见井，也不见碑；而这条碑铭，我从前是曾在一部笔记叫作《桂苑丛谈》的书里看到过一次的。这书记载着："令狐相公出镇淮海日，支使班蒙，与从事诸人，俱游大明寺之西廊，忽睹前壁，题有此铭，诸宾皆莫能辨，独班支使曰：'得非大明寺水，天下无比八字乎？'众皆恍然。"从此看来，《塘栖志略》里所说的大明寺井碑，应是抄来的文章，而编者所谓不识何意者，还是他在故弄玄虚。当然，寺在山麓，地又近水，寺前寺后，井是当然有一口的；井里的泉，也当然是清洌的；不过此碑此铭，却总有点儿可疑。

　　大明寺前的所谓宋梅，是一棵曲屈苍老，根脚边只剩了两条树皮围拱，中间空心，上面枝干四叉的梅树。因为怕有人折，树外面全部是用一铁线网罩住的。树当然是一株老树，起码也要比我的年纪大一两倍，但究竟是不是宋梅，我却不敢断定。去年秋天，曾在天台山国清寺的伽蓝殿前，看见过一株所谓隋梅；前年冬天，也曾在临平山下安隐寺里看见过一枝所谓唐梅。但所谓隋，所谓唐，所谓宋等等，我想也不过"所谓"而已，究竟如何，还得去问问植物考古的专家才行。

　　出大明堂，从梅花林里穿过，西面从吴昌硕的坟旁一条石砌路上攀登上去，是上超山顶去的大路了。一路上有许多同梦也似的疏林，一株两株如被遗忘了似的红白梅花，不少的坟园，在招你上山，到了半山的竹林边的真武殿（俗称中圣殿）外，超山之所以为超，就有点感觉得到了；从这里向东西北的三面望去，是汪洋的湖水，曲折的河身，无数的果树，不断的低岗，还有塘的两面的点点的人家；这便算是塘栖一带的水乡全景的鸟瞰。

　　从中圣殿再沿石级上去，走过黑龙潭，更走二里，就可以到山顶，第一要使你骇一跳的，是没有到上圣殿之先的那一座天然石筑的天门。到了这里，你才晓得超山的奇特，才晓得志上所说的"山有石鱼石笋等，他石多异形，如人兽状。"诸记载的不虚。实实在在，超山的好处，是在山头一堆石，山下万梅花，至若东瞻大海，南眺钱江，田畴如井，河道如肠，桑麻遍地，云树连天等形容词，则凡在杭州东面的高处，如临平山黄鹤峰上都用得着的，并非是超山独一无二的绝景。

　　你若到了超山之后，则北去超山七里地外的塘栖镇上，不可不去一到。在那些河流里坐坐船，果树下跑跑路，趣味实在是好不过。两岸人家，中夹一水；走过丁山湖时，向西面看看独山，向东首看看马鞍龟背，想象想象南宋垂亡，福王在庄（至今其地还叫作福王庄）上所过的醉生梦死脂香粉腻的生涯，以及明清之际，诸大老的园亭别墅，台榭楼堂，或康熙乾隆等数度的临幸，包管你会起一种像读《芜城赋》似的感慨。

　　又说到了南宋，关于塘栖，还有好几宗故事，值得一提。第一，卓氏家乘《唐栖考》里说："唐栖者，唐隐士所栖也；隐士名珏，字玉潜，宋末会稽人。少孤，以明经教授乡里子弟而养其母，至元戊寅，浮图总统杨连真伽，利宋攒宫金玉，故为妖言惑主听，发掘之。珏怀愤，乃货家具，召诸恶少,收他骨易遗骸,瘗兰亭山后,而树冬青树识焉。珏后隐居唐栖,人义之,遂名其地为唐栖。"这镇名的来历说,原是人各不同的,但这也岂不是一件极有趣的故事么?还有塘栖西龙河圩,相传有宋宫人墓;昔有士子,秋夜凭栏对月,忽闻有环珮之声,不寐听之,歌一绝云:"淡淡春山抹未浓,偶然还记旧行踪,自从一入朱门去,便隔人间几万重。"闻之酸鼻。这当然也是一篇绝哀艳的鬼国文章。

　　塘栖镇跨在一条水的两岸,水南属杭州,水北属德清;商市的繁盛,酒家的众多,虽说只是一个小小的镇集,但比起有些县城来,怕还要闹热几分。所以游过超山,不愿在山上吃冷豆腐黄米饭的人,尽可以上塘栖镇上去痛饮大嚼;从山脚下走回汽车路去坐汽车上塘栖,原也很便,但这一段路,总以走走路坐坐船更为合适。

花　坞

"花坞"这一个名字,大约是到过杭州,或在杭州住上几年的人,没有一个不晓得的,尤其是游西溪的人,平常总要一到花坞。二三十年前,汽车不通,公路未筑,要去游一次,真不容易;所以明明知道这花坞的幽深清绝,但脚力不健,非好游如好色的诗人,不大会去。现在可不同了,从湖滨向北向西的坐汽车去,不消半个钟头,就能到花坞口外。而花坞的住民,每到了春秋佳日的放假日期,也会成群结队,在花坞口的那座凉亭里鹄候,预备来做一个临时导游的脚色,好轻轻快快地赚取游客的两毛小洋;现在的花坞,可真成了第二云栖,或第三九溪十八涧了。

花坞的好处,是在它的三面环山,一谷直下的地理位置,石人坞不及它的深,龙归坞没有它的秀。而竹木萧疏,清溪蜿绕,庵堂错落,尼媪翩翩,更是花坞独有的迷人风韵。将人来比花坞,就像浔阳商妇,老抱琵琶;将花来比花坞,更像碧桃开谢,未死春心;将菜来比花坞,只好说冬菇烧豆腐,汤清而味隽了。

我的第一次去花坞,是在松木场放马山背后养病的时候,记得是一天日和风定的清秋的下午,坐了黄包车,过古荡,过东岳,看了伴凤居,访过风木庵(是钱唐丁氏的别业),感到了口渴,就问车夫,这附近可有清静的乞茶之处?他就把我拉到了花坞的中间。

伴凤居虽则结构堂皇,可是里面却也坍败得可以;至于杨家牌楼附近的风木庵哩,丁氏的手迹尚新,茅庵的木架也在,但不晓怎么,一走进去,就感到了一种扑人的霉灰冷气。当时大厅上停在那里的两口丁氏的棺材,想是这一种冷气的发源之处,但泥墙倾圮,蛛网绕梁,与壁上挂在那里的字画屏条一对比,极自然地令人生出了"俯仰之间,已成陈迹"的感想。因为刚刚在看了这两处衰落的别墅之后,所以一到花坞,就觉得清新安逸,像世外桃源的样子了。

自北高峰后,向北直下的这一条坞里,没有洋楼,也没有伟大的建筑,而从竹叶杂树中间透露出来的屋檐半角,女墙一围,看将过去却又显得异常的整洁，异常的清丽。英文字典里有 Cottage 的这一个名字；而形容这些茅屋田庄的安闲小洁的字眼，又有着许多像 Tiny, Dainty, Snug 的绝妙佳词，我虽则还没有到过英国的乡间，但到了花坞，看了这些小庵却不能自已地便想起了这种只在小说里读过的英文字母。我手指着那些在林间散点着的小小的茅庵，回头来就问车夫："我们可能进去?"车夫说："自然是可以的。"于是就在一曲溪旁，走上了山路高一段的地方，到了静掩在那里的，双黑板的墙门之外。

车夫使劲敲了几下，庵里的木鱼声停了，接着门里头就有一位女人的声音，问外面谁在敲门。车夫说明了来意，铁门闩一响，半边的门开了，出来迎接我们的，却是一位白发盈头，皱纹很少的老婆婆。

庵里面的洁净，一间一间小房间的布置的清华，以及庭前屋后树木的参差掩映，和厅上佛座下经卷的纵横，你若看了之后，仍不起皈依弃世之心的，我敢断定你就是没有感觉的木石。

那位带发修行的老比丘尼去为我们烧茶煮水的中间，我远远听见了几声从谷底传来的鹊噪的声音；大约天时向暮。乌鹊来归巢了，谷里的静，反因这几声的急噪，而加深了一层。

我们静坐着，喝干了两壶极清极酽的茶后，该回去了．迟疑了一会，我就拿出了一张纸币，当作茶钱，那一位老比丘尼却笑起来了，并且婉慢地说：

"先生！这可以不必；我们是清修的庵，茶水是不用钱买的。"

推让了半天，她不得已就将这一元纸币交给了车夫，说："这给你做个外快吧！"

这老尼的风度，和这一次逛花坞的情趣，我在十余年后的现在，还在津津地感到回味。所以前一礼拜的星期日，和新来杭州住的几位朋友遇见之后，他们问我"上哪里去玩?"我就立时提出了花坞，他们是有一乘自备汽车的，经松木场，过古荡东岳而去花坞，只须二十分钟，就可以到。

十余年来的变革，在花坞里也留下了痕迹。竹木的清幽，山溪的静妙，虽则还同太古时一样，但房屋加多了，地价当然也增高了几百倍；而最令人感到不快的，却是这花坞的住民的变作了狡猾的商人。庵里的尼媪，和退院的老僧，也不像从前的恬淡了，建筑物和器具之类，并且处处还受着了欧洲的下劣趣味的恶化。

同去的几位，因为没有见到十余年前花坞的处女时期，所以仍旧感觉得非常满意，以为九溪十八涧、云栖决没有这样的清幽深邃；但在我的内心，却想起了一位素朴天真，沉静幽娴的少女，忽被有钱有势的人奸了以后又被弃的状态。

城里的吴山

不管是到过或没有到过杭州的人,只须是受过几年中学教育的,你倘若问他:"杭州城里有什么大自然的好景?"他总会毫不思索地回复你一声"西湖"!其实西湖却是在从前的杭州城外的,以其在杭城之西而得名。真正在杭州城里的大观,第一要推吴山(俗名城隍山),可是现在来杭州的游客,大半总不加以注意;就是住在杭州的本地人,也一年之中去不得几次,这才是奇事。我这一回来称颂吴山,若说得僭一点,也可以说是"我的杭州城的发见",以效 My Discovery of London 之颦;不过吴山在辛亥革命以前,久已经是杭州唯一的游赏之地,现在的发见,原也只是重翻旧账而已。

> 吴山,春秋时为吴南界,以别于越,故曰吴山。或曰,以伍子胥故,讹伍为吴,故《郡志》亦称胥山,在镇海楼(即鼓楼)之右。盖天目为杭州诸山之宗,翔舞而东,结局于凤凰山;其支山左折,遂为吴山;派分西北,为宝月为蛾眉,为竹园;稍南为石佛,为七宝,为金地,为瑞石,为宝莲,为清平,总曰吴山。……

这是田叔禾《西湖游览志》卷十二记南山城内胜迹中之关于吴山的记载。二十余年前,杭州人说是出游,总以这吴山为目的;脚力不继的人,也要出吴山的脚下,上涌金门外三雅园等地方去喝茶;自辛亥革命以来,旗营全毁,城墙拆了,游人就集中在湖滨,不再有上城隍山去消磨半日光阴的事情了。

吴山的好处,第一在它的近,第二在它的并不高,元时平章答剌罕脱欢所甃的那数百级的石级,走走并不费力。可是一到顶上,掉头四顾,却可以看得见沧海的日出,钱塘江江上的帆行,西兴的烟树,城里的人家;西湖只像一面圆镜,到城隍山上去俯看下来,却不见得有趣,不见得娇美了。还有一件吴山特有的好处,是这山上的怪石的特多;你若从东面上山,一直的向南向西,沿岭脊走去,在路上有十几处可以看到这些神工鬼斧的奇岩怪石。

假山叠不到这样的巧,真山也决没有这样的秀,而襟江带湖、碧天四匝、僧庐道院、画阁雕栏、茂林修竹、尘市炊烟等景物,还是不足道的余事。

还有一层,觉得现在的吴山,对于我,比从前更觉得有味的,是游人的稀少。大约上吴山去的,总以春秋二节的烧香客为限;一般的游人,尤其是老住在杭州的我所认识的许多朋友,平时决不会去的。乡下的烧香客,在香市里虽则拥挤不堪,可是因为我和他们并不相识,所以虽处在稠人广众之中,我还可以尽情地享受我的孤独。

自迁到杭州来后,这城隍山的一角,仿佛是变了我的野外的情人;凡遇到胸怀悒郁,工作倦颓,或风雨晦暝,气候不正的时候,只消上山去走它半天,喝一碗茶两杯酒,坐两三个钟头,就可以恢复元气,爽飒地回来,好像是洗了一个澡。去年元日,曾去登过,今年元日,也照例的去;此外凡遇节期,以及稍稍闲空的当儿,就是心里没有什么烦闷,也会独自一个踱上山去,癫坐它半天。

前次语堂来杭,我陪他走了半天城隍山后,他也看出了这山的好处来了,我们还谈到了集资买地,来造它一个俱乐部的事情。大约吴山卜筑,事亦非难,只教有五千元钱,一千元买地,四千元造屋,就可以成功了;不过可惜的,是几处地点最好的地方,都已经被有钱有势、不懂山水的人侵占了去,我们若来,只能在南山之下,买几方地,筑数椽屋;处境不高,眺望也不能开畅,与山居的愿意,小有不合而已。

不久之前,更有几位研究中国文学的外人来游,我也照例的陪他们游过吴山之后,他们问我说:"金人所说的立马吴山第一峰,是什么意思?"他们以为吴山总是杭州最高的山,所以金人会有这样的诗语。我一时解答不出,就只指示了他们以一排南宋故宫的遗址。大约自凤山门以西,沿凤凰山而北的一段,一定是南宋的大内,穿过万松岭,可以直达湖滨的。他们才豁然大悟地说:"原来是如此,立马吴山,就可以看得到宫城的全部,金人的用意也可算深了。"这一个对于第一峰三字的解释,不知究竟正确不正确。但南宋故宫的遗址,却的确可以由城隍山或紫阳山的极顶,看得一望无遗的。

扬州旧梦寄语堂

语堂兄：

> 乱掷黄金买阿娇，穷来吴市再吹箫，
> 箫声远渡江淮去，吹到扬州廿四桥。

这是我在六七年前——记得这一九二八年的秋天，写那篇《感伤的行旅》时瞎唱出来的歪诗；那时候的计划，本想从上海出发，先在苏州下车，然后去无锡，游太湖，过常州，达镇江，渡瓜步，再上扬州去的。但一则因为苏州在戒严，再则因在太湖边上受了一点虚惊，故而中途变计，当离无锡的那一天晚上，就直到了扬州城里。旅途不带诗韵，所以这一首打油诗的韵脚，是姜白石的那一首"小红唱曲我吹箫"的老调，系凭着了车窗，看看斜阳衰草，残柳芦苇，哼出来的莫名其妙的山歌。

我去扬州，这时候还是第一次；梦想着扬州的两字，在声调上，在历史的意义上，真是如何地艳丽，如何地够使人魂销而魄荡！

竹西歌吹，应是玉树后庭花的遗音；萤苑迷楼，当更是临春结绮等沉檀香阁的进一步的建筑。此外的锦帆十里，殿脚三千，后土祠琼花万朵，玉钩斜青冢双行，计算起来，扬州的古迹，名区，以及山水佳丽的地方，总要有三年零六个月才逛得遍。唐宋文人的倾倒于扬州，想来一定是有一种特别见解的；小杜的"青山隐隐水迢迢"，与"十年一觉扬州梦"，还不过是略带感伤的诗句而已，至如"君王忍把平陈业，只换雷塘数亩田"，"人生只合扬州死，禅智山光好墓田"，那简直是说扬州可以使你的国亡，可以使你的身死，而也决无后悔的样子了，这还了得！

在我梦想中的扬州，实在太有诗意，太富于六朝的金粉气了，所以那一次从无锡上车之后，就是到了我所最爱的北固山下，亦没有心思停留半刻，便匆匆的渡过了江去。

长江北岸，是有一条公共汽车路筑在那里的；一落渡船，就可以向北直驶,直达到扬州南门的福运门边。再过一条城河,便进扬州城了,就是一千四五百年以来,为我们历代的诗人骚客所赞叹不置的扬州城,也就是你家黛玉的爸爸,在此撇下了孤儿升天成佛去的扬州城!

但我在到扬州的一路上,所见的风景,都平坦萧杀,没有一点令人可以留恋的地方,因而想起了晁无咎的《赴广陵道中》的诗句:

> 醉卧符离太守亭,别都弦管记曾称,
> 淮山杨柳春千里,尚有多情忆小胜。
> 急鼓冬冬下泗州,却瞻金塔在中流,
> 帆开朝日初生处,船转春山欲尽头。
> 杨柳青青欲哺乌,一春风雨暗隋渠,
> 落帆未觉扬州远,已喜淮阴见白鱼。

才晓得他自安徽北部下泗州,经符离(现在的宿县)由水道而去的,所以得见到许多景致,至少至少,也可以看到两岸的垂杨和江中的浮屠鱼类。而我去的一路呢,却只见了些道路树的洋槐,和秋收已过的沙田万顷,别的风趣,简直没有。连绿杨城廓是扬州的本地风光,就是自隋朝以来的堤柳,也看见得很少。

到了福运门外,一见了那一座新修的城楼,以及写在那洋灰壁上的三个福运门的红字,更觉得兴趣索然了;在这一种城门之内的亭台园囿,或楚馆秦楼,哪里会有诗意呢?

进了城去,果然只见到了些狭窄的街道,和低矮的市廛,在一家新开的绿杨大旅社里住定之后,我的扬州好梦,已经醒了一半了。入睡之前,我原也去逛了一下街市,但是灯烛辉煌,歌喉宛转的太平景象,竟一点儿也没有。"扬州的好处,或者是在风景,明天去逛瘦西湖,平山堂,大约总特别的会使我满足,今天且好好儿的睡它一晚,先养养我的脚力吧!"这是我自己替自己解闷的想头,一半也是真心诚意,想驱逐驱逐宿娼的邪念的一道符咒。

第二天一早起来,先坐了黄包车出天宁门去游平山堂。天宁门外的天宁寺,天宁寺后的重宁寺,建筑的确伟大,庙貌也十分的壮丽;可是不知为了什么,寺里不见一个和尚,极好的黄松材料,都断的断,拆的拆了,像许久不经修理的样子。时间正是暮秋,那一天的天气又是阴天,我身到了这大伽蓝里,四面不见人影,仰头向御碑佛像以及屋顶一看,满身出了一身冷汗,毛发都倒竖起来了,这一种阴戚戚的冷气,叫我用什么文字来形容呢?

回想起二百年前,高宗南幸,自天宁门至蜀冈,七八里路,尽用白石铺成,上面雕栏曲槛,有一道像颐和园昆明湖上似的长廊甬道,直达至平山堂下,黄旗紫盖,翠辇金轮,妃嫔成队,侍从如云的盛况,和现在的这一条黄沙曲路,只见衰草牛羊的萧条野景来一比,实在是差得太远了。当然颓井废垣,也有一种令人发思古之幽情的美感,所以鲍明远会作出那篇《芜城赋》来;但我去的时候的扬州北郭,实在太荒凉了,荒凉得连感慨都叫人抒发不出。

到了平山堂东面的功得山观音寺里,吃了一碗清茶,和寺僧谈起这些景象,才晓得这几年来,兵去则匪至,匪去则兵来,住的都是城外的寺院。寺的坍败,原是应该,和尚的逃散,也是不得已的。就是蜀冈的一带,三峰十余个名刹,现在有人住的,只剩了这一个观音寺了,连正中峰有平山堂在的法净寺里,此刻也没有了住持的人。

平山堂一带的建筑,点缀,园囿,都还留着有一个旧日的轮廓;像平远楼的三层高阁,依然还在,可是门窗却没有了;西园的池水以及第五泉的泉路,都还看得出来,但水却干涸了,从前的树木,花草,假山,迭石,并其他的精舍亭园,现在只剩了许多痕迹,有的简直连遗址都无寻处。

我在平山堂上,瞻仰了一番欧阳公的石刻像后,只能屁也不放一个,悄悄的又回到了城里。午后想坐船了,去逛的是瘦西湖小金山五亭桥的一角。

在这一角清淡的小天地里,我却看到了扬州的好处。因为地近城区,所以荒废也并不十分厉害;小金山这里的临水之处,并且还有一位军阀的别墅(徐园)建筑在那里,结构尚新,大约总还是近年来的新筑。从这一块地方,看向五亭桥法海塔去的一面风景,真是典丽裔皇,完全像北平中南海的气象。至于近旁的寺院之类,却又因为年久失修,谈不上了。

瘦西湖的好处,全在水树的交映,与游程的曲折;秋柳影下,有红蓼青萍,散浮在水面,扁舟擦过,还听得见水草的鸣声,似在暗泣。而几个弯儿一绕,水面阔了,猛然间闯入眼来的,就是那一座有五个整齐金碧的亭子排立着的白石平桥,比金鳌玉𫘧,虽则短些,可是东方建筑的古典趣味,却完全荟萃在这一座桥,这五个亭上。

还有船娘的姿势，也很优美；用以撑船的，是一根竹竿，使劲一撑，竹竿一弯，同时身体靠上去着力，臀部腰部的曲线，和竹竿的线条，配合得异常匀称，异常复杂。若当暮雨潇潇的春日，雇一个容颜姣好的船娘，携酒与茶，来瘦西湖上回游半日，倒也是一种赏心的乐事。

　　船回到了天宁门外的码头，我对那位船娘，却也有点儿依依难舍的神情，所以就出了一个题目，要她在岸上再陪我一程。我问她："这近边还有好玩的地方没有？"她说："还有天宁寺、平山堂。"我说："都已经去过了。"她说："还有史公祠。"于是就由她带路，抄过了天宁门，向东的走到了梅花岭下。瓦屋数间，荒坟一座，有的人还说坟里面葬着的只是史阁部的衣冠，看也原没有什么好看；但是一部《廿四史》掉尾的这一位大忠臣的战绩，是读过明史的人，无不为之泪下的；况且经过《桃花扇》作者的一描，更觉得史公的忠肝义胆，活跃在纸上了；我在祠墓的中间立着想着；穿来穿去的走着；竟耽搁了那一位船娘不少的时间。本来是阴沉短促的晚秋天，到此竟垂垂欲暮了，更向东踏上了梅花岭的斜坡，我的唱山歌的老病又发作了，就顺口唱出了这么的二十八字：

　　　　三百年来土一丘，史公遗爱满扬州；
　　　　二分明月千行泪，并作梅花岭下秋。

　　写到这里，本来是可以搁笔了，以一首诗起，更以一首诗终，岂不很合鸳鸯蝴蝶的体裁么，但我还想加上一个总结，以醒醒你的骑鹤上扬州的迷梦。

　　总之，自大业初开邗沟入江渠以来，这扬州一郡，就成了中国南北交通的要道；自唐历宋，直到清朝，商业集中于此，冠盖也云屯在这里。既有了有产及有势的阶级，则依附这阶级而生存的奴隶阶级，自然也不得不产生。贫民的儿女，就被他们强迫作婢妾，于是乎就有了杜牧之的青楼薄幸之名，所谓"春风十里扬州路"者，盖指此。有了有钱的老爷，和美貌的名娼，则饮食起居（园亭），衣饰犬马，名歌艳曲，才士雅人（帮闲食客），自然不得不随之而俱兴，所以要腰缠十万贯，才能逛扬州者，以此。但是铁路开后，扬州就一落千丈，萧条到了极点。从前的运使、河督之类，现在也已经驻上了别处；殷实商户，巨富乡绅，自然也分迁到了上海或天津等洋大人的保护之区，故而目下的扬州只剩了一个历史上的剥制的虚壳，内容便什么也没有了。

扬州之美，美在各种的名字，如绿杨村，廿四桥，杏花村舍，邗上农桑，尺五楼，一粟庵等；可是你若辛辛苦苦，寻到了这些最风雅也没有的名称的地方，也许只有一条断石，或半间泥房，或者简直连一条断石，半间泥房都没有的。张陶庵有一册书，叫作《西湖梦寻》，是说往日的西湖如何可爱，现在却不对了，可是你若到扬州去寻梦，那恐怕要比现在的西湖还更不如。

你既不敢游杭，我劝你也不必游扬，还是在上海梦里想象想象欧阳公的平山堂，王阮亭的红桥，《桃花扇》里的史阁部，《红楼梦》里的林如海，以及盐商的别墅，乡宦的妖姬，倒来得好些。枕上的卢生，若长不醒，岂非快事。一遇现实，哪里还有 Dichtung 呢！

1935年5月

  语堂附记：吾脚腿甚坏，却时时想训练一下。虎丘之梦既破，扬州之梦未醒，故一年来即有约友同游扬州之想。日前约大杰、达夫同去，忽来此一长函，知是去不成了。不知是未凑足稿费，还是映霞不许。然我仍是要去，不管此去得何罪名，在我总是书上太常看见的地名，必想到一到。怎样是邗江，怎样是瓜州，怎样是廿四桥，怎样是五亭桥，以后读书时心中才有个大略山川形势。即使平山堂已是一楹一牖，也必见识见识。

过富春江

前两天增嘏和他的妹妹，以及英国军官晏子少校（Major Edward Ainger）来杭州，我们于醉谈游步之余，还定下了一个上富春江去的计划。

这一位少校，实在有趣；在东方驻扎得久了，他非但生活习惯，都染了中国风，连他的容貌态度，也十足带着了中国气，他的身材本不十分高大，但背脊伛偻，同我们中国的中年人比较起来，向背后望去，简直是辨不出谁黄谁白；一般军人所特有的那一种挺胸突肚、傲岸的气象，在他身上，是丝毫也不具的。他的两脚又像日本人似的向外弓曲，立起正来，中间会露出一条小缝，这当然因为他是骑兵，在马背上过日子过得多的缘故。

他虽则会开飞机，开汽车，划船，骑马，但不会走路；所以他说，他不喜欢山，却喜欢水！在西湖里荡了两日舟，他问起近边更还有什么好的地方没有，我们就决定了再陪他上富春江去的计划，好在汽车是他自己会开，有半日的工夫，就可以往返的。

驶过六和塔下，走上江边一带波形的道上的时候，他果然喜欢极了，他说这地方有点像日本的濑户内海。江潮落了，江水绿得迷人；而那一天午后，又是淡云微日的暮秋天，在太阳底下走起路来，还要出一点潮汗。过了梵村，驰上四面是小山，满望是稻田的杭富交界的平原里，景象又变了一变，他说只有美国东部的乡村里，有这一种干草黄时的和平村景，他倒又想起在美国时候的事情来了。

由富阳站里，沿了新开的那条环城马路，把车开到了鹳山脚下，一步登天，爬上春江第一楼头眺望的时候，他才吃了一惊，说这山水真像是摩西的魔术。因为车由凌家桥转弯，跑在杭富道上，所见的只是些青山平谷，茅舍枫林；到得富阳，沿了那座弓也似的舒姑屏山脚，驶入站里，也只能看到些错落的人家，与一排人家南岸的高山；就是到了东城脚下，在很狭的新筑马路上走下车来的一刻，没有到过富阳的人，也决不会想到登山几步，就可以看见这一幅山重水复的黄子久的画图的。

我们在山头那株樟树下的石栏上坐了好久，增嘏并且还指着山下的一块汉高士严子陵先生垂钓处的石碑，将范文正公的祠堂记，以及上面七里泷边东台西台的故事，译给了这一位少校听。他听到了谢皋羽的西台恸哭的一幕，却兴奋起来了，说："为什么不拿这个故事来做一本戏剧？像席勒的《威廉退儿》一样，这地方倒也很可以起一座谢氏的祠堂。"

　　回来的时候，天色已经晚了；他一面开着车，眼睛呆呆看着远处，一边却幽幽的告诉我和增嘏说："我若要选择第二个国籍的话，那我情愿来做个中国人。"

　　车过分境岭后，他跳下车来，去看了一番建筑在近边山上的碉堡；我留在车里，陪伴着一位小姐，一位太太，从车窗里看见了他的那个向前微俯的背影，以及两脚蹒跚在斜阳衰草的山道上的缓步，我却突然间想起了一篇哈代的短篇，题名叫作《忧郁的骑兵》的小说。联想一活动，并且又想起刚才在鹳山上所谈的那一段话来了，皱鼻一哼，就哼出了这样的二十八字：

　　　　三分天下二分亡，四海何人吊国殇，
　　　　偶向西台台畔过，苔痕犹似泪淋浪。

　　双十节近在目前，我想将这几句狗屁诗来应景，把它当作国庆日的哀词，倒也使得。

西溪的晴雨

西北风未起，蟹也不曾肥，我原晓得芦花总还没有白，前两星期，源宁来看了西湖，说他倒觉得有点失望，因为湖光山色，太整齐，太小巧，不够味儿，他开来的一张节目上，原有西溪的一项；恰巧第二天又下了微雨，秋原和我就主张微雨里下西溪，好叫源宁去尝一尝这西湖近旁的野趣。

天色是阴阴漠漠的一层，湿风吹来，有点儿冷，也有点儿香，香的是野草花的气息。车过方井旁边，自然又下车来，去看了一下那座天主圣教修士们的古墓。从墓门望进去，只是黑沉沉、冷冰冰的一个大洞，什么也看不见，鼻子里却闻吸到了一种霉灰的阴气。

把鼻子掀了两掀，耸了一耸肩膀，大家都说，可惜忘记带了电筒，但在下意识里，自然也有一种恐怖、不安、和畏缩的心意，在那里作恶，直到了花坞的溪旁，走进窗明几净的静莲庵堂去坐下，喝了两碗清茶，这一些鬼胎，方才洗涤了个空空脱脱。

游西溪，本来是以松木场下船，带了酒盒行厨，慢慢儿地向西摇去为正宗。像我们那么高坐了汽车，飞鸣而过古荡、东岳，一个钟头要走百来里路的旅客，终于是难度的俗物，但是俗物也有俗益，你若坐在汽车里，引颈而向西向北一望，直到湖州，只见一派空明，遥盖在淡绿成阴的斜平海上；这中间不见水，不见山，当然也不见人，只是渺渺茫茫，青青绿绿，远无岸，近亦无田园村落的一个大斜坡，过秦亭山后，一直到留下为止的那一条沿山大道上的景色，好处就在这里，尤其是当微雨朦胧，江南草长的春或秋的半中间。

从留下下船，回环曲折，一路向西向北，只在芦花浅水里打圈圈；圆桥茅舍，桑树蓼花，是本地的风光，还不足道；最古怪的，是剩在背后的一带湖上的青山，不知不觉，忽而又会得移上你的面前来，和你点一点头，又匆匆的别了。

摇船的少女，也总好算是西溪的一景；一个站在船尾把摇橹，一个坐在船头上使桨，身体一伸一俯，一往一来，和橹声的咿呀，水波的起落，凑合成一大又圆又曲的进行软调；游人到此，自然会想起瘦西湖边，竹西歌吹的闲情，而源宁昨天在漪园月下老人祠里求得的那枝灵签，仿佛是完全的应了，签诗的语文，是《鄘风桑中》章末后的三句，叫做"期我乎桑中，要我乎上宫，送我乎淇之上矣"。

此后便到了交芦庵，上了弹指楼，因为是在雨里，带水拖泥，终于也感不到什么的大趣，但这一天向晚回来，在湖滨酒楼上放谈之下，源宁却一本正经地说："今天的西溪，却比昨日的西湖，要好三倍。"

前天星期假日，日暖风和，并且在报上也曾看到了芦花怒放的消息，午后日斜，老龙夫妇，又来约去西溪，去的时候，太晚了一点，所以只在秋雪庵的弹指楼上，消磨了半日之半。一片斜阳，反照在芦花浅渚的高头，花也并未怒放，树叶也不曾凋落，原不见秋，更不见雪，只是一味的晴明浩荡，飘飘然，浑浑然，洞贯了我们的肠腑，老僧无相，烧了面，泡了茶，更送来了酒，末后还拿出了纸和墨，我们看看日影下的北高峰，看看庵旁边的芦花荡，就问无相，花要几时才能全白？老僧操着缓慢的楚国口音，微笑着说："总要到阴历十月的中间；若有月亮，更为出色。"说后，还提出了一个交换的条件，要我们到那时候，再去一玩，他当预备些精馔相待，聊当作润笔，可是今天的字，却非写不可，老龙写了"一剑横飞破六合，万家憔悴哭三吴"的十四个字，我也附和着抄了一副不知在哪里见过的联语："春梦有时来枕畔，夕阳依旧上帘钩。"

喝得酒醉醺醺，走下楼来，小河里起了晚烟，船中间满载了黑暗，龙妇又逸兴遄飞，不知上哪里去摸出了一枝洞箫来吹着。"其声呜呜然，如怨如慕，如泣如诉，余音袅袅，不绝如缕"，倒真有点像是七月既望，和东坡在赤壁的夜游。

槟城三宿记

快哉此游！槟榔屿实在是名不虚传的东方花县。（人家或称作花园我却以为花县两字来得适当。盖四季的花木茏葱，而且依山带水，气候温和，住在槟城，"绝似河阳县里居"也。）

回想起半年来，退出武汉，漫游湘西赣北，复转长沙，再至福州而住下。其后忽得胡氏兆祥招来南洋之电，匆促买舟，偷渡厦门海角，由香港而星洲，由星洲而槟屿，间关几万里，阅时五十日，风尘仆仆，魂梦摇摇，忽而到这沉静、安闲、整齐、舒适的小岛来一住，真像是在做梦。

是梦也吧，是现实也吧，总之，是"三宿槟城恋有余"也！

此番的下南洋，本来是为《星洲日报》编副刊来的。但是十二月廿八日到星洲，两日过后便是新年的假日。却正逢星洲的兄弟报，槟城《星槟日报》，于元旦日开始发行，秉文虎先生之命，又承星槟诸同事之招，谓"值此佳期，何不北来一玩！"于是乎就青春结伴，和关老同车，驰驱千五百里，摇摇摆摆地上这东方的花县来了。

车抵北海，就看见了许多整齐高洁的洋楼，汇齿似的堤坝，和一湾碧海，几座青山。在车窗里看见的那些椰子园、树胶园、金马仑的高山，怡保附近的奇峰怪石，以及锡矿探掘场等印象，一忽儿又为这整洁、宽广、闲适的新印象掩没下去了，我们就在微风与夕照的交响乐中间，西渡到了槟城。

船到西码头就遇到了一次迎候者的袭击，黄领事、胡总经理、胡主笔、邓曾张三先生，此外还有 A 老兄、B 大哥，真令人要下几点"到处论交齐管鲍，天涯何地不家乡"的感泪。

初到的这一天晚上，上北海岸春波别业（Spring Tide Hotel）里去吃了一顿晚餐，又像是大罗天上的筵席。先不必提鱼翅海参等老饕的口头禅，你且听一听这洗岸的涛声，看一看这长途的列树，这银色的灯光，这长长的海岸堤路！

住宅区的房屋，是曲线与红白青黄等颜色交织而成的；灯光似水，列树如云，在长堤上走着，更时时有美人在梦里呼吸似的气嘘吹来，这不是微风,这简直是百花仙子撅着嘴,向你一口一口吹出来的香气。

第一晚,像这样的匆匆过了。第二天,就上了升旗山的绝顶。海拔高二千四五百英尺,缆车一路,分作两段,路上的岩石、清溪、花木、别墅,多得来记不胜记,尤其使这些海光山色,天日风云,生动灵奇,增加起异彩来的,是同游的我们这一群士女,因为地灵了,若人不杰,终于是画里的沧桑;总要二难并,四美俱后,才显得出马当的神赐,天勃的天才。

且让我来先抄一个同游的题目榜者。黄领事、胡总经理、胡主笔夫妇、曾秘书夫妇、邓先生夫妇、林小姐、马利小姐、关夫子与区区。

一行十二人,占车两节半。到了山腰,已觉得空气寒冷,呼吸有点儿紧起来了,回头一看,更觉得是烟云缭绕,身体已化作魂灵,游弋在天半的空中。

屋瓦鳞鳞的,是乔其市的烟灶;白墙碧水,围绕着树木层层的,是两个蓄水池的区间;青山隐隐,绿水迢迢,从高处看下来,极乐寺的高塔,只像是一顶黄色的笠帽。

更上一层,便到了山顶;沿柏油马路弯弯曲曲的走去,路旁边摆在那里的,尽是一盆一盆的温带地的秋花,有西方莲(大丽亚),有四季春,有榆儿梅,有五月花(绣球花)。而最令人注意的,却是几盆颜色不同,种子各异的红黄白紫的陶家秋菊。

胡迈太太说:"好久不看见菊花了,真令人高兴!"这句话实在有点儿诗意,我暗暗在心里记住了。

一霎时,高山上起了云雾;一块一块同飞絮似的东西,从我们的襟上头上,轻轻掠过;脚底下的市镇溪山,全掉落了在云海里了;我们中间,互相对视,也觉得隐隐现现,似在炉香缥缈的烟中,大家的童心发现了,一群大小,竟像是乐园中的童男童女,于是便卸去了尊严,回复了自然,同时高声叫着说:

"我们已经到了天上!"

在茶室里坐定,吃了些咖啡红茶,点心果饼之后,我一个人行出茶室来,又上山顶高处,独立在云雾中间,向北凝视了一回,正在登高望远,生起感伤病来的当儿,关先生走近我的身边来了;他拂了一拂云雾,微笑着说:

"这景象有点儿像庐山,大好河山,要几时才收复得来!你的诗料,收集起来了没有？"

我虽也只回了他一笑，但心中落寞，却早想着了下面的两首打油菜子：

> 好山多半被云遮，北望中原路正赊，
> 高处旗升风日淡，南天冬尽见秋花。

这是用胡太太的那一句诗语的。

> 匡庐曾记昔年游，挂席名山孟氏舟，
> 谁分仓皇南渡日，一瓢犹得住瀛洲。

这是记关先生目前的这一句话的。

诗成之后，天也阴阴地晚了；赶下山来，还在暮天钟鼓声中，上极乐寺去求了两张签诗。其一是昭君和番的故事，诗叫作"一山如画对晴江，门里团圆事事双，谁料半途分析去，空帏无语对银釭"。我问的是前程，而他说的却似是家室。详猜不出，于是乎再来一次。其二是刘先生如鱼得水的故事，诗叫作"草庐三顾恩难报，今日相逢喜十分，恰似旱天俄得雨，筹谋鼎足定乾坤"。（前者第十四签，后者第廿一签。）签也求了，春满园的饱饭也吃了，回来之后，身体疲倦得像棉花一样。夜半挑灯，起来记此一段游踪；明天再玩一天，再宿一宵，就须附车南下，去做剪刀浆糊，油墨朱笔的消费人。欢娱苦短，来日方长，"三宿槟城恋有余"——这一句自作的歪诗，我将在车厢里念着，报馆办事房里念着，甚至于每日清早的便所里念着，直到我末日的来时为止。

覆车小记

槟城三宿之后，五日夜渡北海，刚巧是旧历的十五晚上，月光照耀海空，凉风绝似水晶帘底吹来，挥手与送别诸君分袂的时候，心里只觉得快活，何曾有一点恻恻吞声之感？当然依旧是"到处论交齐管鲍，天涯何地不家乡"的故态。

但是别离终竟是别离，或悲或喜的混合剧；当船离码头的一刹那，帘幕便揭开了：一位十五六岁的窈窕淑女，同一位很清秀的青年君子，欢天喜地上了船；船栏外来送的，多是些穿纱衫，围锦绣萨郎——马来装也，但不知是否这两字，亦不知是否如此的发音——套裙的女娇娘。开船的号令响了，机房里起了转动的声音，船上船下，一阵莺声燕语的唧唧喳喳，我原不晓得是在说些什么，推想起来，大约总是"前途珍重，后会有期"等套语吧？或则是"万里之行，从此始矣！"也说不定，在我这老天涯客看来，自然只是极平常的一次离别；但反应到了这淑女的心头，波澜似乎是千重万重的起了，先是莺声发了颤，继是方诸泻了盆，再则终于忍耐不住，跑开了栏杆。到无人的一角，取出手帕来尽情啼哭去了。这一幕，当然是离奇的悲喜剧。

还有回转舞台的第二幕，是表现在上下船的跳板旁边的；一群头上包着红白黑色的布，嘴周围长着黑黑丛丛的毛，脸上也有几位绣着皇天为加上圈儿的花的朋友，向一位身躯硕大的老长者，举起了手，齐声唱出了一曲也是听不明白的离别之歌；这或许是喀里达萨的萨功塔拉里的一小节，这也许是太戈尔的迷鸟里的一整首，总之是印度的一般人所熟诵的歌曲无疑。这一幕又似是纯粹的喜剧了。

旁观者的我们，自然要做一点剧评。同行的关先生先指那一位淑女说："她既和丈夫在一道，当然是快活的旅行，为什么要这样啼啼哭哭呢？"

"大约是新婚后，来回门（回娘家）的吧！"我的解释。

"那一位印度老长者，颈项里套在那里的花圈是什么意思？"我问关先生。

"他大约是在警界服务的，一定是升了官去赴任的无疑。来送的那些，当然是他的亲戚故旧，或旧日的同僚。"是关先生的回答。

有话则长，无话则短，我们平稳地渡过了海峡，按号数走进了联邦铁路的卧车房；火车也准时间开，我们也很有规则地倒下了床。只是窗门紧闭，车里有点儿觉得闷热，酣睡不成，只能拿出李词佣君赠我的《椰阴散忆》来消夜。读到了榴莲的最后一张，正想重起来拿王绍清的《亚细亚的怒潮》的时候，倦意频催，张口连打了几个呵欠，是睡乡带信来了，迷迷糊糊地不知怎么一来，终便失去了知觉。

这一睡醒来，可真不是诸葛武侯的隆中大梦之相仿！火车跳了三五下，玻璃窗变成了乐器；车箱里的马来小孩子，印度贵妇人，齐声哭了起来。我的身上，忽而滚来了许多行李和衣裳。一二分钟后，喀单当的一声大震。事情却定了局，车子已经横卧在轨道外的桥头草地里了，我们原是买了卧车票来的，而车子似乎也去买了一张，我们睡在它的怀里，它也循环相报地睡入了草地，以后便是旅客们的混乱。关先生赤了脚，携了一件雨衣，七横八竖，先出去打开了车门。我则一点儿经验毫无，只在卧铺底下收拾衣箱，更换衣服；穿上衣服之后，还在打领带的结。关先生是有过经验的，仓皇在门口叫着说："这时候还戴什么领带！快出来！快出来！"我却先把行李递了给他。行李取齐，一脚高来一脚低的爬出了车箱后，关先生才告诉我说："你真不晓事，万一电线走电，车箱里出了烟，我们就无生望了；火车出轨，最怕的是这一着！"

爬出车箱来一看，外面的情形，果然是一个大修罗场！五辆车子，东倒一辆，西睡一辆地横冲在轨道两旁的草地里；铁轨断了，飞了，腐朽的枕木，被截作了火柴干那么的细枝；碎石上，草地上，尽是些四散的行李与衣裳，和一群一群的人，还有几声叫痛的声音。天也有点白茫茫地曙了，拿出表来用香烟火一照，正是午前四点四十分钟的样子；以时间来计路程，则去丹绒马林只有一二十分钟，去吉隆坡只有两个钟头不足了；千里之驹，不能一蹶，这可替文生与华脱的创作品，到今天也曳了白。我们除了在荒地的碎石子上坐以待旦而外，另外也一点儿法子都没有。

痛定之后，坐在碎石上候救护车来的中间，我们所怨的，却是那些槟城的鲍叔们，无端送了我们许多食品用品，增加了许多件很重的行李，这时候抛弃了又不是，携带着更不能，进退维谷，只落得一个"白眼看行李，高情怨友生"的局面。因为火车出轨之处，正是一个上不在天，下不在田的中间地带，四旁没有村落，没有人夫，连打一个长途电话的便利都得不到。并且我们又不会讲马来话，不识东西南北的方向，万一有老虎出来，或雷雨直下的时候，我们便只有一条出路了，就是"长揖见阎君"而已。

在这情形下，直坐了四个多钟头，眼看得东方的全白，红日的出来，同车者的一群一群搬往火车龙头前面未损坏的轨道旁边。最后，我们也急起来了。用尽了阴（英）文阳（洋）文的力量，向几个马来路工交涉了许多次，想请他们发发慈悲，为我们搬一搬行李，但不知他们是真的不晓得呢，还是假的不知，连朝也不来朝一下，只如顽石铁头的样子，走过来，又走过去了。还是智多星的关老，猜透了这些马来人的心理，于一位年老的马来工人走近我们身边的时候，先显示了他以一个两毫银币，然后指指行李，他伸出手来，接过银币，果然把行李肩上肩头，向前搬了过去。于是转悲为喜的我们，也便高声地议论了起来："银币真能说话，马来话不晓得，倒也无妨！"说着、笑着、行着，走到了未损坏的路轨的边上，恰巧自丹绒马林来接的救护车也就到了。

上车后，越山入野，走了几站，于到万挠之先，我们又在车窗里发现了一辆房新民君自吉隆坡赶来救我们而寻我们不着的后追车，又到下一站的时候，我们便下了火车，与房君一道地坐汽车而回了吉隆坡。十二点十分，到吉隆坡后，我们又是天下太平的旅行人了，有郑振文博士旅店的款待，有陈济谋先生压惊洗尘的华筵。上车之前，并且还坐了陈先生的汽车，在吉隆坡市内市外，公园、公共机关、马来庙、中华会馆等处飞视了一巡。第二天早晨六点多钟，我们便是新加坡市上的小市民了。谢天谢地，这一次的火车出轨，总算是很合着经济的原则，以最少的代价而得到了最大的经验，更还要谢谢在槟城在吉隆坡的每一个朋友。因为不是他们的相招，不想去看他们，则这一便宜事情，也是得不着的。

散　文

马六甲游记

　　为想把满身的战时尘滓暂时洗刷一下，同时，又可以把个人的神经，无论如何也负担不起的公的私的积累清算一下之故，毫无踌躇，飘飘然驶入了南海的热带圈内，如醉如痴，如在一个连续的梦游病里，浑浑然过去的日子，好像是很久很久了，又好像是有一日一夜的样子。实在是，在长年如盛夏，四季不分明的南洋过活，记忆力只会一天一天的衰弱下去，尤其是关于时日年岁的记忆，尤其是当踏上了一定的程序工作之后的精神劳动者的记忆。

　　某年月日，为替一爱国团体上演《原野》而揭幕之故，坐了一夜的火车，从新加坡到了吉隆坡。在卧车里鼾睡了一夜，醒转来的时候，填塞在左右的，依旧是不断的树胶园，满目的青草地，与在强烈的日光里反射着殷红色的墙瓦的小洋房。

　　揭幕礼行后，看戏看到了午夜，在李旺记酒家吃了一次朱植生先生特为筹设的消夜筵席之后，南方的白夜，也冷悄悄的酿成了一味秋意；原因是由于一阵豪雨，把路上的闲人，尽催归了梦里，把街灯的玻璃罩，也洗涤成了水样的澄清。倦游人的深夜的悲哀，忽而从驶回逆旅的汽车窗里，露了露面，仿佛是在很远很远的异国，偶尔见到了一个不甚熟悉的同坐过一次飞机或火车的偕行伙伴。这一种感觉，已经有好久好久不曾尝到了，这是一种在深夜当游倦后的哀思啊！

　　第二天一早起来，因有友人去马六甲之便，就一道坐上汽车，向南偏西，上山下岭，尽在树胶园椰子林的中间打圈圈，一直到过了丹平的关卡以后，样子却有点不同了。同模型似的精巧玲珑的马来人亚答屋的住宅，配合上各种不同的椰子树的阴影，有独木的小桥，有颈项上长着双峰的牛车，还有负载着重荷，在小山坳密林下来去的原始马来人的远景，这些点缀，分明在告诉我，是在南洋的山野里旅行。但偶一转向，车驶入了平原，则又天空开展，水田里的稻秆青葱，田塍树影下，还有一二皮肤黝黑的农夫在默默地休息，这又像是在故国江南的旷野，正当五六月耕耘方起劲的时候。

到了马六甲,去海滨"彭大希利"的莱斯脱好坞斯(Rest House)去休息了一下,以后,就是参观古迹的行程了。导我们的先路的,是由何葆仁先生替我们去邀来的陈应桢、李君侠、胡健人等几位先生。

我们的路线,是从马六甲河西岸海滨的华侨银行出发,打从圣弗兰雪斯教堂的门前经过,先向市政厅所在的圣保罗山,亦叫作升旗山的古圣保罗教堂的废墟去致敬的。

这一块周围仅有七百二十英里方的马六甲市,在历史上、传说上,却是马来半岛,或者也许是南洋群岛中最古的地方,是在好久以前,就听人家说过的。第一,马六甲的这一个马来名字的由来,据说就是在十四世纪中叶,当新加坡的马来人,被爪哇西来的外人所侵略,酋长斯干达夏率领群众避至此地,息树阴下,偶问旁人以此树何名,人以"马六甲"对,于是这地方的名字,就从此定下了。而这一株有五六百年高寿的马六甲树,到现在也还婆娑独立在圣保罗的山下那一个旧式栈桥接岸的海滨。枝叶纷披,这树所覆的阴处,倒确有一连以上的士兵可扎营。

此外,则关于马六甲这名字的由来,还有酋长见犬鹿相斗,犬反被鹿伤的传说;另一说:则谓马六甲,系爪哇语"亡命"之意,或谓系爪哇人称巨港之音,巫来由即马六甲之变音。

这些倒还并不相干,因为我们的目的,只想去瞻仰那些古时遗下来的建筑物,和现时所看得到的风景之类;所以一过马六甲河,看见了那座古色苍然的荷兰式的市政厅的大门,就有点觉得在和数世纪前的彭祖老人说话了。

这一座门,尽以很坚强的砖瓦叠成,像低低的一个城门洞的样子;洞上一层,是施有雕刻的长方石壁,再上面,却是一个小小的钟楼似的塔顶。

在这里,又不得不简叙一叙马六甲的史实了:第一,这里当然是从新加坡西来的马来人所开辟的世界,这是在十四世纪中叶的事情。在这先头,从宋代的中国册籍(诸藩志)里,虽可以见到巨港王国的繁荣,但马六甲这一名,却未被发现。到了明朝,郑和下南洋的前后,马六甲就在中国书籍上渐渐知名了,这是十四世纪末叶的事情。在十六世纪初年,葡萄牙人第奥义·洛泊斯·特色开拉——(Diogo Lopez de Segueira)率领五艘海船到此通商,当为马六甲和西欧交通的开始时期。一千五百十一年,马六甲被亚儿封所·达儿勃开儿克(Alfonso dal Bugergue)所征服以后,南洋群岛就成了葡萄牙人独占的市场。其后荷兰继起,一千六百四十一年,马六甲便归入了荷人的掌握；现在所遗留的马六甲的史迹，以荷兰人的建筑物及墓碑为最多的原因，实在因为荷兰人在这里曾有过一百多年繁荣的历史的缘故。一七九五年，当拿破仑战争未息之前，马六甲管辖权移归了英国东印度公司。一八一五年因维也纳条约的结果，旧地复归还了荷属，等一八二四年的伦敦会议以后，英国终以苏门答腊和荷兰换回了这马六甲的治权。

关于马六甲的这一段短短的历史，简叙起来，也不过数百字的光景，可是这中间的杀伐流血，以及无名英雄的为国捐躯，为公殉义的伟烈丰功，又有谁能够仔细说得尽哩！

所以，圣保罗山下的市政厅大门，现在还有人在叫作"斯泰脱乎斯"的大门的，"斯泰脱乎斯"者，就是荷兰文——Stadt－Huys 的遗音，也就是英文 Town－House 或 City－House 的意思。

我们从市政厅的前门绕过，穿过图书馆的二楼，上阅兵台，到了旧圣保罗教堂的废墟门外的时候，前面那望楼上的旗帜已经在收下来了，正是太阳平西，将近午后四点钟的样子。伟大的圣保罗教堂，就单单只看了它的颓垣残垒，也可以想见得到当日的壮丽堂皇。迄今四五百年，雨打风吹，有几处早已没有了屋顶，但是周围的墙壁，以及正殿中上一层的石屋顶，仍旧是屹然不动，有泰山磐石般的外貌。我想起了三宝公到此地时的这周围的景象，我又想起了我们大陆国民不善经营海外殖民事业的缺憾；到现在被强邻压境，弄得半壁江山，尽染上腥污，大半原因，也就在这一点国民太无冒险心，国家太无深谋远虑的弱点之上。

市政厅的建筑全部，以及这圣保罗山的废墟，听说都由马六甲的史迹保存会的建议，请政府用意保护着的；所以直到了数百年后的今日，我们还见得到当时的荷兰式的房屋，以及圣保罗教堂里的一个上面盖有小方格铁板的石穴。这石穴的由来，就因十六世纪中叶的圣芳济（St. Francis Xavier）去中国传教，中途病故，遗体于运往卧亚（Goa）之前，曾在此穴内埋葬过五个月（一五五三年三月至同年八月）的因缘。废墟的前后，尽是坟茔，而且在这废墟的堂上，圣芳济遗体虚穴的周围，也陈列着许多四五百年以前的墓碑。墓碑之中，以荷兰文的碑铭为最多，其间也还有一两块葡萄牙文的墓碑在哩！

参观了这圣保罗山以后，我们的车就遵行着"彭大希利"的大道，驶向了东面圣约翰山的故垒。这山头的故垒，还是葡萄牙人的建筑，炮口向内，用意分明是防止本土人的袭击的，炮垒中的堑壕坚强如故；听说还有一条地道，可以从这山顶通行到海边福脱路的旧叠门边。这时候夕阳的残照，把海水染得浓蓝，把这一座故垒，晒得赭黑，我独立在雉堞的缺处，向东面远眺了一回马来亚南部最高的一支远山，就也默默地想起了萨雁门的那一首"六代豪华，春去也，更无消息"的金陵怀古之词。

从圣约翰山下来，向南洋最有名的那一个飞机型的新式病院前的武极巴拉（Bukit Palah）山下经过，赶上青云亭的坟山，去向三宝殿致敬的时候，平地上已经见不到阳光了。

三宝殿在青云亭坟山三宝山的西北麓，门朝东北，门前几棵红豆大树作旗幛。殿后有三宝井，听说井水甘洌，可以治疾病，市民不远千里，都来灌取。坟山中的古墓，有皇明碑纪的，据说现尚存有两穴。但我所见到的却是坟山北麓，离三宝殿约有数百步远的一穴黄氏的古茔。碑文记有"显考维弘黄公，妣寿妲谢氏墓，皇明壬戌仲冬谷旦，孝男黄子、黄辰同立"字样，自然是三百年以前，我们同胞的开荒远祖了。

晚上，在何葆仁先生的招待席散以后，我们又上中国在南洋最古的一间佛庙青云亭去参拜了一回。青云亭是明末遗民，逃来南洋，以帮会势力而扶植侨民利益的最古的一所公共建筑物。这庙的后进，有一神殿，供着两位明代表冠，发须楚楚的塑像，长生禄位牌上，记有开基甲国的甲必丹芳杨郑公及继理宏业的甲必丹君常李公的名字；在这庙的旁边一间碑亭里，听说还有两块石碑树立在那里，是记这两公的英伟事迹的，但因为暗夜无灯，终于没有拜读的机会。

走马看花，马六甲的五百年的古迹，总算匆匆地在半天之内看完了。于走回旅舍之前，又从歪斜得如中国街巷一样的一条娘惹街头经过，在昏黄的电灯底下谈着走着，简直使人感觉到不像是在异邦飘泊的样子。马六甲实在是名符其实的一座古城，尤其是从我们中国人看来。

回旅舍洗过了澡，含着纸烟，躺在回廊的藤椅上举头在望海角天空的时候，从星光里，忽而得着了一个奇想。譬如说吧，正当这一个时候，旅舍的侍者，可以拿一个名刺，带领一个人进来访我。我们中间可以展开一次上下古今的长谈。长谈里，可以有未经人道的史实，可以有悲壮的英雄抗敌的故事，还可以有缠绵哀艳的情史。于送这一位不识之客去后，看看手表，当在午前三四点钟的时候。我倘再回忆一下这一位怪客的谈吐、装饰，就可以发现他并不是现代的人。再寻他的名片，也许会寻不着了。第二天起来，若问侍者以昨晚你带来见我的那位客人（可以是我们的同胞，也可以是穿着传教师西装的外国人），究竟是谁？侍者们都可以一致否认，说并没有这一回事。这岂不是一篇绝好的小说么？这小说的题目，并且也是现成的，就叫作《古城夜话》或《马六甲夜话》，岂不是就可以了么？

  我想着想着，抽尽了好几支烟卷，终于被海风所诱拂，沉入到忘我的梦里去了。第二天的下午，同样的在柏油大道上飞驰了半天，在麻坡与峇株巴辖过了两渡，当黄昏的阴影盖上柔佛长堤桥面的时候，我又重回到了新加坡的市内。《马六甲夜话》、《古城夜话》，这一篇——Imaginary Conversa-tions——幻想中的对话录，我想总有一天会把它记叙出来。

  按：马六甲树为一种小乔木，属大戟科（*Euphor－Biaceae*）。俗传马六甲海滨之大树为马六甲树，实属误会。马六甲树学名有三：一曰 *Emblic Officinalis*, *Gaertu*，一曰 *Eubic Pect－inata*, *Prdl*，一曰 *Phy llamthus emblic*, *Linn* 巫名 *Melaka* 或 *Malaka*（源出梵文），俗作 *Kaya Laka*，一*Laka－Laka*, *Joalong*（或为 *Dulang* 之讹）。*Semang* 语作 *Kik*，爪哇语作 *Kemlaka*，巽他语作 *Malaka*；苏门答腊作 *Balaka* 或 *Balakgka*；暹语作 *Kam Taut*, *Makam Paun*, *Makam Pawai*。其树遍生南洋各地，果实奇渍食，亦可入药。干果可愈赤痢，敷于首可医头痛，亦可作吐剂。印人常以其汁治胃弱并道泻，外用可治关骨；发酵复能治黄胆病，咳嗽及消化不良。鲜果可为泻剂。其叶入药，可治寒热。树皮入药，可治象之胃疾。其木亦成材。又实、叶、树皮复皆可为染料。

零余者

> Arm am Beutel, krank am Herzen,
> Schleppt ich meine langen Tage,
> Armut ist die groesste Plage,
> Reichtum ist das hoechste Gut.

不晓在什么时候什么地方看见过的这几句诗,轻轻的在口头念着,我两脚合了微吟的拍子,又慢慢的在一条城外的大道上走了。

> 袋里无钱,心头多恨。
> 这样无聊的日子,教我捱到何时始尽。
> 啊啊,贫苦是最大的灾星,
> 富裕是最上的幸运。

诗的意思,大约不外乎此,实际上人生的一切,我想也尽于此了。"不过令人愁闷的贫苦,何以与我这样的有缘?使人生快乐的富裕,何以总与我绝对的不来接近?"我眼睛呆呆的注视着前面空处,两脚一步一步踏上前去,一面口中虽在微吟,一面于无意中又在作这些牢骚的想头。

是日斜的午后,残冬的日影,大约不久也将收敛光辉了,城外一带的空气,仿佛要凝结拢来的样子。视野中散在那里的灰色的城墙,冰冻的河道,沙土的空地荒田,和几丛枯曲的疏树,都披了淡薄的斜阳,在那里伴人的孤独。一直前面大约在半里多路前的几个行人,因为他们和我中间距离太远了,在我脑里竟不发生什么影响。我觉得他们的几个肉体,和散在道旁的几家泥屋及左面远立着的教会堂,都是一类的东西;散漫零乱,中间没有半点联络,也没有半点生气,当然更没有一些儿的情感了。

"唉嘿,我也不知在这里干什么?"

微吟倦了,我不知不觉便轻轻的长叹了一声。慢慢的走去,脑里的思想，只往昏黑的方面进行；我的头愈俯愈下了。

　　——实在我的衰退之期，来得太早了。……像这样一个人在郊外独步的时候，若我的身子忽而能同一堆春雪遇着热汤似的消化得干干净净，岂不很好么？……回想起来，又觉得我过去二十余年的生涯是很长的样子……我什么事情没有做过？……儿子也生了，女人也有了，书也念了，考也考过好几次了，哭也哭过，笑也笑过，嫖赌吃着，心里发怒，受人欺辱，种种事情，种种行为，我都经验过了，我还有什么事情没有做过？……等一等，让我再想一想看，究竟有没有什么没有经验过的事情了，……自家死还没有死过；啊，还有还有，我高声骂人的事情还不曾有过，譬如气得不得了的时候，放大了喉咙，把敌人大骂一场的事情。就是复仇复了的时候的快感，我还没有感得过。……啊啊！还有还有，监牢还不曾坐过，……唉，但是假使这些事情，都被我经验过了，也有什么？结果还不是一个空么？……嘿嘿，嗯嗯。——到了这里，我的思想的连续又断了。

　　　　袋里无钱，心头多恨。
　　　　这样无聊的日子，教我捱到何时始尽。
　　　　啊啊，贫苦是最大的灾星，
　　　　富裕是最上的幸运。

　　微微的重新念着前诗，我抬起头来一看，觉得太阳好像往西边又落了一段，倒在右手路上的自己的影子，更长起来了。从后面来的几乘人力车，也慢慢的赶过了我。一边让他们的路，一边我听取了坐车的人和车夫在那里谈话的几句断片。他们的话题，好像是关于女人的事情。啊啊，可羡的你们这几个虚无主义者，你们大约是上前边黄土坑去买快乐去的吧，我见了你们，倒恨起我自家没有以前的生趣来了。

　　一边想一边往西北的走去，不知不觉已走到了京绥铁路的路线上。从此偏东北的再进几步，经过了白房子的地狱，便可顺了通万牲园的大道进西直门去的，苍凉的暮色，从我的灰黄的周围逼近拢来，那倾斜的赤日，也一步一步的低垂下去了。大好的夕阳，留不多时，我自家以为在冥想里沉没得不久，而四边的急景，却告诉我黄昏将至了。在这荒野里的物体的影子，渐渐的散漫了起来。不知从何处吹来的微风，也有些急促的样子，带着一种惨伤的寒意。后面踱踱踱踱的又来了一乘空的运货马车,一个披着光面皮里子的车夫,默默的斜坐在前头车板上吃烟,我忽而感觉得天寒岁暮,好像一个人飘泊在俄国的乡下。马车去远了,白房子的门外,有几乘黑旧的人力车停在那里。车夫大约坐在踏脚板上休息,所以看不出他们的影子来。我避过了白房子的地狱,从一块高塬上的地里,打算走上通西直门的大道上去。从这高处向四边一望,见了凋丧零乱排列在灰色幕上的野景,更使我感得了一种日暮的悲哀。

——唉唉,人生实在不知究竟是什么一回事?歌歌哭哭,死死生生,……世界社会,兄弟朋友,妻子父母,还有恋爱,啊呀,恋爱,恋爱,恋爱,……还有金钱,……啊啊……

>   Armut ist die groesste Plage,
>   Reichtum ist das hoechste Gut.

好诗好诗!

>   The curfew tolls the knell of parting day,
>   The lowing herd winds slowly o'er the lea,
>   The ploughman homeward plods his weary way,
>   And leaves the world to darkness and to me.

好诗好诗!

>   And leaves the world to darkness and to me.

我的错杂的思想,又这样的弥散开来了。天空高处,寒风呜呜的响了几下,我俯倒了头,尽往东北的走去,天就快黑了。

远远的城外河边,有几点灯火,看得出来,大约紫蓝的天空里,也有几点疏星放起光来了吧?大道上断续的有几乘空马车来往,车轮的踱踱踱踱的声音,好像是空虚的人生的反响,在灰暗寂寞的空气中散了。我遵了大道,以几点灯火作了目标,将走近西直门的时候,模糊隐约的我的脑里,忽而起了一个个霹雳。到这时候止,常在脑里起伏的那些毫无系统的思想,都集中在一个中心点上,成了一个霹雳,显现了出来。

"我是一个真正的零余者!"

这就是霹雳的核心,另外的许多思想,不过是些附属在这霹雳上的枝节而已。这样的忽而发见了思想的中心点,以后我就用了科学的方法推了下去:

——我的确是一个零余者,所以对于社会人世是完全没有用的。a superfluous man! a useless man! superfluous! superfluous……证据呢?这是很容易证明的……——这时候,我的两只脚已经在西直门内的大街上运转。四边来往的人类,究竟比城外混杂得多。天也已经昏黑,道旁的几家破店和小摊,都点上灯了。

——第一……我且从远处说起吧……第一,我对于世界是完全没有用的。……我这样生在这里,世界和世界上的人类,也不能受一点益处;反之,我死了,世界社会,也没有一些儿损害,这是千真万真的。……第二,且说中国吧!对于这样混乱的中国,我竟不能制造一个炸弹,杀死一个坏人。中国生我养我,有什么用处呢?……再缩小一点,嗳,再缩小一点,第三,第三且说家庭吧!啊,对于我的家庭,我却是个少不得的人了。在外国念书的时候,已故的祖母听见说我有病,就要哭得两眼红肿。就是半男性的母亲,当我有一次醉死在朋友家里的时候,也急得大哭起来。此外我的女人,我的小孩,当然是少我不得的!哈哈,还好还好,我还是个有用之人。——想到了这里,我的思想上又起了一个冲突。前刻发现的那个思想上的霹雳,几乎可以取消的样子,但迟疑了一会,我终究解决不了这个问题的矛盾性。抬起头来一看,我才知道我的身体已被我搬在一条比较热闹的长街上行动。街路两旁的灯火很多,来往的车辆也不少,人声也很嘈杂,已经是真正的黄昏时候了。

——像这样的时候,若我的女人在北京,大约我总不会到市上来飘荡的吧!在灯火底下,抱了自家的儿子,一边吻吻他的小嘴,一边和来往厨下忙碌的她问答几句,踱来踱去,踱去踱来,多少快乐啊!啊啊,我对于我的女人,还是一个有用之人哩!不错不错,前一个疑问,还没有解决,我究竟还是一个有用之人么?——这时候,我意识里的一切周围的印象,又消失了。我还是伏倒了头,慢慢的在解决我的疑问:——家庭,家庭,……第三,家庭,……让我看,哦,啊,我对于家庭还是一个完全无用之人!……丝毫没有功利主义的存心,完全沉溺于的盲目之爱的我的祖母,已经死了。母亲呢?……啊啊,我读书学术,到了现在,还不能做出一点轰轰烈烈的事业来,就是这几块钱……——我那时候两只手却插在大氅的袋内,想到了这里,两只手自然而然的向袋里散放着的几张钞票捏了一捏。

——啊啊,就是这几块钱,还是昨天从母亲那里寄出来的,我对于母亲有什么用处呢?我对于家庭有什么用处呢?我的女人,我不去娶她,总有人会去娶她的;我的小孩,我不生他,也有人会生他的,我完全是一个无用之人呀,我依旧是一个无用之人呀!——急转直下的想到了这里,我的胸前忽觉得有一块铁板压着似的难过得很。我想放大了喉咙,啊的大叫它一声,但是把嘴张了好几次,喉头终放不出音来。没有方法,我只能放大了脚步,向前同跑也似的急进了几步。这样的不知走了几分钟,我看见一乘人力车跑上前来兜我的买卖。我不问皂白,跨上了车就坐定了。车夫问我上什么地方去,我用手向前指指,喉咙只是和被热铁封锁住的一样,一句话也讲不出来。人力车向前面跑去,我只见许多灯火人类,和许多不能类列的物体,在我的两旁旋转。

"前进!前进!像这样的前进吧!不要休止,不要停下来!"

我心里一边在这样的希望,一边却在恨车夫跑得太慢。

北国的微音

北国的寒宵，实在是沉闷得很，尤其是像我这样的不眠症者，更觉得春夜之长。似水的流年，过去真快，自从海船上别后，匆匆又换了年头。以岁月计算，虽则不过隔了五个足月，然而回想起来，我同你们在上海的历史，好像是隔世的生涯，去今已有几百年的样子。河畔冰开，江南草长，虫鱼鸟兽，各有阳春发动之心，而自称为动物中之灵长，自信为人类中的有思想者的我，依旧是奄奄待毙，没有方法消度今天，更没有雄心欢迎来日。几日前头，有一位日本的新闻记者，来访我的贫居。他问我："为什么要消沉到这个地步？"我问他："你何以不消沉，要从东城跑许多路特来访我？"他说："是为了职务。"我又问他："你的职务，是对谁的？"他说："我的职务，是对国家，对社会的。"我说："那么你就应该知道我的消沉也是对国家，对社会的。现在世上的国家是什么？社会是什么？尤其是我们中国？"他的来访的目的，本来是为问我对于日本对华文化事业的意见如何，中国将来的教育方针如何的，——他之所以来访者，一则因为我在某校里教书，二则因为我在日本住过十多年，或者对于某种事项，略有心得的缘故——后来听了我这一段诡辩，他也把职务丢开，谈了许多无关紧要的闲话走了。他走之后，我一个人衔了纸烟想想，觉得人类社会的许多事情，毕竟是庸人自扰。什么国富兵强，什么和平共乐，都是一班野兽，于饱食之余，在暖梦里织出来的回文锦字。像我这样的生性，在我这样的境遇下的闲人，更有什么可想，什么可做呢？写到这里我又想起 T 君批评我的话来了，他说"某书的作者，嘲世骂俗，却落得一个牢骚派的美名"。实在我想 T 君的话，一点儿也不错。人若把我们的那些浅薄无聊的"徒然草"合在一处，加上一个牢骚派的名目，思欲抹杀而厌鄙之，倒反便宜了我们。因为我们的那些东西，本来是同身上的积垢，口中的吐气一样，不期然而然的发生表现出来的，哪里配称作牢骚，更哪里配称作派呢？我读到《歧路》，沫若，觉得你对于自家的艺术的虚视——这虚视两字，我也不知道妥当不妥当，或者用怀疑两字比较得的切吧——也和我一样。不错不错，我这封信，是从友人宴会席上回来，读了

《歧路》之后，拿起笔来写的。我写这一封信的动机，原是想和你们谈谈我对于《歧路》的感想的呀！

沫若！我觉得人生一切都是虚幻，真真实在的，只有你说的"凄切的孤单"，倒是我们人类从生到死味觉得到的唯一的一道实味。就是京沪报章上，为了金钱或者想建筑自家的名誉的缘故，在那里含了敌意，做文章攻击你的人，我仔细替他们一想，觉得他们也在感着这凄切的孤独。唯其感到孤独，所以他们只好做些文章来卖一点金钱，或者竟牺牲了你来博一点小小的名誉，毕竟他们还是人，还是我们的同类，这"孤单"的感觉，终究是逃不了的，所以他们的文章里最含恶意，攻击你最甚的处所，便是他们的孤独感表现得最切的地方。名利的争夺，欲牺牲他人而建立自己的恶心，——简单点说，就说生存竞争吧——依我看来，都是由这"孤单"的感觉催发出来的。人生的实际，既不外乎这"孤单"的感觉，那么表现人生的艺术，当然也不外乎此，因此我近来对于艺术的意见和评价，都和从前不同了。我觉得艺术并没有十分可以推崇的地方，她和人生的一切，也没有什么特异有区别的地方。努力于艺术，献身于艺术，也不须有特别的表现。牢牢捉住了这"孤单"的感觉，细细地玩味，由他写成诗歌小说也好，制成音乐美术品也好，或者竟不写在纸上，不画在布上壁上，不雕在白石上，不奏在乐器上，什么也不表现出来，只教他能够细细的玩味这"孤单"的感觉，便是绝好的"创造"。

仿吾！这一段无聊的废话，你看对不对？我在写这封信之先，刚从一位朋友处的宴会回来，席上遇见了许多在日本和你同科的自然科学家。他们都已经成了富者，现在是资本家了。我夹在这些衣狐裘者的老同学中间，当然觉得十分的孤独，然而看看他们挟了皮箧，奔走不宁的行动，好像他们也有些在觉得人生的孤寂的样子。我前边不是说过了么？唯其感到孤寂，所以要席不遑暖的去追求名利。然而究竟我不是他们，所以我这主观的推测，也许是错了的。

我现在因为抱有这一种感想，所以什么东西也写不下来，什么东西也不愿意拿来阅读。有时候要想玩味这"凄切的孤单"，在日斜的午后，老跑出城外去独步。这里城外多是黄沙的田野，有几处也有清溪断壁，绝似日本郊外未开辟之先的代代木新宿等处。不过这里一堆一堆的黄土小冢，和有钱的人家的白杨松树的坟茔很多，感视少微与日本不同一点。今晚在宴会的席上,在许多鸿儒谈笑的中间,我胸中的感觉,同在这样的白杨衰草的坟地里漫步时一样。不过有一点我觉得比从前进步了;从前我和境遇比我美满的朋友——实际上除你们几个人之外,哪一个境遇比我不美满?——相处,老要起一种感伤,有时竟会滴下泪来。现在非但眼泪不会滴下来,并且也能如他们一样的举起箸来取菜,提起杯来喝酒。不过从前的那一种喜欢谈话的冲动,现在没有了。他们入座,我也就坐,他们吃菜,我也吃菜。劝我喝酒,我就喝,干杯就干杯。席散了,我就回来。雇车雇不着,就慢慢的在黄昏的街道上走。同席者的汽车马车,从我身边过去的时候,他们从车中和我点头,我也回点一头。他们不点头,我也让他们的车子过去,横竖是在后头跟走几步,他们的车子就可以老远的上我前头去的。所以无避入叉路上去的必要。还有一点和从前不同的地方,就是我默默的坐在那里,他们来要求我猜拳的时候,我总笑笑,摇摇头,举起杯来喝一杯酒,教他们去要求坐在我下面的一个人猜。近来喝酒也喝不大醉,醉了也不过默默的走回家来坐坐,吸吸烟,倒点茶喝喝。

今晚的宴会,散得很早,我回家来吸吸烟喝喝茶,觉得还睡不着,所以又拿出了周报的《歧路》来看。沫若!大卫生的诗,实在是做得不坏,不过你的几行诗,我也很喜欢念。你的小孩的那个两脚没有的洋囡,我说还是包包好,寄到日本去吧!回头他们去买一个新的时候,怕又要破费几角钱哩。

昨天一个朋友来说他读到《歧路》,真的眼泪出了。我劝他小心些,这句话不要说出来教人家听见,恐怕有人要说他的眼泪不值钱。他说近来他也感染了一种感伤病,不晓得怎么的,感情好像回返小孩子时代去了。说到这里,他忽而眼圈又红了起来,叫了我一声:"达夫!我……我可惜没有钱……"我也对他呆看了半晌,后来他一句话也不说,立起身来就走,我也默默的送他出门去了。(这样的朋友,上我这里来的很多。他们近来知道了我的脾气,来的时候,艺术也不谈了,我的几篇无聊的作品和周报季刊的事情也不提起了。有几次我们真有主客两人相对,默默而过半点钟的时候。像这样的 pause 的中间,我觉得我的精神上最感得满足。因为有客人在前头,我一时可以不被那一种独坐时常想出来的无聊的空虚思想所侵蚀,而一边这来客又不在言语,我的听取对话和预备回答的那些麻烦注意可以省去。)不过,沫若!我说你那一篇《歧路》写得很可惜,你若不写出来,你至少可以在那一种浓厚的孤独感里浸润好几天。现在写出了之后,我怕你的那一种"凄切的孤单"之感,要减少了吧?

仿吾!我说你还是保守着独身主义,不要想结婚的好!恐怕你若结了婚,一时要失掉你的这孤独之感。而这孤独之感,依我说来,便是艺术的酵素,或者竟可以说是艺术的本身。所以你若结了婚,怕一时要与艺术违离。讲到这里我怕你要反问我"那么你们呢?你和沫若呢?"是的,我和沫若是一时与艺术离异过的,不过现在我们已经恢复了原来的孤独罢了。……

嗳!嗳!不知不觉,已经写到午前三点钟了。

仿吾!沫若!要想写的话,是写不完的,我迟早还是弄几个车钱到上海来一次吧!大约我在北京打算只住到六月,暑假以后,我怎么也要设法回浙江去实行我的乡居的宿愿。若在最近的时期中弄不到车钱,不能够到上海来,那么我们等六月里再见吧!

小　说

沉　沦

一

他近来觉得孤冷得可怜。

他的早熟的性情，竟把他挤到与世人绝不相容的境地去，世人与他的中间介在的那一道屏障，愈筑愈高了。

天气一天一天的清凉起来，他的学校开学之后，已经快半个月了。那一天正是九月的二十二日。

晴天一碧，万里无云，终古常新的皎日，依旧在她的轨道上，一程一程的在那里行走。从南方吹来的微风，同醒酒的琼浆一般，带着一种香气，一阵阵的拂上面来。在黄苍未熟的稻田中间，在弯曲同白线似的乡间的官道上面，他一个人手里捧了一本六寸长的 Wordsworth① 的诗集，尽在那里缓缓的独步。在这大平原内，四面并无人影；不知从何处飞来的一声两声的远吠声，悠悠扬扬的传到他耳膜上来。他眼睛离开了书，同做梦似的向有犬吠声的地方看去，但看见了一丛杂树，几处人家，同鱼鳞似的屋瓦上，有一层薄薄的蜃气楼，同轻纱似的，在那里飘荡。

"Oh, you serene gossamer! You beautiful gossamer!"②

这样的叫了一声，他的眼睛里就涌出了两行清泪来，他自己也不知道是什么缘故。

呆呆的看了好久，他忽然觉得背上有一阵紫色的气息吹来，息索的一响，道旁的一枝小草，竟把他的梦境打破了。他回转头来一看，那枝小草还是颠摇不已，一阵带着紫罗兰气息的和风，温微微的喷到他那苍白的脸上来。在这清和的早秋的世界里，在这澄清透明的以太中，他的身体觉得同陶

---

① 英文：华兹华斯，英国作家。
② 英文："哦，你这宁静的轻纱！你这美丽的轻纱！"

醉似的酥软起来。他好像是睡在慈母怀里的样子。他好像是梦到了桃花源里的样子。他好像是在南欧的海岸，躺在情人膝上，在那里贪午睡的样子。

他看看四边，觉得周围的草木，都在那里对他微笑。看看苍空，觉得悠久无穷的大自然，微微的在那里点头。一动也不动的向天看了一会，他觉得天空中，有一群小天神，背上插着了翅膀，肩上挂着了弓箭，在那里跳舞。他觉得乐极了。便不知不觉开了口，自言自语的说：

"这里就是你的避难所。世间的一般庸人都在那里妒忌你，轻笑你，愚弄你；只有这大自然，这终古常新的苍空皎日，这晚夏的微风，这初秋的清气，还是你的朋友，还是你的慈母，还是你的情人，你也不必再到世上去与那些轻薄的男女共处去，你就在这大自然的怀里，这纯朴的乡间终老了吧。"

这样的说了一遍，他觉得自家可怜起来，好像有万千哀怨，横亘在胸中，一口说不出来的样子。含了一双清泪，他的眼睛又看到他手里的书上去。

Behold her, single in the field,
You solitary Higiland lass!
Reaping and singing by herself;
Stop here, or gently pass!
Alone she cuts, and binds the grain,
And sings a melancholy strain;
Oh, listen! for the vale profound
is overflowing with the sound.

看了这一节之后，他又忽然翻过一张来，脱头脱脑的看到那第三节去。

Will no one tell me what she sings?
Perhaps the plaintive numbers flow
For old, unhappy far-off things,
And battle long ago:
Or is it some more humble lay,
Familiar matter of today?

> Some natural sorrow, loss, or pain,
> That has been and may be again!

　　这也是他近来的一种习惯，看书的时候，并没有次序的。几百页的大书，更可不必说了，就是几十页的小册子，如爱美生的《自然论》(Emerson's On Nature)，沙罗的《逍遥游》(Thoreau's Excursion)之类，也没有完完全全从头至尾的读完一篇过，当他起初翻开一册书来看的时候，读了四行五行或一页二页，他每被那一本书感动，恨不得要一口气把那一本书吞下肚子里去的样子，到读了三页四页之后，他又生起一种怜惜的心来。他心里似乎说：

　　"像这样的奇书，不应该一口气就把它念完，要留着细细儿的咀嚼才好。一下子就念完了之后，我的热望也就不得不消灭，那时候我就没有好望，没有梦想了，怎么使得呢？"

　　他的脑里虽然有这样的想头，其实他的心里早有一些儿厌倦起来，到了这时候，他总把那本书收过一边，不再看下去。过几天或者过几个钟头之后，他又用了满腔的热忱，同初读那一本书的时候一样的，去读另外的书去；几日前或者几点钟前那样的感动他的那一本书，就不得不被他遗忘了。

　　放大了声音把渭迟渥斯的那两节诗读了一遍之后，他忽然想把这一首诗用中国文翻译出来。

　　《孤寂的高原刈稻者》

　　他想想看，The Solitary Highland Reaper 诗题只有如此的译法。

> 你看那个女孩儿，她只一个人在田里，
> 你看那边的那个高原的女孩儿，她只一个人冷清清地！
> 她一边刈稻，一边在那儿唱着不已；
> 她忽儿停了，忽而又过去了，轻盈体态，风光细腻！
> 她一个人，刈了，又重把稻儿捆起，
> 她唱的山歌，颇有些儿悲凉的情味；
> 听呀听呀！这幽谷深深，
> 全充满了她的歌唱的清音。

有人能说否,她唱的究竟是什么?
或者她那万千的痴话,
是唱着前代的哀歌,
或者是前朝的战事,千兵万马;
或者是些坊间的俗曲,
便是目前的家常闲说?
或者是些天然的哀怨,必然的丧苦,自然的悲楚,
这些事虽是过去的回思,将来想亦必有人指诉。

他一口气译了出来之后,忽又觉得无聊起来,便自嘲自骂的说:

"这算是什么东西呀,岂不同教会里的赞美歌一样的乏味么?英国诗是英国诗,中国诗是中国诗,又何必译来对去呢!"

这样的说了一句,他不知不觉便微微儿的笑起来。向四边一看,太阳已经打斜了;大平原的彼岸,西边的地平线上,有一座高山,浮在那里,饱受了一天残照,山的周围酝酿成一层朦朦胧胧的岚气,反射出一种紫不紫红不红的颜色来。

他正在那里出神呆看的时候,喀的咳嗽了一声,他的背后忽然来了一个农夫。回头一看,他就把他脸上的笑容改装了一副忧郁的面色,好像他的笑容是怕被人看见的样子。

二

他的忧郁症愈闹愈甚了。

他觉得学校里的教科书,味同嚼蜡,毫无半点生趣。天气清朗的时候,他每捧了一本爱读的文学书,跑到人迹罕至的山腰水畔,去贪那孤寂的深味去。在万籁俱寂的瞬间,在天水相映的地方,他看看草木虫鱼,看看白云碧落,便觉得自家是一个孤高傲世的贤人,一个超然独立的隐者。有时在山中遇着一个农夫,他便把自己当作了 Zaratustra①,把 Zaratustra 所说的话,也在心里对那农夫讲了。他的 megalomania② 也同他的 hypochondria③ 成了正

---

① 德文:查拉图斯特拉。
② 英文:夸大妄想狂。
③ 英文:忧郁症。

比例，一天一天的增加起来。他竟有连接四五天不上学校去听讲的时候。

有时候到学校里去，他每觉得众人都在那里凝视他的样子。他避来避去想避他的同学，然而无论到了什么地方，他的同学的眼光，总好像怀了恶意，射在他的背脊上面。

上课的时候，他虽然坐在全班学生的中间，然而总觉得孤独得很；在稠人广众之中，感得的这种孤独，倒比一个人在冷清的地方，感得的那种孤独，还更难受。看看他的同学，一个个都是兴高采烈的在那里听先生的讲义，只有他一个人身体虽然坐在讲堂里头，心想却同飞云逝电一般，在那里作无边无际的空想。

好容易下课的钟声响了！先生退去之后，他的同学说笑的说笑，谈天的谈天，个个都同春来的燕雀似的，在那里作乐；只有他一个人锁了愁眉，舌根好像被千钧的巨石锤住的样子，兀的不作一声。他也很希望他的同学来对他讲些闲话，然而他的同学却都自家管自家的去寻欢作乐去，一见了他那一副愁容，没有一个不抱头奔散的，因此他愈加怨他的同学了。

"他们都是日本人，他们都是我的仇敌，我总有一天来复仇，我总要复他们的仇。"

一到了悲愤的时候，他总这样的想的，然而到了安静之后，他又不得不嘲骂自家说：

"他们都是日本人，他们对你当然是没有同情的，因为你想得到他们的同情，所以你怨他们，这岂不是你自家的错误么？"

他的同学中的好事者。有时候也有人来向他说笑的，他心里虽然非常感激，想同那一个人谈几句知心的话，然而口中总说不出什么话来；所以有几个解他的意的人，也不得不同他疏远了。

他的同学日本人在那里欢笑的时候，他总疑他们是在那里笑他，他就一霎时的红起脸来。他们在那里谈天的时候，若有偶然看他一眼的人，他又忽然红起脸来，以为他们是在那里讲他。他同他同学中间的距离，一天一天的远背起来，他的同学都以为他是爱孤独的人，所以谁也不敢来近他的身。

有一天放课之后，他挟了书包，回到他的旅馆里来，有三个日本学生系同他同路的。将要到他寄寓的旅馆的时候，前面忽然来了两个穿红裙的女学生。在这一区市外的地方，从没有女学生看见的，所以他一见了这两个女子，呼吸就紧缩起来。他们四个人同那两个女子擦过的时候，他的三个日本人的同学都问她们说：

"你们上哪儿去？"

那两个女学生就作起娇声来回答说：

"不知道！"

"不知道！"

那三个日本学生都高笑起来，好像是很得意的样子；只有他一个人似乎是他自家同她们讲了话似的，害了羞，匆匆跑回旅馆里来。进了他自家的房，把书包用力的向席上一丢，他就在席上躺下了。他的胸前还在那里乱跳，用了一只手枕着头，一只手按着胸口，他便自嘲自骂的说：

"你这卑怯者！"

"你既然怕羞，何以又要后悔？"

"既要后悔，何以当时你又没有那样的胆量？不同她们去讲一句话？"

"Oh, coward, coward！"①

说到这里，他忽然想起刚才那两个女学生的眼波来了。

那两双活泼泼的眼睛！

那两双眼睛里，确有惊喜的意思含在里头。然而再仔细想了一想，他又忽然叫起来说：

"呆人呆人！她们虽有意思，与你有什么相干？她们所送的秋波，不是单送给那三个日本人的么？唉！唉！她们已经知道了，已经知道我是支那人了，否则她们何以不来看我一眼呢！复仇复仇，我总要复她们的仇。"

说到这里，他那火热的颊上忽然滚了几颗冰冷的眼泪下来。他是伤心到极点了。这一天晚上，他记的日记说：

我何苦要到日本来，我何苦要求学问。既然到了日本，那自然不得不被他们日本人轻侮的。中国呀中国！你怎么不富强起来，我不能再隐忍过去了。

故乡岂不有明媚的山河，故乡岂不有如花的美女？我何苦要到这东海的岛国里来！

到日本来倒也罢了，我何苦又要进这该死的高等学校。他们留

---

① 英文："唉，懦夫，懦夫！"

了五个月学回去的人，岂不在那里享荣华安乐么？这五六年的岁月，教我怎么能挨得过去。受尽了千辛万苦，积了十数年的学识，我回国去，难道定能比他们来胡闹的留学生更强么？

　　人生百岁，年少的时候，只有七八年的光景，这最纯最美的七八年，我就不得不在这无情的岛国里虚度过去，可怜我今年已经是二十一了。

　　槁木的二十一岁！

　　死灰的二十一岁！

　　我真还不如变了矿物质的好，我大约没有开花的日子了。

　　知识我也不要，名誉我也不要，我只要一个安慰我体谅我的"心"。一副白热的心肠！从这一副心肠里生出来的同情！从同情而来的爱情！

　　我所要求的就是爱情！

　　若有一个美人，能理解我的苦楚，她要我死，我也肯的。

　　若有一个妇人，无论她是美是丑，能真心真意的爱我，我也愿意为她死的。

　　我所要求的就是异性的爱情！

　　苍天呀苍天，我并不要知识，我并不要名誉，我也不要那些无用的金钱，你若能赐我一个伊甸园内的"伊扶"，使她的肉体与心灵，全归我有，我就心满意足了。

三

　　他的故乡，是富春江上的一个小市，去杭州水程不过八九十里。这一条江水，发源安徽，贯流全浙，江形曲折，风景常新，唐朝有一个诗人赞这条江水说"一川如画"。他十四岁的时候，请了一位先生写了这四个字，贴在他的书斋里，因为他的书斋的小窗，是朝着江面的。虽则这书斋结构不大，然而风雨晦明，春秋朝夕的风景，也还抵得过滕王高阁。在这小小的书斋里过了十几个春秋，他才跟了他的哥哥到日本来留学。

　　他三岁的时候就丧了父亲，那时候他家里困苦得不堪。好容易他长兄在日本W大学卒了业，回到北京，考了一个进士，分发在法部当差，不上两年，武昌的革命起来了。那时候他已在县立小学堂卒了业，正在那里换来换去的换中学堂。他家里的人都怪他无恒性，说他的心思太活；然而依他自己讲来，他以为他一个人同别的学生不同，不能按部就班的同他们同在一处求学的。所以他进了 K 府中学之后，不上半年又忽然转到 H 府中学来；在 H 府中学住了三个月，革命就起来了。H 府中学停学之后，他依旧只能回到他那小小的书斋里来。第二年的春天，正是他十七岁的时候，他就进了大学的预科。这大学是在杭州城外，本来是美国长老会捐钱创办的，所以学校里浸润了一种专制的弊风，学生的自由，几乎被缩服得同针眼儿一般的小。礼拜三的晚上有什么祈祷会，礼拜日非但不准出去游玩，并且在家里看别的书也不准的，除了唱赞美诗祈祷之外，只许看新旧约书。每天早晨从九点钟到九点二十分，定要去做礼拜，不去做礼拜，就要扣分数记过。他虽然非常爱那学校近旁的山水景物，然而他的心里，总有些反抗的意思，因为他是一个爱自由的人，对那些迷信的管束，怎么也不甘心服从。住不上半年，那大学里的厨子，托了校长的势，竟打起学生来。学生中间有几个不服的，便去告诉校长，校长反说学生不是。他看看这些情形，实在是太无道理了，就立刻去告了退，仍复回家，到那小小的书斋里去。那时候已经是六月初了。

在家里住了三个多月，秋风吹到富春江上，两岸的绿树，就快凋落的时候，他又坐了帆船，下富春江，上杭州去。恰好那时候石牌楼的 W 中学正在那里招插班生，他进去见了校长 M 氏，把他的经历说给了 M 氏夫妻听，M 氏就许他插入最高的班里去。这 W 中学原来也是一个教会学校，校长 M 氏，也是一个糊涂的美国宣教师，他看看这学校的内容倒比 H 大学不如了。与一位很卑鄙的教务长——原来这一位先生就是 H 大学的卒业生——闹了一场，第二年的春天，他就出来了。出了 W 中学，他看看杭州的学校，都不能如他的意，所以他就打算不再进别的学校去。

正是这个时候，他的长兄也在北京被人排斥了。原来他的长兄为人正直得很，在部里办事，铁面无私，并且比一般部内的人物又多了一些学识，所以部内上下，都忌惮他。有一天某次长的私人，来问他要一个位置，他执意不肯，因此次长就同他闹起意见来，过了几天他就辞了部里的职，改到司法界去做司法官去了。他的二兄那时候正在绍兴军队里作军官，这一位二兄军人习气颇深，挥金如土，专喜结交侠少。他们弟兄三人，到这时候都不能如意之所为，所以那一小市镇里的闲人都说他们的风水破了。

他回家之后,便镇日镇夜的蛰居在他那小小的书斋里。他父祖及他长兄所藏的书籍,就作了他的良师益友。他的日记上面,一天一天的记起诗来。有时候他也用了华丽的文章做起小说来,小说里就把他自己当作了一个多情的勇士,把他邻近的一家寡妇的两个女儿,当作了贵族的苗裔,把他故乡的风物,全编作了田园的清景;有兴的时候,他还把他自家的小说,用单纯的外国文翻译起来;他的幻想,愈演愈大了,他的忧郁病的根苗,大约也就在这时候培养成功的。

在家里住了半年,到了七月中旬,他接到他长兄的来信说:

"院内近有派予赴日本考察司法事务之意,予已许院长以东行,大约此事不日可见命令。渡日之先,拟返里小住。三弟居家,断非上策,此次当偕伊赴日本也。"

他接到了这一封信之后,心中日日盼他长兄南来,到了九月下旬,他的兄嫂才自北京到家。住了一月,他就同他的长兄长嫂同到日本去了。

到了日本之后,他的 dreams of the romantic age① 尚未醒悟,模模糊糊的过了半载,他就考入了东京第一高等学校。这正是他十九岁的秋天。

第一高等学校将开学的时候,他的长兄接到了院长的命令,要他回去。他的长兄便把他寄托在一家日本人的家里,几天之后,他的长兄长嫂和他的新生的侄女儿就回国去了。

东京的第一高等学校里有一班预备班,是为中国学生特设的。

在这预科里预备一年,卒业之后,才能入各地高等学校的正科,与日本学生同学。他考入预科的时候,本来填的是文科,后来将在预科卒业的时候,他的长兄定要他改到医科去,他当时亦没有什么主见,就听了他长兄的话把文科改了。

预科卒业之后,他听说 N 市的高等学校是最新的,并且 N 市是日本产美人的地方,所以他就要求到 N 市的高等学校去。

四

他的二十岁的八月二十九日的晚上,他一个人从东京的中央车站乘了夜行车到 N 市去。

---

① 英文:浪漫期的梦幻。

那一天大约刚是旧历的初三四的样子，同天鹅绒似的又蓝又紫的天空里，洒满了一天星斗。半痕新月，斜挂在西天角上，却似仙女的蛾眉，未加翠黛的样子。他一个人靠着了三等车的车窗，默默的在那里数窗外人家的灯火。火车在暗黑的夜气中间，一程一程的进去，那大都市的星星灯火，也一点一点的朦胧起来，他的胸中忽然生了万千哀感，他的眼睛里就忽然觉得热起来了。

"Sentimental, too sentimental!"①

这样的叫了一声，把眼睛揩了一下，他反而自家笑着自家来。

"你也没有情人留在东京，你也没有弟兄知己住在东京，你的眼泪究竟是为谁洒的呀！或者是对于你过去的生活的伤感，或者是对你二年间的生命的余情，然而你平时不是说不爱东京的么？"

"唉，一年人住岂无情。"

"黄莺住久浑相识，欲别频啼四五声！"

胡思乱想的寻思了一会，他又忽然想到初次赴新大陆去的清教徒的身上去。

"那些十字架下的流人，离开他故乡海岸的时候，大约也是悲壮淋漓，同我一样的。"

火车过了横滨，他的感情方才渐渐儿的平静起来。呆呆的坐了一忽，他就取了一张明信片出来，垫在海涅（Heine）的诗集上，用铅笔写了一首诗寄他东京的朋友。

蛾眉月上柳梢初，又向天涯别故居。
四壁旗亭争赌酒，六街灯火远随车。
乱离年少无多泪，行李家贫只旧书。
夜后芦根秋水长，凭君南浦觅双鱼。

在朦胧的电灯光里，静悄悄的坐了一会，他又把海涅的诗集翻开来看了。

---

① 英文："伤感呵，太伤感了！"

Lebet Wohl, ihr glatten Saele,
Glatte Herren, glatte Frauen!
Auf die Berge Will ich steigen,
Lachend auf euch nioderschauen!

*Heine's Harzreise*①

浮薄的尘寰,
无情的男女,
你看那隐隐的青山,
我欲乘风飞去,
且住且住,
我将从那绝顶的高峰,
笑看你终归何处。

单调的轮声,一声声连连续续的飞到他的耳膜上来,不上三十分钟他竟被这催眠的车轮声引诱到梦幻的仙境里去了。

早晨五点钟的时候,天空渐渐儿的明亮起来。在车窗里向外一望,他只见一线青天还被夜色包住在那里。探头出去一看,一层薄雾,笼罩着一幅天然的画图,他心里想了一想:

"原来今天又是清秋的好天气,我的福分真可算不薄了。"

过了一个钟头,火车就到了N市的停车场。

下了火车,在车站上遇见了一个日本学生;他看看那学生的制帽上也有两条白线,便知道他也是高等学校的学生。他走上前去,对那学生脱了一脱帽,问他说:

"第X高等学校是在什么地方的?"

那学生回答说:

"我们一路去吧。"

他就跟了那学生跑出火车站来,在火车站的前头,乘了电车。

早晨还早得很,N市的店家都还未曾起来。他同那日本学生坐了电车,经过了几条冷清的街巷,就在鹤舞公园前面下了车。他问那日本学生说:

---

① 德文:海涅的《哈尔茨山游记》。

"学校还远得很么?"

"还有二里多路。"

穿过了公园,走到稻田中间的细路上的时候,他看看太阳已经起来了。稻上的露滴,还同明珠似的挂在那里。前面有一丛树林,树林阴里,疏疏落落的看得见几椽农舍。有两三条烟囱筒子,突出在农舍的上面,隐隐约约的浮在清晨的空气里,一缕两缕的青烟,同炉香似的在那里浮动,他知道农家已在那里炊早饭了。

到学校近边的一家旅馆去一问,他一礼拜前头寄出的几件行李,早已经到在那里。原来那一家人家是住过中国留学生的,所以主人待他也很殷勤。在那一家旅馆里住下了之后,他觉得前途好像有许多欢乐在那里等他的样子。

他的前途的希望,在第一天的晚上,就不得不被目前的实情嘲弄了。原来他的故里,也是一个小小的市镇。到了东京之后,在人山人海的中间,他虽然时常觉得孤独,然而东京的都市生活,同他幼时的习惯尚无十分龃龉的地方。如今到了这N市的乡下之后,他的旅馆,是一家孤立的人家,四面并无邻舍,左首门外便是一条如发的大道,前后都是稻田,西面是一方池水,并且因为学校还没有开课,别的学生还没有到来,这一间宽旷的旅馆里,只住了他一个客人。白天倒还可以支吾过去,一到了晚上,他开窗一望,四面都是沉沉的黑影,并且因N市的附近是一大平原,所以望眼连天,四面并无遮障之处,远远里有一点灯火,明灭无常,森然有些鬼气。天花板里,又有许多虫鼠,息栗索落的在那里争食。窗外有几株梧桐,微风动叶,咄咄的响得不已,因为他住在二层楼上,所以梧桐的叶战声,近在他的耳边。他觉得害怕起来,几乎要哭出来了。他对于都市的怀乡病(nostalgia)从未有比那一晚更甚的。

学校开了课,他朋友也渐渐儿的多起来。感受性非常强烈的他的性情,也同天空大地丛林野水融和了。不上半年,他竟变成了一个大自然的宠儿,一刻也离不了那天然的野趣了。

他的学校是在N市外,刚才说过N市的附近是一个大平原,所以四边的地平线,界限广大得很。那时候日本的工业还没有十分发达,人口也还没有增加得同目下一样,所以他的学校的近边,还多是丛林空地,小阜低冈。除了几家与学生做买卖的文房具店及菜馆之外,附近并没有居民。荒野的人间，只有几家为学生设的旅馆，同晓天的星影似的，散缀在麦田瓜地的中央。晚饭毕后，披了黑呢的缦斗（斗篷），拿了爱读的书，在迟迟不落的夕照中间，散步逍遥，是非常快乐的。他的田园趣味，大约也是在这 idyllic wanderings① 的中间养成的。

在生活竞争不十分猛烈，逍遥自在，同中古时代一样的时候；在风气纯良，不与市井小人同处，清闲雅淡的地方；过日子正如做梦一样。他到了 N 市之后，转瞬之间，已经有半年多了。

熏风日夜的吹来，草色渐渐儿的绿起来。旅馆近旁麦田里的麦穗，也一寸一寸的长起来了。草木虫鱼都化育起来，他的从始祖传来的苦闷也一日一日的增长起来，他每天早晨，在被窝里犯的罪恶，也一次一次的加起来了。

他本来是一个非常爱高尚洁净的人，然而一到了这邪念发生的时候，他的智力也无用了，他的良心也麻痹了，他从小服膺的"身体发肤不敢毁伤"的圣训，也不能顾全了。他犯了罪之后，每深自痛悔，切齿的说，下次总不再犯了，然而到了第二天的那个时候，种种幻想，又活泼泼的到他的眼前来。他平时所看见的"伊扶"的遗类，都赤裸裸的来引诱他。中年以后的妇人的形体，在他的脑里，比处女更有挑拨他情动的地方。他苦闷一场，恶斗一场，终究不得不做她们的俘虏。这样的一次成了两次，两次之后，就成了习惯了。他犯罪之后，每到图书馆里去翻出医书来看，医书上都千篇一律的说，于身体最有害的就是这一种犯罪。从此之后，他的恐惧心也一天一天的增加起来了。有一天他不知道从什么地方得来的消息，好像是一本书上说，俄国近代文学的创设者 Gogol 也犯这一宗病，他到死竟没有改过来，他想到了郭歌里，心里就宽了一宽，因为这《死了的灵魂》的著者，也是同他一样的。然而这不过自家对自家的宽慰而已，他的胸里，总有一种非常的忧虑存在那里。

因为他是非常爱洁净的，所以他每天总要去洗澡一次，因为他是非常爱惜身体的，所以他每天总要去吃几个生鸡子和牛乳；然而他去洗澡或吃牛乳鸡子的时候，他总觉得惭愧得很，因为这都是他的犯罪的证据。

他觉得身体一天一天的衰弱起来，记忆力也一天一天的减退了。他又渐渐儿的生了一种怕见人面的心思，见了妇人女子的时候，他觉得更加难受。

---

① 英文：田园间的逍遥游。

学校的教科书,他渐渐的嫌恶起来,法国自然派的小说,和中国那几本有名的诲淫小说,他念了又念,几乎记熟了。

有时候他忽然做出一首好诗来,他自家便喜欢得非常,以为他的脑力还没有破坏。那时候他每对着自家起誓说:

"我的脑力还可以使得,还能做得出这样的诗,我以后决不再犯罪了。过去的事实是没法,我以后总不再犯罪了。若从此自新,我的脑力,还是很可以的。"

然而一到了紧迫的时候,他的誓言又忘了。

每礼拜四五,或每月的二十六七的时候,他索性尽意的贪起欢来。他的心里想,自下礼拜一或下月初一起,我总不犯罪了。有时候正合到礼拜六或月底的晚上,去剃头洗澡去,以为这就是改过自新的记号,然而过几天他又不得不吃鸡子和牛乳了。

他的自责心同恐惧心,竟一日也不使他安闲,他的忧郁症也从此厉害起来了。这样的状态继续了一二个月,他的学校里就放了暑假。暑假的两个月内,他受的苦闷,更甚于平时;到了学校开课的时候,他的两颊的颧骨更高起来,他的青灰色的眼窝更大起来,他的一双灵活的瞳人,变了同死鱼的眼睛一样了。

五

秋天又到了。浩浩的苍空,一天一天的高起来。他的旅馆旁边的稻田,都带起黄金色来。朝夕的凉风,同刀也似的刺到人的心骨里去,大约秋冬的佳日,来也不远了。

一礼拜前的有一天午后,他拿了一本 Wordsworth 的诗集,在田塍路上逍遥漫步了半天。从那一天以后,他的循环性的忧郁症,尚未离他的身过。前几天在路上遇着的那两个女学生,常在他的脑里,不使他安静,想起那一天的事情,他还是一个人要红起脸来。

他近来无论上什么地方去,总觉得有坐立难安的样子。他上学校去的时候,觉得他的日本同学都似在那里排斥他。他的几个中国同学,也许久不去寻访了,因为去寻访了回来,他心里反觉得空虚。因为他的几个中国同学,怎么也不能理解他的心理。他去寻访的时候,总想得些同情回来的,然而到了那里,谈了几句之后,他又不得不自悔寻访错了。有时候和朋友讲得投机，他就任了一时的热意，把他的内外的生活都对朋友讲了出来，然而到了归途，他又自悔失言，心理的责备，倒反比不去访友的时候，更加厉害。他的几个中国朋友，因此都说他是染了神经病了。他听了这话之后，对了那几个中国同学，也同对日本学生一样，起了一种复仇的心。他同他的几个中国同学，一日一日的疏远起来。嗣后虽在路上，或在学校里遇见的时候，他同那几个中国同学，也不点头招呼。中国留学生开会的时候，他当然是不去出席的。因此他同他的几个同胞，竟宛然成了两家仇敌。

他的中国同学的里边，也有一个很奇怪的人，因为他自家的结婚有些道德上的罪恶，所以他专喜讲人家的丑事，以掩己之不善，说他是神经病，也是这一位同学说的。

他交游离绝之后，孤冷得几乎到将死的地步，幸而他住的旅宿里，还有一个主人的女儿，可以牵引他的心，否则他真只能自杀了。他旅馆的主人的女儿，今年正是十七岁，长方的脸儿，眼睛大得很，笑起来的时候，面上有两颗笑靥，嘴里有一颗金牙看得出来，因为她自家觉得她自家的笑容是非常可爱，所以她平时常在那里弄笑。

他心里虽然非常爱她，然而她送饭来或来替他铺被的时候，他总装出一种兀不可犯的样子来。他心里虽想对她讲几句话，然而一见了她，他总不能开口。她进他房里来的时候，他的呼吸竟急促到吐气不出的地步。他在她的面前实在是受苦不起了，所以近来她进他的房里来的时候，他每不得不跑出房外去。然而他思慕她的心情，却一天一天的浓厚起来。有一天礼拜六的晚上，旅馆里的学生，都上 N 市去行乐去了。他因为经济困难，所以吃了晚饭，上西面池上去走了一回，就回到旅舍里来枯坐。

回家来坐了一会，他觉得那空旷的二层楼上，只有他一个人在家。静悄悄的坐了半响，坐得不耐烦起来的时候，他又想跑出外面去，然而要跑出外面去，不得不由主人的房门口经过，因为主人和他女儿的房，就在大门的边上。他记得刚才进来的时候，主人和他的女儿正在那里吃饭。他一想到经过她面前的时候的苦楚，就把跑出外面去的心思丢了。

拿出了一本 G. Gissing① 的小说来读了三四页之后，静寂的空气里，忽然传了几声刹刹的泼水声音过来。他静静儿的听了一听，呼吸又一霎时的急

---

① 吉辛：英国诗人。

了起来，面色也涨红了。迟疑了一会，他就轻轻的开了房门，拖鞋也不拖，幽脚幽手的走下扶梯去。轻轻的开了便所的门，他尽兀自的站在便所的玻璃窗口偷看。原来他旅宿里的浴室，就在便所的间壁，从便所的玻璃窗里看去，浴室里的动静了了可见。他起初以为看一看就可以走的，然而到了一看之后，他竟同被钉子钉住的一样，动也不能动了。

那一双雪样的乳峰！

那一双肥白的大腿！

这全身的曲线！

呼气也不呼，仔仔细细的看了一会，他面上的筋肉，都发起痉挛来了。愈看愈颤得厉害，他那发颤的前额部竟同玻璃窗冲击了一下。被蒸气包住的那赤裸裸的"伊扶"便发了娇声问说：

"是谁呀？……"

他一声也不响，急忙跳出了便所，就三脚两步的跑上楼上去了。

他跑到了房里，面上同火烧的一样，口也干渴了。一边他自家打自家的嘴巴，一边就把他的被窝拿出来睡了。他在被窝里翻来复去。总睡不着，便立起了两耳，听起楼下的动静来。他听听泼水的声音也息了，浴室的门开了之后，他听见她的脚步声好像是走上楼来的样子，用被包着了头，他心里的耳朵明明告诉他说：

"她已经立在门外了。"

他觉得全身的血液，都在往上奔注的样子。心里怕得非常，羞得非常，也喜欢得非常。然而若有人问他，他无论如何，总不肯承认说，这时候他是喜欢的。

他屏住了气息，尖着了两耳听了一会，觉得门外并无动静，又故意咳嗽了一声，门外亦无声响。他正在那里疑惑的时候，忽听见她的声音，在楼下同她的父亲在那里说话。他手里捏了一把冷汗，拼命想听出她的话来，然而无论如何总听不清楚。停了一会，她的父亲高声笑了起来，他把被蒙头的一罩，咬紧了牙齿说：

"她告诉了他了！她告诉了他了！"

这一天的晚上他一睡也不曾睡着。第二天的早晨，天亮的时候，他就惊心吊胆的走下楼来。洗了手面，刷了牙，趁主人和他的女儿还没有起来之先，他就同逃也似的出了那个旅馆，跑到外面来。

官道上的沙尘,染了朝露,还未曾干着。太阳已经起来了。他不问皂白,便一直的往东走去。远远有一个农夫,拖了一车野菜慢慢的走来。那农民同他擦过的时候,忽然对他说:

"你早啊!"

他倒惊了一跳,那清瘦的脸上,又起了一层红潮,胸前又乱跳起来,他心里想:

"难道这农夫也知道了么?"

无头无脑的跑了好久,他回转头来看看他的学校,已经远得很了,举头看看,太阳也升高了。他摸摸表看,那银饼大的表,也不在身边。从太阳的角度看起来,大约已经是九点钟前后的样子。他虽然觉得饥饿得很,然而无论如何,总不愿意再回到那旅馆里去,同主人和他的女儿相见。想去买些零食充一充饥,然而他摸摸自家的袋看,袋里只剩了一角二分钱在那里。他到一家乡下的杂货店内,尽那一角二分钱,买了些零碎的食物,想去寻一处无人看见的地方去吃。走到了一处两路交叉的十字路口;他朝南的一望,只见与他的去路横交的那一条自北趋南的路上,行人稀少得很。那一条路是向南的斜低下去的,两面更有高壁在那里,他知道这路是从一条小山中开辟出来的。他刚才走来的那条大道,便是这山的岭脊,十字路当作了中心,与岭脊上的那条大道相交的横路,是两边低斜下去的。在十字路口迟疑了一会,他就取了那一条向南斜下的路走去。走尽了两面的高壁,他的去路就穿入大平原去,直通到彼岸的市内。平原的彼岸有一簇深林,划在碧空的心里,他心里想,

"这大约就是 A 神宫了。"

他走尽了两面的高壁,向左手斜面上一望,见沿高壁的那山面上有一道女墙,围住着几间茅舍,茅舍的门上悬着了"香雪海"三字的一方匾额。他离开了正路,走上几步,到那女墙的门前,顺手的向门一推,那两扇柴门竟自开了。他就随随便便的踏了进去。门内有一条曲径,自门口通过了斜面,直达到山上去的。曲径的两旁,有许多苍老的梅树种在那里,他知道这就是梅林了。顺了那一条曲径,往北的从斜面上走到山顶的时候,一片同图画似的平地,展开在他的眼前。这园自从山脚上起,跨有朝南的半山斜面,同顶上的一块平地,布置得非常幽雅。

山顶平地的西面是千仞的绝壁,与隔岸的绝壁相对峙,两壁的中间,便

是他刚走过的那一条自北趋南的通路。背临着了那绝壁，有一间楼屋，几间平屋造在那里。因为这几间屋，门窗都闭在那里，他所以知道这定是为梅花开日，卖酒食用的。楼屋的前面，有一块草地，草地中间，有几方白石，围成了一个花园，圈子里，卧着一枝老梅，那草地的南尽头，山顶的平地正要向南斜下去的地方，有一块石碑立在那里，系记这梅林的历史的。他在碑前的草地上坐下之后，就把买来的零食拿出来吃了。

吃了之后，他兀兀的在草地上坐了一会。四面并无人声，远远的树枝上，时有一声两声的鸟鸣声飞来。他仰起头来看看澄清的碧落，同那皎洁的日轮，觉得四面的树枝房屋，小草飞禽，都一样的在和平的太阳光里，受大自然的化育。他那昨天晚上的犯罪的记忆，正同远海的帆影一般，不知消失到哪里去了。

这梅林的平地上和斜面上，叉来叉去的曲径很多。他站起来走来走去的走了一会，方晓得斜面上梅树的中间，更有一间平屋造在那里。从这一间房屋往东的走去几步，有眼古井，埋在松叶堆中，他摇摇井上的唧筒看，呷呷的响了几声，却抽不起水来。他心里想：

"这园大约只有梅花开的时候，开放一下，平时总没有人住的。"

想到这里他又自言自语的说：

"既然空在这里，我何妨去问园主人去借住借住。"

想定了主意，他就跑下山来，打算去寻园主人去。他将走到门口的时候，恰好遇见了一个五十来岁的农夫走进园来。他对那农夫道歉之后，就问他说：

"这园是谁的，你可知道？"

"这园是我经管的。"

"你住在什么地方的？"

"我住在路的那面。"

一边这样的说，一边那农民指着通路两边的一间小屋给他看。他向西一看，果然在两边的高壁尽头的地方，有一间小屋在那里。他点了点头，又问说：

"你可以把园内的那间楼屋租给我住住么？"

"可是可以的，你只一个人么？"

"我只一个人。"

"那你可不必搬来的。"

"这是什么缘故呢？"

"你们学校里的学生，已经有几次搬来过了，大约都因为冷静不过，住不上十天，就搬走的。"

"我可同别人不同，你但能租给我，我是不怕冷静的。"

"这样哪里有不租的道理，你想什么时候搬来？"

"就是今天午后吧。"

"可以的，可以的。"

"请你就替我扫一扫干净，免得搬来之后着忙。"

"可以可以。再会！"

"再会！"

六

搬进了山上梅园之后，他的忧郁症（hypochondria）又变起形状来了。

他同他的北京的长兄，为了一些儿细事，竟生起龃龉来。他发了一封长长的信，寄到北京，同他的长兄绝了交。

那一封信发出之后，他呆呆的在楼前草地上想了许多时候。他自家想想看，他便是世界上最不幸的人了。其实这一次的决裂，是发始于他的。同室操戈，事更甚于他姓之相争，自此之后，他恨他的长兄竟同蛇蝎一样。他被他人欺侮的时候，每把他长兄拿出来作比：

"自家的弟兄，尚且如此，何况他人呢！"

他每达到这一个结论的时候，必尽把他长兄待他苛刻的事情，细细回想出来。把各种过去的事迹，列举出来之后，就把他长兄判决是一个恶人，他自家是一个善人。他又把自家的好处列举出来，把他所受的苦处，夸大的细数起来。他证明得自家是一个世界上最苦的人的时候，他的眼泪就同瀑布似的流下来。他在那里哭的时候，空中好像有一种柔和的声音在对他说：

"啊呀，哭的是你么？那真是冤屈了你了。像你这样的善人，受世人的那样的虐待，这可真是冤屈了你了。罢了罢了，这也是天命，你别再哭了，怕伤害了你的身体！"

他心里一听到这一种声音，就舒畅起来。他觉得悲苦的中间，也有无穷的甘味在那里。

他因为想复他长兄的仇,所以就把所学的医科丢弃了,改入文科里去。他的意思,以为医科是他长兄要他改的,仍旧改回文科,就是对他长兄宣战的一种明示。并且他由医科改入文科,在高等学校须迟卒业一年。他心里想,迟卒业一年,就是早死一岁,你若因此迟了一年,就到死可以对你长兄含一种敌意。因为他恐怕一二年之后,他们兄弟两人的感情,仍旧要和好起来;所以这一次的转科,便是帮他永久敌视他长兄的一个手段。

气候渐渐儿的寒冷起来,他搬上山来之后,已经有一个月了。几日来天气阴郁,灰色的层云,天天挂在空中。寒冷的北风吹来的时候,梅林的树叶,每息索息索的飞掉下来。

初搬来的时候,他卖了些旧书,买了许多炊饭的器具,自家烧了一个月饭,因为天冷了,他也懒得烧了。他每天的伙食,就一切包给了山脚下的园丁家包办,所以他近来只同退院的闲僧一样,除了怨人骂己之外,更没有别的事情了。

有一天早晨,他侵早的起来,把朝东的窗门开了之后,他看见前面的地平线上有几缕红云,在那里浮荡。东天半角,反照出一种银红的灰色。因为昨天下了一天微雨,所以他看了这清新的旭日,比平日更添了几分欢喜。他走到山的斜面上,从那古井里汲了水,洗了手面之后,觉得满身的气力,一霎时都回复了转来的样子。他便跑上楼去,拿了一本黄仲则的诗集下来,一边高声朗读,一边尽在那梅林的曲径里,跑来跑去的跑圈子。不多一会,太阳起来了。

从他住的山顶向南方看去,眼下看得出一大平原。平原里的稻田,都尚未收割起。金黄的谷色,以绀碧的天空作了背景,反映着一天太阳的晨光,那风景正同看密来(Millet)的田园清画一般。他觉得自家好像已经变了几千年前的原始基督教徒的样子,对了这自然的默示,他不觉笑起自家的气量狭小起来。

"饶赦了!饶赦了!你们世人得罪于我的地方,我都饶赦了你们吧,来,你们来,都来同我讲和吧!"

手里拿着了那一本诗集,眼里浮着了两泓清泪,正对了那平原的秋色,呆呆的立在那里想这些事情的时候,他忽听见他的近边,有两人在那里低声的说:

"今晚上你一定要来的哩!"

这分明是男子的声音。

"我是非常想来的,但是恐怕……"

他听了这娇滴滴的女子的声音之后,好像是被电气贯穿了的样子,觉得自家的血液循环都停止了。原来他的身边有一丛长大的苇草生在那里,他立在苇草的右面,那一男女,大约是在苇草的左面,所以他们两个还不晓得隔着苇草,有人站在那里。那男人又说:

"你心真好,请你今晚来吧,我们到如今还没在被窝里睡过觉。"

"……"

他忽然听见两人的嘴唇,灼灼的好像在那里吮吸的样子。他同偷了食的野狗一样,就惊心吊胆的把身子屈倒去听了。

"你去死吧,你去死吧,你怎么会下流到这样的地步!"

他心里虽然如此的在那里痛骂自己,然而他那一双尖着的耳朵,却一言半语也不愿意遗漏,用了全副精神在那里听着。

地上的落叶索息索息的响了一下。

解衣带的声音。

男人嘶嘶的吐了几口气。

舌尖吮吸的声音。

女人半轻半重,断断续续的说:

"你!……你!……你快……快××吧。……别……别……别被人……被人看见了。"

他的面色,一霎时的变了灰色了。他的眼睛同火也似的红了起来。他的上腭骨同下腭骨呷呷的发起颤来。他再也站不住了。他想跑开去,但是他的两只脚,总不听他的话。他苦闷了一场,听听两人出去了之后,就同落水的猫狗一样,回到楼上房里去,拿出被窝来睡了。

七

他饭也不吃,一直在被窝里睡到午后四点钟的时候才起来。那时候夕阳洒满了远近。平原的彼岸的树林里,有一带苍烟,悠悠扬扬的笼罩在那里。他踉踉跄跄的走下了山,上了那一条自北趋南的大道,穿过了那平原,无头无绪的尽是向南的走去。走尽了平原,他已经到了神宫前的电车停留处了。那时候恰好从南面有一乘电车到来,他不知不觉就跳了上去,既不知道他究竟为什么要乘电车,也不知道这电车是往什么地方去的。

走了十五六分钟,电车停了,开车的教他换车,他就换了一乘车。走了二三十分钟,电车又停了,他听见说是终点了,他就走了下来。他的面前就是筑港了。

前面一片汪洋的大海,横在午后的太阳光里,在那里微笑。超海而南有一发青山,隐隐的浮在透明的空气里。西边是一脉长堤,直驰到海湾的心里去。堤外有一处灯台,同巨人似的,立在那里。几艘空船和几只舢板,轻轻的在系着的地方浮荡。海中近岸的地方,有许多浮标,饱受了斜阳,红红的浮在那里。远处风来,带着几句单调的话声,既听不清楚是什么话,也不知道是从哪里来的。

他在岸边上走来走去走了一会,忽听见那一边传过了一阵击磬的声来。他跑过去一看,原来是为唤渡船而发的。他立了一会,看有一只小火轮从对岸过来了。跟着了一个四五十岁的工人,他也进了那只小火轮去坐下了。

渡到东岸之后,上前走了几步,他看见靠岸有一家大庄子在那里。大门开得很大,庭内的假山花草,布置得楚楚可爱。他不问是非,就踱了进去。走不上几步,他忽听得前面家中有女人的娇声叫他说:

"请进来呀!"

他不觉惊了一下,就呆呆的站住了。他心里想:

"这大约就是卖酒食的人家,但是我听见说,这样的地方,总有妓女在那里的。"

一想到这里,他的精神就抖擞起来,好像是一桶冷水浇上身来的样子。他的面色立时变了。要想进去又不能进去,要想出来又不得出来;可怜他那同兔儿似的小胆,同猿猴似的淫心,竟把他陷到一个大大的难境里去了。

"进来呀!请进来呀!"里面又娇滴滴的叫了起来,带着笑声。

"可恶东西,你们竟敢欺我胆小么?"

这样的怒了一下,他的面色更同火也似的烧了起来,咬紧了牙齿,把脚在地上轻轻的蹬了一蹬,他就捏了两个拳头,向前进去,好像是对了那几个年轻的侍女宣战的样子。但是他那青一阵红一阵的面色,和他的面上的微微儿在那里震动的筋肉,总隐藏不去。他走到那几个侍女的面前的时候,几乎要同小孩似的哭出来了。

"请上来!"

"请上来!"

他硬了头皮,跟了一个十七八岁的侍女走上楼去,那时候他的精神已经有些镇静下来了。走了几步,经过一条暗暗的夹道的时候,一阵恼人的花粉香气,同日本女人特有的一种肉的香味,和头发上的香油气息合作了一处,哼的扑上他的鼻孔来。他立刻觉得头晕起来,眼睛里看见了几颗火星,向后边跌也似的退了一步。他再定睛一看,只见他的前面黑暗暗的中间,有一长圆形的女人的粉面,堆着了微笑,在那里问他说:

"你!你还是上靠海的地方去呢?还是怎样?"

他觉得女人口里吐出来的气息,也热和和的喷上他的面来。他不知不觉把这气息深深的吸了一口。他的意识,感觉到他这行为的时候,他的面色又立刻红了起来。他不得已只能含含糊糊的答应她说:

"上靠海的房间里去。"

进了一间靠海的小房间,那侍女便问他要什么菜。他就回答说:

"随便拿几样来吧。"

"酒要不要?"

"要的。"

那侍女出去之后,他就站起来推开了纸窗,从外边放了一阵空气进来。因为房里的空气,沉浊得很,他刚才在夹道中闻过的那一阵女人的香味,还剩在那里,在实在是被这一阵气味压迫不过了。

一湾大海,静静的浮在他的面前。外边好像是起了微风的样子,一片一片的海浪,受了阳光的返照,同金鱼的鱼鳞似的,在那里微动。他立在窗前看了一会,低声的吟了一句诗出来:

"夕阳红上海边楼。"

他向西的一望,见太阳离西南的地平线只有一丈多高了。呆呆的看了一会,他的心思怎么也离不开刚才的那个侍女。她的口里的头上的面上的和身体上的那一种香味,怎么也不容他的心思去想别的东西。他才知道他想吟诗的心是假的,想女人的肉体的心是真的了。

停了一会,那侍女把酒菜搬了进来,跪坐在他的面前,亲亲热热的替他上酒。他心里想仔仔细细的看她一看,把他的心里的苦闷都告诉她,然而他的眼睛怎么也不敢平视她一眼,他的舌根怎么也不能摇动一摇动。他不过同哑子一样,偷看看她那搁在膝上一双纤嫩的白手,同衣缝里露出来的一条粉红的围裙角。

原来日本的妇人都不穿裤子,身上贴肉只围着一条短短的围裙。外边就是一件长袖的衣服,衣服上也没有钮扣,腰里只缚着一条一尺多宽的带子,后面结着一个方结。她们走路的时候,前面的衣服每一步一步的掀开来,所以红色的围裙,同肥白的腿肉,每能偷看。这是日本女子特别的美处;他在路上遇见女子的时候,注意的就是这些地方。他切齿的痛骂自己,畜生!狗贼!卑怯的人!也便是这个时候。

他看了那侍女的围裙角,心里便乱跳起来。愈想同她说话,他愈觉得讲不出话来。大约那侍女是看得不耐烦起来了,便轻轻的问他说:

"你府上是什么地方?"

一听了这一句话,他那清瘦苍白的面上,又起了一层红色;含含糊糊的回答了一声,他呐呐的总说不出清晰的回话来。可怜他又站在断头台上了。

原来日本人轻视中国人,同我们轻视猪狗一样。日本人都叫中国人作"支那人",这"支那人"三字,在日本,比我们骂人的"贱贼"还更难听,如今在一个如花的少女前头,他不得不自认说"我是支那人"了。

"中国呀中国,你怎么不强大起来!"

他全身发起抖来,他的眼泪又快滚下来了。

那侍女看他发颤发得厉害,就想让他一个人在那里喝酒,好教他把精神安镇安镇,所以对他说:

"酒就快没有了,我再去拿一瓶来吧。"

停了一会他听得那侍女的脚步声又走上楼来。他以为她是上他这里来的,所以就把衣服整了一整,姿势改了一改。但是他被她欺骗了。她原来是领了两三个另外的客人,上间壁的那一间房间里去的。那两三个客人都在那里对那侍女取笑,那侍女也娇滴滴的说:

"别胡闹了,间壁还有客人在那里。"

他听了就立刻发起怒来。他心里骂他们说:

"狗才!俗物!你们都敢来欺侮我么?复仇复仇,我总要复你们的仇。世间哪里有真心的女子!那侍女的负心东西,你竟敢把我丢了么?罢了罢了,我再也不爱女人了,我再也不爱女人了。我就爱我的祖国,我就把我的祖国当作了情人吧。"

他马上就想跑回去发愤用功。但是他的心里,却很羡慕那间壁的几个俗物。他的心里，还有一处地方在那里盼望那个侍女再回到他这里来。

他按住了怒，默默的喝干了几杯酒，觉得身上热起来。打开了窗门，他看太阳就快要下山去了。又连饮了几杯，他觉得他面前的海景都朦胧起来。西面堤外的灯台的黑影，长大了许多。一层茫茫的薄雾，把海天融混作了一处。在这一层浑沌不明的薄纱影里，西方的将落不落的太阳，好像在那里惜别的样子。他看了一会，不知道是什么缘故，只觉得好笑。呵呵的笑了一回，他用手擦擦自家那火热的双颊，便自言自语的说：

"醉了醉了！"

那侍女果然进来了。见他红了脸，立在窗口在那里痴笑，便问他说：

"窗开了这样大，你不冷的么？"

"不冷不冷，这样好的落照，谁舍得不看呢？"

"你真是一个诗人呀！酒拿来了。"

"诗人！我本来是一个诗人。你去把纸笔拿了来，我马上写首诗给你看看。"

那侍女出去了之后，他自家觉得奇怪起来。他心里想：

"我怎么会变了这样大胆的？"

痛饮了几杯新拿来的热酒，他更觉得快活起来，又禁不得呵呵笑了一阵。他听见间壁房间里的那几个俗物，高声的唱起日本歌来，他也放大了嗓子唱着说：

> 醉拍阑干酒意寒，江湖寥落又冬残。
> 剧怜鹦鹉中州骨，未拜长沙太傅官。
> 一饭千金图报易，几人五噫出关难。
> 茫茫烟水回头望，也为神州泪暗弹。

高声的念了几遍，他就在席上醉倒了。

八

一醉醒来，他看看自家睡在一条红绸的被里，被上有一种奇怪的香气。这一间房间也不很大，但已不是白天的那一间房间了。房中挂着一盏十烛光的电灯，枕头边上摆着了一壶茶，两只杯子。他倒了二三杯茶，喝了之后，

就跟跟跄跄的走到房外去。他开了门,恰好白天的那侍女也跑过来了。她问他说:

"你!你醒了么?"

他点了一点头,笑微微的回答说:

"醒了。便所是在什么地方的?"

"我领你去吧。"

他就跟了她去。他走过日间的那条夹道的时候,电灯点得明亮得很。远近有许多歌唱的声音,三弦的声音,大笑的声音传到他的耳朵里来。白天的情节,他都想出来了。一想到酒醉之后,他对那侍女说的那些话的时候,他觉得面上又发起烧来。

从厕所回到房里之后,他问那侍女说:

"这被是你的么?"

侍女笑着说:

"是的。"

"现在是什么时候了?"

"大约是八点四五十分的样子。"

"你去开了帐来吧!"

"是。"

他付清了帐,又拿了一张纸币给那侍女,他的手不觉微颤起来。那侍女说:

"我是不要的。"

他知道她是嫌少了。他的面色又涨红了,袋里摸来摸去,只有一张纸币了,他就拿了出来给她说:

"你别嫌少了,请你收了吧。"

他的手震动得更加厉害,他的话声也颤动起来了。那侍女对他看了一眼,就低声的说:

"谢谢!"

他一直的跑下了楼,套上了皮鞋,就走到外面来。

外面冷得非常,这一天大约是旧历的初八九的样子。半轮寒月,高挂在天空的左半边。淡青的圆形天盖里,也有几点疏星,散在那里。

他在海边上走了一回,看看远岸的渔灯,同鬼火似的在那里招引他。细浪中间，映着了银色的月光，好像是山鬼的眼波，在那里开闭的样子。不知是什么道理，他忽想跳入海里去死了。

他摸摸身边看，乘电车的钱也没有了。想想白天的事情看，他又不得不痛骂自己。

"我怎么会走上那样的地方去的？我已经变了一个最下等的人了。悔也无及，悔也无及。我就在这里死了吧。我所求的爱情，大约是求不到的了。没有爱情的生涯，岂不同死灰一样么？唉，这干燥的生涯，这干燥的生涯，世上的人又都在那里仇视我，欺侮我，连我自家的亲弟兄，自家的手足，都在那里排挤我到这世界外去。我将何以为生，我又何必生存在这多苦的世界里呢！"

想到这里，他的眼泪就连连续续的滴了下来。他那灰白的面色，竟同死人没有分别了。他也不举起手来揩揩眼泪，月光射到他的面上，两条泪线，倒变了叶上的朝露一样放起光来。他回转头来，看看他自家的那又瘦又长的影子，就觉得心痛起来。

"可怜你这清影，跟了我二十一年，如今这大海就是你的葬身地了。我的身子，虽然被人家欺辱，我可不该累你也瘦弱到这步田地的。影子呀影子，你饶了我吧！"

他向西面一看，那灯台的光，一霎变了红一霎变了绿的在那里尽它的本职。那绿的光射到海面上的时候，海面就现出一条淡青的路来。再向西天一看，他只见西方青苍苍的天底下，有一颗明星，在那里摇动。

"那一颗摇摇不定的明星的底下，就是我的故国，也就是我的生地。我在那一颗星的底下，也曾送过十八个秋冬，我的乡土呵，我如今再也不能见你的面了。"

他一边走着，一边尽在那里自伤自悼的想这些伤心的哀话。走了一会，再向那西方的明星看了一眼，他的眼泪便同骤雨似的落下来了。他觉得四边的景物，都模糊起来。把眼泪揩了一下，立住了脚，长叹了一声，他便断断续续的说：

"祖国呀祖国！我的死是你害我的！

"你快富起来！强起来吧！

"你还有许多儿女在那里受苦呢！"

茫 茫 夜

一

　　一天星光灿烂的秋天的晚上,大约时间总在十二点钟以后了,静寂的黄浦滩上,一个行人也没有。街灯的灰白的光线,散射在苍茫的夜色里,烘出了几处电杆和建筑物的黑影来。道旁尚有二三乘人力车停在那里,但是车夫好像已经睡着了,所以并没有什么动静。黄浦江中停着的船上,时有一声船板和货物相击的声音传来,和远远不知从何处来的汽车车轮声合在一处,更加形容得这初秋深夜的黄浦滩上的寂寞。在这沉默的夜色中,南京路口滩上忽然闪出了几个纤长的黑影来,他们好像是自家恐惧自家的脚步声的样子,走路走得很慢。他们的话声亦不很高,但是在这沉寂的空气中,他们的足音和话声,已经觉得很响了。

　　"于君,你现在觉得怎么样?你的酒完全醒了么?我只怕你上船之后,又要吐起来。"

　　讲这一句话的,是一个十九岁前后的纤弱的青年,他的面貌清秀得很。他那柔美的眼睛,和他那不大不小的嘴唇,有使人不得不爱他的魔力。他的身体好像是不十分强,所以在微笑的时候,他的苍白的脸上,也脱不了一味悲寂的形容。他讲的虽然是北方的普通话,但是他那幽徐的喉音,和宛转的声调,竟使听话的人,辨不出南音北音来。被他叫作"于君"的,是一个二十五六岁的青年,大约是因为酒喝多了,颊上有一层红潮,同蔷薇似的罩在那里。眼睛里红红浮着的,不知是眼泪呢还是醉意,总之他的眉间,仔细看起来,却有些隐忧含着,他的勉强装出来的欢笑,正是在那里形容他的愁苦。他比刚才讲话的那青年,身材更高,穿着一套藤青的哔叽洋服,与刚才讲话的那青年的鱼白大衫,却成了一个巧妙的对称。他的面貌无俗气,但亦无特别可取的地方。在一副平正的面上,加上一双比较细小的眼睛,和一个粗大的鼻子,就是他的肖像了。由他那二寸宽的旧式的硬领和红格的领结看来,我们可以知道他是一个富有趣味的人。他听了青年的话,就把头向右转了一半,朝着了那青年,一边伸出右手来把青年的左手捏住,一边笑着回答说：

"谢谢，迟生，我酒已经醒了。今晚真对你们不起，要你们到了这深夜来送我上船。"讲到这里，他就回转头来看跟在背后的两个年纪大约二十七八的青年，从这两个青年的洋服年龄面貌推想起来，他们定是姓于的青年修学时代的同学。两个中的一个年长一点的人听了姓于的青年的话，就抢上一步说：

"质夫，客气话可以不必说了。可是有一件要紧的事情，我还没有问你，你的钱够用了么？"

姓于的青年听了，就放了捏着的迟生的手，用右手指着迟生回答说：

"吴君借给我的二十元，还没有动着，大约总够用了，谢谢你。"

他们四个人——于质夫吴迟生在前，后面跟着二个于质夫的同学，是刚从于质夫的寓里出来，上长江轮船去的。

横过了电车路，沿了滩外的冷清的步道走了二十分钟，他们已经走到招商局的轮船码头了。江里停着的几只轮船，前后都有几点黄黄的电灯点在那里。从黑暗的堆栈外的码头走上了船，招了一个在那里假睡的茶房，开了舱里的房门，在第四号官舱里坐了一会，于质夫就对吴迟生和另外的两个同学说：

"夜深了，你们可先请回去，诸君送我的好意，我已经谢不胜谢了。"

吴迟生也对另外的两个人说：

"那么你们请先回去，我就替你们做代表吧。"

于质夫又拍了迟生的肩说：

"你也请同去了吧。使你一个人回去，我更放心不下。"

迟生笑着回答说：

"我有什么要紧，只是他们两位，明天还要上公司去的，不可太睡迟了。"

质夫也接着对他的两位同学说：

"那么请你们两位先回去，我就留吴君在这儿谈吧。"

送他的两个同学上岸之后，于质夫就拉了迟生的手回到舱里来。原来今晚开的这只轮船，已经旧了，并且船身太大，所以航行颇慢。因此乘此船的乘客少得很。于质夫的第四号官舱，虽有两个舱位，单只住了他一个人。他拉了吴迟生的手进到舱里，把房门关上之后，忽觉得有一种神秘的感觉，同电流似的,在他的脑里经过了。在电灯下他的肩下坐定的迟生,也觉得有一种不可思议的感情发生,尽俯着首默默地坐在那里。质夫看着迟生的同蜡人似的脸色,感情竟压止不住了,就站起来紧紧的捏住了他的两手,面对面的对他幽幽的说:

"迟生,你同我去吧,你同我上A地去吧。"

这话还没有说出之先,质夫正在那里想:

"二十一岁的青年诗人兰勃(Arthur Rimbaud)。一八七二年的佛尔兰(Paul Verlaine)。白儿其国的田园风景。两个人的纯洁的爱。……"

这些不近人情的空想,竟变了一句话,表现了出来。质夫的心里实在想邀迟生和他同到A地去住几时,一则可以慰慰他自家的寂寞,一则可以看守迟生的病体。迟生听了质夫的话,呆呆的对质夫看了一忽,好像心里有两个主意,在那里战争,一霎时解决不下的样子。质夫看了他这一副形容,更加觉得有一种热情,涌上他的心来,便不知不觉的逼进一步说:

"迟生你不必细想了,就答应了我吧。我们就同乘了这一只船去。"

听了这话,迟生反恢复了平时的态度,便含着了他固有的微笑说:

"质夫,我们后会的日期正长得很,何必如此呢?我希望你到了A地之后,能把你日常的生活,和心里的变化,详详细细的写信来通报我,我也可以一样的写信给你,这岂不和同住在一块一样么?"

"话原是这样说,但是我只怕两人不见面的时候,感情就要疏冷下去。到了那时候我对你和你对我的目下的热情,就不得不被第三者夺去了。"

"要是这样,我们两个便算不得真朋友。人之相知,贵相知心,你难道还不能了解我的心么?"

听了这话,看看他那一双水盈盈的瞳人,质夫忽然觉得感情激动起来,便把头低下去,搁在他的肩上说:

"你说什么话,要是我不能了解你,那我就不劝你同我去了。"

讲到这里,他的语声同小孩悲咽时候似的发起颤来了。他就停着不再说下去,一边却把他的眼睛,伏在迟生的肩上。迟生觉得有两道同热水似的热气浸透了他的鱼白大衫和蓝绸夹袄,传到他的肩上去。迟生也觉得忍不住了,轻轻的举起手来,在面上揩了一下,只呆呆的坐在那里看那十烛光的电灯。这夜里的空气,觉得沉静得同在坟墓里一样。舱外舷上忽有几声水手呼唤声和起重机滚船索的声音传来,质夫知道船快开了,他想马上站起来送迟生上船去，但是心里又觉得这悲哀的甘味是不可多得的，无论如何总想多尝一忽。照原样的头靠在迟生的肩上，一动也不动的坐了几分钟，质夫听见房门外有人在那里敲门。他抬起头来问了一声是谁，门外的人便应声说：

"船快开了。送客的先生请上岸去吧。"

迟生听了，就慢慢的站了起来，质夫也默默的不作一声跟在迟生的后面，同他走上岸去。在灰黑的电灯光下同游水似的走到船侧的跳板上的时候，迟生忽然站住了。质夫抢上了一步，又把迟生的手紧紧的捏住，迟生脸上起了两处红晕，幽幽扬扬的说：

"质夫，我终究觉得对你不起，不能陪你在船上安慰你的长途的寂寞，……"

"你不要替我担心思了，请你自家保重些。在上北京去的时候，千万请你写信来通知我。"

质夫一定要上岸来送迟生到码头外的路上。迟生怎么也不肯，质夫只能站在船侧，张大了两眼，看迟生回去。迟生转过了码头的堆栈，影子就小了下去，成了一点白点，向北在街灯光里出没了几次。那白点渐渐远了，更小了下去，过了六七分钟，站在船舷上的质夫就看不见迟生了。

质夫呆呆的在船舷上站了一会，深深的呼了一口空气，仰起头来看见了几颗明星在深蓝的天空里摇动，胸中忽然觉得悲哀起来。这种悲哀的感觉，就是质夫自身也不能解说，他自幼在日本留学，习惯了飘泊的生活，生离死别的情景，不知身尝了几多，照理论来，这一次与相交未久的吴迟生的离别，当然是没有什么悲伤的，但是他看看黄浦江上的夜景，看看一点一点小下去的吴迟生的瘦弱的影子，觉得将亡未亡的中国，将灭未灭的人类，茫茫的长夜，耿耿的秋星，都是伤心的种子。在这茫然不可捉摸的思想中间，他觉得他自家的黑暗的前程和吴迟生的纤弱的病体，更有使他泪落的地方。在船舷的灰色的空气中站了一会，他就慢慢的走到舱里去了。

二

长江轮船里的生活，虽然没有同海洋中间那么单调，然而与陆地隔绝后的心境，到底比平时平静。况且开船的第二天，天又降下了一天黄雾，长江两岸的风景，如烟如梦的带起伤惨的颜色来。在这悲哀的背景里，质夫把他过去几个月的生活，同手卷中的画幅一般回想出来了。

三月前头住在东京病院里的光景，出病院后和那少妇的关系，同污泥一样的他的性欲生活，向善的焦躁与贪恶的苦闷，逃往盐原温泉前后的心境，归国的决心。想到最后这一幕，他的忧郁的面上，忽然露出一痕微笑来，眼看着了江上午后的风景，背靠着了甲板上的栏杆，他便自言自语的说：

"泡影呀，昙花呀，我的新生活呀！唉！唉！"

这也是质夫的一种迷信，当他决计想把从来的腐败生活改善的时候，必要搬一次家，买几本新书或是旅行一次。半月前头，他动身回国的时候，也下了一次绝大的决心。他心里想：

"我这一次回国之后，必要把旧时的恶习，改革得干干净净。戒烟戒酒戒女色。自家的品性上，也要加一段锻炼，使我的朋友全要惊异说我是与前相反了。……"

到了上海之后，他的生活仍旧是与从前一样，烟酒非但不戒下，并且更加加深了。女色虽然还没有去接近，但是他的性欲，不过变了一个方向，依旧在那里伸张。想到了这一个结果，他就觉得从前的决心，反成了一段讽刺，所以不觉叹气微笑起来。叹声还没有发完，他忽听见人在他的左肩下问他说：

"Was seufzen Sie, Monsieur?"

（"你为什么要发叹声？"）

转过头来一看，原来这船的船长含了微笑，站在他的边上好久了，他因为尽在那里想过去的事情，所以没有觉得。这船长本来是丹麦人，在德国的留背克住过几年，所以德文讲得很好。质夫今天早晨在甲板上已经同他讲过话，因此这身材矮小的船长也把质夫当作了朋友。他们两人讲了些闲话，质夫就回到自己的舱里来了。

吃过了晚饭，在官舱的起坐室里看了一回书，他的思想又回到过去的生活上去，这一回的回想，却集中在吴迟生一个人的身上。原来质夫这一次回国来，本来是为转换生活状态而来，但是他正想动身的时候，接着了一封他的同学邝海如的信说：

"我住在上海觉得苦得很。中国的空气是同癫病院的空气一样，渐渐的使人腐烂下去。我不能再住在中国了。你若要回来，就请你来替了我的职，到此地来暂且当几个月编辑吧。万一你不愿意住在上海，那么A省的法政专门学校要聘你去做教员去。"

所以他一到上海，就住在他同学在那里当编辑的 T 书局的编辑所里。有一天晚上，他同邝海如在外边吃了晚饭回来的时候，在编辑所里遇着了一个瘦弱的青年，他听了这青年的同音乐似的话声，就觉得被他迷住了。这青年就是吴迟生呀！过了几天，他的同学邝海如要回到日本去，他和吴迟生及另外几个人在汇山码头送邝海如的行，船开之后，他同吴迟生就同坐了电车，回到编辑所来，他看看吴迟生的苍白的脸色和他的纤弱的身体，便问他说：

"吴君，你身体好不好？"

吴迟生不动神色的回答说：

"我是有病的，我害的是肺病。"

质夫听了这话，就不觉张大了眼睛惊异起来。因为有肺病的人，大概都不肯说自家的病的，但是吴迟生对了才遇见过两次的新友，竟如旧交一般的把自家的秘密病都讲了。质夫看了迟生的这种态度，心里就非常爱他，所以就劝他说：

"你若害这病，那么我劝你跟我上日本去养病去。"

他讲到这里，就把乔其慕亚的一篇诗想了出来，他的幻想一霎时的发展开来了。

"日本的郊外杂树丛生的地方，离东京不远，坐高架电车不过四五十分钟可达的地方，我愿和你两个人去租一间草舍儿来住，草舍的前后，要有青青的草地，草地的周围，要有一条小小的清溪。清溪里要有几尾游鱼。晚春时节，我好和你拿了锄耙，把花儿向草地里去种。在蔚蓝的天盖下，在和暖的熏风里，我与你躺在柔软的草上，好把那西洋的小曲儿来朗诵。初秋晚夏的时候，在将落未落的夕照中间，我好和你缓步逍遥，把落叶儿来数。冬天的早晨你未起来，我便替你做早饭，我不起来，你也好把早饭先做。我礼拜六的午后从学校里回来，你好到冷静的小车站上来候我。我和你去买些牛豚香片，便可作一夜的清谈，谈到礼拜的日中。书店里若有外国的新书到来，我和你省几日油盐，可去买一本新书来消那无聊的夜永……"

质夫坐在电车上一边作这些空想，一边便不知不觉的把迟生的手捏住了。他捏捏迟生的柔软的小手，心里又起了一种别样的幻想，面上红了一红，把头摇了一摇，他就对迟生问起无关紧要的话来：

"你的故乡是在什么地方？"

"我的故乡是直隶乡下，但是现在住在苏州了。"

"你还有兄弟姊妹没有？"

"有是有的，但是全死了。"

"你住在上海干什么？"

"我因为北京天气太冷，所以休了学，打算在上海过冬。并且这里朋友比较得多一点，所以觉得住在上海比北京更好些。"

这样的问答了几句，电车已经到了大马路外滩了。换了静安寺路的电车在跑马厅尽头处下车之后，质夫就邀迟生到编辑所里来闲谈。从此以后，他们两人的交际，便渐渐儿的亲密起来了。

质夫的意思以为天地间的情爱，除了男女的真真的恋爱外，以友情为最美。他在日本飘流了十来年，从未曾得着一次满足的恋爱，所以这一次遇见了吴迟生，觉得他的一腔不可发泄的热情，得了一个可以自由灌注的目标，说起来虽是他平生一大快事，但是亦是他半生沦落未曾遇着一个真心女人的哀史的证明。有一天晴朗的晚上，迟生到编辑所来和他谈到夜半，质夫忽然想去洗澡去。邀了迟生和另外的两个朋友出编辑所走到马路上的时候，质夫觉得空气冷凉得很，他便问迟生说：

"你冷么？你若是怕冷，就钻到我的外套里来。"

迟生听了，在苍白的街灯光里，对质夫看了一眼，就把他那纤弱的身体倒在质夫的怀里。质夫觉得有一种不可名状的快感，从迟生的肉体传到他的身上去。

他们出浴堂已经是十二点钟了。走到三叉路口，要和迟生分手的时候，质夫觉得怎么也不能放迟生一个人回去，所以他就把迟生的手捏住说：

"你不要回去了，今天同我们上编辑所去睡吧。"

迟生也像有迟疑不忍回去的样子，质夫就用了强力把他拖来了。那一天晚上他们谈到午前五点钟才睡着。过了两天，A地就有电报来催，要质夫上A地的法政专门学校去当教员。

三

质夫登船后第三天的午前三点钟的时候，船到了A地。在昏黑的轮船码头上，质夫辨不出方向来，但看见有几颗淡淡的明星印在清冷的长江波影里。离开了码头上的嘈杂的群众，跟了一个法政专门学校里托好在那里招待他的人上岸之后，他觉得晚秋的凉气，已经到了这长江北岸的省城了。在码头近旁一家同十八世纪的英国乡下的旅舍似的旅馆里住下之后,他心里觉得孤寂得很。他本来是在大都会里生活惯的人,在这夜静更深的时候,到了这一处不闹热的客舍内,从微明的洋灯影里,看看这客室里的粗略的陈设,心里当然是要惊惶的。一个招待他的酣睡未醒的人,对他说了几句话,从他的房里出去之后,他真觉得是闯入了龙王的水牢里的样子,他的脸上不觉有两颗珠泪滚下来了。

"要是迟生在这里,那我就不会这样的寂寞了。啊,迟生,这时候怕你正在电灯底下微微的笑着,在那里做好梦呢!"

在床上横靠了一忽,质夫看见格子窗一格一格的亮了起来,远远的鸡鸣声也听得见了。过了一会,有一部运载货物的单轮车,从窗外推过了,这车轮的仆独仆独的响声,好像是在那里报告天晴的样子。

侵旦旅馆里有些动静的时候,从学校里差来接他的人也来了。把行李交给了他。质夫就坐了一乘人力车上学校里去。沿了长江,过了一条店家还未起来的冷清的小街,质夫的人力车就折向北去。车并着了一道城外的沟渠,在一条长堤上慢慢前进的时候,他就觉得元气恢复起来了。看看东边,以浓蓝的天空作了背景的一座白色的宝塔,把半规初出的太阳遮在那里。西边是一道古城,城外环绕着长沟,远近只有些起伏重叠的低岗和几排鹅黄疏淡的杨柳点缀在那里。他抬起头来远远见了几家如装在盆景假山上似的草舍。看看城墙上孤立在那里的一排电杆和电线,又看看远处的地平线和一弯苍茫无际的碧落,觉得在这自然的怀抱里,他的将来的成就定然是不少的。不晓是什么原因,不知不觉他竟起了一种感谢的心情。过了一忽,他忽然自言自语地说:

"这谦虚的情!这谦虚的情!就是宗教的起源呀!淮尔特(Wilde)呀,佛尔兰(Verlaine)呀!你们从狱里叫出来的'要谦虚'(Be humble)的意思我能了解了。"

车到了学校里,他就通名刺进去。跟了门房,转了几个弯,到了一处门上挂着"教务长"牌的房前的时候,他心里觉得不安得很。进了这房他看见一位三十上下的清瘦的教务长迎了出来。这教务长带着一副不深的老式近视眼镜,口角上有两丛微微的胡须黑影,讲一句话,眼睛必开闭几次。质夫因为是初次见面,所以应对非常留意,格外的拘谨。讲了几句寻常套话之后,他就领质夫上正厅上去吃早饭。在早膳席上,他为质夫介绍了一番。质夫对了这些新见的同事，胸中感得一种异常的压迫，他一个人心里想：

"新媳妇初见姑嫂的时候，她的心理应该同我一样的。唉，在山泉水清，出山泉水浊，我还不如什么事也不干，一个人回到家里去贪懒的好。"

吃了早膳，把行李房屋整顿了一下，姓倪的那教务长就把功课时间表拿了过来。恰好那一天是礼拜，质夫就预备第二日去上课。倪教务长把编讲义上课的情形讲了一遍之后，便轻轻的对质夫说：

"现在我们校里正是五风十雨的时候，上课时候的讲义，请你用全副精神来对付。礼拜三用的讲义，是要今天发才赶得及，请你快些预备吧。"

他出去停了两个钟头，又跑上质夫那边来，那时候质夫已有一页讲义编好了。倪教务长拿起这页讲义来看的时候，神经过敏而且又是自尊心颇强的质夫，觉得被他侮辱了。但是一边心里又在那里恐惧，这种复杂的心理状态，怕没有就过事的人是不能了解的。他看了讲义之后，也不说好，也不说不好，但是质夫的纤细的神经却告诉质夫说：

"可以了，可以了，他已经满足了。"

恐惧的心思去了之后，质夫的自尊心又长了一倍，被侮辱的心思比从前也加一倍抬起头来，但是一种自然的势力，把这自尊心压了下去，教他忍受了。这教他忍受的心思，大约就是卑鄙的行为的原动力。若再长进几级，就不得不变成奴隶性质。现在社会上的许多成功者，多因为有这奴隶性质，才能成功，质夫初次的小成功，大约也是靠他这时候的这点奴隶性质而来的。

这一天晚上质夫上床的时候，却有两种矛盾的思想，在他的胸中来往。一种是恐惧的心思，就是怕学生不能赞成他。一种是喜悦的心思，就是觉得自家是专门学校的教授了。正在那里想的时候，他觉得有一个人钻进他的被来。他闭着眼睛，伸手去一摸，却是吴迟生。他和吴迟生颠颠倒倒的讲了许多话，到第二天的早晨，斋夫进房来替他倒洗面水，他被斋夫惊醒的时候，才知道是一场好梦，他醒来的时候，两只手还紧紧的抱住在那里。

第二次上课钟打后，质夫跟了倪教务长去上课时。倪教务长先替他向学生介绍了几句，出课堂门去了，质夫就踏上讲坛去讲。这一天因为没有讲义稿子，所以他只空说了两点钟。正在那里讲的时候，质夫觉得有一种想博人欢心的虚伪的态度和言语，从他的面上口里流露出来。他心里一边在那里鄙笑自家，一边却怎么也禁不住这一种态度和这一种言语。大约这一种心理和前节所说的忍受的心理就是构成奴隶性质的基础吧？

好容易破题儿的第一天过去了。到了晚上九点钟的时候，倪教务长的苍黄的脸上浮着了一脸微笑，跑上质夫房里来。质夫匆忙站起来让他坐下之后，倪教务长便用了日本话，笑嘻嘻的对质夫说：

"你成功了。你今天大成功。你所教的几班，都来要求加钟点了。"

质夫心里虽然非常喜欢，但是面上却只装着一种漠不相关的样子，倪教务长到了这时候，也没有什么隐瞒了，便把学校里的内情全讲了出来。

"我们学校里，因为陆校长今天夏天同军阀李星狼麦连邑打了一架，并反对违法议员和驱逐李麦的走狗韩省长的原因，没有一天不被军阀所仇视。现在李麦和那些议员出了三千元钱，买收了几个学生，想在学校里捣乱。所以你没有到的几天，我们是一夕数惊，在这里防备的。今天下半年新聘了几个先生，又是招怪，都不能得学生的好感。所以要是你再受他们学生的攻击，那我们在教课上就站不住了。一个学校中，若聘的教员，不能得学生的好感，教课上不能铜墙铁壁的站住，风潮起来的时候，那你还有什么法子？现在好了，你总站得住了，我也大可以放心了。呵呵呵呵（底下又用了一句日本话）你成功了呀！"

质夫听了这些话，因为不晓得这Ａ省的情形，所以也不十分明了，但是倪教务长对质夫是很满足的一件事情，质夫明明在他的言语态度上可以看得出来。从此质夫当初所怀着的那一种对学生对教务长的恐惧心，便一天一天的减少下去了。

四

学校内外浮荡着的暗云，一层一层的紧迫起来。本来是神经质的倪教务长和态度从容的陆校长常常在那里作密谈。质夫因为不谙那学校的情形，所以也没有什么惧怕，尽在那里干他自家一个人的事。

初到学校后二三天的紧张的精神，渐渐的弛缓下去的时候，质夫的许久不抬头的性欲，又露起头角来了。因为时间与空间的关系。吴迟生的印象一天一天在他的脑海里消失下去，于是代此而兴，支配他的全体精神的欲情，便分成了二个方向起起作用来。一种是纯一的爱情，集中在他的一个年轻的学生身上。一种是间断偶发的冲动。这种冲动发作的时候，他竟完全成了无理性的野兽，非要到城里街上，和学校附近的乡间和贫民窟里去乱跑乱跳走一次，偷看几个女性，不能把他的性欲的冲动压制下去。有一天晚上，正是这冲动发作的时候，倪教务长不声不响的走进他的房里来忠告他说：

"质夫，你今天晚上不要跑出去。我们得着了一个消息，说是几个被李麦买取了的学生，预备今晚起事，我们教职员还是住在一处，不要出去的好。"

质夫在房里电灯下坐着，守了一个钟头，觉得苦极了。他对学校的风潮，还未曾经验过，所以并没有什么害怕，并且因为他到这学校不久，缠绕在这学校周围的空气，不能明白，所以更无危惧的心思。他听了倪教务长的话之后，只觉得有一种看热闹的好奇心起来，并没有别的观念。同西洋小孩在圣诞节的晚上盼望圣诞老人到来的样子，他反而一刻一刻的盼望这捣乱事件快些出现。等了一个钟头，学校里仍没有什么动静，他的好奇心，竟被他原有的冲动的发作压倒了。他从座位里站了起来，在房里走了几圈，又坐了一忽，又站起来走了几圈，觉得他的兽性，终究压不下去，换了一套中国衣服，他便悄悄的从大门走了出去。浓蓝的天影里，有几颗游星，在那里开闭。学校附近的郊外的路上黑得可怕。幸亏这一条路是沿着城墙沟渠的，所以黑暗中的城墙的轮廓和黑沉沉的城池的影子，还当作了他的行路的目标。他同瞎子似的在不平的路上跌了几脚，踏了几次空，走到北门城门外的时候，忽然想起城门是快要闭了。若或进城去，他在城里又无熟人，又没有法子弄得到一张出城券，事情是不容易解决的。所以在城门外迟疑了一会，他就回转了脚，一直沿了向北的那一条乡下的官道跑去。跑了一段，他跑到一处狭的街上了。他以为这样的城外市镇里，必有那些奇形怪状的最下流的妇人住着，他的冲动的目的物，正是这一流妇人。但是他在黄昏的小市上，跑来跑去跑了许多时候，终究寻不出一个妇人来。有时候虽有一二个蓬头的女子走过，却是人家的未成年的使婢。他在街上走了一会，又穿到漆黑的侧巷里去走了一会，终究不能达到他的目的。在一条无人通过的漆黑的侧巷里站着，他仰起头来看看幽远的天空，便轻轻的叹着说：

"我在外国苦了这许多年数，如今到中国来还要吃这样的苦。唉！我何苦呢，可怜我一生还未曾得着女人的爱惜过。啊，恋爱呀，你若可以学识来换的，我情愿将我所有的知识，完全交出来，与你换一个有血有泪的拥抱。啊！恋爱呀，我恨你是不能糊涂了事的。我恨你是不能以资格地位名誉来换的。我要灭这一层烦恼，我只有自杀……"

讲到了这里，他的面上忽然滚下了两粒粗泪来。他觉得站在这里，终究不是长久之计，就又同饿犬似的走上街来了。垂头丧气的正想回到校里来的时候，他忽然看见一家小小的卖香烟洋货的店里，有一个二十五六的女人坐在灰黄的电灯下，对了账簿算盘在那里结账。他远远的站在街上看了一忽，走来走去的走了几次，便不声不响的踱进了店去。那女人见他进去，就丢下了账目来问他：

"要买什么东西？"

先买了几封香烟，他便对那女人呆呆的看了一眼。由他这时候的眼光看来，这女人的容貌却是商家所罕有的。其实她也只是一个平常的女人，不过身材生得小，所以俏得很，衣服穿得还时髦，所以觉得有些动人的地方。他如饿犬似的贪看了一二分钟，便问她说：

"你有针卖没有？"

"是缝衣服的针么？"

"是的，但是我要一个用熟的针，最好请你卖一个新针给我之后，将拿新针与你用熟的针交换一下。"

那妇人便笑着回答说：

"你是拿去煮在药里的么？"

他便含糊地答应说：

"是的是的，你怎么知道？"

"我们乡下的仙方里，老有这些玩意儿的。"

"不错不错，这针倒还容易办得到，还有一件物事，可真是难办。"

"是什么呢？"

"是妇人们用的旧手帕，我一个人住在这里，又无朋友，所以这物事是怎么也求不到的，我已经决定不再去求了。"

"这样的也可以的么？"

一边说，一边那妇人从她的口袋里拿了一块洋布的旧手帕出来。质夫一见，觉得胸前就乱跳起来，便涨红了脸说：

"你若肯让给我，我情愿买一块顶好的手帕来和你换。"

"那请你拿去就对了，何必换呢。"

"谢谢，谢谢，真真是感激不尽了。"

质夫得了她的用旧的针和手帕，就跌来碰去的奔跑回家。路上有一阵凉冷的西风，吹上他的微红的脸来，那时候他觉得爽快极了。

回到了校内，他看看还是未曾熄灯。幽幽的回到房里，闩上了房门，他马上把骗来的那用旧的针和手帕从怀中取了出来。在桌前椅子上坐下，他就把那两件宝物掩在自家的口鼻上，深深地闻了一回香气。他又忽然注意到了桌上立在那里的那一面镜子，心里就马上想把现在的他的动作一一的照到镜子里去。取了镜子，把他自家的痴态看了一忽，他觉得这用旧的针子，还没有用得适当。呆呆的对镜子看了一二分钟，他就狠命的把针子向颊上刺了一针。本来为了兴奋的原故，变得一块红一块白的面上，忽然滚出了一滴同玛瑙珠似的血来。他用那手帕揩了之后，看见镜子里的面上又滚了一颗圆润的血珠出来。对着了镜子里的面上的血珠，看看手帕上的猩红的血迹，闻闻那旧手帕和针子的香味，想想那手帕的主人公的态度，他觉得一种快感，把他的全身都浸遍了。

不多一忽，电灯熄了，他因为怕他现在所享受的快感，要被打断，所以动也不动的坐在黑暗的房里，还在那里贪尝那变态的快味。打更的人打到他的窗下的时候，他才同从梦里头醒来的人一样，抱着了那针子和手帕摸上他的床上去就寝。

五

清秋的好天气一天一天的连续过去，A地的自然景物，与质夫生起情感来了。学生对质夫的感情，也一天一天的浓厚起来。吃过晚饭之后，在学校近旁的菱湖公园里，与一群他所爱的青年学生，看看夕阳返照在残荷枝上的暮景，谈谈异国的流风遗韵，确是平生的一大快事。质夫觉得这一般知识欲很旺的青年，都成了他的亲爱的兄弟了。

有一天也是秋高气爽的晴朗的早晨，质夫与雀鸟同时起了床，盥洗之后，便含了一枝伽利克，缓缓的走到菱湖公园去散步去。东天角上，太阳刚才起程，银红的天色渐渐的向西薄了下去，成了一种淡青的颜色。远近的泥田里，还有许多荷花的枯干同鱼栅似的立在那里。远远的山坡上，有几只白色的山羊同神话里的风景似的在那里吃枯草。他从学校近旁的山坡上，一直沿了一条向北的田塍细路走了过去，看看四围的田园清景，想想他目下所处的境遇，质夫觉得从前在东京的海岸酒楼上，对着夕阳发的那些牢骚，不知消失到什么地方去了。

"我也可以满足了，照目下的状态能够持续得一二十年，那我的精神，怕更要发达呢。"

穿过了一条红桥，在一个空亭里立了一会，他就走到公园中心的那条柳荫路上去。回到学校之后,他又接着了一封从上海来的信,说他著的一部小说集已经快出版了。

这一天午后他觉得精神非常爽快,所以上课的时候竟多讲了十分钟,他看看学生的面色,也都好像是很满足的样子。正要下课堂的时候,他忽听见前面寄宿舍和事务室的中间的通路上,有一阵摇铃的声音和学生喧闹的声音传了过来。他下了课堂,拿了书本跑过去一看,只见一群学生围着了一个青脸的学生在那里吵闹。那青脸的学生,面上带着一味杀气,他的颊下的一条刀伤痕更形容得他的狞恶。一群围住他的学生都磨拳擦掌的要打他。质夫看了一会,不晓得是怎么一回事,正在疑惑的时候,看见他的同乡教体操的王先生,从包围在那里的学生丛中,辟开了一条路,挤到那被包围的青脸学生面前,不问皂白,把那学生一把拖了到教员的议事厅上去。一边质夫又看见他的同事的监学唐伯名温温和和的对一群激愤的学生说:

"你们不必动气,好好儿的回到自修室去吧,对于江杰的捣乱,我们自有办法在这里。"

一半学生回自修室去了,一半学生跟在那青脸的学生后面叫着说:

"打!打!"

"打!打死他。不要脸的,受了李麦的金钱,你难道想卖同学么?"

质夫跟了这一群学生,跑到议事厅上,见他的同事都立在那里。同事中的最年长者,戴着一副墨眼镜、头上有一块秃的许明先,见了那青脸的学生,就对他说:

"你是一个好好的人,家里又还可以,何苦要干这些事呢?开除你的是学校的规则,并不是校长。钱是用得完的,你们年轻的人还是名誉要紧,李麦能利用你来捣乱学校,也定能利用别人来杀你的,你何苦去干这些事呢?"

许明先还没有说完,门外站着的学生都叫着说:

"打!"

"李麦的走狗!"

"不要脸的,摇一摇铃三十块钱,你这买卖真好啊。"

"打打!"

许明先听了门外学生的叫唤,便出来对学生说:

"你们看我面上,不要打他,只要他能悔过就对了。"

许明先一边说一边就招那青脸的学生——名叫江杰——出来。对众谢罪。谢罪之后,许明先就护送他出门外,命令他以后不准再来,江杰就垂头丧气的走了。

江杰走后,质夫从学生和同事的口头听来,才知道这江杰本来也是校内的学生,因为闹事的缘故,在去年开除的。现在他得了李麦的钱,以要求复校为名,想来捣乱,与校内八九个得钱的学生约好,用摇铃作记号,预备一齐闹起来的。质夫听了心里反觉得好笑,以为像这样的闹事,便闹死也没有什么。

过了三四天,也是一天晴朗的早晨十点钟的时候,质夫正在预备上课,忽然听见几个学生大声哄号起来。质夫出来一看,见议事厅上有八九个长大的学生,吃得酒醉醺醺,头向了天,带着了笑容,在那里哄号。不过一二分钟,教职员全体和许多学生都跑向议事厅来。那八九个学生中间的一个最长的人便高声的对众人说:

"我们几个人是来搬校长的行李的。他是一个过激党,我们不愿意受过激党的教育。"

八九个中的一个矮小的人也对众人说:

"我们既然做了这事,就是不怕死的。若有人来拦阻我们,那要对他不起。"

说到这里,他在马褂袖里,拿了一把八寸长的刀出来。质夫看着门外站在那里的学生,起初同蜂巢里的雄蜂一样,还有些喃喃呐呐的声音,后来看了那矮小的人的小刀,大家就静了下去。质夫心里有点不平,想出来讲几句话,但是被他的同乡教体操的王先生拖住了。王先生对他说:

"事情到了这样,我与你立出去也压不下来了。我们都是外省人。何苦去与他们为难呢?他们本省的学生,尚且在那里旁观。"

那八九个学生一霎时就打到议事厅间壁的校长房里去,恰好这时候校长还不在家,他们就把校长的铺盖捆好了。因为那一个拿刀的人在门口守看,所以另外的人一个人也不敢进到校长房里去拦阻他们。那八九个学生同做新戏似的笑了一声,最后跟着那个拿刀的矮子,抬了校长的被褥,就慢慢的走出门去了。等他们走了之后,倪教务长和几个教员都指挥其余的学生,不要紊乱秩序,依旧去上课去。上了两个钟头课,吃午膳的时候,教职员全体主张停课一二天以观大势,午后质夫得了这闲空时间,倒落得自在,便跑上西门外的大观亭去玩去了。

大观亭的前面是汪洋的江水,江中靠右的地方,有几个沙渚浮在那里。阳光射在江水的微波上,映出了几条反射的光线来。洲渚上的苇草,也有头白了的，也有作青黄色的，远远望去，同一片平沙一样。后面有一方湖水，映着了青天，静静的躺在太阳的光里。沿着湖水有几处小山，有几处黄墙的寺院。看了这后面的风景，质夫忽然想起在洋画上看见过的瑞士四林湖的山水来了。一个人逛到傍晚的时候，看了西天日落的景色，他就回到学校里来。一进校门，遇着了几个从里面出来的学生，质夫觉得那几个学生的微笑的目光，都好像在那里哀怜他的样子。他胸里感着一种不快的情怀，觉得是回到了不该回的地方来了。

吃过了晚饭，他的同事都锁着了眉头，议论起那八九个学生搬校长铺盖时候的情形和解决的方法来。质夫脱离了这议论的团体，私下约了他的同乡教体操的王亦安，到菱湖公园去散步去。太阳刚才下山，西天还有半天金赤的余霞留在那里。天盖的四周，也染了这余霞的返照，映出一种紫红的颜色来。天心里有大半规月亮白洋洋地挂着，还没有放光。田塍路的角里和枯荷枝的脚上，都有些薄暮的影子看得出来了。质夫和亦安一边走一边谈，亦安把这次风潮的原因细细的讲给了质夫听：

"这一次风潮的历史，说起来也长得很。但是他的原因，却伏在今年六月里，当李星狼麦连邑杀学生蒋可奇的时候。那时候陆校长讲了几句话是的确厉害的。因为议员和军阀杀了蒋可奇，所以学生联合会有澄清选举反对非法议员的举动。因为有了这举动，所以不得不驱逐李麦的走狗想来召集议员的省长韩上成。因这几次政治运动的结果，军阀和议员的怨恨，都结在陆校长一人的身上。这一次议员和军阀想趁新省长来的时候，再开始活动，所以首先不得不去他们的劲敌陆校长。我听见说这几个学生从议员处得了二百元钱一个人。其余守中立的学生，也有得着十元十五元的，他们军阀和议员，连警察厅都买通了的，我听见说，今天北门站岗的巡警一个人还得着二元贿赂呢。此外还有想夺这校长做的一派人，和同陆校长倪教务长有反感的一派人也加在内，你说这风潮的原因复杂不复杂？"

穿过了公园西北面的空亭，走上园中大路的时候，质夫邀亦安上东面水田里的纯阳阁里去。

夜阴一刻一刻的深了起来，月亮也渐渐的放起光来了。天空里从银红到紫蓝，从紫蓝到淡青的变了好几次颜色。他们进纯阳阁的时候，屋内已经漆黑了。从黑暗中摸上了楼。他们看见有一盏菜油灯点在上首的桌上。从这一粒微光中照出来的红漆的佛座，和桌上的供物，及两壁的幡对之类，都带着些神秘的形容。亦安向四周看了一看，对质夫说：

"纯阳祖师的签是非常灵的,我们各人求一张吧。"

质夫同意了,得了一张三十八签中吉。

他们下楼走到公园中间那条大路的时候,星月的光辉,已经把道旁的杨柳影子印在地上了。

闹事之后,学校里停了两天课。到了礼拜六的下午,教职员又开了一次大会,议定下礼拜一暂且开始上课—礼拜,若说官厅没有适当的处置,再行停课。正是这一天的晚上八点钟的时候,质夫刚在房里看他的从外国寄来的报,忽听见议事厅前后,又有哄号的声音传了过来。他跑出去一看,只见有五六个穿农夫衣服,相貌狞恶的人,跟了前次的八九个学生,在那里乱跳乱叫。当质夫跑近他们身边的时候,八九个人中最长的那学生就对质夫拱拱手说:

"对不起,对不起,请老师不要惊慌,我们此次来,不过是为搬教务长和监学的行李来的。"

质夫也着了急,问他们说:

"你们何必这样呢?"

"实在是对老师不起!"

那一个最长的学生还没有说完,质夫看见有一个农夫似的人跑到那学生身边说:

"先生,两个行李已经搬出去了,另外还有没有?"

那学生却回答说:

"没有了,你们去吧。"

这样的下了一个命令,他又回转来对质夫拱了一拱手说:

"我们实在也是出于不得已,只有请老师原谅原谅。"

又拱了拱手,他就走出去了。

这一天晚上行李被他们搬去的倪教务长和柳监学二人都不在校内。闹了这一场之后,校内同暴风过后的海上一样,反而静了下去。王亦安和质夫同几个同病相怜的教员,合在一处谈议此后的处置。质夫主张马上就把行李搬出校外,以后绝对的不再来了。王亦安光着眼睛对质夫说:

"不能不能,你和希圣怎么也不能现在搬出去。他们学生对希圣和你的感情最好。现在他们中立的多数学生,正在那里开会,决计留你们几个在校内,仍复继续替他们上课。并且有人在大门口守着,不准你们出去。"

中立的多数学生果真是像在那里开会似的,学校内弥漫着一种紧迫沉默的空气，同重病人的房里沉默着的空气一样。几个教职员大家合议的结果，议决方希圣和于质夫二人，于晚上十二点钟乘学生全睡着的时候出校，其余的人一律于明天早晨搬出去。

天潇潇的下起雨来了。质夫回到房里，把行李物件收拾了一下，便坐在电灯下连连续续的吸起烟来。等了好久，王亦安轻轻的来说：

"现在可以出去了。我陪你们两个人出去，希圣立在桂花树底下等你。"

他们三人轻轻的走到门口的时候，门房里忽然走出了一个学生来问说：

"三位老师难道要出去么？我是代表多数同学来求三位老师不要出去的。我们总不能使他们几个学生来破坏我们的学校，到了明朝，我们总要想个法子，要求省长来解决他们。"

讲到这里，那学生的眼睛已有一圈红了。王亦安对他作了一揖说：

"你要是爱我们的，请你放我们走吧，住在这里怕有危险。"

那学生忽然落了一颗眼泪，咬了一咬牙齿说：

"既然这样，请三位老师等一等，我去寻几位同学来陪三位老师进城，夜深了，怕路上不便。"

那学生跑进去之后，他们三人马上叫门房开了门，在黑暗中冒着雨就走了。走了三五分钟，他们忽听见后面有脚步声在那里追逐，他们就放大了脚步赶快走来，同时后面的人却叫着说：

"我们不是坏人，请三位老师不要怕，我们是来陪老师们进城的。"

听了这话，他们的脚步便放小来，质夫回头来一看，见有四个学生拿了一盏洋油行灯，跟在他们的后面。其中有二个学生，却是质夫教的一班里的。

六

第二天的午后，从学校里搬出来的教职员全体，就上省长公署去见新到任的省长。那省长本来是质夫的胞兄的朋友，质夫与他亦曾在西湖上会过的。历任过交通司法总长的这省长，讲了许多安慰教职员的话之后，却作了一个"总有办法"的回答。

质夫和另外的几个教职员，自从学校里搬出来之后，便同丧家之犬一样，陷到了去又去不得留又不能留的地位。因为连续的下了几天雨，所以质夫只能蛰居在一家小客栈里，不能出去闲逛。他就把他自己与另外的几个同事的这几日的生活，比作了未决囚的生活。每自嘲自慰的对人说：

"文明进步了，目下教员都要蒙尘了。"

性欲比人一倍强盛的质夫，处了这样的逆境，当然是不能安分的。他竟瞒着了同住的几个同事，到娼家去进出起来了。

从学校里搬出来之后，约有一礼拜的光景。他恨省长不能速行解决闹事的学生，所以那一天晚上吃晚饭的时候就多喝了几杯酒。这兴奋剂一下喉，他的兽性又起起作用来，就独自一个走上一位带有家眷的他的同事家里去。那一位同事本来是质夫在 A 地短时日中所得的最好的朋友。质夫上他家去，本来是有一种漠然的预感和希望怀着，坐谈了一会，他竟把他的本性显露了出来，那同事便用了英文对他说：

"你既然这样的无聊，我就带你上班子里逛去。"

穿过了几条街巷，从一条狭而又黑的巷口走进去的时候，质夫的胸前又跳跃起来，因为他虽在日本经过这种生活，但是在他的故国，却从没有进过这些地方。走到门前有一处卖香烟橘子的小铺和一排人力车停着的一家墙门口，他的同事便跑了进去。他在门口仰起头来一看，门楣上有一块白漆的马口铁写着"鹿和班"的三个红字，挂在那里，他迟了一步，也跟着他的同事进去了。

坐在门里两旁的几个奇形怪状的男人，看见了他的同事和他，便站了起来，放大了喉咙叫着说：

"引路！荷珠姑娘房里。吴老爷来了！"

他的同事吴风世不慌不忙的招呼他进了一间二丈来宽的房里坐下之后，便用了英文问他说：

"你要怎么样的姑娘？你且把条件讲给我听，我好替你介绍。"

质夫在一张红木椅上坐定后，便也用了英文对吴风世说：

"这是你情人的房么，陈设得好精致，你究竟是一位有福的嫖客。"

"你把条件讲给我听吧，我好替你介绍。"

"我的条件讲出来你不要笑。"

"你且讲来吧。"

"我有三个条件，第一要她是不好看的，第二要年纪大一点，第三要客少。"

"你倒是一个老嫖客。"

讲到这里，吴风世的姑娘进房来了。她头上梳着辫子，皮色不白，但是有一种婉转的风味。穿的是一件虾青大花的缎子夹衫，一条玄色素缎的短脚裤。一进房就对吴风世说：

"说什么鬼话，我们懂的呀！"

"这一位于老爷是外国来的，他是外国人，不懂中国话。"

质夫站起来对荷珠说：

"假的假的，吴老爷说的是谎，你想我若不懂中国话，怎么还要上这里来呢？"

荷珠笑着说：

"你究竟是不是中国人？"

"你难道还在疑信么？"

"你是中国人，你何以要穿外国衣服？"

"我因为没有钱做中国衣服。"

"做外国衣服难道不要钱的么？"

吴风世听了一忽，就叫荷珠说：

"荷珠，你给于老爷荐举一个姑娘吧。"

"于老爷喜欢怎么样的？碧玉好不好？春红？香云？海棠？"

吴风世听了海棠两字，就对质夫说：

"海棠好不好？"

质夫回答说：

"我又不曾见过，怎么知道好不好呢？海棠与我提出的条件合不合？"

风世便大笑说：

"条件悉合，就是海棠吧。"

荷珠对她的假母说：

"去请海棠姑娘过来。"

假母去了一忽回来说：

"海棠姑娘在那里看戏，打发人去叫去了。"

从戏院到那鹿和班来回总有三十分钟，这三十分钟中间，质夫觉得好像是被悬挂在空中的样子，正不知如何的消遣才好。他讲了些闲话，一个人觉得无聊，不知不觉，就把两只手抱起膝来。吴风世看了他这样子，就马上用了英文警告他说：

"不行不行，抱膝的事，在班子里是大忌的。因为这是闲空的象征。"

质夫听了，觉得好笑，便也用了英文问他说：

"另外还有什么礼节没有？请你全对我说了吧，免得被她们姑娘笑我。"

正说到这里，门帘开了，走进了一个年约二十二三，身材矮小的姑娘来。她的青灰色的额角广得很，但是又低得很，头发也不厚，所以一眼看来，觉得她的容貌同动物学上的原始猴类一样，一双鲁钝挂下的眼睛，和一张比较长狭的嘴，一见就可以知道她的性格是忠厚的。她穿的是一件明蓝花缎的夹袄，上面罩着一件雪色大花缎子的背心，底下是一条雪灰的牡丹花缎的短脚裤。她一进来，荷珠就替她介绍说：

"对你的是这一位于老爷，他是新从外国回来的。"

质夫心里想，这一位大约就是海棠了。她的面貌却正合我的三个条件，但是她何以会这样一点儿娇态都没有。海棠听了荷珠的话，也不做声，只呆呆的对质夫看了一眼。荷珠问她今天晚上的戏好不好，她就显出了一副认真的样子，说今晚上的戏不好，但是新上台的"小放牛"却好得很，可惜只看了半出，没有看完。质夫听了她那慢慢的无娇态的话，心里觉得奇怪得很，以为她不像妓院里的姑娘。吴风世等她讲完了话之后，就叫她说：

"海棠！到你房里去吧。这一位于老爷是外国人，你可要待他格外客气才好。"

质夫、风世和荷珠三人都跟了海棠到她房里去。质夫一进海棠的房，就看见一个四十上下的女人，鼻上起了几条皱纹，笑嘻嘻的迎了出来。她的青青的面色，和角上有些吊起的一双眼睛，薄薄的淡白的嘴唇，都使质夫感着一种可怕可恶的印象，她待质夫也很殷勤，但是质夫总觉得她是一个恶人。

在海棠房里坐了一个多钟头，讲了些无边无际的话，质夫和风世都出来了。一出那条狭巷，就是大街，那时候街上的店铺都已闭门，四围静寂得很，质夫忽然想起了英文的"dead city"① 两个字来，他就幽幽的对风世说：

"风世！我已经成了一个 living corpse② 了。"

走到十字路口，质夫就和风世分了手，他们两个各听见各人的脚步声渐渐儿的低了下去，不多一忽，这入人心脾的足音，也被黑暗的夜气吞没下去了。

---

① 英文：死城。
② 英文：活尸。

小　说

采石矶

>文章憎命达，魑魅喜人过。
>
>　　　　　　——杜　甫

一

自小就神经过敏的黄仲则，到了二十三岁的现在，也改不过他的孤傲多疑的性质来。他本来是一个负气殉情的人，每逢兴致激发的时候，不论讲得讲不得的话，都涨红了脸，放大了喉咙，抑留不住的直讲出来。听话的人，若对他的话有些反抗，或是在笑容上，或是在眼光上，表示一些不赞成他的意思的时候，他便要拼命的辩驳；讲到后来他那双黑晶晶的眼睛老会张得很大，好像会有火星飞出来的样子。这时候若有人出来说几句迎合他的话，那他必喜欢得要奋身高跳，他那双黑而且大的眼睛里也必有两泓清水涌漾出来，再进一步，他的清瘦的颊上就会有感激的眼泪流下来了。

像这样的发泄一回之后，他总有三两天守着沉默，无论何人对他说话，他总是噤口不作回答的。在这沉默期间内，他也有一个人关上了房门，在那学使衙门东北边的寿春园西室里兀坐的时候；也有青了脸，一个人上清源门外的深云馆怀古台去独步的时候；也有跑到南门外姑熟溪边上的一家小酒馆去痛饮的时候。不过在这期间内他对人虽不说话，对自家却总一个人老在幽幽的好像讲论什么似的。他一个人，在这中间，无论上什么地方去，有时或轻轻的吟诵着诗或文句，有时或对自家嘻笑嘻笑，有时或望着了天空而作叹惜，竟似忙得不得开交的样子。但是一见着人，他那双呆呆的大眼，举起来看你一眼，他脸上的表情就会变得同毫无感觉的木偶一样，人在这时候遇着他，总没有一个不被他骇退的。

学使朱笥河，虽则非常爱惜他，但因为事务烦忙的缘故，所以当他沉默忧郁的时候，也不能来为他解闷。当这时候，学使左右上下四五十人中间，敢接近他，进到他房里去与他谈几句话的，只有一个他的同乡洪稚存。与他自小同学，又是同乡的洪稚存，很了解他的性格。见他与人论辩，愤激得不堪的时候，每肯出来为他说这句话，所以他对稚存比自家的弟兄还要敬爱。稚存知道他的脾气，当他沉默起头的一两天，故意的不去近他的身。有时偶然同他在出入的要路上遇着的时候，稚存也只装成一副忧郁的样子，不过默默的对他点一点头就过去了。待他沉默过了一两天，暗地里看他好像有几首诗做好，或者看他好像已经在市上酒肆里醉过了一次，或在城外孤冷的山林间痛哭了一场之后，稚存或在半夜或在清晨，方敢慢慢的走到他的房里去，与他争诵些《离骚》或批评些韩昌黎李太白的杂诗，他的沉默之戒也就能因此而破了。

学使衙门里的同事们，背后虽在叫他作黄疯子，但当他的面，却个个怕他得很。一则因为他是学使朱公最钟爱的上客，二则也因为他习气太深，批评人家的文字，不顾人下得起下不起，只晓得顺了自家的性格，直言乱骂的缘故。

他跟提督学政朱笥河公到太平，也有大半年了，但是除了洪稚存朱公二人而外，竟没有一个第三个人能同他讲得上半个钟头的话。凡与他见过一面的人，能了解他的，只说他恃才傲物，不可订交；不能了解他的，简直说他一点儿学问也没有，只仗着了朱公的威势爱发脾气。他的声誉和朋友，一年一年的少了下去，他的自小就有的忧郁症，反一年一年的深起来了。

二

乾隆三十六年的秋也深了。长江南岸的太平府城里，已吹到了凉冷的北风，学使衙门西面园里的杨柳梧桐榆树等杂树，都带起鹅黄的淡色来。园角上荒草丛中，在秋月皎洁的晚上，凄凄唧唧的候虫的鸣声，也觉得渐渐的幽下去了。

昨天晚上，因为月亮好得很，仲则竟犯了风露，在园里看了一晚的月亮。在疏疏密密的树影下走来走去的走着，看看地上同严霜似的月光，他忽然感触旧情，想到了他少年时候的一次悲惨的爱情上去。

"唉唉！但愿你能享受你家庭内的和乐！"

这样的叹了一声，远远的向东天一望，他的眼前，忽然现出了一个十六岁的伶俐的少女来。那时候仲则正在宜兴氿里读书，他同学的陈某龚某都比他有钱，但那少女的一双水盈盈的眼光，却只注视在瘦弱的他的身上。他过年的时候因为要回常州，将别的那一天，又到她家里去看她，不晓是什么缘故,这一天她只是对他暗泣而不多说话。同她痴坐了半个钟头,他已经走到门外了,她又叫他回去,把一条当时流行的淡黄绸的汗巾送给了他。这一回当临去的时候,却是他要哭了,两人又拥抱着痛哭了一场,把他的眼泪,都揩擦在那条汗巾的上面。一直到航船要开的将晚时候,他才把那条汗巾收藏起来,同她别去。这一回别后,他和她就再没有谈话的机会了。他第二回重到宜兴的时候,他的少年的悲哀,只成了几首律诗,流露在抄书的纸上:

大道青楼望不遮,年时系马醉流霞。
风前带是同心结,杯底人如解语花。
下杜城边南北路,上阑门外去来车。
匆匆觉得扬州梦,检点闲愁在鬓华。

唤起窗前尚宿酲,啼鹃催去又声声。
丹青旧誓相如札,禅榻经时杜牧情。
别后相思空一水,重来回首已三生。
云阶月地依然在,细逐空香百遍行。

遮莫临行念我频,竹枝留涴泪痕新。
多缘刺史无坚约,岂视萧郎作路人。
望里彩云疑冉冉,愁边春水故粼粼。
珊瑚百尺珠千斛,难换罗敷未嫁身。

从此音尘各悄然,春山如黛草如烟。
泪添吴苑三更雨,恨惹邮亭一夜眠。
讵有青鸟缄别句,聊将锦瑟记流年。
他时脱便微之过,百转千回只自怜。

后三年,他在扬州城里看城隍会,看见一个少妇,同一年约三十左右、状似富商的男人在街上缓步。她的容貌绝似那宜兴的少女,他晚上回到了江边的客寓里,又做成了四首感旧的杂诗。

> 风亭月榭记绸缪，梦里听歌醉里愁。
> 牵袂几曾终絮语，掩关从此入离忧。
> 明灯锦幄珊珊骨，细马春山剪剪眸。
> 最忆频行尚回首，此心如水只东流。
>
> 而今潘鬓渐成丝，记否羊车并载时。
> 挟弹何心惊共命，抚柯底苦破交枝。
> 如馨风柳伤思曼，别样烟花恼牧之。
> 莫把鹍弦弹昔昔，经秋憔悴为相思。
>
> 柘舞平康旧擅名，独将青眼到书生。
> 轻移锦被添晨卧，细酌金卮遣旅情。
> 此日双鱼寄公子，当时一曲怨东平。
> 越王祠外花初放，更共何人缓缓行。
>
> 非关惜别为怜才，几度红笺手自裁。
> 湖海有心随颖士，风情近日逼方回。
> 多时掩幔留香住，依旧窥人有燕来。
> 自古同心终不解，罗浮冢树至今哀。

他想想现在的心境，与当时一比，觉得七年前的他，正同阳春暖日下的香草一样，轰轰烈烈，刚在发育。因为当时他新中秀才，眼前尚有无穷的希望，在那里等他。

"到如今还是依人碌碌！"

一想到现在的这身世，他就不知不觉的悲伤起来了。这时候忽有一阵凉冷的西风，吹到了园里。月光里的树影索索落落的颤动了一下，他也打了一个冷痉，不晓得是什么缘故，觉得毛细管都竦竖了起来。

"似此星辰非昨夜，为谁风露立中宵？——"

于是他就稍微放大了声音把这两句诗吟了一遍，又走来走去的走了几步，一则原想借此以壮壮自家的胆，二则他也想把今夜所得的这两句诗，凑成一首全诗。但是他的心思，乱得同水淹的蚁巢一样，想来想去怎么也凑不成上下的句子。园外的围墙弄里，打更的声音和灯笼的影子过去之后，月光更洁练得怕人了。好像是秋霜已经下来的样子，他只觉得身上一阵一阵的寒冷了起来。想想穷冬又快到了，他筐里只有几件大布的棉衣，过冬若要去买一件狐皮的袍料，非要有四十两银子不可，并且家里他也许久不寄钱去了，依理而论，正也该寄几十两银子回去，为老母辈添置几件衣服，但是照目前的状态看来，叫他能到何处去弄得这许多银子？他一想到此，心里又添了一层烦闷。呆呆的对西斜的月亮看了一忽，他却顺口念出了几句诗来：

"茫茫来日愁如海，寄语曦和快着鞭。"

回环念了两遍之后，背后的园门里忽而走了一个人出来，轻轻的叫着说：

"好诗好诗，仲则！你到这时候还没有睡么？"

仲则倒骇了一跳，回转头来就问他说：

"稚存！你也还没有睡么？一直到现在在那里干什么？"

"竹君要我为他起两封信稿，我现在刚搁下笔哩！"

"我还有两句好诗，也念给你听吧，'似此星辰非昨夜，为谁风露立中宵？'"

"诗是好诗，可惜太衰飒了。"

"我想把它们凑成两首律诗来，但是怎么也做不成功。"

"还是不做成的好。"

"何以呢？"

"做成之后，岂不是就没有兴致了么？"

"这话倒也不错，我就不做了吧！"

"仲则，明天有一位大考据家来了，你知道么？"

"谁呀？"

"戴东原。"

"我只闻诸葛的大名，却没有见过这一位小孔子，你听谁说他要来呀？"

"是北京纪老太史给竹君的信里说出的，竹君正预备着迎接他呢！"

"周秦以上并没有考据学，学术反而昌明，近来大名鼎鼎的考据学家很多，伪书却日见风行，我看那些考据学家都是盗名欺世的。他们今日讲诗学，明日弄训诂，再过几天，又要来谈治国平天下，九九归原，他们的目的，总不外乎一个翰林学士的衔头，我劝他们还是去参注酷吏传的好，将来束带立于朝，由礼部而吏部，或领理藩院，或拜内阁大学士的时候，倒好照样去做。"

"你又要发痴了，你不怕旁人说你在妒忌人家的大名的么？"

"即使我在妒忌人家的大名，我的心地，却比他们的大言欺世，排斥异己，光明得多哩！我究竟不在陷害人家，不在卑污苟贱的迎合世人。"

"仲则！你在哭么？"

"我在发气。"

"气什么？"

"气那些挂羊头卖狗肉的未来的酷吏！"

"戴东原与你有什么仇？"

"戴东原与我虽然没有什么仇，但我是疾恶如仇的。"

"你病刚好，又愤激得这个样子，今晚上可是我害了你了，仲则，我们为了这些无聊的人呕气也犯不着，我房里还有一瓶绍兴酒在，去喝酒去吧。"

他与洪稚存两人，昨晚喝酒喝到鸡叫才睡，所以今朝早晨太阳射照在他窗外的花坛上的时候，他还未曾起来。

门外又是一天清冷的好天气，绀碧的天空，高得渺渺茫茫。窗前飞过的鸟雀的影子，也带有些悲凉的秋意。仲则窗外的几株梧桐树叶，在这浩浩的白日里，虽然无风，也萧索地自在凋落。

一直等太阳照射到他的朝西南的窗下的时候，仲则才醒，从被里伸出了一只手，撩开帐子，向窗上一望，他觉得晴光射目，竟感觉得有些眩晕。仍复放下了帐子，闭了眼睛，在被里睡了一忽，他的昨天晚上的亢奋状态已经过去了，只有秋虫的鸣声，梧桐的疏影和云月的光辉，成了昨夜的记忆，还印在他的今天早晨的脑里，又开了眼睛呆呆的对帐顶看了一回，他就把昨夜追忆少年时候的情绪想了出来。想到这里，他的创作欲已经抬头起来了。从被里坐起，把衣服一披，他拖了鞋就走上书桌边上去。随便拿起了一张桌上的破纸和一枝墨笔，他就叉手写出了一首诗来：

　　　　络纬啼歇疏梧烟，露华一白凉无边。
　　　　纤云微荡月沉海，列宿乱摇风满天。
　　　　谁人一声歌子夜，寻声宛转空台榭。
　　　　声长声短鸡续鸣，曙色冷光相激射。

三

仲则写完了最后的一句,把笔搁下,自己就摇头反复的吟诵了好几遍。呆着向窗外的晴光一望,他又拿起笔来伏下身去,在诗的前面填了"秋夜"的两字,作了诗题。他一边在用仆役拿来的面水洗面,一边眼睛还不能离开刚才写好的诗句,微微的仍在吟着。

他洗完了面,饭也不吃,便一个人走出了学使衙门,慢慢的只向南面的龙津门走去。十月中旬的和煦的阳光,不暖不热的洒满在冷清的太平府城的街上。仲则在蓝苍的高天底下,出了龙津门,渡过姑熟溪,尽沿了细草黄沙的乡间的大道,在向着东南前进,道旁有几处小小的杂树林,也已现出了凋落的衰容,枝头未坠的病叶,都带了黄苍的浊色,尽在秋风里微颤。树梢上有几只乌鸦,好像在那里赞美天晴的样子,呀呀的叫了几声。仲则抬起头来一看,见那几只乌鸦,以树林作了中心,却在晴空里飞舞打圈。树下一块草地。颜色也有些微黄了。草地的周围,有许多纵横洁净的白田,因为稻已割尽,只留了点点的稻草根株,静静的在享受阳光。仲则向四面一看,就不知不觉的从官道上,走入了一条衰草丛生的田塍小路里去。走过了一块干净的白田,到了那树林的草地上,他就在树下坐下了。静静地听了一忽鸦噪的声音,他举头却见了前面的一带秋山,划在晴朗的天空中间。

"相看两不厌,只有敬亭山。"

这样的念了一句,他忽然动了登高望远的心思。立起了身,他就又回到官道上来了。走了半个钟头的样子,他过了一条小桥,在桥头树林里忽然发见了几家泥墙的矮草舍。草舍前空地上一只在太阳里躺着的白花犬,听见了仲则的脚步声,呜呜的叫了起来。半掩的一家草舍门口,有一个五六岁的小孩跑出来窥看他了。仲则因为将近山麓了,想问一声上谢公山是如何走法的,所以就对那跑出来的小孩问了一声。那小孩把小手指头含在嘴里,好像怕羞似的一语也不答又跑了进去。白花犬因为仲则站住不走了,所以叫得更加利害。过了一会,草舍门里又走出了一个头上包青布的老农妇来。仲则作了笑容恭恭敬敬的问她说:

"老婆婆,你可知道前面的是谢公山不是?"

老妇摇摇头说:

"前面的是龙山。"

"那么谢公山在哪里呢?"

"不知道,龙山左面的是青山,还有三里多路啦。"

"是青山么?那山上有坟墓没有?"

"坟墓怎么会没有!"

"是的,我问错了,我要问的,是李太白的坟。"

"噢噢,李太白的坟么,就在青山的半脚。"

仲则听了这话,喜欢得很,便告了谢,放轻脚步从一条狭小的歧路折向东南的谢公山去。谢公山原来就是青山,乡下老妇只晓得李太白的坟,却不晓得青山一名谢公山,仲则一想,心里觉得感激得很,恨不得想拜她一下。他的很易激动的感情,几乎又要使他下泪了。他渐渐的前进,路也渐渐窄了起来,路两旁的杂树矮林,也一处一处的多起来了。又走了半个钟头的样子,他走到青山脚下了。在细草簇生的山坡斜路上,他遇见了两个砍柴的小孩,唱着山歌,挑了两肩短小的柴担,斗头在走下山来。他立住了脚,又恭恭敬敬的问说:

"小兄弟,你们可知道李太白的坟是在哪里的?"

两小孩好像没有听见他的话,尽管在向前的冲来。仲则让在路旁,一面又放声发问了一次。他们因为尽在唱歌,没有注意到仲则,所以仲则第一次问的时候,他们简直不知道路上有一个人在和他们斗头的走来,及走到了仲则的身边,看他好像在发问的样子,他们才歇了歌唱,忽而向仲则惊视了一眼。听了仲则的问话,前面的小孩把手向仲则的背后一指,好像求同意似的,回头来向后面的小孩看着说:

"李太白?是那一个坟吧?"

后面的小孩也争着以手指点说:

"是的,是那一个有一块白石头的坟。"

仲则回转了头,向他们指着的方向一看,看见几十步路外有一堆矮林,矮林边上果然有一穴前面有一块白石的低坟躺在那里。

"啊,这就是么?"

他的这叹声里,也有惊喜的意思,也有失望的意思,可以听得出来。他走到了坟前,只看见了一个杂草生满的荒冢。并且背后的那两小孩的歌声,也已渐渐的幽了下去,忽然听不见了,山间的沉默,马上就扩大了开来,包压在他的左右上下。他为这沉默一压,看看这一堆荒冢,又想到了这荒冢底下葬着的是一个他所心爱的薄命诗人,心里的一种悲感,竟同江潮似的涌了起来。

"啊啊,李太白,李太白!"

不知不觉的叫了一声,他的眼泪也同他的声音同时滚下来了。微风吹动了墓草,他的模糊的泪眼,好像看见李太白的坟墓在活起来的样子。他向坟的周围走了一圈,又回到墓门前来跪下了。

他默默的在墓前草上跪坐了好久。看看四围的山间透明的空气,想想诗人的寂寞的生涯,又回想到自家的现在被人家虐待的境遇,眼泪只是陆陆续续的流淌下来。看看太阳已经低了下去。坟前的草影长起来了,他方把今天睡到了日中才起来,洗面之后跑出衙门,一直还没有吃过食物的事情想了出来,这时候却一忽儿的觉得饥饿起来了。

四

他挨了饿,慢慢的朝着了斜阳,走回来的时候,短促的秋日,已经变成了苍茫的白夜。他一面赏玩着日暮的秋郊野景,一面一句一句的尽在那里想诗。敲开了城门,在灯火零星的街上,走回学使衙门去的时候,他的吊李太白的诗也想完成了。

束发读君诗,今来展君墓。
清风江上洒然来,我欲因之寄微慕。
呜呼,有才如君不免死,我固知君死非死,
长星落地三千年,此是昆明劫灰耳。
高冠岌岌佩陆离,纵横学剑胸中奇,
陶镕屈宋入大雅,挥洒日月成瑰词。
当时有君无着处,即今遗躅犹相思。
醒时兀兀醉千首,应是鸿濛借君手,
乾坤无事入怀抱,只有求仙与饮酒。
一生低首唯宣城,墓门正对青山青。
风流辉映今犹昔,更有灞桥驴背客。
此间地下真可观,怪底江山总生色。
江山终古月明里,醉魄沉沉呼不起,

锦袍画舫寂无人，隐隐歌声绕江水，
残膏剩粉洒六合，犹作人间万余子。
与君同时杜拾遗，空石却在潇湘湄，
我昔南行曾访之，衡云惨惨通九疑，
即论身后归骨地，俨与诗境同分驰。
终嫌此老太愤激，我所师者非公谁？
人生百年要行乐，一日千杯苦不足，
笑看樵牧语斜阳，死当埋我兹山麓。

　　仲则走到学使衙门里，只见正厅上灯烛辉煌，好像是在那里张宴。他因为人已疲倦极了，所以便悄悄的回到了他住的寿春园的西室。命仆役搬了菜饭来，在灯下吃了一碗。洗完手面之后，他就想上床去睡，这时候稚存却青了脸，张了鼻孔，作了悲寂的形容，走进他的房来了。

　　"仲则，你今天上什么地方去了？"

　　"我倦极了，我上李太白的坟前去了一次。"

　　"是谢公山么？"

　　"是的，你的样子何以这样的枯寂，没有一点儿生气？"

　　"唉，仲则，我们没有一点小名气的人，简直还是不出外面来的好。啊啊，文人的卑污呀！"

　　"是怎么一回事？"

　　"昨晚上我不是对你说过了么？那大考据家的事情。"

　　"哦，原来是戴东原到了。"

　　"仲则，我真佩服你昨晚上的议论。戴大家这一回出京来，拿了许多名人的荐状，本来是想到各处来弄几个钱的。今晚上竹君办酒替他接风，他在席上听了竹君夸奖你我的话，就冷笑了一脸说'华而不实'。仲则，叫我如何忍受下去呢！这样卑鄙的文人，这样的只知排斥异己的文人，我真想和他拼一条命。"

　　"竹君对他这话，也不说什么？"

　　"竹君自家也在著《十三经文字同异》，当然是与他志同道合的了。并且在盛名的前头，哪一个能不为所屈，啊啊，我恨不能变一个秦始皇，把这些卑鄙的伪儒，杀个干净！"

"伪儒另外还讲些什么？"

"他说你的诗他也见过，太少忠厚之气，并且典故用错的也着实不少。"

"混蛋，这样的胡说乱道，天下难道还有真是非么？他住在什么地方？去去，我也去问他个明白。"

"仲则，且忍耐着吧，现在我们是闹他不赢的。如今世上盲人多，明眼人少，他们只有耳朵，没有眼睛，看不出究竟谁清谁浊，只信名气大的人，是好的，不错的。我们且待百年后的人来判断吧！"

"但我终觉得忍耐不住，稚存，稚存。"

"…………"

"稚存，我我……我想……想回家去了。"

"…………"

"稚存，稚存，你……你……你怎么样？"

"仲则，你有钱在身边么？"

"没有了。"

"我也没有了。没有川资，怎么回去呢？"

五

仲则的性格，本来是非常激烈的，对于戴东原的这辱骂自然是忍受不过去的，昨晚上和稚存两人默默的在房间里走来走去走了半夜，打算回常州去，又因为没有路费，不能回去。当半夜过了，学使衙门里的人都睡着之后，仲则和稚存还是默默的背着了手在房里走来走去的在走。稚存看看灯下的仲则的清瘦的影子，想叫他睡了，但是看看他的水汪汪的注视着地板的那双眼睛，和他的全身在微颤着的愤激的身体，却终说不出话来，所以稚存举起头来对仲则偷看了好几眼，依旧把头低下去了。到了天将亮的时候，他们两人的愤激已消散了好多，稚存就对仲则说：

"仲则，我们的真价，百年后总有知者，还是保重身体要紧。戴东原不是史官，他能改变百年后的历史么？一时的胜利者未必是万世的胜利者，我们还该自重些。"

仲则听了这话，就举起他的一双水汪汪的眼睛，对稚存看了一眼，呆了一忽，他才对稚存说：

"稚存，我头痛得很。"

这样的讲了一句，仍复默默的俯了首，走来走去走了一回，他又对稚存说：

"稚存，我怕要病了。我今天走了一天，身体已经疲倦极了，回来又被那伪儒这样的辱骂一场，稚存，我若是死了，要你为我复仇的呀！"

"你又要说这些话了，我们以后还是务其大者远者，不要在那些小节上消磨我们的志气吧！我现在觉得戴东原那样的人，并不在我的眼中了。你且安睡吧。"

"你也去睡吧，时候已经不早了。"

稚存去后，仲则一个人还在房里俯了首走来走去的走了好久，后来他觉得实在是头痛不过了，才上床去睡。他从睡梦中哭醒来了好几次，到第二天中午，稚存进他房去看他的时候，他身上发热，两颊绯红，尽在那里讲谵语。稚存到他床边伸手到他头上去一摸，他忽然坐了起来问稚存说：

"京师诸名太史说我的诗怎么样？"

稚存含了眼泪勉强笑着说：

"他们都在称赞你，说你的才在渔洋之上。"

"在渔洋之上？呵呵，呵呵。"

稚存看了他这病状，就止不住的流下眼泪来，本想去通知学使朱笥河，但因为怕与戴东原遇见，所以只好不去。稚存用了湿毛巾把他头脑凉了一凉，他才睡了一忽。不上三十分钟，他又坐起来问稚存说：

"竹君，……竹君怎么不来？竹君怎么这几天没有到我房里来过？难道他果真信了他的话了么？我要回去了，我要回去了，谁愿意住在这里！"

稚存听了这话，也觉得这几天竹君对他们确有些疏远的样子，他心里虽则也感到了非常的悲愤，但对仲则却只能装着笑容说：

"竹君刚才来过，他见你睡着在这里，教我不要惊醒你来，就悄悄的出去了。"

"竹君来过了么？你怎么不讲，你怎么不教他把那大盗赶出去？"

稚存骗仲则睡着之后，自然也哭了一个爽快。夜阴侵入到仲则的房里来的时候，稚存也在仲则的床沿上睡着了。

六

岁月迁移了。乾隆三十七年的新春带了许多风霜雨雪到太平府城里来，一直到了正月尽头，天气方才晴朗。卧在学使衙门东北边寿春园西室的病夫黄仲则，也同阴暗的天气一样，到了正月尽头却一天一天的强健了起来。本来是清瘦的他，遭了这一场伤寒重症，更清瘦得可怜，但稚存与他的友情，经了这一番患难，倒变得是一天浓厚似一天了。他们二人各对各的天分，也更互相尊敬了起来，每天晚上，各讲自家的抱负，总要讲到三更过后才肯入睡，两个灵魂，在这前后，差不多要化作成一个的样子。

二月以后，天气忽而变暖了。仲则的病体也眼见得强壮了起来。到二月半，仲则已能起来往浮邱山下的广福寺去烧香去了。

他的孤傲多疑的性质，经了这一番大病，并没有什么改变。他总觉得自从去年戴东原来了一次之后，朱竹君对他的态度，不如从前的诚恳了。有一天日长的午后，他一个人在房里翻开旧作的诗稿来看，却又看见了去年初见朱竹君学使时候的一首《上朱笥河先生》的柏梁古体诗。他想想当时一见如旧的知遇，与现在的无聊的状态一比，觉得人生事事，都无长局。拿起笔来他就又添写了四首律诗到诗稿上去。

抑情无计总飞扬，忽忽行迷坐若忘。
遁拟凿坯因骨傲，吟还带索为愁长。
听猿讵止三声泪，绕指真成百炼钢。
自傲一呕休示客，恐将冰炭置人肠。

岁岁吹箫江上城，西园桃梗托浮生。
马因识路真疲路，蝉到吞声尚有声。
长铗依人游未已，短衣射虎气难平。
剧怜对酒听歌夜，绝似中年以后情。

鸢肩火色负轮囷，臣壮何曾不若人。
文倘有光真怪石，足如可析是劳薪。
但工饮啖犹能活，尚有琴书且未贫。
芳草满江容我采，此生端合附灵均。

似绮年华指一弹，世途唯觉醉乡宽。

三生难化心成石，九死空尝胆作丸。
出郭病躯愁直视，登高短发愧旁观。
升沉不用君平卜，已办秋江一钓竿。

七

　　天上没有半点浮云，浓蓝的天色受了阳光的蒸染，蒙上了一层淡紫的晴霞，千里的长江，映着几点青螺，同逐梦似的流奔东去。长江腰际，青螺中一个最大的采石山前，太白楼开了八面高窗，倒影在江心牛渚中间；山水，楼阁，和楼阁中的人物，都是似醒似痴的在那里点缀阳春的烟景，这是三月上巳的午后，正是安徽提督学政朱筠河公在太白楼大会宾客的一天。翠螺山的峰前峰后，都来往着与会的高宾，或站在三台阁上，在数水平线上的来帆，或散在牛渚矶头，在寻前朝历史上的遗迹。从太平府到采石山，有二十里的官路。澄江门外的沙郊，平时不见有人行的野道上，今天热闹得差不多路空不过五步的样子。八府的书生，正来当涂应试，听得学使朱公的雅兴，都想来看看朱公药笼里的人才。所以江山好处，峨眉燃犀诸亭都为游人占领去了。

　　黄仲则当这青黄互竞的时候，也不改他常时的态度。本来是纤长清瘦的他，又加以久病之余，穿了一件白夹春衫，立在人丛中间，好像是怕被风吹去的样子。清癯的颊上，两点红晕，大约是薄醉的风情。立在他右边的一个肥矮的少年，同他在那里看对岸的青山的，是他的同乡同学的洪稚存。他们两人在采石山上下走了一转回到太白楼的时候，柔和肥胖的朱筠河笑问他们说：

　　"你们的诗做好了没有？"

　　洪稚存含着了微笑摇头说：

　　"我是闭门觅句的陈无己。"

　　万事不肯让人的黄仲则，就抢着笑说：

　　"我却做好了。"

　　朱筠河看了他这一种少年好胜的形状，就笑着说：

　　"你若是做了这样快，我就替你磨墨，你写出来吧。"

　　黄仲则本来是和朱筠河说说笑话的，但等得朱筠河把墨磨好，横轴摊开来的时候，他也不得不写了。他拿起笔来，往墨池里扫了几扫，就模模糊糊的写了下去：

    红霞一片海上来，照我楼上华筵开！
    倾觞绿酒忽复尽，楼中谪仙安在哉！
    谪仙之楼楼百尺，筲河夫子文章伯，
    风流仿佛楼中人，千一百年来此客。
    是日江上彤云开，天门淡扫双蛾眉，
    江从慈母矶边转，潮到燃犀亭下回，
    青山对面客起舞，彼此青莲一抔土。
    若论七尺归蓬蒿，此楼作客山是主。
    若论醉月来江滨，此楼作主山作宾。
    长星动摇若无色，未必常作人间魄，
    身后苍凉尽如此，俯仰悲歌亦徒尔！
    杯底空余今古愁，眼前忽尽东南美，
    高会题诗最上头，姓名未死重山丘，
    请将诗卷掷江水，定不与江东向流。

  不多几日，这一首太白楼会宴的名诗，就喧传在长江两岸的士女的口上了。

茑萝行

同居的人全出外去后的这沉寂的午后的空气中独坐着的我，表面上虽则同春天的海面似的平静，然而我胸中的寂寥，我脑里的愁思，什么人能够推想得出来？现在是三点三十分了。外面的马路上大约有和暖的阳光夹着了春风，在那里助长青年男女的游春的兴致；但我这房里的透明的空气，何以会这样的沉重呢？龙华附近的桃林草地上，大约有许多穿着时式花样的轻绸绣缎的恋爱者在那里对着苍空发愉乐的清歌；但我的这从玻璃窗里透过来的半角青天，何以总带着一副嘲弄我的形容呢？啊啊，在这样薄寒轻暖的时候，当这样有作有为的年纪，我的生命力，我的活动力，何以会同冰雪下的草芽一样，一些儿也生长不出来呢？啊啊，我的女人！我的不能爱而又不得不爱的女人！我终觉得对你不起！

计算起来你的列车大约已经好过松江驿了，但你一个人抱了小孩在车窗里呆看陌上行人的景状，我好像在你旁边看守着的样子。可怜你一个弱女子，从来没有单独出过门，你此刻呆坐在车里，大约在那里回忆我们两人同居的时候，我虐待你的一件件的事情了吧！啊啊，我的女人，我的不得不爱的女人，你不要在车中滴下眼泪来，我平时虽则常常虐待你，但我的心中却在哀怜你的，却在痛爱你的；不过我在社会上受来的种种苦楚，压迫，侮辱，若不向你发泄，教我更向谁去发泄呢！啊啊，我的最爱的女人，你若知道我这一层隐衷，你就该饶恕我了。

唉，今天是旧历的二月二十一日，今天正是清明节呀！大约各处的男女都出到郊外去踏青的，你在车窗里见了火车路线两旁郊野里在那里游行的夫妇，你能不怨我的么？你怨我也罢了，你倘能恨我怨我，怨得我望我速死，那就好了。但是办不到的，怎么也办不到的，你一边怨我，一边又必在原谅我的，啊啊，我一想到你这一种优美的灵心，教我如何能忍得过去呢！

细数从前，我同你结婚之后，共享的安乐日子，能有几日？我十七岁去国之后，一直的在无情的异国蛰住了八年。这八年中间就是暑假寒假也不回国来的原因，你知道么？我八年间不回国来的事实，就是我对旧式的，父母主张的婚约的反抗呀！这原不是你的错，也不是我的错，作孽者是你的父母和我的母亲。但我在这八年之中，不该默默的无所表示的。

　　后来看到了我们乡间的风习的牢不可破，离婚的事情的万不可能，又因你家父母的日日的催促，我的母亲的含泪的规劝，大前年的夏天，我才勉强应承了与你结婚。但当时我提出的种种苛刻的条件，想起来我在此刻还觉得心痛。我们也没有结婚的种种仪式，也没有证婚的媒人，也没有请亲朋来喝酒，也没有点一对蜡烛，放几声花炮。你在将夜的时候，坐了一乘小轿从去城六十里的你的家乡到了县城里的我的家里，我的母亲陪你吃了一碗晚饭，你就一个人摸上楼上我的房里去睡了。那时候听说你正患疟疾，我到夜半拿了一枝蜡烛上床来睡的时候，只见你穿了一件白纺绸的单衫，在暗黑中朝里床睡在那里。你听见了我上床来的声音，却朝转来默默的对我看了一眼。啊！那时候的你的憔悴的形容，你的水汪汪的两眼。神经常在那里颤动的你的小小的嘴唇，我就是到死也忘不了的。我现在想起来还要滴眼泪哩！

　　在穷乡僻壤生长的你，自幼也不曾进过学校，也不曾呼吸过通都大邑的空气，提了一双纤细缠小了的足，抱了一箱家塾里念过的《列女传》、《女四书》等旧籍，到了我的家里。既不知女人的娇媚是如何装作，又不知时样的衣裳是如何剪裁，你只奉了柔顺两字，作了你的行动的规范。

　　结婚之后，因为城中天气暑热的缘故，你就同我同上你家去住了几天，总算过了几天安乐的日子；但无端又遇了你侄儿的暴行，淘了许多说不出来的闲气，滴了许多拭不干净的眼泪，我与你在你侄儿闹事的第二天就匆匆的回到了城里的家中。过了两三天我又害起病来，你也疟疾复发了。我就决定挨着病离开了我那空气沉浊的故乡。将行的前夜，你也不说什么，我也没有什么话好对你说。我从朋友家里喝醉了酒回来，睡在床上，只见你呆呆的坐在灰黄的灯下。可怜你一直到第二天的早晨我将要上船的时候止，终没有横到我床边上来睡一忽儿，也没有讲一句话；第二天天刚亮的时候，母亲就来催我起身，说轮船已到鹿山脚下了。

　　从此一别，又同你远隔了两年。你常常写信来说家里的老祖母在那里想念我，暑假寒假若有空闲，叫我回家来探望探望祖母母亲，但我因为异乡的花草，和年轻的朋友挽留我的缘故，终究没有回来。

　　唉唉！那两年中间的我的生活！红灯绿酒的沉湎，荒妄的邪游，不义的淫乐。在中宵酒醒的时候，在秋风凉冷的月下，我也曾想念及你，我也曾痛哭过几次。但灵魂丧失了的那一群妩媚的游女，和她们的娇艳动人的假笑佯啼，终究把我的天良迷住了。

前年秋天我虽回国了一次，但因为朋友邀我上Ａ地去了，我又没有回到故乡来看你。在Ａ地住了三个月，回到上海来过了旧历的除夕，我又东京去了。直到了去年的暑假前，我提出了卒业论文，将我的放浪生活作了个结束，方才拖了许多饥不能食寒不能衣的破书旧籍回到了中国。一踏了上海的岸，生计问题就逼紧到我的眼前来，缚在我周围的运命的铁锁圈，就一天一天的扎紧起来了。

留学的时候，多谢我们孱弱无能的政府，和没有进步的同胞，像我这样的一个生则于世无补，死亦于人无损的零余者，也考得了一个官费生的资格。虽则每月所得不能敷用，是租了屋没有食，买了食没有衣的状态，但究竟每月还有几十块钱的出息，调度得好也能勉强免于死亡。并且又可进了病院向家里勒索几个医药费，拿了书店的发票向哥哥乞取几块买书钱。所以在繁华的新兴国的首都里，我却过了几年放纵的生活。如今一定的年限已经到了，学校里因为要收受后进的学生，再也不能容我在那绿树阴森的图书馆里，作白昼的痴梦了。并且我们国家的金库，也受了几个磁石心肠的将军和大官的吮吸，把供养我们一班不会作乱的割势者的能力丧失了。所以我在去年的六月就失了我的维持生命的根据，那时候我的每月的进款已经没有了。以年纪讲起来，像我这样二十六七的青年，正好到社会去奋斗。况且又在外国国立大学里卒业了的我，谁更有这样厚的面皮，再去向家中年老的母亲，或狷洁自爱的哥哥，乞求养生的资料。我去年暑假里一到上海流寓了一个多月没有回家来的原因，你知道么？我现在索性对你讲明了吧，一则虽因为一天一天的挨过了几天，把回家的旅费用完了，其他我更有这一段不能回家的苦衷在的呀，你可能了解？

啊啊，去年六月在灯火繁华的上海市外，在车马喧嚷的黄浦江边，我一边念着 Housman 的 A Shropshire Lad① 里的

---

① 英文：霍斯曼的《什罗浦郡的浪荡子》。

> *Come you home a hero*
> *Or come not home at all ,*
> *The lads you leave will mind you*
> *Till Ludlow tower shall fall.*

几句清诗，一边呆呆的看着江中黝黑混浊的流水，曾经发了几多的叹声，滴了几多的眼泪。你若知道我那时候的绝望的情怀，我想你去年的那几封微有怨意的信也不至于发给我了。——啊，我想起了，你是不懂英文的，这几句诗我顺便替你译出吧。

> 汝当衣锦归，
> 否则永莫回，
> 令汝别后之儿童
> 望到拉德罗塔毁。

平常责任心很重，并且在不必要的地方，反而非常隐忍持重的我，当留学的时候，也不曾著过一书，立过一说。天性胆怯，从小就害着自卑狂的我，在新闻杂志或稠人广众之中，从不敢自家吹一点小小的气焰。不在图书馆内，便在咖啡店里，山水怀中过活的我，当那些现代的青年当作科场看的群众运动起来的时候，绝不会去慷慨悲歌的演说一次，出点无意义的风头。赋性愚鲁，不善交游，不善钻营的我，平心讲起来，在生活竞争剧烈，到处有陷阱设伏的现在的中国社会里，当然是没有生存的资格的，去年六月间，寻了几处职业失败之后，我心里想我自家若想逃出这恶浊的空气，想解决这生计困难的问题，最好唯有一死。但我若要自杀，我必须先弄几个钱来，痛饮饱吃一场，大醉之后，用了我的无用的武器，至少也要击杀一二个世间的人类——若他是比我富裕的时候，我就算替社会除了一个恶。若他是和我一样或比我更苦的时候，我就算解决了他的困难，救了他的灵魂——然后从容就死。我因为有这一种想头，所以去年夏天在睡不着的晚上，拖了沉重的脚，上黄浦江边去了好几次，仍复没有自杀。到了现在我可以老实的对你说了，我在那时候，我并不曾想到我死后的你将如何的生活过去。我的八十五岁的祖母，和六十来岁的母亲，在我死后又当如何的种种问题，当然更不在我的脑里了。你读到这里，或者要骂我没有责任心，丢下了你，自家一个去走干净的路。但我想这责任不应该推给我负的，第一我们的国家社会，不能用我去作他们的工，使我有了气力能卖钱来养活我自家和你，所以现代的社会，就应该负这责任。即使退一步讲，第二你的父母不能教育你，使你独立营生，便是你父母的坏处，所以你的父母也应该负这责任。第三我的母亲戚族，知道我没有养活你的能力，要苦苦的劝我结婚，他们也应该负这责任。这不过是现在我写到这里想出来的话，当时原是没有想到的。

上海的Ｔ书局和我有些关系，是你所知道的。你今天午后不是从这Ｔ书局编辑所出发的么？去年六月经理的Ｔ君看我可怜不过，却为我关说了几处，但那几处不是说我没有声望，就嫌我脾气太大，不善趋奉他们的旨意，不愿意用我。我当初把我身边的衣服金银器具一件一件的典当之后，在烈日蒸照，灰土很多的上海市街中，整日的空跑了半个多月，几个有职业的先辈，和在东京曾经受过我的照拂的朋友的地方，我都去访问了。他们有的时候，也约我上菜馆去吃一次饭；有的时候，知道我的意思便也陪我作了一副忧郁的形容，且为我筹了许多没有实效的计划。我于这样的晚上，不是往黄浦江边去徘徊，便是一个人跑上法国公园的草地上去呆坐，在那时候，我一个人看看天上悠久的星河，听听远远从那公园的跳舞室里飞过来的舞曲的琴音，老有放声痛哭的时候，幸亏在黄昏的时节，公园的四周没有人来往，所以我得尽情的哭泣；有时候哭得倦了，我也曾在那公园的草地上露宿过的。

阳历六月十八的晚上——是我忘不了的一晚——Ｔ君拿了一封Ａ地的朋友寄来的信到我住的地方来。平常只有我去找他，没有他来找我的，Ｔ君一进我的门，我就知道一定有什么机会了。他在我用的一张破桌子前坐下之后，果然把信里的事情对我讲了。他说：

"Ａ地仍复想请你去教书，你愿不愿意去？"

教书是有识无产阶级的最苦的职业，你和我已经住过半年，我的如何不愿意教书，教书的如何苦法，想是你所知道的，我在此处不必说了。况且Ａ地的这学校里又有许多黑暗的地方，有几个想做校长的野心家，又是忌刻心很重的，像这样的地方的教席，我也不得不承认下去的当时的苦况，大约是你所意想不到的，因为我那时候同在伦敦的屋顶下挨饿的Chatterton[①]一样，

[①] 查特顿：英国诗人。

一边虽在那里吃苦，一边我写回来的家信上还写得娓娓有致，说什么地方也在请我，什么地方也在聘我哩！

啊啊！同是血肉造成的我，我原是有虚荣心，有自尊心的呀！请你不要骂我作墦间乞食的齐人吧！唉，时运不济，你就是骂我，我也甘心受骂的。

我们结婚后，你给我的一个钻石戒指，我在东京的时候，替你押卖了，这是你当时已经知道的。我当 T 君将 A 地某校的聘书交给我的时候，身边值钱的衣服器具已经典当尽了。在东京学校的图书馆里，我记得读过一个德国薄命诗人 Grabbe① 的传记。一贫如洗的他想上京去求职业去，同我一样贫穷的他的老母将一副祖传的银的食器交给了他，作他的求职的资斧。他到了孤冷的首都里，今日吃一个银匙，明日吃一把银刀，不上几日，就把他那副祖传的食器吃完了。我记得 Heine② 还嘲笑过他的。去年六月的我的穷状，可是比 Grabbe 更甚了；最后的一点值钱的物事，就是我在东京买来，预备送你的一个天赏堂制的银的装照相的架子，我在穷急的时候，早曾打算把它去换几个钱用，但一次一次的难关都被我打破，我决心把这一点微物，总要安安全全的送到你的手里；殊不知到了最后，我接到了 A 地某校的聘书之后，仍不得不把它去押在当铺里，换成了几个旅费，走回家来探望年老的祖母母亲，探望怯弱可怜同绵羊一样的你。

去年六月，我于一天晴朗的午后，从杭州坐了小汽船，在风景如画的钱塘江中跑回家来。过了灵桥里山等绿树连天的山峡，将近故乡县城的时候，我心里同时感着了一种可喜可怕的感觉。立在船舷上，呆呆的凝望着春江第一楼前后的山景，我口里虽在微吟"近乡情更怯，不敢问来人"的二句唐诗，我的心里却在这样的默祷：

……天帝有灵，当使埠头一个我的认识的人也不在！要不使他们知道才好，要不使他们知道我今天沦落了回来才好……

船一靠岸，我左右手里提了两只皮箧，在晴日的底下从乱杂的人丛中伏倒了头，同逃也似的走向家来。我一进门看见母亲还在偏间的膳室里喝酒。我想张起喉音来亲亲热热的叫一声母亲的，但一见了亲人，我就把回国以来受的社会的侮辱想了出来，所以我的咽喉便梗住了；我只能把两只皮箧向凳

---

① 格拉贝：德国戏剧家。
② 海涅：德国诗人。

上一抛，马上就匆匆的跑上楼上的你的房里来，好把我的没有丈夫气，到了伤心的时候就要流泪的坏习惯藏藏躲躲；谁知一进你的房，你却流了一脸的汗和眼泪，坐在床前呜咽地暗在啜泣。我动也不动的呆看了一忽，方提起了干燥的喉音，幽幽的问你为什么要哭。你听了我这句问话反哭得更加厉害，暗泣中间却带起几声压不下去的唏嘘声来了。我又问你究竟为什么，你只是摇头不说。本来是伤心的我，又被你这样的引诱了一番，我就不得不抱了你的头同你对哭起来。喝不上一碗热茶的工夫，楼下的母亲就大骂着说：

"……什么的公主娘娘，我说着这几句话，就要上楼去摆架子。……轮船埠头谁对你这小畜生讲了，在上海逛了一个多月，走将家来，一声也不叫，狠命的把皮箧在我面前一丢……这算是什么行为！……你便是封了王回来，也没有这样的行为的呀！……两夫妻暗地里通通信，商量商量，……你们好来谋杀我的……"

我听见了母亲的骂声，反而止住不哭了。听到"封了王回来"的这一句话，我觉得全身的血流都倒注了上来。在炎热的那盛暑的时候，我却同在寒冬的夜半似的手脚都发了抖。啊啊，那时候若没有你把我止住，我怕已经冒了大不孝的罪名，要永久的和我那年老的母亲诀别了。若那时候我和我母亲吵闹一场，那今年的祖母的死，我也是送不着的，我为了这事，也不得不重重的感谢你的呀！

那一天我的忽而从上海的回来，原是你也不知道，母亲也不知道的。后来母亲的气平了下去，你我的悲感也过去了的时候，我才知道我没有到家之先，母亲因为我久住上海不回家来的原因，在那里发脾气骂你。啊啊，你为了我的缘故，害骂害说的事情大约总也不止这一次了。也难怪你当我告诉你说我将于几日内动身到 A 地去的时候，哀哀的哭得不住的。你那柔顺的性质，是你一生吃苦的根源。同我的对于社会的虐待，丝毫没有反抗能力的性质，却是一样。啊啊！反抗反抗，我对于社会何尝不晓得反抗，你对于加到你身上来的虐待也何尝不晓得反抗，但是怯弱的我们，没有能力的我们，教我们从何处反抗起呢？

到了痛定之后，我看看你的形容，比前年患疟疾的时候更消瘦了。到了晚上，我捏到你的下腿，竟没有那一段肥突的脚肚，从脚后跟起，到脚弯膝止，完全是一条直线。啊啊！我知道了，我知道白天我对你说我要上 A 地去的时候你就流眼泪的原因了。

我已经决定带你同往 A 地，将催 A 地的学校里速汇二百元旅费来的快信寄出之后，你我还不敢将这计划告诉母亲，怕母亲不赞成我们。到了旅费汇到的那天晚上，你还是疑惑不决的说：

"万一外边去不能支持，仍要回家来的时候，如何是好呢！"

可怜你那被威权压服了的神经，竟好像是希腊的巫女，能预知今天的劫运似的。唉，我早知道有今天的一段悲剧，我当时就不该带你出来了。

我去年暑假郁郁的在家里和你住了几天，竟不料就会种下一个烦恼的种子的。等我们同到了 A 地将房屋什器安顿好的时候，你的身体已经不是平常的身体了。吃几口饭就要呕吐。每天只是懒懒的在床上躺着。头一个月我因为不知底细，曾经骂过你几次，到了三四个月上，你的身体一天一天的重起来，我的神经受了种种激刺，也一天一天的粗暴起来了。

第一因为学校里的课程干燥无味，我天天去上课就同上刑具被拷问一样，胸中只感着一种压迫。

第二因为我在杂志上发表了一篇旧作的文字，淘了许多无聊的闲气。更有些忌刻我的恶劣分子，就想以此来作我的葬歌，纷纷的攻击我起来。

第三我平时原是挥霍惯了的，一想到辞了教授的职后，就又不得不同六月间一样，尝那失业的苦味。况且现在又有了家室，又有了未来的儿女，万一再同那时候一样的失起业来，岂不要比曩时更苦。

我前面也已经提起过了，在社会上虽是一个懦弱的受难者的我，在家庭内却是一个凶恶的暴君。在社会上受的虐待，欺凌，侮辱，我都要一一回家来向你发泄的。可怜你自从去年十月以来，竟变了一只无罪的羔羊，日日在那里替社会赎罪，作了供我这无能的暴君的牺牲。我在外面受了气回来，不是说你做的菜不好吃，就骂你是害我吃苦的原因。我一想到了将来失业的时候的苦况，神经激动起来的时候每骂着说：

"你去死！你死了我方有出头的日子。我辛辛苦苦，是为什么人在这里作牛马的呀。要只有我一个人，我何处不可去，我何苦要在这死地方作苦工呢！只知道在家里坐食的你这行尸，你究竟是为了什么目的生存在这世上的呀？……"

你被我骂不过，就暗哭起来。我骂你一场之后，把胸中的悲愤发泄完了，大抵总立时痛责我自家，上前来爱抚你一番，并且每用了柔和的声气，细细的把我的发气的原因——社会对我的虐待——讲给你听。你听了反替我抱着不平，每又哀哀的为我痛哭，到后来，终究到了两人相持对泣而后已。像这样的情景，起初不过间几日一次的，到后来将放年假的时候，变了一日一次或一日数次了。

唉唉，这悲剧的出生，不知究竟是结婚的罪恶呢？还是社会的罪恶？若是为结婚错了的原因而起的，那这问题倒还容易解决；若因社会的组织不良，致使我不能得适当的职业，你不能过安乐的日子，因而生出这种家庭的悲剧的，那我们的社会就不得不根本的改革了。

在这样的忧患中间，我与你的悲哀的继承者，竟生了下来，没有足月的这小生命，看来也是一个神经质的薄命的相儿。你看他那哭时的额上的一条青筋，不是神经质的证据么？饥饿的时候，你喂乳若迟一点，他老要哭个不止，像这样的性格，便是将来吃苦的基础。唉唉，我既生到了世上，受这样的社会的煎熬，正在求生不可，求死不得的时候，又何苦多此一举，生这一块肉在人世呢？啊啊！矛盾，惭愧，我是解说不了的了。以后若有人动问，就请你答复吧。

悲剧的收场，是在一个月的前头。那时候你的神经已经昏乱了，大约已记不清楚，但我却牢牢记着的。那天晚上，正下弦的月亮刚从东边升起来的时候。

我自从辞去了教授职后，托哥哥在某银行里谋了一个位置。但不幸的时候，事运不巧，偏偏某银行为了政治上的问题，开不出来。我闲居Ａ地，日日在家中喝酒，喝醉之后，便声声的骂你与刚出生的那小孩，说你与小孩是我的脚镣，我大约要为你们的缘故沉水而死的。我硬要你们回故乡去，你们却是不肯。那一晚我骂了一阵，已经是朦胧的想睡了。在半醒半睡中间，我从帐子里看出来，好像见你在与小孩讲话。

"……你要乖些……要乖些。……小宝睡了吧……不要讨爸爸的厌……不要讨……娘去之后……要……要……乖些……。"

讲了一阵，我好像看见你坐在洋灯影里揩眼泪，这是你的常态，我看得不耐烦了，所以就翻了一转身。面朝着了里床。我在背后觉得你在灯下哭了一忽，又站起来把我的帐子掀开了对我看了一回。我那时候只觉得好睡，所以没有同你讲话。以后我就睡着了。

　　我们街前的车夫，在我们门外乱打的时候，我才从被里跳了起来。我跌来碰去的走出门来的时候，已经是昏乱得不堪了。我只见你的披散的头发，结成了一块，围在你的项上。正是下弦的月亮从东边升起来的时候，黄灰色的月光射在你的面上；你那本来是灰白的面色，反射出了一道冷光，你的眼睛好好的闭在那里，嘴唇还在微微的动着；你的湿透了的棉袄上，因为有几个扛你回来的车夫的黑影投射着，所以是一块黑一块青的。我把洋灯在地上一放，就抱着了你叫了几声，你的眼睛开了一开，马上就闭上了，眼角上却涌了两条眼泪出来。啊啊，我知道你那时候心里并不怨我的，我知道你并不怨我的，我看了你的眼泪，就能辨出你的心事来，但是我哪能不哭，我哪能不哭呢！我还怕什么？我还要维持什么体面？我就当了众人的面前哭出来了。那时候他们已经把你搬进了房。你床上睡着的小孩，听见了嘈杂的人声，也放大了喉咙啼泣了起来。大约是小孩的哭声传到了你的耳膜上了，你才张开眼来，含了许多眼泪对我看了一眼。我一边替你换湿衣裳，一边教你安睡，不要去管那小孩。恰好间壁雇在那里的乳母，也听见了这杂噪声起了床，跑了过来；我知道你眷念小孩，所以就教乳母替我把小孩抱了过去。奶妈抱了小孩走过床上你的身边的时候，你又对她看了一眼。同时我却听见长江里的轮船放了一声开船的汽笛声。

　　在病院里看护你的十五天工夫，是我的心地最纯洁的日子。利己心很重的我，从来没感觉到这样纯洁的爱情过。可怜你身体热到四十一度的时候，还要忽而从睡梦中坐起来问我：

"龙儿，怎么样了？"

"你要上银行去了么？"

　　我从A地动身的时候，本来打算同你同回家去住的，像这样的社会上，谅来总也没有我的位置了。即使寻着了职业，像我这样愚笨的人，也是没有希望的。我们家里，虽则不是豪富，然而也可算得中产，养养你，养养我，养养我们的龙儿的几颗米是有的。你今年二十七，我今年二十八了。即使你我各有五十岁好活，以后还有几年？我也不想富贵功名了。若为一点毫无价值的浮名，几个不义的金钱，要把良心拿出来去换，要牺牲了他人作我的踏脚板，那也何苦哩。这本来是我从 A 地同你和龙儿动身时候的决心。不是动身的前几晚，我同你拿出了许多建筑的图案来看了么？我们两人不是把我们回家之后，预备到北城近郊的地里，由我们自家的手去造的小茅屋的样子画得好好的么？我们将走的前几天不是到 A 地的可记念的地方，与你我有关的地方都去逛了么？我在长江轮船上的时候，这决心还是坚固得很的。

我这决心的动摇，在我到上海的第二天。那天白天我同你照了照相，吃了午膳，不是去访问了一位初从日本回来的朋友么？我把我的计划告诉了他，他也不说可，不说否，但只指着他的几位小孩说：

"你看看我，我是怎么也不愿意逃避的。我的系累，岂不是比你更多么？"

啊啊！好胜的心思，比人一倍强盛的我，到了这兵残垓下的时候，同落水鸡似的逃回乡里去——这一出失意的还乡记，就是比我更怯弱的青年，也不愿意上台去演的呀！我回来之后，晚上一晚不曾睡着。你知道我胸中的愁郁，所以只是默默的不响，因为在这时候，你若说一句话，总难免不被我痛骂。这是我的老脾气，虽从你进病院之后直到那天还没有发过，但你那事件发生以前却是常发的。

像这样的状态，继续了三天。到了昨天晚上，你大约是看得我难受了，所以当我兀兀的坐在床上的时候，你就对我说：

"你不要急得这样，你就一个人住在上海吧。你但须送我上火车，我与龙儿是可以回去的，你可以不必同我们去。我想明天马上就搭午后的车回浙江去。"

本来今天晚上还有一处请我们夫妇吃饭的地方，但你因为怕我昨晚答应你将你和小孩先送回家的事情要变卦，所以你今天就急急的要走。我一边只觉得对你不起，一边心里不知怎的又在恨你。所以我当你在那里捡东西的时候，眼睛里涌着两泓清泪，只是默默的讲不出话来。直到送你上车之后，在车座里坐了一忽，等车快开了，我才讲了一句："今天天气倒还好。"你知道我的意思，所以把头朝向了那面的车窗，好像在那里探看天气的样子，许久不回过头来。唉唉，你那时若把你那水汪汪的眼睛朝我看一看，我也许会同你马上就痛哭起来的。也许仍复把你留在上海，不使你一个人回去的。也许我就硬的陪你回浙江去的，至少我也许要陪你到杭州。但你终不回转头来，我也不再说第二句话，就站起来走下车了。我在月台上立了一忽，故意不对你的玻璃窗看。等车开的时候，我赶上了几步，却对你看了一眼，我见你的眼下左颊上有一条痕迹在那里发光。我眼见得车去远了，月台上的人都跑了出去，我一个人落得最后，慢慢的走出车站来。我不晓得是什么原因，心里只觉得是以后不能与你再见的样子，我心酸极了。啊啊！我这不祥之语，是多讲的。我在外边只希望你和龙儿的身体壮健，你和母亲的感情融洽。我是无论如何，不至投水自沉的，请你安心。你到家之后千万要写信来给我的哩！我不接到你平安到家的信，什么决心也不能下，我是在这里等你的信的。

春风沉醉的晚上

一

在沪上闲居了半年,因为失业的结果,我的寓所迁移了三处。最初我住在静安寺路南的一间同鸟笼似的永也没有太阳晒着的自由的监房里。这些自由的监房的住民,除了几个同强盗小窃一样的凶恶裁缝之外,都是些可怜的无名文士,我当时所以送了那地方一个 Yellow Grub Street① 的称号。在这 Grub Street 里住了一个月,房租忽涨了价,我就不得不拖了几本破书,搬上跑马厅附近一家相识的栈房里去。后来在这栈房里又受了种种逼迫,不得不搬了,我便在外白渡桥北岸的邓脱路中间,日新里对面的贫民窟里,寻了一间小小的房间,迁移了过去。

邓脱路的这几排房子,从地上量到屋顶,只有一丈几尺高。我住的楼上的那间房间,更是矮小得不堪。若站在楼板上伸一伸懒腰,两只手就要把灰黑的屋顶穿通的。从前面的弄里踱进了那房子的门,便是房主的住房。在破布洋铁罐玻璃瓶旧铁器堆满的中间,侧着身子走进两步,就有一张中间有几根横档跌落的梯子靠墙摆在那里。用了这张梯子往上面的黑黝黝的一个二尺宽的洞里一接,即能走上楼去。黑沉沉的这层楼上,本来只有猫额那样大,房主人却把它隔成了两间小房,外面一间是一个 N 烟公司的女工住在那里,我所租的是梯子口头的那间小房,因为外间的住者要从我的房里出入,所以我的每月的房租要比外间的便宜几角小洋。

我的房主,是一个五十来岁的弯腰老人。他的脸上的青黄色里,映射着一层暗黑的油光。两只眼睛是一只大一只小,颧骨很高,额上颊上的几条皱纹里满砌着煤灰,好像每天早晨洗也洗不掉的样子。他每日于八九点钟的时候起来,咳嗽一阵,便挑了一双竹篮出去,到午后的三四点钟总仍旧是挑了一双空篮回来的;有时挑了满担回来的时候,他的竹篮里便是那些破布破铁器玻璃瓶之类。像这样的晚上,他必要去买些酒来喝喝,一个人坐在床沿上

---

① 英文:黄种人的格拉勃街。

瞎骂出许多不可捉摸的话来。

我与隔壁的同寓者的第一次相遇，是在搬来的那天午后。春天的急景已经快晚了的五点钟的时候，我点了一支蜡烛，在那里安放几本刚从栈房里搬过来的破书。先把它们叠成了两方堆，一堆小些，一堆大些，然后把两个二尺长的装画的画架覆在大一点的那堆书上。因为我的器具都卖完了，这一堆书和画架白天要当写字台，晚上可以当床睡觉的。摆好了画架的板，我就朝着了这张由书叠成的桌子，坐在小一点的那堆书上吸烟，我的背自然朝着了梯子的接口的。我一边吸烟，一边在那里呆看放在桌上的蜡烛火，忽而听见梯子口上起了响动。回头一看，我只见了一个自家的扩大的投射影子，此外什么也辨不出来，但我的听觉分明告诉我说："有人上来了。"我向暗中凝视了几秒钟，一个圆形灰白的面貌，半截纤细的女人的身体，方才映在我的眼帘上来。一见了她的容貌，我就知道她是我的隔壁的同居者了。因为我来找房子的时候，那房主的老人便告诉我说，这屋里除了他一个人外，楼上只住着一个女工。我一则喜欢房价的便宜，二则喜欢这屋里没有别的女人小孩，所以立刻就租定了的。等她走上了梯子，我才站起来对她点了点头说：

"对不起，我是今朝才搬来的，以后要请你照应。"

她听了我这话，也并不回答，放了一双漆黑的大眼，对我深深的看了一眼，就走上她的门口去开了锁，进房去了。我与她不过这样的见了一面，不晓是什么原因，我只觉得她是一个可怜的女子。她的高高的鼻梁，灰白长圆的面貌，清瘦不高的身体，好像都是表明她是可怜的特征，但是当时正为了生活问题在那里操心的我，也无暇去怜惜这还未曾失业的女工，过了几分钟我又动也不动的坐在那一小堆书上看蜡烛光了。

在这贫民窟里过了一个多礼拜，她每天早晨七点钟去上工和午后六点多钟下工回来，总只见我呆呆的对着了蜡烛或油灯坐在那堆书上。大约她的好奇心被我那痴不痴呆不呆的态度挑动了吧，有一天她下了工走上楼来的时候，我依旧和第一天一样的站起来让她过去。她走到了我的身边忽而停住了脚，看了我一眼，吞吞吐吐好像怕什么似的问我说：

"你天天在这里看的是什么书？"

（她操的是柔和的苏州音，听了这一种声音以后的感觉，是怎么也写不出来的，所以我只能把她的言语译成普遍的白话。）

我听了她的话，反而脸上涨红了。因为我天天呆坐在那里，面前虽则有几本外国书摊着，其实我的脑筋昏乱得很，就是一行一句也看不进去。有时候我只用了想象在书的上一行与下一行中间的空白里，填些奇异的模型进去。有时候我只把书里边的插画翻开来看看，就了那些插画演绎些不近人情的幻想出来。我那时候的身体因为失眠与营养不良的结果，实际上已经成了病的状态了。况且又因为我的唯一的财产的一件棉袍子已经破得不堪，白天不能走出外面去散步和房里全没有光线进来，不论白天晚上，都要点着油灯或蜡烛的缘故，非但我的全部健康不如常人，就是我的眼睛和脚力，也局部的非常萎缩了。在这样状态下的我，听了她这一问，如何能够不红起脸来呢？所以我只是含含糊糊的回答说：

"我并不在看书，不过什么也不做呆坐在这里，样子一定不好看，所以把这几本书摊放着的。"

她听了这话，又深深的看了我一眼，作了一种不了解的形容，依旧的走到她的房里去了。

那几天里，若说我完全什么事情也不去找，什么事情也不曾干，却是假的。有时候，我的脑筋稍微清新一点下来，也曾译过几首英法的小诗，和几篇不满四千字的德国的短篇小说，于晚上大家睡熟的时候，不声不响的出去投邮，在寄投给各新开的书局。因为当时我的各方面就职的希望，早已经完全断绝了，只有这一方面，还能靠了我的枯燥的脑筋，想想法子看。万一中了他们编辑先生的意，把我译的东西登了出来，也不难得着几块钱的酬报。所以我自迁移到邓脱路以后，当她第一次同我讲话的时候，这样的译稿已经发出了三四次了。

二

在乱昏昏的上海租界里住着，四季的变迁和日子的过去是不容易觉得的。我搬到了邓脱路的贫民窟之后，只觉得身上穿在那里的那件破棉袍子一天一天的重了起来，热了起来，所以我心里想：

"大约春光也已经老透了吧？"

但是囊中很羞涩的我，也不能上什么地方去旅行一次，日夜只是在那暗室的灯光下呆坐。有一天大约是午后了，我也是这样的坐在那里，隔壁的同住者忽而手里拿了两包用纸包好的物件走了上来，我站起来让她走的时候，她把手里的纸包放了一包在我的书桌上说：

"这一包是葡萄浆的面包,请你收藏着,明天好吃的。另外我还有一包香蕉买在这里,请你到我房里来一道吃吧。"

我替她拿住了纸包,她就开了门邀我进她的房里去。共住了这十几天,她好像已经信用我是一个忠厚的人的样子。我见她初见我的时候脸上流露出来的那一种疑惧的形容完全没有了。我进了她的房里,才知道天还未暗,因为她的房里有一扇朝南的窗,太阳返射的光线从这窗里投射进来,照见了小小的一间房,由二条板铺成的一张床,一张黑漆的半桌,一只板箱,和一条圆凳。床上虽则没有帐子,但堆着有二条洁净的青布被褥。半桌上有一只小洋铁箱摆在那里,大约是她的梳头器具,洋铁箱上已经有许多油污的点子了。她一边把堆在圆凳上的几件半旧的洋布棉袄、粗布裤等收在床上,一边就让我坐下。我看了她那殷勤待我的样子,心里倒不好意思起来,所以就对她说:

"我们本来住在一处,何必这样的客气。"

"我并不客气,但是你每天当我回来的时候,总站起来让我,我却觉得对不起得很。"

这样的说着,她就把一包香蕉打开来让我吃。她自家也拿了一只,在床上坐下,一边吃一边问我说:

"你何以只住在家里,不出去找点事情做做?"

"我原是这样的想,但是找来找去总找不着事情。"

"你有朋友么?"

"朋友是有的,但是到了这样的时候,他们都不和我来往了。"

"你进过学堂么?"

"我在外国的学堂里曾经念过几年书。"

"你家在什么地方?何以不回家去?"

她问到了这里,我忽而感觉到我自己的现状了。因为自去年以来,我只是一日一日的萎靡下去,差不多把"我是什么人?""我现在所处的是怎么一种境遇?""我的心里还是悲还是喜?"这些观念都忘掉了。经她这一问,我重新把半年来困苦的情形一层一层的想了出来。所以听她的问话以后,我只是呆呆的看她,半晌说不出话来。她看了我这个样子,以为我也是一个无家可归的流浪人,脸上就立时起了一种孤寂的表情,微微的叹着说:

"唉!你也是同我一样的么?"

微微的叹了一声之后,她就不说话了。我看她的眼圈上有些潮红起来,所以就想了一个另外的问题问她说:

"你在工厂里做的是什么工作?"

"是包纸烟的。"

"一天做几个钟头工?"

"早晨七点钟起,晚上六点钟止,中上休息一个钟头,每天一共是作十个钟头的工。少做一点钟就要扣钱的。"

"扣多少钱?"

"每月九块钱,所以是三块钱十天,三分大洋一个钟头。"

"饭钱多少?"

"四块钱一月。"

"这样算起来,每月一个钟头也不休息,除了饭钱,可省下五块钱来。够你付房钱买衣服的么?"

"那里够呢!并且那管理人又……啊啊!……我……我所以非常恨工厂的。你吃烟的么?"

"吃的。"

"我劝你顶好还是不吃。就吃也不要去吃我们工厂的烟。我真恨死它在这里。"

我看看她那一种切齿怨恨的样子,就不愿意再说下去。把手里捏着的半个吃剩的香蕉咬了几口,向四边一看,觉得她的房里也有些灰黑了,我站起来道了谢,就走回到了我自己的房里。她大约作工倦了的缘故,每天回来大概是马上就入睡的,只有这一晚上,她在房里好像是直到半夜还没有就寝。从这一回之后,她每天回来,总和我说几句话。我从她自家的口里听得,知道她姓陈,名叫二妹,是苏州东乡人,从小系在上海乡下长大的。她父亲也是纸烟工厂的工人,但是去年秋天死了。她本来和她父亲同住在那间房里,每天同上工厂去的,现在却只剩了她一个人了。她父亲死后的一个多月,她早晨上工厂去也一路哭了去,晚上回来也一路哭了回来的。她今年十七岁,也无兄弟姊妹,也无近亲的亲戚。她父亲死后的葬殓等事,是他于未死之前把十五块钱交给楼下的老人,托这老人包办的。她说:

"楼下的老人倒是一个好人,对我从来没有起过坏心,所以我得同父亲在日一样的去作工,不过工厂的一个姓李的管理人却坏得很,知道我父亲死了,就天天的想戏弄我。"

她自家和她父亲的身世,我差不多全知道了,但她母亲是如何的一个人?死了呢还是活在那里?假使还活着,住在什么地方,等等,她却从来还没有说及过。

三

天气好像变了。几日来我那独有的世界,黑暗的小房里的腐浊的空气,同蒸笼里的蒸气一样,蒸得人头昏欲晕。我每年在春夏之交要发的神经衰弱的重症,遇了这样的气候,就要使我变成半狂。所以我这几天来到了晚上,等马路上人静之后,也常常走出去散步去。一个人在马路中从狭隘的深蓝天空里看看群星,慢慢的向前行走,一边作些漫无涯涘的空想,倒是于我的身体很有利益。当这样的无可奈何,春风沉醉的晚上,我每要在各处乱走,走到天将明的时候才回家里。我这样的走倦了回去就睡,一睡直可睡在第二天的日中,有几次竟要睡到二妹下工回来的前后方才起来。睡眠一足,我的健康状态也渐渐的回复起来了。平时只能消化半磅面包的我的胃部,自从我的深夜游行的练习开始之后,进步得几乎能容纳面包一磅之。这事在经济上虽则是一大打击,但我的脑筋,受了这些滋养,似乎比以前稍能统一;我于游行回来之后,就睡之前,却做成了几篇 Allan Poe① 式的短篇小说,自家看看,也不很坏。我改了几次,抄了几次,——投邮寄出之后,心里虽然起了些微细的希望,但是想想前几回的译稿的绝无消息,过了几天,也便把它们忘了。

邻住者的二妹,这几天来,当她早晨出去上工的时候,我总在那里酣睡,只有午后下工回来的时候,有几次有见面的机会。但是不晓是什么原因,我觉得她对我的态度,又回到从前初见面的时候的疑惧状态去了。有时候她深深的看我一眼,她的黑晶晶,水汪汪的眼睛里,似乎是满含着责备我、规劝我的意思。

我搬到这贫民窟里住后,约摸已经有二十多天的样子,一天午后我正点上蜡烛,在那里看一本从旧书铺里买来的小说的时候,二妹却急急忙忙的走上楼来对我说:

---

① 爱伦·坡:美国作家,文艺批评家。

"楼下有一个送信的在那里，要你拿了印子去拿信。"

她对我讲这话的时候，她的疑惧我的态度更表示得明显，她好像在那里说："呵呵，你的事件是发觉了啊！"我对她这种态度，心里非常痛恨，所以就气急了一点，回答她说：

"我有什么信？不是我的！"

她听了我这气愤愤的回答，更好像是得了胜利似的，脸上忽涌出了一种冷笑说：

"你自家去看吧；你的事情，只有你自家知道的！"

同时我听见楼底下门口果真有一个邮差似的人在催着说：

"挂号信！"

我把信取来一看！心里就突突的跳了几跳，原来我前回寄去的一篇德文短篇的译稿，已经在某杂志上发表了，信中寄来的是五圆钱的一张汇票。我囊里正是将空的时候，有了这五圆钱，非但月底要预付的来月的房金可以无忧，并且付过房金以后，还可以维持几天食料，当时这五圆钱对我的效用的广大，是谁也不能推想得出来的。

第二天午后，我上邮局去取了钱，在太阳晒着的大街上走了一会，忽而觉得身上就淋出了许多汗来。我向我前后左右的行人一看，复向我自家的身上一看，就不知不觉的把头低俯了下去。我颈上头上的汗珠，更同盛雨似的，一颗一颗的钻出来了。因为当我在深夜游行的时候，天上并没有太阳，并且料峭的春寒，于东方微白的残夜，老在静寂的街巷中留着，所以我穿的那件破棉袍子，还觉得不十分与节季违异。如今到了阳和的春日晒着的这日中，我还不能自觉，依旧穿了这件夜游的敝袍，在大街上阔步，与前后左右的和节季同时进行的我的同类一比，我哪得不自惭形秽呢？我一时竟忘了几日后不得不付的房金，忘了囊中本来将尽的些微的积聚，便慢慢的走上了闸路的估衣铺去。好久不在天日之下行走的我，看看街上来往的汽车人力车，车中坐着的华美的少年男女，和马路两边的绸缎铺金银铺窗里的丰丽的陈设，听听四面的同蜂衙似的嘈杂的人声、脚步声、车铃声，一时倒也觉得是身到了大罗天上的样子。我忘记了我自家的存在，也想和我的同胞一样的欢歌欣舞起来，我的嘴里便不知不觉的唱起几句久忘了的京调来了。这一时的涅槃幻境，当我想横越过马路，转入闸路去的时候，忽而被一阵铃声惊破了。我抬起头来一看，我的面前正冲来了一乘无轨电车，车头上站着的那肥胖的机器手，伏出了半身，怒目的大声骂我说：

"猪头三！侬（你）艾（眼）睛勿散（生）咯！跌杀时，叫旺（黄）够（狗）抵侬（你）命噢！"

我呆呆的站住了脚，目送那无轨电车尾后卷起了一道灰尘，向北过去之后，不知是从何处发出来的感情，忽而竟禁不住哈哈哈哈的笑了几声。等得四面的人注视我的时候，我才红了脸慢慢的走向了闸路里去。

我在几家估衣铺里，问了些夹衫的价钱，还了他们一个我所能出的数目，几个估衣铺的店员，好像是一个师父教出的样子，都摆下了脸面，嘲弄着说：

"侬（你）寻萨咯（什么）凯（开）心！马（买）勿起好勿要马（买）咯！"

一直问到五马路边上的一家小铺子里，我看看夹衫是怎么也买不成了，才买定了一件竹布单衫，马上就把它换上。手里拿了一包换下的棉袍子，默默的走回家来。一边我心里却在打算：

"横竖是不够用了，我索性来痛快的用它一下吧。"同时我又想起了那天二妹送我的面包香蕉等物。不等第二次的回想我就寻着了一家卖糖食的店，进去买了一块钱巧格力香蕉糖鸡蛋糕等杂食。站在那店里，等店员在那里替我包好来的时候，我忽而想起我有一月多不洗澡了，今天不如顺便也去洗一个澡吧。

洗好了澡，拿了一包棉袍子和一包糖果，回到邓脱路的时候，马路两旁的店家，已经上电灯了。街上来往的行人也很稀少，一阵从黄浦江上吹来的日暮的凉风，吹得我打了几个冷痉。我回到了我的房里，把蜡烛点上，向二妹的房门一照，知道她还没有回来。那时候我腹中虽则饥饿得很，但我刚买来的那包糖食怎么也不愿意打开来，因为我想等二妹回来同她一道吃。我一边拿出书来看，一边口里尽在咽唾液下去。等了许多时候，二妹终不回来。我的疲倦不知什么时候出来战胜了我，就靠在书堆上睡着了。

四

二妹回来的响动把我惊醒的时候，我见我面前的一枝十二盎司一包的洋蜡烛已经点去了二寸的样子，我问她是什么时候了！她说：

"十点的汽管刚刚放过。"

"你何以今天回来得这样迟?"

"厂里因为销路大了,要我们做夜工。工钱是增加的,不过人太累了。"

"那你可以不去做的。"

"但是工人不够,不做是不行的。"

她讲到这里,忽而滚了两粒眼泪出来,我以为她是作工作得倦了,故而动了伤感,一边心里虽在可怜她,但一边看了她这同小孩似的脾气,却也感着了些儿快乐。把糖食包打开,请她吃了几个之后,我就劝她说:

"初做夜工的时候不惯,所以觉得困倦,做惯了以后,也没有什么的。"

她默默的坐在我的半高的由书叠成的桌上,吃了几个巧格力,对我看了几眼,好像是有话说不出来的样子。我就催她说:

"你有什么话说?"

她又沉默了一会,便断断续续的问我说:

"我……我……早想问你了,这几天晚上,你每晚在外边,可在与坏人做伙友么?"

我听了她这话,倒吃了一惊,她好像在疑我天天晚上在外面与小窃恶棍混在一块。她看我呆了不答,便以为我的行为真的被她看破了,所以就柔柔和和的连续着说:

"你何苦要吃这样好的东西,要穿这样好的衣服?你可知道这事情是靠不住的。万一被人家捉了去,你还有什么面目做人。过去的事情不必去说它,以后我请你改过了吧。……"

我尽是张大了眼睛张大了嘴呆呆的在看她,因为她的思想太奇突了,使我无从辩解起。她沉默了数秒钟,又接着说:

"就以你吸的烟而论,每天若戒绝了不吸,岂不可省几个铜子。我早就劝你不要吸烟,尤其是不要吸那我所痛恨的N工厂的烟,你总是不听。"

她讲到了这里,又忽而落了几滴眼泪。我知道这是她为怨恨N工厂而滴的眼泪,但我的心里,怎么也不许我这样的想,我总要把它们当作因规劝我而洒的。我静静儿的想了一会,等她的神经镇静下去之后,就把昨天的那封挂号信的来由说给她听,又把今天的取钱买物的事情说了一遍,最后更将我的神经衰弱症和每晚何以必要出去散步的原因说了。她听了我这一番辩解,就信用了我,等我说完之后,她颊上忽而起了两点红晕,把眼睛低下去看着桌上,好像是怕羞似的说:

"噢，我错怪你了，我错怪你了。请你不要多心，我本来是没有歹意的。因为你的行为太奇怪了，所以我想到了邪路里去。你若能好好儿的用功，岂不是很好么？你刚才说的那——叫什么的——东西，能够卖五块钱，要是每天能做一个，多么好呢？"

我看了她这种单纯的态度，心里忽而起了一种不可思议的感情，我想把两只手伸出去拥抱她一回，但是我的理性却命令我说：

"你莫再作孽了！你可知道你现在处的是什么境遇！你想把这纯洁的处女毒杀了么？恶魔，恶魔，你现在是没有爱人的资格的呀！"

我当那种感情起来的时候，曾把眼睛闭上了几秒钟，等听了理性的命令以后，我的眼睛又开了开来，我觉得我周围，忽而比前几秒钟更光明了。对她微微的笑了一笑，我就催她说：

"夜也深了，你该去睡了吧！明天你还要上工去的呢！我从今天起，就答应你把纸烟戒下来吧！"

她听了我这话，就站了起来，很喜欢的回到她的房里去睡了。

她去之后，我又换上了一枝洋蜡烛，静静儿的想了许多事情。

"我的劳动的结果，第一次得来的这五块钱已经用去了三块了。连我原有的一块多钱合起来，付房钱之后，只能省下二三角小洋来，如何是好呢！"

"就把这破棉袍子去当吧！但是当铺里恐怕不要。"

"这女孩子真是可怜，但我现在的境遇，可是还赶她不上，她是不想做工而工作要强迫她做，我是想找一点工作，终于找不到。"

"就去做筋肉的劳动吧！啊啊，但是我这一双弱腕，怕吃不下一部黄包车的重力。"

"自杀！我有勇气，早就干了。现在还能想到这两个字，足证我的志气还没有完全消磨尽哩！"

"哈哈哈哈！今天的那无轨电车的机器手！他骂我什么来？"

"黄狗，黄狗倒是一个好名词……"

"…………"

我想了许多零乱断续的思想，终究没有一个好法子，可以救我出目下的穷状来。听见工厂的汽笛，好像在报十二点钟了，我就站了起来，换上了白天脱下的那件破棉袍子，仍复吹熄了蜡烛，走出外面去散步去。

贫民窟里的人已经睡眠静了。对面日新里的一排临邓脱路的洋楼里，还有几家点着了红绿的电灯,在那里弹罢拉拉衣加。一声二声清脆的歌音,带着哀调,从静寂的深夜的冷空气里传到我的耳膜上来,这大约是俄国的飘泊的少女,在那里卖钱的歌唱。天上罩满了灰白的薄云,同腐烂的尸体似的沉沉的盖在那里。云层破处也能看得出一点两点星来,但星的近处,黝黝看得出来的天色,好像有无限的哀愁蕴藏着的样子。

迟桂花

××兄：

　　突然间接着我这一封信，你或者会惊异起来，或者你简直会想不出这发信的翁某是什么人。但仔细一想，你也不在做官，而你的境遇，也未见得比我的好几多倍，所以将我忘了的这一回事，或者是还不至于的，因为这除非是要贵人或境遇很好的人，才做得出来的事情。前两礼拜为了采办结婚的衣服家具之类，才下山去。有好久不上城里去了，偶尔去城里一看，真是像丁令威的化鹤归来，触眼新奇，宛如隔世重生的人。在一家书铺门口走过，一抬头就看见了几册关于你的传记评论之类的书。再踏进去一问，才知道你的著作竟积成了八九册之多了。将所有的你的和关于你的书全买将回来一读，仿佛是又接见了十余年不见的你那副音容笑语的样子。我忍不住了，一遍两遍的尽在翻读，愈读愈想和你通一次信，见一次面。但因这许多年数的不看报，不识世务，不亲笔砚的缘故，终于下了好几次决心，而仍不敢把这心愿来实现。现在好了，关于我的一切结婚的事情的准备，也已经料理到了十之七八，而我那年老的娘，又在打算着于明天一侵早就进城去，早就上床去躺下了。我那可怜的寡妹，也因为白天操劳过度，这时候似乎也已经坠入了梦乡，所以我可以静静儿的来练这久未写作的笔，实现我这已经怀念了有半个多月的心愿了。

　　提笔写将下来，到了这里，我真不知将如何的从头写起。和你相别以后，不通闻问的年数，隔得这么的多，读了你的著作以后，心里头触起的感觉情绪，又这么的复杂，现在当这一刻的中间，汹涌盘旋在我脑里想和你谈谈的话，的确，不止像一部二十四史那么的繁而且乱，简直是同将要爆发的火山内层那么的热而且烈，急遽寻不出一个头来。

　　我们自从房州海岸别来，到现在总也约莫有十多年光景了吧！

我还记得那一天晴冬的早晨,你一个人立在寒风里送我上车回东京去的情形。你那篇《南迁》的主人公,写的是不是我?我自从那一年后,竟为这胸腔的恶病所压倒,与你再见一次面和通一封信的机会也没有,就此回国了。学校当然是中途退了学,连生存的希望都没有了的时候,哪里还顾得到将来的立身处世?哪里还顾得到身外的学艺修能?到这时候为止的我的少年豪气,我的绝大雄心,是你所晓得的。同级同乡的同学,只有你和我往来得最亲密。在同一公寓里同住得最长久的,也只有你一个人。时常劝我少用些功,多保养身体,预备将来为国家为人类致大用的,也就是你。每于风和日朗的晴天,拉我上多摩川上井之头公园及武藏野等近郊去散步闲游的,除你以外,更没有别的人了。那几年高等学校时代的愉快的生活,我现在只教一闭上眼,还历历透视得出来,看了你的许多初期的作品,这记忆更加新鲜了,我的所以愈读你的作品,愈想和你通一次信者,原因也就在这些过去的往事的追怀。这些都是你和我两人所共有的过去,我写也没有写得你那么好,就是不写你总也还记得的,所以我不想再说。我打算详详细细向你来作一个报告的,就是从那年冬天回故乡以后的十几年光景的山居养病的生活情形。

那一年冬天咯了血,和你一道上房州去避寒,在不意之中,又遇见了那个肺病少女——是真砂子吧?连她的名字我都忘了——无端惹起了那一场害人害己的恋爱事件,你送我回东京之后,住了一个多礼拜,我就回国来了。我们的老家在离城市有二十来里地的翁家山上,你是晓得的。回家住下,我自己对我的病,倒也没什么惊奇骇异的地方,可是我痰里的血丝,脸上的苍白,和身体的瘦削,却把我那已经守了好几年寡的老母急坏了,因为我那短命的父亲,也是患这同样的病而死去的。于是她就四处的去求神拜佛,采药求医,急得连粗茶淡饭都无心食用,头上的白发,也似乎一天一天的加多起来了。我哩!恋爱已经失败了,学业也已中辍了,对于此生,原已没有多大的野心,所以就落得去由她摆布,积极地虽尽不得孝,便消极地尽了我的顺。初回家的一年中间,我简直门外也不出一步,各色各样的奇形的草药,和各色各样的异味的单方,差不多都尝了一个遍。但是怪得很,连我自己都满以为没有希望的这致命的病症，一到了回国后所经过的第二个春天，竟似乎有神助似的，忽然减轻了，夜热也不再发，盗汗也居然止住，痰里的血丝早就没有了；我的娘的喜欢，当然是不必说，就是在家里替我煮药缝衣，代我操作一切的我那位妹妹，也同春天的天气一样，时时展开了她的愁眉，露出了她那副特有的真真是讨人欢喜的笑容。到了初夏，我药也已经不服，有兴致的时候，居然也能够和她们一道上山前山后去采采茶，摘摘菜，帮她们去服一点小小的劳役了。是在这一年的——回家后第三年的——秋天，在我们家里，同时候发生了两件似喜而又可悲，说悲却也可喜的悲喜剧。第一，就是我那妹妹的出嫁，第二，就是我定在城里的那家婚约的解除。妹妹那年十九岁了，男家是只隔一支山岭的一家乡下的富家。他们来说亲的时候，原是因为我们祖上是世代读书的，总算是来和诗礼人家攀婚的意思。定亲已经定过了四五年了，起初我娘却嫌妹妹年纪太小，不肯马上准他们来迎娶，后来就因为我的病，一搁就又搁起了两三年。到了这一回，我的病总算已经恢复，而妹妹却早到了该结婚的年龄了，男家来一说，我娘也就应允了他们，也算完了她自己的一件心事。至于我的这家亲事呢，却是我父亲在死的前一年为我定下的，女家是城里的一家相当有名的旧家。那时候我的年纪虽还很小，而我们家里的不动产却着实还有一点可观。并且我又是一个长子，将来家里要培植我读书出世是无疑的，所以那一家旧家居然也应允了我的婚事。以现在的眼光看来，这门亲事，当然是我们去竭力高攀的，因为杭州人家的习俗，是吃粥的人家的女儿，非要去嫁吃饭的人家不可的。还有乡下姑娘，嫁往城里，倒是常事，城里的千金小姐，却不大会下嫁到乡下来的，所以当时的这个婚约，起初在根本上就有点儿不对。后来经我父亲的一死，我们家里，丧葬费用，就用去了不少。嗣后年复一年，母子三人，只吃着家里的死饭。亲族戚属，少不得又要对我们孤儿寡妇，时时加以一点剥削。母亲又忠厚无用，在出卖田地山场的时候，也不晓得市价的高低，大抵是任凭族人在从中钩搭。就因这种种关系的结果，到我考取了官费，上日本去留学的那一年，我们这一家世代读书的翁家山上的旧家，已经只剩得一点仅能维持衣食的住屋山场和几块荒田了。当我初次出国的时候，承蒙他们不弃，我那未来的亲家，还送了我些赆仪路肴。后来于冬假暑假回国的期间，也曾央原媒来催过完姻，可是接着就是我那致命的病症的发生，与我的学校的中辍，于是两三年中，他们和我们的中间，便自然而然的断绝了交往。到了这一年的晚秋，当我那妹妹嫁后不久的时候，女家忽而又央了原媒来对母亲说："你们的大少爷，有病在身，婚娶的事情，当然是不大相宜的，而他家的小姐，也已经下了绝大的决心，立志终身不嫁了，所以这一个婚约还是解除了的好。"说着就打开包裹，将我们传红时候交去的金玉如意，红绿帖子等，拿了出来，退还了母亲。我那忠厚老实的娘，人虽则无用，但面子却是死要的，一听了媒人的这一番说话，目瞪口僵，立时就滚下了几颗眼泪来。幸亏我在旁边，做好做歹的对娘劝慰了好久，她才含着眼泪，将女家的回礼及八字全帖等检出，交还了原媒。媒人去后，她又上山后我父亲的坟边去大哭了一场，直到傍晚，我和同族邻人等一道去拉她回来，她在路上，还流着满脸的眼泪鼻涕，在很伤心地呜咽。这一出赖婚的怪剧，在我只有高兴，本来是并没有什么大不了的，可是由头脑很旧的她看来，却似乎是翁家世代的颜面家声，都被他们剥尽了。自此以后，一直下来，将近十年，我和她母子二人，就日日的寡言少笑，相对茕茕，直到前年的冬天，我那妹夫死去，寡妹回来为止，两人所过的，都是些在炼狱里似的沉闷的日子。

说起我那寡妹，她真也是前世不修。人虽则很大，身体虽则很强壮，但她的天性，却永远是一个天真活泼的小孩子。嫁过去那一年，来回郎的时候，她还是笑嘻嘻地如同上城里去了一趟回来了的样子，但双满月之后，到年下边回来的时候，从来不晓得悲泣的她，竟对我母亲掉起眼泪来了。她们夫家的公公虽则还好，但婆婆的繁言咨音，小姑的刻薄尖酸，和男人的放荡凶暴，使她一天到晚过不到一刻安闲自在的生活。工作操劳本系是她在家里的时候所惯习的，倒并不以为苦；所最难受的，却是多用一支火柴，也要受婆婆责备的那一种俭约到不可思议的生活状态。还有两位小姑，左一句尖话，右一句毒话，仿佛从前我娘的不准他们早来迎娶，致使他们的哥哥染上了放荡的恶习，在外面养起了女人，这一件事情，完全是我妹妹的罪恶。结婚之后，新郎的恶习，仍旧改不过来，反而是在城里他那旧情人家里过的日子多，在新房里过的日子少，这一笔账，当然又要写在我妹妹的身上。婆婆说她不会侍奉男人，小姑们说她不会劝不会骗。有时候公公看得难受，替她申辩一声，婆婆就尖着喉咙，要骂上公公的脸去："你这老东西！脸要不要，脸要不要，你这扒灰老！"因我那妹夫，过的是这一种不自然的生活，所以前年夏天，就染了急病死掉了，于是我那妹妹又多了一个克夫的罪名。妹妹年轻守寡，公公少不得总要对她客气一点，婆婆在这里就算抓住了扒灰的证据，三日一场吵，五日一场闹，还是小事，有几次在半夜里，两老夫妇还会大哭大骂的喧闹起来。我妹妹于有一回被骂被逼得特别厉害的争吵之后，就很坚决地搬回到了家里来住了。自从她回来之后，我娘非但得到了一个很大的帮手，就是我们家里的沉闷的空气，也缓和了许多。

这就是和你别后，十几年来，我在家里所过的生活的大概。平时非但不上城里去走走，当风雪盈途的冬季，我和我娘简直有好几个月不出门外的时候。我妹妹回来之后，生活又约略变过了。多年不做的焙茶事业，去年也竟出产了一二百斤。我的身体，经了十几年的静养，似乎也有一点把握了，从今年起我并且在山上的晏公祠里参加入了一个训蒙的小学，居然也做了一位小学教师。但人生是动不得的，稍稍一动，就如滚石下山，变化便要连接不断的簇生出来。我因为在教教书，而家里头又勉强地干起了一点事业，今年夏季，居然又有人来同我议婚了。新娘是近邻乡村里的一位老处女，今年二十七岁，家里虽称不得富有，可也是小康之家。这位新娘，因为从小就读了些书，曾在城里进过学堂，相貌也还过得去——好几年前，我曾经在一处市场上看见她过一眼的——故而高不凑，低不就，等闲便度过了她的锦样的青春。我在教书的学校里的那位名誉校长——也是我们的同族——本来和她是旧亲，所以这位校长，就在中间做了个传红线的冰人；我独居已经惯了，并且身体也不见得分外强健，若一结婚，难保得旧病的不会复发，故而对这门亲事当初是断然拒绝了的。可是我那年老的母亲，却仍是雄心未死，还在想我结一头亲，生下几个玉树芝兰来，好重振重振我们的这已经坠落了很久的家声，于是这亲事就又同当年生病的时候服草药一样，勉强地被压上我的身上来了。我哩，本来也已经入了中年了，百事原都看得很穿，又加以这十几年的疏散和无为，觉得在这世上任你什么也没甚大不了的事情，落得随随便便的过去，横竖是来日也无多了，只教我母亲喜欢的话，那就是我稍稍牺牲一点意见也使得。于是这婚议，就在很短的时间里，成熟得妥妥帖帖，现在连迎娶的日期也已经拣好了，是旧历九月十二。

是因为这一次的结婚，我才进城里去买东西，才发见了多年不见的你这老友的存在，所以结婚之日，我想请你来我这里吃喜酒，大家来谈谈过去的事情。你的生活，从你的日记和著作中看来，本来也是同云游的僧道一样的，让出一点工夫来，上这一区僻静的乡间来住几日，或者也是你所喜欢的事情。你来，你一定来，我们又可以回顾——回顾——去而不复返的少年时代。

我娘的房间里，有起响动来了，大约天总就快亮了吧。这一封信，整整地费了我一夜的时间和心血；通宵不睡，是我回国以后十几年来不曾有过的经验，你单只看取了我的这一点热忱，我想你也不好意思不来。

啊，鸡在叫了，我不想再写下去了，还是让我们见面之后，再来谈吧！

一九三二年九月　翁则生上

刚在北平住了个把月，重回到上海的翌日，和我进出的一家书铺里，就送了这一封挂号加邮托转交的厚信来。我接到了这信，捏在手里，起初还以为是一位我认识的作家，寄了稿子来托我代售的，但翻转信背一看，却是杭州翁家山的翁某某之所发，我立时就想起了那位好学不倦，面容妩媚，多年不相闻问的旧同学老翁。他的名字叫翁矩，则生是他的小名。人生得短小娟秀，皮色也很白净，因而看起来总觉得比他的实际年龄要小五六岁。在我们的一班里，算他的年纪最小，操体操的时候，总是他立在最后的，但实际上他也只不过比我小了两岁。那一年寒假之后，和他同去房州避寒，他的左肺炎，已经被结核菌损蚀得很厉害了。住不上几天，一位也住在那近边养肺病的日本少女，很热烈地和他要好了起来，结果是那位肺病少女的因兴奋而病剧，他也就同失了舵的野船似的迂回到了中国。以后一直十多年，我虽则在大学里毕了业，但关于他的消息，却一向还不曾听见有人说起过。拆开了这封长信，上书室去坐下，从头至尾细细读完之后，我呆视着远处，茫茫然如失了神的样子，脑子里也触起了许多感慨与回思。我远远的看出了他的那种柔和的笑容，听见了他的沉静而又清澈的声气。直到天将暗下去的时候，我一动也不动，还坐在那里呆想，而楼下的家人却来催吃晚饭了。在吃晚饭的中间，我就和家里的人谈起了这位老同学，将那封长信的内容约略说了一遍。家里的人，就劝我乐得上杭州去旅行一趟，像这样的秋高气爽的时节，白白地消磨在煤烟灰土很深的上海，实在有点可惜，有此机会，乐得去吃吃他的喜酒。

第二天仍旧是一天晴和爽朗的好天气，午后两点钟的时候，我已经到了杭州城站，在雇车上翁家山去了。但这一天，似乎是上海各洋行与机关的放假的日子，从上海来杭州旅行的人，特别的多。城站前面停在那里候客的黄包车，都被火车上下来的旅客雇走了，不得已，我就只好上一家附近的酒店去吃午饭。在吃酒的当中，问了问堂倌以去翁家山的路径，他便很详细地指示我说：

"你只教坐黄包车到旗下的陈列所，搭公共汽车到四眼井下来走上去好了。你又没有行李，天气又这么的好，坐黄包车直去是不上算的。"

得到了这一个指教，我就从容起来了，慢慢的喝完了半斤酒，吃了两大碗饭，从酒店出来，便坐车到了旗下。恰好是三点前后的光景，湖六段的汽车刚载满了客人，要开出去。我到了四眼井下车，从山下稻田中间的一条石板路走进满觉陇去的时候，太阳已经平西到了三五十度斜角度的样子，是牛羊下来，行人归舍的时刻了。在满觉陇的狭路中间，果然遇见了许多中学校的远足归来的男女学生的队伍。上水乐洞口去坐下喝了一碗清茶，又拉住了一位农夫，问了声翁则生的名字，他就晓得很详细似的告诉我说：

"是山上第二排的朝南的一家，他们那间楼房顶高，你一上去就可以看见。则生要讨新娘子了，这几天他们正在忙着收拾。这时候则生怕还在晏公祠的学堂里哩。"

谢过了他的好意，付过了茶钱，我就顺着上烟霞洞去的石级，一步一步的走上了山去。渐走渐高，人声人影是没有了，在将暮的晴天之下，我只看见了许多树影。在半山亭里立住歇了一歇，回头向东南一望，看得见的，只是些青葱的山，和如云的树，在这些绿树丛中，又是些这儿几点，那儿一簇的屋瓦与白墙。

"啊啊，怪不得他的病会得好起来了，原来翁家山是在这样的一个好地方。"

烟霞洞我儿时也曾来过的，但当这样晴爽的秋天，于这一个西下夕阳东上月的时刻，独立在山中的空亭里，来仔细赏玩景色的机会，却还不曾有过。我看见了东天的已经满过半弓的月亮，心里正在羡慕翁则生他们老家的处地的幽深，而从背后又吹来了一阵微风，里面竟含满着一种说不出的撩人的桂花香气。

"啊……"

我又惊异了起来：

"原来这儿到这时候还有桂花？我在以桂花著名的满觉陇里，倒不曾看到，反而在这一块冷僻的山里面来闻吸浓香，这可真也是奇事了。"

这样的一个人独自在心中惊异着，闻吸着，赏玩着，我不知在那空亭里立了多少时候。突然从脚下树丛深处，却幽幽的有晚钟声传过来了；东嗡、东嗡地这钟声实在真来得缓慢而凄清，我听得耐不住了，拔起脚跟，一口气就走上了山顶，走到了那个山下农夫曾经教过我的烟霞洞西面翁则生家的近旁。约莫离他家还有半箭路远的时候，我一面喘着气，一面就放大了喉咙向门里面叫了起来：

"喂，老翁！老翁！则生！翁则生！"

听见了我的呼声，从两扇关在那里的腰门里开出来答应的，却不是被我所唤的翁则生自己，而是我从来也没有见过面的，比翁则生略高三五分的样子，身体强健，两颊微红，看起来约莫有二十四五的一位女性。

她开出了门，一眼看见了我，就立住脚惊疑似的略呆了一呆。同时我看见她脸上却涨起了一层红晕，一双大眼睛眨了几眨，深深地吞了一口气，她似乎已经镇静下去了，便很腼腆地对我一笑。在这一脸柔和的笑容里，我立时就看到了翁则生的面相与神气，当然她是则生的妹妹无疑了，走上了一步，我就也笑着问她说：

"则生不在家么？你是他的妹妹不是？"

听了我这一句问话，她脸上又红了一红，柔和地笑着，半俯了头，她方才轻轻地回答我说：

"是的,大哥还没有回家,你大约是上海来的客人吧?吃中饭的时候,大哥还在说哩!"

这沉静清澈的声气,也和翁则生的一色而没有两样。

"是的,我是从上海来的。"

我接着说:

"我因为想使则生惊骇一下,所以电报也不打一个来通知,接到他的信后,马上就动身来了。不过你们大哥的好日也太逼近了,实在可也没有写一封信来通知的时间余裕。"

"你请进来吧,坐坐吃碗茶,我马上去叫了他来,怕他听到了你来真要惊喜得像疯了一样哩。"

走上台阶,我还没有进门,从客堂后面的侧门里,却走出了一位头发雪白,面貌清癯,大约有六十内外的老太太来。她的柔和的笑容,也是和她的女儿儿子的笑容一色一样的。似乎已经听见了我们在门口所交换过的谈话了,她一开口就对我说:

"是郁先生么?为什么不写一封快信来通知?则生中上还在说,说你若要来,他打算进城上车站去接你去的。请坐,请坐,晏公祠只有十几步路,让我去叫他来吧,怕他真要高兴得像什么似的哩。"

说完了,她就朝向了女儿,吩咐她上厨下去烧碗茶来,她自己却踏着很平稳的脚步,走出大门,下台阶去通知则生去了。

"你们老太太倒还轻健得很。"

"是的,她老人家倒还好。你请坐吧,我马上起了茶来。"

她上厨下去起茶的中间,我一个人,在客堂里倒得了一个细细观察周围的机会。则生他们的住屋,是一间三开间而有后轩后厢房的楼房。前面阶沿外走落台阶,是一块可以造厅造厢楼的大空地。走过这块数丈见方的空地,再下两级台阶,便是村道了。越村道而下,再低数尺,又是一排人家的房子。但这一排房子,因为都是平屋,所以挡不杀翁则生他们家里的眺望。立在翁则生家的空地里,前山后山的山景,是依旧历历可见的。屋前屋后,一段一段的山坡上,都长着些不大知名的杂树,三株两株夹在这些杂树中间,树叶短狭,叶与细枝之间,满撒着锯末似的黄点的,却是木犀花树。前一刻在半山空亭里闻到的香气,源头原来就系出在这一块地方的。太阳似乎已下了山,澄明的光里,已经看不见日轮的金箭,而山脚下的树梢头,也早有一带晚烟笼上了。山上的空气,真静得可怜,老远老远的山脚下的村里,小儿在呼唤的声音,也清晰地听得出来。我在空地里立了一会,背着手又踱回到了翁家的客厅,向四壁挂在那里的书画一看,却使我想起了翁则生信里所说的事实。琳琅满目,挂在那里的东西,果然是件件精致,不像是乡下人家的俗恶的客厅。尤其使我看得有趣的,是陈豪写的一堂"归去来辞"的屏条,墨色的鲜艳,字迹的秀腴,有点像董香光而更觉柔媚。翁家的世代书香,只须上这客厅里来一看就可以知道了。我立在那里看字画还没有看得周全,忽而背后门外老远的就飞来了几声叫声:

"老郁!老郁!你来得真快!"

翁则生从小学校里跑回来了,平时总很沉静的他,这时候似乎也感到了一点兴奋。一走进客堂,他握住了我的两手,尽在喘气,有好几秒钟说不出话来。等落在后面的他娘走到的时候,三人才各放声大笑了起来,这时候他妹妹也已经将茶烧好,在一个朱漆盘里放着三碗搬出来摆上桌子来了。

"你看,则生这小孩,他一听见我说你到了,就同猴子似的跳回来了。"
他娘笑着对我说。

"老翁!说你生病生病,我看你倒仍旧不见得衰老得怎么样,两人比较起来,怕还是我老得多哩?"

我笑说着,将脸朝向了他的妹妹,去征她的同意,她笑着不说话,只在守视着我们的欢喜笑乐的样子。则生把头一扭,向他娘指了一指,就接着对我说:

"因为我们的娘在这里,所以我不敢老下去呀。并且媳妇儿也还不曾娶到,一老就得做老光棍了,那还了得!"

经他这么一说,四个人重又大笑起来了,他娘的老眼里几乎笑出了眼泪。则生笑了一会,就重新想起了似的替他妹妹介绍说:

"这是我的妹妹,她的事情,你大约是晓得的吧?我在那信里是写得很详细的。"

"我们可不必你来介绍了,我上这儿来,头一个见到的就是她。"

"噢,你们倒是有缘啊!莲,你猜这位郁先生的年纪,比我大呢,还是比我小?"

他妹妹听了这一句话,面色又涨红了,正在喛嚅困惑的中间,她娘却止住了笑,问我说:

"郁先生，大约是和则生上下年纪吧？"

"哪里的话，我要比他大得多哩。"

"娘，你看还是我老呢，还是他老？"

则生又把这问题转向了他的母亲。他娘仔细看了我一眼，就对他笑骂般的说：

"自然是郁先生来得老成稳重，谁更像你那样的不脱小孩子脾气呢！"

说着，她就走近了桌边，举起茶碗来请我喝茶。我接过来喝了一口，在茶里又闻到了一种实在是令人欲醉的桂花香气。掀开了茶碗盖，我俯首向碗里一看，果然在绿莹莹的茶水里散点着有一粒一粒的金黄的花瓣。则生以为我在看茶叶，自己拿起了一碗喝了一口，他就对我说：

"这茶叶是我们自己制的，你说怎么样？"

"我并不在看茶叶，我只觉得这触鼻的桂花香气，实在可爱得很。"

"桂花吗？这茶叶里的还是第一次开的早桂，现在在开的迟桂花，才有味哩！因为开得迟，所以日子也经得久。"

"是的是的，我一路上走来，在以桂花著名的满觉陇里，倒闻不着桂花的香气。看看两旁的树上，都只剩了一簇一簇的淡绿的桂花托子了，可是到了这里，却同做梦似的，所闻吸的尽是这种浓艳的气味。老翁，你大约是已经闻惯了，不觉得什么吧？我……我……"

说到了这里，我自家也忍不住笑了起来。则生尽管在追问我"你怎么样？你怎么样？"到了最后，我也只好说了。

"我，我闻了，似乎要起性欲冲动的样子。"

则生听了，马上就大笑了起来，他的娘和妹妹虽则并没有明确地了解我们的说话的内容，但也晓得我们是在说笑话，母女俩便含着微笑，上厨下去预备晚饭去了。

我们两人在客厅上谈谈笑笑，竟忘记了点灯，一道银样的月光，从门里洒进来。则生看见了月亮，就站起来想去拿煤油灯，我却止住了他，说：

"在月光底下清谈，岂不是很好么？你还记不记得起，那一年在井之头公园里的一夜游行？"

所谓那一年者，就是翁则生患肺病的那一年秋天，他因为用功过度，变成了神经衰弱症。有一天，他课也不去上，竟独自一个在公寓里发了一天的疯。到了傍晚，他饭也不吃。从公寓里跑出去了。我接到了公寓主人的注意，下学回来，就远远的在守视着他，看他走出了公寓，就也追踪着他，远远地跟他一道到了井之头公园。从东京到井之头公园去的高架电车，本来是有前后的两乘，所以在电车上，我和他并不遇着。直到下车出车站之后，我假装无意中和他冲见了似的同他招呼了。他红着双颊，问我这时候上这野外来干什么，我说是来看月亮的，记得那一晚正是和这天一样地有月亮的晚上。两人笑了一笑，就一道的在井之头公园的树林里走到了夜半方才回来。后来听他的自白，他是在那一天晚上想到井之头公园去自杀的，但因为遇见了我，谈了半夜，胸中的烦闷，有一半消散了，所以就同我一道又转了回来。"无限胸中烦闷事，一宵清话又成空！"他自白的时候，还念出了这两句诗来，藉作解嘲。以后他就因伤风而发生了肺炎，肺炎愈后，就一直的为结核菌所压倒了。

谈了许多怀旧话后，话头一转，我就提到了他的这一回的喜事。

"这一回的喜事么？我在那信里也曾和你说过。"

谈话的内容，一从空想追怀转向了现实，他的声气就低了下去，又回复了他旧日的沉静的态度。

"在我是无可无不可的，对这事情最起劲的，倒是我的那位年老的娘。这一回的一切准备麻烦，都是她老人家在替我忙的。这半个月中间，她差不多日日跑城里。现在是已经弄得完完全全，什么都预备好了，明朝一早，就要来搭灯彩，下午是女家送嫁妆来，后天就是正日。可是老郁，有一件事情，我觉得很难受，就是莲儿——这是我妹妹的小名——近来，似乎是很不高兴的样子；她话虽则不说，但因为她是很天真的缘故，所以在态度上表情上处处我都看得出来。你是初同她见面，所以并不觉得什么，平时她着实要活泼哩，简直活泼得同现代的那些时髦女郎一样，不过她的活泼是天性的纯真，而那些现代女郎，却是学来的时髦。……按说哩，这心绪的恶劣，也是应该的，她虽则是一个纯真的小孩子，但人非木石，究竟总有一点感情，看到了我们这里的婚事热闹，无论如何，总免不得要想起她自己的身世凄凉的。并且还有一个最重要的动机，仿佛是她在觉得自己以后的寄身无处。这儿虽是娘家，但她却是已经出过嫁的女儿了，哥哥讨了嫂嫂，她还有什么权利再寄食在娘家呢？所以我当这婚事在谈起的当初，就一次两次的对她说过了，不管她怎样，她总是我的妹妹，除非她要再嫁，则没有话说，要是不然的话，那她是一辈子有和我同居，和我对分财产的权利的，请她千万不要自己感到难过。这一层意思,她原也明白,我的性情,她是晓得的,可是不晓得怎么,她近来似乎总有点不大安闲的样子。你来得正好,顺便也可以劝劝她。并且明天发嫁妆结灯彩之类的事情,怕她看了又要想到自己的身世,我想明朝一早就叫她陪你出去玩去,省得她在家里一个人在暗中受苦。"

"那好极了,我明天就陪她出去玩一天回来。"

"那可不对,假使是你陪她出去玩的话,那是形迹更露,愈加要使她难堪了。非要装作是你要她去作陪不行。仿佛是你想出去玩,但我却没有工夫陪你,所以只好勉强请她和你一道出去。要这样,她才安逸。"

"好,好,就这么办,明天我要她陪我去逛五云山去。"

正谈到了这里,他的那位老母从客室后面的那扇侧门里走出来了,看到了我们的坐在微明灰暗的客室里谈天,她又笑了起来说:

"十几年不见的一段总账,你们难道想在这几刻工夫里算它清来么?有什么谈得那么起劲,连灯都忘了点一点?则生,你这孩子真像是疯了,快立起来,把那盏保险灯点上。"

说着她又跑回到了厨下,去拿了一盒火柴出来。则生爬上桌子,在点那盏悬在客室正中的保险灯的时候,她就问我吃晚饭之先,要不要喝酒。则生一边在点灯,一边就从肩背上叫他娘说:

"娘,你以为他也是肺痨病鬼么?郁先生是以喝酒出名的。"

"那么你快下来去开坛去吧,今天挑来的那两坛酒,不晓得好不好,请郁先生尝尝看。"

他娘听了他的话后,就也昂起了头,一面在看他点灯,一面在催他下来去开酒去。

"幸而是酒,请郁先生先尝一尝新,倒还不要紧,要是新娘子,那可使不得。"

他笑说着从桌子上跳了下来,他娘眼睛望着了我,嘴唇却朝着了他啐了一声说:

"你看这孩子,说话老是这样不正经的!"

"因为他要做新郎官了,所以在高兴。"

我也笑着对他娘说了一声,旋转身就一个人踱出了门外,想看一看这翁家山的秋夜的月明,屋内且让他们母子俩去开酒去。

月光下的翁家山,又不相同了,从树枝里筛下来的千条万条的银线,像是电影里的白天的外景。不知躲在什么地方的许多秋虫的鸣唱，骤听之下，满以为在下急雨。白天的热度，日落之后，忽然收敛了，于是草木很多的这深山顶上，就也起了一层白茫茫的透明雾障。山上电灯线似乎还没有接上，远近一家一家看得见的几点煤油灯光，仿佛是大海湾里的渔灯野火。一种空山秋夜的沉默的感觉，处处在高压着人，使人肃然会起一腔畏敬之思。我独立在庭前的月光亮里看不上几分钟，心里就有点寒辣辣的怕了起来；回身再走回客室，酒菜杯筷，都已热气蒸腾的摆好在那里候客了。

四个人当吃晚饭的中间，则生又说了许多笑话。因为在前回听取了一番他所告诉我的衷情之后，我于举酒杯的瞬间，偷眼向他妹妹望望，觉得在她的柔和的笑脸上，的确似乎是有一种说不出的悲寂的表情流露在那里的样子。这一餐晚饭，吃尽了许多时间，我因为白天走路走得不少，而谈话之后又感到了一点兴奋，肚子有点饿了，所以酒和菜，竟吃得比平时要多一倍。到了最后将快吃完的当儿，我就向则生提出说：

"老翁，五云山我倒还没有去玩过，明天你可不可以陪我一道去玩一趟？"

则生仍复以他的那种滑稽的口吻回答我说：

"到了结婚的前一日，新郎官哪里走得开呢，还是改天再去吧，等新娘子来了之后，让新郎新妇抬了你去烧香，也还不迟。"

我却仍复主张着说，明天非去不行。则生就说：

"那么替你去叫一顶轿子来，你坐了轿子去，横竖是明天轿夫会来的。"

"不行不行，游山玩水，我是喜欢走的。"

"你认得路么？"

"你们这一种乡下的僻路，我哪里会认得呢？"

"那就怎么办呢？……"

则生抓着头皮，脸上露出了一脸为难的神气。停了一二分钟，他就举目向他的妹妹说：

"莲！你怎么样？你是一位女豪杰，走路又能走，地理又熟悉，你替我陪了郁先生去怎么样？"

他妹妹也笑了起来，举起眼睛来向她娘看了一眼。接着她娘就说：

"好的，莲，还是你陪了郁先生去吧，明天你大哥是走不开的。"

我一看她脸上的表情，似乎已经有了答应的意思了，所以又追回了她一

声说:

"五云山可着实不近哩,你走得动的么?回头走到半路,要我来背,那可办不到。"

她听了这话,就真同从心坎里笑出来的一样笑着说:

"别说是五云山,就是老东岳,我们也一天要往返两次哩。"

从她的红红的双颊,挺突的胸脯,和肥圆的肩背看来,这句话也决不是她夸的大口。吃完晚饭,又谈了一阵闲天,我们因为明天各有忙碌的操作在前,所以一早就分头到房里去睡了。

山中的清晓,又是一种特别的情景。我因为昨天夜里多喝了一点酒,上床去一睡,就同大石头掉下海里似的一直就酣睡到了天明。窗外面吱吱唧唧的鸟声喧噪得厉害,我满以为还是夜半,月明将野鸟惊醒了,但睁开眼掀开帐子来一望,窗内窗外已饱浸着晴天爽朗的清晨光线,窗子上面的一角,却已经有一缕朝阳的红箭射到了。急忙滚出了被窝,穿起衣服,跑下楼去一看,他们母子三人,也已梳洗得妥妥服服,说是已经在做了个把钟头的事情之后,平常他们总是于五点钟前后起床的。这一种日出而作,日入而息的山中住民的生活秩序,又使我对他们感到了无穷的敬意。四人一道吃过了早餐,我和则生的妹妹,就整了一整行装,预备出发。临行之际,他娘又叫我等一下子,她很迅速地跑上楼上去取了一支黑漆手杖下来,说,这是则生生病的时候用过的,走山路的时候,用它来撑扶撑扶,气力要省得多。我谢过了她的好意,就让则生的妹妹上前带路,走出了他们的大门。

早晨的空气,实在澄鲜得可爱,太阳已经升高了,但它的领域,还只限于屋檐,树梢,山顶等突出的地方。山路两旁的细草上,露水还没有干,而一味清凉触鼻的绿色草气,和人在桂花香味之中,闻了好像是宿梦也能摇醒的样子。起初还在翁家山村内走着,则生的妹妹,对村中的同姓,三步一招呼,五步一立谈的应接得忙不暇给。走尽了这村子的最后一家,沿了入谷的一条石板路走上下山路的时候,遇见的人也没有了,前面的眺望,也转换了一个样子。朝我们去的方向看去,原又是冈峦的起伏和别墅的纵横,但稍一住脚,掉头向东面一望,一片同呵了一口气的镜子似的湖光,却躺在眼下了。远远从两山之间的谷顶望去,并且还看得出一角城里的人家,隐约藏躲在尚未消尽的湖雾当中。

我们的路先朝西北,后又向西南,先下了山坡,后又上了山背。因为今天有一天的时间,可以供我们消磨,所以一离了村境,我就走得特别的慢,每这里看看,那里看看的看个不住。若看见了一件稍可注意的东西,那不管它是风景里的一点一堆,一山一水,或植物界的一草一木与动物界的一鸟一虫,我总要拉住了她,寻根究底的问得她仔仔细细。说也奇怪,小时候只在村里的小学校里念过四年书的她——这是她自己对我说的——对于我所问的东西,却没有一样不晓得的。关于湖上的山水古迹,庙宇楼台哩,那还不要去管它,大约是生长在西湖附近的人,个个都能够说出一个大概来的,所以她知道得那么详细,倒还在情理之中,但我觉得最奇怪的,却是她的关于这西湖附近的区域之内的种种动植物的知识。无论是如何小的一只鸟,一只虫,一株草,一棵树,她非但各能把它们的名字叫出来,并且连几时孵化,几时他迁,几时鸣叫,几时脱壳,或几时开花,几时结实,花的颜色如何,果的味道如何等,都说得非常有趣而详尽,使我觉得仿佛是在读一部活的桦候脱的《赛儿鹏自然史》(G. White's Natural History and Antiquities of Selborne)。而桦候脱的书,却决没有叙述得她那么朴质自然而富于刺激,因为听听她那种舒徐清澈的语气,看看她那一双天生成像饱施过耐吻胭脂棒般的红唇,更加上以她所特有的那一脸微笑,在知识分子之外还不得不添一种情的成分上去,于书的趣味之上更要兼一层人的风韵在里头。我们慢慢的谈着天,走着路,不上一个钟头的光景,我竟恍恍惚惚,像又回复了青春时代似的完全为她迷倒了。

　　她的身体,也真发育得太完全,穿的虽是一件乡下裁缝做的不大合式的大绸夹袍,但在我的前面一步一步的走去,非但她的肥突的后部,紧密的腰部,和斜圆的胫部的曲线,看得要簇生异想,就是她的两只圆而且软的肩膊,多看一歇,也要使我贪鄙起来。立在她的前面和她讲话哩,则那一双水泠泠的大眼,那一个隆正的尖鼻,那一张红白相间的椭圆嫩脸,和因走路走得气急,一呼一吸涨落得特别快的那个高突的胸脯,又要使我恼杀。还有她那一头不曾剪去的黑发哩,梳的虽然是一个自在的懒髻,但一映到了她那个圆而且白的额上,和短而且腴的颈际,看起来,又格外的动人。总之,我在昨天晚上,不曾在她身上发见的康健和自然的美点,今天因这一回的游山,完全被我观察到了。此外我又在她的谈话之中,证实了翁则生也和我曾经讲到过的她的生性的活泼与天真。譬如我问她今年几岁了?她说,二十八岁。我说这真看不出,我起初还以为你只有二十三四岁,她说,女人不生产是不大会老的。我又问她,对于则生这一回的结婚,你有点什么感触?她说,另外也没有什么,不过以后长住在娘家,似乎有点对不起大哥和大嫂。像这一类的纯粹真率的谈话,我另外还听取了许多许多,她的朴素的天性,真真如翁则生之所说,是一个永久的小孩子的天性。

爬上了龙井狮子峰下的一处平坦的山顶,我于听了一段她所讲的如何的栽培茶叶,如何的摘取焙烘,与那时候的山家生活的如何紧张而有趣的故事之后,便在路旁的一块大岩石上坐下了。遥对着在晴天下太阳光里躺着的杭州城市,和近水遥山,我的双眼只凝视着苍空的一角,有半晌不曾说话。一边在我的脑里,却只在回想着德国的一位名延生(Jensen)的作家所著的一部小说《野紫薇爱立喀》(Die Braune Erika)。这小说后来又有一位英国的作家哈特生(Hudson)摹仿了,写了一部《绿荫》(Green Mansions)。两部小说里所描写的,都是一个极可爱的生长在原野里的天真的女性,而女主人公的结果后来都是不大好的。我沉默着痴想了好久,她却从我背后用了她那只肥软的右手很自然地搭上了我的肩膀。

"你一声也不响的在那里想什么?"

我就伸上手去把她的那只肥手捏住了,一边就扭转了头微笑着看入了她的那双大眼,因为她是坐在我的背后的。我捏住了她的手又默默对她注视了一分钟,但她的眼里脸上却丝毫也没有羞惧兴奋的痕迹出现,她的微笑,还依旧同平时一点儿也没有什么的笑容一样。看了我这一种奇怪的形状,她过了一歇,反又很自然的问我说:

"你究竟在那里想什么?"

倒是我被她问得难为情起来了,立时觉得两颊就潮热了起来。先放开了那只被我捏住在那儿的她的手,然后干咯了两声,最后我就鼓动了勇气,发了一声同被绞出来似的答语:

"我……我在这儿想你!"

"是在想我的将来如何的和他们同住么?"

她的这句反问,又是非常的率真而自然,满以为我是在为她设想的样子。我只好沉默着把头点了几点,而眼睛里却酸溜溜的觉得有点热起来了。

"啊,我自己倒并没有想得什么伤心,为什么,你,你却反而为我流起眼泪来了呢?"

她像吃了一惊似的立了起来问我,同时我也立起来了,且在将身体起立的行动当中，乘机拭去了我的眼泪。我的心地开朗了，欲情也净化了，重复向南慢慢走上岭去的时候，我就把刚才我所想的心事，尽情告诉了她。我将那两部小说的内容讲给了她听，我将我自己的邪心说了出来，我对于我刚才所触动的那一种自己的心情，更下了一个严正的批判，末后，便这样的对她说：

"对于一个洁白得同白纸似的天真小孩，而加以玷污，是不可赦免的罪恶。我刚才的一念邪心，几乎要使我犯下这个大罪了。幸亏是你的那颗纯洁的心，那颗同高山上的深雪似的心，却救我出了这一个险。不过我虽则犯罪的形迹没有，但我的心，却是已经犯过罪的。所以你要罚我的话，就是处我以死刑，我也毫无悔恨。你若以为我是那样卑鄙，而将来永没有改善的希望的话，那今天晚上回去之后，向你大哥母亲，将我的这一种行为宣布了也可以。不过你若以为这是我的一时糊涂，将来是永也不会再犯的话，那请你相信我的誓言，以后请你当我作你大哥一样那么的看待，你若有急有难，有不了的事情，我总情愿以死来代替着你。"

当我在对她作这些忏悔的时候，两人起初是慢慢在走的，后来又在路旁坐下了。说到了最后的一节，倒是她反同小孩子似的发着抖，捏住了我的两手，倒入了我的怀里，呜呜咽咽的哭了起来。我等她哭了一阵之后，就拿出了一块手帕来替她揩干了眼泪，将我的嘴唇轻轻地搁到了她的头上。两人偎抱着沉默了好久，我又把头俯了下去，问她，我所说的这段话的意思，究竟明白了没有。她眼看着了地上，把头点了几点。我又追问了她一声：

"那么你承认我以后做你的哥哥了不是？"

她又俯视着把头点了几点，我撒开了双手，又伸出去把她的头捧了起来，使她的脸正对着我。对我凝视了一会，她的那双泪珠还没有收尽的水汪汪的眼睛，却笑起来了。我乘势把她一拉，就同她挽着手并立了起来。

"好，我们是已经决定了，我们将永久地结作最亲爱最纯洁的兄妹。时候已经不早了，让我们快一点走，赶上五云山去吃午饭去。"

我这样说着，挽着她向前一走，她也恢复了早晨刚出发的时候的元气，和我并排着走向了前面。

两人沉默着向前走了几十步之后，我侧眼向她一看，同奇迹似的忽而在她的脸上看出了一层一点儿忧虑也没有的满含着未来的希望和信任的圣洁的光耀来。这一种光耀，却是我在这一刻以前的她的脸上从没有看见过的。我愈看愈觉得对她生起敬爱的心思来了，所以不知不觉，在走路的当中竟接连着看了她好几眼。本来只是笑嬉嬉地在注视着前面太阳光里的五云山的白墙头的她，因为我的脚步的迟乱，似乎也感觉到了我的注意力的分散了，将头一侧，她的双眼，却和我的视线接成了两条轨道。她又笑起来了，同时也放慢了脚步。再向我看了一眼，她才腼腆地开始问我说：

"那我以后叫你什么呢？"

"你叫则生叫什么，就叫我也叫什么好了。"

"那么——大哥！"

大哥的两字，是很急速的紧连着叫出来的，听到了我的一声高声的"啊"的应声之后，她就涨红了脸，撒开了手，大笑着跑上前面去了。一面跑，一面她又回转头来，"大哥！""大哥！"的接连叫了我好几声。等我一面叫她别跑，一面我自己也跑着追上了她背后的时候，我们的去路已经变成了一条很窄的石岭，而五云山的山顶，看过去也似乎是很近了。仍复回复了平时的脚步，两人分着前后，在那条窄岭上缓步的当中，我才觉得真真是成了她的哥哥的样子，满含着了慈爱，很正经地吩咐她说：

"走得小心，这一条岭多么险啊！"

走到了五云山的财神殿里，太阳刚当正午，庙里的人已经在那里吃中饭了。我们因为在太阳底下的半天行路，口已经干渴得像旱天的树木一样；所以一进客堂去坐下，就教他们先起茶来，然后再开饭给我们吃。洗了一个手脸，喝了两三碗清茶，静坐了十几分钟，两人的疲劳兴奋，都已平复了过去，这时候饥饿却抬起头来了，于是就又催他们快点开饭。这一餐只我和她两人对食的五云山上的中餐，对于我正敌得过英国诗人所幻想着的亚力山大王的高宴，若讲到心境的满足，和谐，与食欲的高潮亢进，那恐怕亚力山大王还远不及当时的我。

吃过午饭，管庙的和尚又领我们上前后左右去走了一圈。这五云山，实在是高，立在庙中阁上，开窗向东北一望，湖上的群山，都像是青色的土堆了。本来西湖的山水的妙处，就在于它的比舞台上的布景又真实伟大一点，而比各处的名山大川又同盆景似的整齐渺小一点这地方。而五云山的气概，却又完全不同了。以其山之高与境的僻，一般脚力不健的游人是不会到的，就在这一点上，五云山已略备着名山的资格了，更何况前面远处，蜿蜒盘曲在青山绿野之间的，是一条历史上也着实有名的钱塘江水呢？所以若把西湖的山水，比作一只锁在铁笼子里的白熊来看，那这五云山峰与钱塘江水，便是一只深山的野鹿。笼里的白熊，是只能满足满足胆怯无力者的冒险雄心的，至于深山的野鹿，虽没有高原的狮虎那么雄壮，但一股自由奔放之情，却可以从它那里摄取得来。

我们在五云山的南面，又看了一会钱塘江上的帆影与青山，就想动身上我们的归路了，可是举起头来一望，太阳还在中天，只西偏了没有几分。从此地回去，路上若没有耽搁，是不消两个钟头，就能到翁家山上的；本来是打算出来把一天光阴消磨过去的我们，回去得这样的早，岂不是辜负了这大好的时间了么？所以走到了五云山西南角的一条狭路边上的时候，我就又立了下来，拉着了她的手亲亲热热地问了她一声：

"莲，你还走得动走不动？"

"起码三十里路总还可以走的。"

她说这句话的神气，是富有着自信和决断，一点也不带些夸张卖弄的风情，真真是自然到了极点，所以使我看了不得不伸上手去，向她的下巴底下拨了一拨。她怕痒，缩着头颈笑起来了，我也笑开了大口，对她说：

"让我们索性上云栖去吧！这一条是去云栖的便道，大约走下去，总也没有多少路的，你若是走不动的话，我可以背你。"

两人笑着说着，似乎只转瞬之间，已经把那条狭窄的下山便道走尽了大半了。山下面尽是些绿玻璃似的翠竹，西斜的太阳晒到了这条坞里，一种又清新又寂静的淡绿色的光同清水一样，满浸在这附近的空气里在流动。我们到了云栖寺里坐下，刚喝完了一碗茶，忽而前面的大殿上，有嘈杂的人声起来了，接着就走进了两位穿着分外宽大的黑布和尚衣的老僧来，知客僧便指着他们夸耀似的对我们说：

"这两位高僧，是我们方丈的师兄，年纪都快八十岁了，是从城里某公馆里回来的。"

城里的某巨公，的确是一位佞佛的先锋，他的名字，我本也听见过的，但我以为同和尚来谈这些俗天，也不大相称，所以就把话头扯了开去，问和尚大殿上的嘈杂的人声，是为什么而起的。知客僧轻鄙似的笑了一笑说：

"还不是城里的轿夫在敲酒钱？轿钱是公馆里付了来的，这些穷人心实在太凶。"

这一个伶俐世俗的知客僧的说话，我实在听得有点厌起来了，所以就要求他说：

"你领我们上寺前寺后去走走吧？"

我们看过了"御碑"及许多石刻之后，穿出大殿，那几个轿夫还在咕噜着没有起身，我一半也觉得走路走得太多了，一半也想给那个知客僧以一点颜色看看，所以就走了上去对轿夫说：

"我给你们两块钱一个人，你们抬我们两人回翁家山去好不好？"

轿夫们喜欢极了，同打过吗啡针后的鸦片嗜好者一样，立刻将态度一变，变得有说有笑了。

知客僧又陪我们到了寺外的修竹丛中，我看了竹上的或刻或写在那里的名字诗句之类，心里倒有点奇怪起来，就问他这是什么意思。于是他也同轿夫他们一样，笑眯眯地对我说了一大串话。我听了他的解释，倒也觉得非常有趣，所以也就拿出了五圆纸币，递给了他，说：

"我们也来买两枝竹放生吧！"

说着我就向立在我旁边的她看了一眼，她却正同小孩子得到了新玩意儿还不敢去抚摸的一样，微笑着靠近了我的身边轻轻地问我：

"两枝竹上，写什么名字好？"

"当然是一枝上写你的，一枝上写我的。"

她笑着摇摇头说：

"不好，不好，写名字也不好，两个人分开了写也不好。"

"那么写什么呢？"

"只教把今天的事情写上去就对。"

我静立着想了一会，恰好那知客僧向寺里去拿的油墨和笔也已经拿到了。我拣取了两株并排着的大竹，提起笔来，就各写上了"郁翁兄妹放生之竹"的八个字。将年月日写完之后，我搁下了笔，回头来问她这八个字怎么样，她真像是心花怒放似的笑着，不说话而尽在点头。在绿竹之下的这一种她的无邪的憨态，又使我深深地，深深地受到了一个感动。

坐上轿子，向西向南的在竹荫之下走了六七里坂道，出梵村，到闸口西首，从九溪口折入九溪十八涧的山坳，登杨梅岭，到南高峰下的翁家山的时候，太阳已经悬在北高峰与天竺山的两峰之间了。他们的屋里，早已挂上了满堂的灯彩，上面的一对红灯，也已经点尽了一半的样子。嫁妆似乎已经在新房里摆好，客厅上看热闹的人，也早已散了。我们轿子一到，则生和他的

娘,就笑着迎了出来,我付过轿钱,一踱进门槛,他娘就问我说:

"早晨拿出去的那枝手杖呢?"

我被她一问,方才想起,便只笑着摇摇头对她慢声的说:

"那一枝手杖么——做了我的祭礼了。"

"做了你的祭礼?什么祭礼?"

则生惊疑似的问我。

"我们在狮子峰下,拜过天地,我已经和你妹妹结成了兄妹了。那一枝手杖,大约是忘记在那块大岩石的旁边的。"

正在这个时候,先下轿而上楼去换了衣服下来的他的妹妹,也嬉笑着,走到了我们的旁边。则生听了我的话后,就也笑着对他的妹妹说:

"莲,你们真好!我们倒还没有拜堂,而你和老郁,却已经在狮子峰拜过天地了,并且还把我的一枝手杖忘掉,作了你们的祭礼。娘!你说这事情应该怎么罚罚他们?"

经他这一说,说得大家都笑了起来,我心情愿自己认罚,就认定后日餪房,算作是我一个人的东道。

这一晚翁家请了媒人,及四五个近族的人来吃酒,我和新郎官,在下面奉陪。做媒人的那位中老乡绅,身体虽则并不十分肥胖,但相貌态度,却也是很裕富的样子。我和他两人干杯,竟干满了十八九杯。因酒有点微醉,而日里的路,也走得很多,所以这一晚睡得比前一晚还要沉熟。

九月十二的那一天结婚正日,大家整整忙了一天。婚礼虽系新旧合参的仪式,但因两家都不喜欢铺张,所以百事也还比较简单。午后五时,新娘轿到,行过礼后,那位好好先生的媒人硬要拖我出来,代表来宾,说几句话。我推辞不得,就先把我和则生在日本念书时候的交情说了一说,末了我就想起了则生同我说的迟桂花的好处,因而就抄了他的一段话来恭祝他们:

"则生前天对我说,桂花开得愈迟愈好,因为开得迟,所以经得日子久,现在两位的结婚,比较起平常的结婚年龄来,似乎是觉得大一点了,但结婚结得迟,日子也一定经得久。明年迟桂花开的时候,我一定还要上翁家山来。我预先在这儿计算,大约明年来的时候,在这两株迟桂花的中间,总已经有一枝早桂花发出来了。我们大家且等着,等到明年这个时候,再一同来吃他们的早桂的喜酒。"

说完之后,大家就坐拢来吃喜酒。猜猜拳,闹闹房,一直闹到了半夜,各人方才散去。当这一日的中间,我时时刻刻在注意着偷看则生的妹妹的脸色,可是则生所说而我也曾看到过的那一种悲寂的表情,在这一日当中却终日没有在她的脸上流露过一丝痕迹。这一日,她笑的时候,真是乐得难耐似的完全是很自然的样子。因了她的这一种心情的反射的结果,我当然可以不必说,就是则生和他的母亲,在这一日里,也似乎是愉快到了极点。

因为两家都喜欢简单成事的缘故,所以三朝回郎等繁缛的礼节,都在十三那一天白天行完了,晚上餪房,总算是我的东道。则生虽则很希望我在他家里多住几日,可以和他及他的妹妹谈谈笑笑。但我一则因为还有一篇稿子没有做成,想另外上一个更僻静点的地方去做文章,二则我觉得我这一次吃喜酒的目的也已经达到了,所以在餪房的翌日,就离开翁家山去乘早上的特别快车赶回上海。

送我到车站的,是翁则生和他的妹妹两个人。等开车的警笛将吹而火车的机关头上在吐白烟的时候,我又从车窗里伸出了两手,一只捏着了则生,一只捏着了他的妹妹,很重很重的捏了一回。汽笛鸣后,火车微动了,他们兄妹俩又随车前走了许多步,我也俯出了头,叫他们说:

"则生!莲!再见,再见!但愿得我们都是迟桂花!"

火车开出了老远老远,月台上送客的人都回去了,我还看见他们兄妹俩直立在东面月台篷外的太阳光里,在向我挥手。

福尔摩斯探案与思维故事

[英]柯南·道尔 / 原著
何敏 陈自萍 李亨 / 编著

3 囚徒的博弈

时代出版传媒股份有限公司
安徽少年儿童出版社

图书在版编目（CIP）数据

福尔摩斯探案与思维故事.3，囚徒的博弈/（英）柯南·道尔原著；何敏，陈自萍，李享编著.—合肥：安徽少年儿童出版社，2022.4（2024.1重印）
ISBN 978-7-5707-1252-6

Ⅰ.①福… Ⅱ.①柯… ②何… ③陈… ④李… Ⅲ.①数学–少儿读物 Ⅳ.①O1-49

中国版本图书馆CIP数据核字（2021）第229729号

FU'ERMOSI TAN'AN YU SIWEI GUSHI 3 QIUTU DE BOYI
福尔摩斯探案与思维故事·3 囚徒的博弈
［英］柯南·道尔/原著
何敏 陈自萍 李享/编著

出版人：李玲玲		策划统筹：黄馨　郝雅琴		责任编辑：何正国	
责任校对：于 睿		责任印制：郭 玲		绘　图：刘 丽	
内文插图：刘莹莹					

出版发行：安徽少年儿童出版社　　E-mail：ahse1984@163.com
新浪官方微博：http://weibo.com/ahsecbs
（安徽省合肥市翡翠路1118号出版传媒广场　　邮政编码：230071）
出版部电话：（0551）63533536（办公室）　63533533（传真）
（如发现印装质量问题，影响阅读，请与本社出版部联系调换）

印　制：阳谷毕升印务有限公司
开　本：635 mm×900 mm　1/16　印张：12.5　字数：85千字
版　次：2022年4月第1版　2024年1月第3次印刷
ISBN 978-7-5707-1252-6　　　　　　　　　　　　定价：49.80元

版权所有，侵权必究